A Torre do Pântano dos Ossos

PAOLA SIVIERO

A TORRE DO PÂNTANO DOS OSSOS

Série Caixa das Almas, v. 2

GUTENBERG

Copyright © 2024 Paola Siviero
Copyright desta edição © 2024 Editora Gutenberg

Todos os direitos reservados pela Editora Gutenberg. Nenhuma parte desta publicação poderá ser reproduzida, seja por meios mecânicos, eletrônicos, seja via cópia xerográfica, sem a autorização prévia da Editora.

EDITORA RESPONSÁVEL
Flavia Lago

EDITORAS ASSISTENTES
Natália Chagas Máximo
Samira Vilela

PREPARAÇÃO DE TEXTO
Vanessa Gonçalves

REVISÃO
Natália Chagas Máximo

ILUSTRAÇÃO DA CAPA
Vito Quintans

ADAPTAÇÃO DA CAPA
Diogo Droschi

PROJETO GRÁFICO
Diogo Droschi

DIAGRAMAÇÃO
Waldênia Alvarenga

Dados Internacionais de Catalogação na Publicação (CIP)
Câmara Brasileira do Livro, SP, Brasil

Siviero, Paola
   A torre do pântano dos ossos / Paola Siviero. -- 1. ed. -- São Paulo : Gutenberg, 2024. -- (Série Caixa das Almas ; 2)

   ISBN 978-85-8235-757-6

   1. Ficção de fantasia I. Título. II. Série.

24-221005	CDD-B869.93

Índices para catálogo sistemático:

1. Ficção de fantasia : Literatura brasileira B869.93
   Aline Graziele Benitez - Bibliotecária - CRB-1/3129

A **GUTENBERG** É UMA EDITORA DO **GRUPO AUTÊNTICA**

São Paulo
Av. Paulista, 2.073 . Conjunto Nacional
Horsa I . Salas 404-406 . Bela Vista
01311-940 . São Paulo . SP
Tel.: (55 11) 3034 4468

Belo Horizonte
Rua Carlos Turner, 420
Silveira . 31140-520
Belo Horizonte . MG
Tel.: (55 31) 3465 4500

www.editoragutenberg.com.br
SAC: atendimentoleitor@grupoautentica.com.br

Ela nunca se conformou em ser apenas uma coisa e isso me fez entender que, para quem tem coragem para tomar diferentes trilhas, um destino apenas é pouco para uma vida inteira.

Ele sempre admirou as coisas belas da vida e da natureza e aproveitou a jornada, tanto nas estradas tranquilas quanto nas turbulentas. E quando se viu em becos sem saídas, abriu novos caminhos com as próprias mãos.

Por vezes guerreiros, por vezes gurus, ensinando a importância de seguirmos nossos sonhos mantendo os pés na realidade – sem nunca perder de vista a vontade de deixar o mundo melhor.

Pai e mãe, esse é pra vocês.

Prólogo

Os dois meninos caminhavam pela Floresta Sombria tentando não fazer ruído algum. Os passos de Otto eram naturalmente firmes e precisos, porque ele avaliava o terreno com cuidado antes de decidir onde pisar. Theo, por outro lado, vinha atrás com passos ansiosos que percebiam gravetos e folhas secas pelo caminho apenas quando se quebravam sob seus pés.

Otto sabia que muitos o achavam o mais habilidoso dos irmãos e olhavam para Theo como uma sombra do gêmeo. Diziam que ele sempre estivera atrás, desde o nascimento. Tinha demorado mais para chorar, para andar e para falar. Todos ao redor acreditavam que Otto era mais corajoso por expressar menos seus medos, mais forte por derramar menos lágrimas. Mas, se conhecessem o irmão como ele conhecia...

Theo era intenso, cedia aos impulsos e às emoções. Tinha uma boa mira, só não acertava a caça por causa daqueles sentimentos que borbulhavam por baixo da pele e faziam seus braços tremerem. Otto admirava isso no irmão e por vezes desejava ser um pouco assim também... seguir seus instintos ao invés de corresponder às expectativas dos outros e agir como o bom garoto que todos esperavam. Uma rebeldia pelo menos ele tinha se permitido: estava deixando o cabelo crescer e agora já chegava na altura dos ombros.

— Como você faz isso? — Theo sussurrou.

— Isso o quê? — Otto perguntou sem se virar, levantando o pé para não tropeçar numa raiz.

– Isso. Como você sabia que tinha uma raiz bem aí?

– Mágica, irmão – Otto respondeu, sorrindo, mesmo sabendo que aquela piadinha não tinha graça nenhuma. Depois se virou para Theo porque, apesar de brincarem o tempo todo, nada no mundo era mais sério e importante do que ajudar o irmão. – Você precisa observar o terreno antes. Ir olhando de vez em quando e gravando tudo na mente… Fazendo isso dá pra sentir onde as coisas estão. Entende?

O olhar de Theo demonstrava que não, ele não tinha ideia do que Otto estava tentando dizer. Porque, além da intensidade, Theo também era transparente. Era possível ler cada um de seus pensamentos e sentimentos nas rugas entre as sobrancelhas, nos olhos, na linha fina e rígida da boca quando ficava emburrado. Naquele fim de tarde, por exemplo, o que ele mais queria era levar uma boa caça pra casa e dizer que o tiro tinha sido seu.

Otto viu um cervo ao longe e estacou. Virou-se para Theo, pousando o indicador sobre os lábios e apontou para a clareira à frente, onde o animal pastava entre os troncos pretos.

Era um cervo de poucos meses. Otto podia ver no rosto do irmão a empolgação e todos os outros sentimentos que vinham junto com a experiência de caçar. Incluindo a culpa por tirar uma vida. Talvez ela fosse embora quando encontrassem seus animae e selassem o destino como caçadores… Ainda faltavam quatro anos para completarem dezesseis, mas com certeza seguiriam os passos de Carian. Era o que pater esperava deles e parecia um trabalho tão bom e importante quanto qualquer outro. Era nisso que Theo se apegava quando uma espécie de aperto no peito o tomava ao pensar naquilo…

Os garotos se esconderam atrás de um carvalho. Otto sorriu ao imaginar como Theo ficaria feliz se conseguisse acertar aquela presa, e gesticulou para o irmão, sinalizando para que ele preparasse a flecha. Theo sorriu de volta, os olhos brilhando com a cumplicidade.

O gêmeo levou o braço para trás e puxou uma flecha da aljava. Levantou o arco, esticou a corda e fechou o olho esquerdo. Otto observou a concentração do irmão, o desejo de conseguir que ele emanava ao inspirar fundo uma última vez e prender o ar nos pulmões.

Quando os dedos dele se abriam, seus olhos se arregalaram em terror e ele moveu o arco de leve. Sem entender nada, Otto virou o rosto e viu a flecha se cravar num tronco, a centímetros do filhote. O cervo nem sequer se mexeu e, observando os olhinhos cheios de intensidade, Otto percebeu que não se tratava de um animal comum. Theo caiu de joelhos, visivelmente abalado.

— Anima.

— Calma, Theo. Você não... — Otto apertou o ombro dele, tentando transparecer uma calma e leveza que não sentia. O que teria acontecido se ele tivesse acertado aquele tiro? Seria uma tragédia... — Está tudo bem, o cervo não se feriu.

— Por que ele não me deu algum sinal?

— Mas ele deu! Animae são inteligentes, e ele te avisou na hora certa... — Otto estendeu uma mão para ajudar o irmão a se levantar. Não ia deixar que aquilo estragasse a tarde deles. — Vem. Ainda dá tempo de achar pelo menos uma lebre.

Então continuou buscando uma caça. Podia ser qualquer coisa... Sabia que Theo ficaria abatido se voltassem de mãos vazias e aquele era um ótimo horário para caçar. Confiava na capacidade do irmão e, se demonstrasse isso, talvez Theo passasse a confiar em si mesmo também. Um corvo grasnou quatro vezes. Esfriava rápido, e uma neblina fina se esparramou entre as árvores. Otto conteve um arrepio. Theo olhou para cima já com uma flecha no arco.

— Viu alguma coisa? — Otto perguntou, acompanhando o olhar do irmão, mas sem encontrar nada.

— Achei que sim... Mas deve ter sido só impressão.

Um ventinho frio soprou. Theo se virou, assustado, e Otto buscou o que o irmão havia visto, mas de novo não havia nada. Já estava ficando escuro.

— Acho que está na hora de voltar — Theo sugeriu.

— Não, calma, ainda dá pra enxergar bem — Otto respondeu. No fundo, também queria ir embora, mas sabia que aquilo estragaria a noite do irmão. — Vamos nos separar.

— Otto, melhor não.

— A gente não pegou nada a semana inteira! — Otto insistiu. Dez ou quinze minutos talvez já fossem suficientes. Sentia que havia algo ali perto. Theo precisava de uma vitória. Talvez pudesse dar um tiro e gritar para o outro vir ajudar, poderiam falar para pater que os dois haviam conseguido a caça. – Só um pouquinho… Quando a luz estiver acabando, a gente se encontra na estrada. Ninguém precisa ficar sabendo.

Eles tinham prometido a Carian e a Lia que não se separariam, Otto sabia que era nisso que Theo pensava. Mas seria por tão pouco tempo… E era tão emocionante poder decidir por si só o que fazer.

– Tá bom – Theo concordou. – Só que se você não estiver lá na hora marcada, vou direto pra casa contar que a ideia idiota foi sua.

Otto sorriu, deu uma piscadinha e correu na direção sul. Sabia de um lugar, um laguinho rodeado por pedras e arbustos onde sempre havia animais por perto.

Desacelerou e voltou a caminhar com cuidado ao se aproximar. A floresta estava estranhamente silenciosa… talvez fosse o frio. Aquele fim de tarde estava mais gelado do que de costume, e isso podia ter feito os bichos se entocarem, os pássaros se empoleirarem, encolhidos dentro de suas próprias asas… Ele mesmo sentia o frio chegar aos ossos. O ar se condensava conforme ele respirava.

Teve uma sensação estranha. Um incômodo na barriga. Os dentes querendo bater uns nos outros. O coração acelerado. Estava com medo.

Medo de quê? Tentou se perguntar, querendo se convencer de que estava tudo bem. Conhecia bem a floresta. Conseguiria espantar um animal maior se precisasse. Talvez fosse uma espécie de praga dos pais por ter desobedecido.

Ouviu algo se mexer e se virou. Não havia nada.

Sentiu alguma coisa o observando e se virou de novo. Se aquilo fosse uma brincadeira, já estava passando dos limites…

– Quem está aí? – perguntou, esforçando-se para a voz sair firme.

Foi quando ouviu uma espécie de chiado. Ou uma risada. E aquilo fez cada pedacinho do seu corpo congelar.

– Eu tô armado – avisou, agora com muito menos convicção.

– Warrrpyrm…

Aquela voz. Aquela sensação de terror em sua forma mais pura.

– Warrrprym… – O som veio de outra direção. O que era aquilo?

Otto era conhecido por ser destemido. Contudo, naquele momento, seu corpo começou a tremer incontrolavelmente. Sentiu a urina quente descer por suas pernas. Achou que o medo poderia matá-lo a qualquer instante.

– Por favor… não me machuque.

– Warrrprym!

Ele se virou e a criatura estava atrás dele, a centímetros de distância. O grito que o garoto deu deixaria sua garganta esfolada. Era um grito que vinha da alma. Um medo que havia atravessado séculos. Um grito de desespero por saber que algo como aquilo poderia destruir o mundo e cada pessoa que houvesse nele.

Levou uma pancada na cabeça. Caiu de cara sobre as folhas e o musgo. Sua visão ficou embaçada, mas ainda via a criatura o rodeando.

E, bem longe dali, achou que ouviu alguém gritando seu nome.

– Otto! Otto!

PARTE

I

CAPÍTULO 1

Os restos do acampamento

O acampamento dos guerreiros havia perdido seu espírito.

Depois da mudança de local, ninguém havia se dado ao trabalho de construir uma arena de treinamento, ou uma praça para fazer as reuniões. As barracas haviam sido dispostas sem muita organização, as mesas para refeições montadas de uma forma ainda mais improvisada. Toda estrutura emanava um desânimo, e a falta de propósito contaminava seus habitantes, do despertar ao adormecer.

Os guerreiros que ali permaneceram o fizeram por não poderem lutar ou para cuidarem dos mais debilitados. Nos dois meses que haviam se passado desde o completo desmonte do clã, não receberam notícias das missões. Será que seus integrantes ainda estavam vivos?

Leona se esforçava para não deixar sua essência se esvair pelas frestas de melancolia. Não raro, seus olhos passeavam pelo acampamento buscando o melhor local para os novatos treinarem. Algumas memórias doem, e a saudade do ano de treinamento era lancinante como uma facada no peito. As aulas, a sensação de aperfeiçoar suas habilidades a cada dia, a vontade de estar pronta para seguir em missões, os momentos com os amigos, as vezes que ela se sentira acolhida ou que havia gargalhado mesmo contra a própria vontade... E Ulrik.

O nome dele fazia o coração de Leona tropeçar. Trazia a lembrança do sorriso fácil, dos olhos com cor de tempestade. Dos momentos de cumplicidade e das discussões. Ela se lembrava de cada beijo e, mais que isso, de todas as vezes que tivera vontade de beijá-lo. Por que mesmo haviam demorado tanto? Leona não costumava ser refém de arrependimentos – como dizia um velho ditado de seu povo, é impossível prever para qual direção sopram os ventos que moldam as dunas. Mas, frequentemente, se pegava pensando que poderiam ter aproveitado mais. Porque agora...

A garota sentiu um nó na garganta e Albin roçou a cabeça na cintura dela, mostrando que não estava sozinha. Leona acariciou as orelhas do leão branco, afundando em seguida os dedos na juba farta e macia dele. O amor que fluía entre eles era tão restaurador que parecia mágico, e isso a ajudou a fincar os pés no presente outra vez. Ela observou as pessoas com cuidado: o cenário geral era de ombros caídos, cabelos malcuidados, olhares pesarosos. Aquele clã precisava de uma vitória. De algo para celebrar.

Um banquete.

– Ilca! – Leona chamou, correndo na direção da líder.

– Alguma notícia? – a mulher perguntou, seus olhos escuros reluzindo com a expectativa de boas-novas.

– Não – Leona respondeu. E antes que o sorriso da outra se desfizesse totalmente, completou: – Quero fazer um jantar. Caçar algo grande pra assar na brasa! Olha pra eles, Ilca... O acampamento é o nosso coração, e às vezes parece... que ele parou de bater.

– Entendo o que você quer dizer, querida – Ilca falou, olhando em volta e depois encarando a aprendiz com uma profundidade desconcertante. A líder era a única no acampamento que continuava firme, portando um orgulho inabalável, como se estar ali fosse tão importante quanto todas as outras missões. – Eu sei que muitos que ficaram se sentem deixados para trás, ou até mesmo inúteis. Mas estar aqui é resistir, Leona. Eles tentaram acabar com a gente, destruir nossa casa. No entanto, ela ainda está de pé.

Os olhos de Leona arderam. Ela os manteve bem abertos, com medo de piscar e assim deixar alguma lágrima rolar.

– Só que não é mais a mesma casa.

– Não. É uma casa cheia de marcas, e nem por isso menos forte. – A guerreira sorriu e passou a mão no rosto da garota. – Porém, em uma coisa você tem razão: uma boa caça na brasa melhoraria os ânimos.

– E amanhã eu quero começar a construir uma praça. Pode ser ali, naquela clareira.

– Calma, uma coisa de cada vez – Ilca respondeu, fingindo estar exasperada. – Vou nomear algumas pessoas pra fazer algumas melhorias. É importante que você continue o trabalho com as runas de água. E isso é mais que resistir: pode realmente mudar o jogo.

Desde a experiência com os sílfios, Leona buscava maneiras para replicar o bálsamo mágico deles. Na primeira semana, experimentou utilizar runas de terra, já que esse era o elemento mais usado para fazer runas de cura. Depois percebeu que a água era mais eficiente para potencializar o efeito das substâncias naturais.

Passado um mês, Leona descobriu sozinha uma nova runa. Passou a trabalhar incessantemente, e até sonhava com isso. Sonhava com os veros. Sonhos borrados e turbulentos como uma corredeira, dos quais se lembrava de forma muito vaga ao despertar para logo desaparecerem rio abaixo. Voltava aos experimentos cedo pela manhã e não parava até que já estivesse escuro demais para continuar. A cada dia, sentia uma conexão maior com a magia cíntilans contida na água. Quando relatou isso a Ilca, a líder explicou que o estudo intenso e a busca por novas runas criavam um elo mais forte com o elemento trabalhado. Muitos guerreiros haviam vivenciado o mesmo.

Agora, já eram três novas runas descobertas por Leona que, utilizadas durante a fabricação do gel levemente rosado, auxiliavam no combate às infecções e na cicatrização. Não era nem de longe tão eficiente quanto a magia dos povos da floresta, mas ainda assim era um avanço enorme.

– O seu bálsamo vai ajudar a salvar muitas vidas. Agora e nos próximos séculos. – Ilca disse, e aquelas palavras curaram um pouco a angústia de Leona. – Se você já fez isso em dois meses, imagine o que fará em um ano. Em três, dez! Você vai ser uma curandeira muito melhor do que eu jamais sonhei em ser.

– Ilca… – ela tentou interromper, porque aquilo parecia absurdo.

– Não é falsa modéstia, eu estou falando sério! Você tem um dom. Um dom muito valioso para o clã. Valioso pra você também. – A mestra ficou séria. Uma expressão sombria tomou sua face por alguns instantes. – Curar as pessoas é o que vai te manter sã nessa jornada. E eu fico feliz por você estar aqui, tendo tempo de se conectar e de direcionar a magia para esse propósito.

Leona inspirou profundamente, de repente ciente da essência cíntilans correndo em suas veias. Havia treinado tanto para combater espectros, para ser uma boa lutadora, e agora estava confusa. Perdida.

— É estranho. A gente escolhe um caminho e por algum tempo acha que é só percorrer aquela estrada. Mas aí aparece uma bifurcação. E mais uma. E cada decisão me dá medo… Fico pensando que posso ter deixado pra trás algo que poderia me fazer feliz. Ou que a qualquer momento posso me encontrar numa rua sem saída. Tenho medo de ter pegado uma curva errada, e assim nunca chegar ao destino que eu tinha imaginado no início. Às vezes eu me pergunto até se estou caminhando na direção certa ou só vagando sem rumo…

— Há muitos caminhos para o mesmo destino. Muitos. Mas também não tem problema mudar de ideia. As decisões que tomamos quando somos jovens às vezes param de fazer sentido em algum momento. A vida muda, a gente muda, os planos mudam. Nossos sonhos e desejos também.

Leona sorriu.

— É verdade. Eu, por exemplo, vim aqui só te avisar que ia sair pra caçar e ganhei uma conversa filosófica sobre destino.

As duas começaram a rir. Leona enxugou os olhos discretamente. Fitou aquela mulher incrível, generosa e forte e sentiu na boca as palavras que queriam sair: *De onde eu vim, nós escolhemos nossa família. E eu escolho você*. Essa era a forma mais profunda de dizer que se ama alguém. Mas palavras ditas têm o peso de verdades, então preferiu mantê-las apenas na mente. Pelo menos por ora. Enquanto outras feridas ainda estavam abertas.

— Agora eu vou mesmo caçar.

— Bom, se você pretende sair do círculo de proteção, já sabe a regra.

Leona suspirou.

— Essa pedra me deixa incomodada.

— Incomodada e invisível.

— Ilca, a gente não viu nenhum espectro desde que chegamos.

— E você sabe muito bem que isso não significa que estamos seguros.

A líder estava certa, como sempre. E a garota sabia que, se continuasse discutindo, Ilca exigiria que levasse mais pessoas na caçada. Ela não queria. Precisava de um tempo no bosque só com Albin. Assim poderia descansar a cabeça, focar apenas na tarefa de trazer comida e esquecer por algumas horas que era uma guerreira. Que Inna estava à solta. Que Ulrik havia aberto a caixa. Que os amigos poderiam muito bem estar mortos.

Leona foi até a barraca de Ilca e abriu a caixa de madeira onde a líder guardava a pedra da invisibilidade. Desenrolou o tecido para observá-la. Agora sabia que era feita de uma rocha extremamente resistente, encontrada em cavernas sob as montanhas mais altas da província de Nortis. E a runa de ar ali esculpida era... arte. Delicada, complexa, um desenho impossível de ser treinado com carvão ou terra. Porque aquela runa tinha camadas, profundidade, com certeza havia sido feita em estágios, lapidando seu formato pouco a pouco. Como uma escultura. Talvez tenha levado semanas, ou meses, demandando uma habilidade e precisão que era difícil imaginar... Qualquer movimento errado colocaria todo o trabalho a perder. Uma runa de ar simples como a da arma dos guerreiros já era dificílima de ser feita com eficiência – Leona mesmo nunca conseguira, achava difícil trabalhar com aquele elemento. Tudo isso a fazia acreditar que a runa de invisibilidade talvez tivesse sido feita por algum guerreiro original das primeiras gerações.

Leona pegou suas adagas, pôs algumas facas menores no cinto e decidiu levar um arco e uma aljava. Não era tão boa quanto Úrsula ou Ulrik com as flechas, mas, se encontrasse um faisão, seria o modo mais fácil de abatê-lo. Acenou para Ilca uma última vez antes de abrir o cordão de couro e amarrar a pedra em volta do pescoço.

Assim que o material áspero entrou em contato com sua pele, o ar ficou diferente. Mais denso. Ela respirou fundo algumas vezes, tentando se habituar à sensação. Era como estar envolta em água, ou em um tecido, mas que não era pesada e nem deixava seus movimentos mais lentos.

Nas primeiras vezes que portou a pedra, Leona pensou que Albin se incomodaria por não poder vê-la. Mas o faro e a audição do leão eram aguçados; o fato de estar invisível não parecia fazer muita diferença para ele. Seu anima sabia exatamente onde ela estava. Caminhava ao seu lado, como sempre.

Adentraram a calmaria do bosque. Por um bom tempo, ela e Albin seguiram o rastro de um veado. Seria uma ótima caça, suficiente para que todos pudessem comer um bom pedaço de carne. Passaram pelo riacho, Albin parou para beber água. Leona se aproximou e foi invadida por uma sensação ruim: não via o próprio reflexo. Era como se ela não existisse. Como se não estivesse mais ali. Como se fosse um fantasma.

O leão levantou a cabeça e as orelhas. A guerreira olhou em volta, acreditando que o anima estivesse em alerta por conta da caça. Mas havia um som distante, quase inaudível... Com um choque gelado, percebeu que eram gritos.

Sem pensar, começou a correr de volta para o acampamento, guiada por puro instinto. Leona forçou as pernas a darem seu máximo. Pulou obstáculos no caminho. Os gritos se intensificaram. Sons de batalha. A garota escorregou e caiu, contudo Albin continuou, logo sumindo de vista. Os segundos no chão abriram espaço para que a barragem na mente explodisse, liberando de uma vez a verdade que ela, embora soubesse, estava mantendo contida até então: os guerreiros estavam sendo atacados. E Leona deveria estar lá com eles para lutar.

Maldita caçada. Maldita ideia de fazer um banquete durante a guerra. Levantou-se e continuou correndo, ofegante, seu coração batendo tão forte que era possível escutá-lo. O leão havia se abaixado ao alcançar o limite do bosque. Leona o imitou, apenas para recordar em seguida que ninguém conseguiria vê-la.

– Você fica aqui.

Seu anima grunhiu. Não queria deixá-la sozinha. Mas ele seria visto assim que saísse da cobertura das árvores.

Então Leona caminhou devagar, trêmula, se aproximando do acampamento. Teve que pressionar os lábios para conter um soluço. Havia muitos corpos no chão. Alguns que já haviam vivido muitos anos. Outros pequenos e frágeis, que mal tinham começado a andar. E os espectros infestavam o local como um enxame furioso.

A pedra da invisibilidade formava um pequeno escudo ao redor do guerreiro que a estivesse usando e, portanto, tudo que Leona portava só seria visível quando se afastasse alguns centímetros de seu corpo. Ela tirou uma faca do cinto e a atirou, atingindo uma das criaturas malignas. E mais uma. E outra. Pegou o arco e mudou de posição. As flechas voaram e os espectros olharam na direção dela, confusos por não conseguirem encontrar a fonte daquele ataque.

Muitos guerreiros haviam sido mortos, outros, contudo, foram capturados. Estavam numa espécie de jaula sobre carroças. Leona contornou o acampamento, tentando encontrar uma forma de soltá-los, mas havia espectros demais ao redor. Ela atirou mais uma flecha, chamando a atenção das criaturas para sua nova localização.

– Às vezes, a melhor estratégia é se esconder e buscar ajuda – Ilca disse alto sem olhar para a direção de onde as flechas estavam vindo.

Um espectro chiou e bateu nas grades com as unhas enormes, fazendo todos os guerreiros na jaula se retraírem e as crianças gritarem. A líder se calou. Os monstros voltaram a atenção para outros prisioneiros. Ilca esperou alguns segundos e depois focou seus olhos quase na direção exata de Leona. Então seus lábios desenharam uma palavra silenciosa. Vai.

Um gosto amargo tomou a boca da garota. Como ela poderia simplesmente abandoná-los ali? Se fosse buscar ajuda, talvez nunca mais encontrasse aqueles guerreiros. Talvez nunca tivesse a oportunidade de dizer a Ilca que a amava como uma mãe. Não, ela tinha que ficar, era a única chance de saírem daquele ataque com vida. Ela estava invisível e iria usar isso a seu favor.

Conseguiu se acalmar e recuperar a habilidade de raciocinar com clareza. Caminhou um pouco, tomando cuidado para não fazer barulho, e começou a acessar a situação. Contou os espectros: cerca de cinquenta. Até poderia matar dez ou vinte, mas não sem que eles percebessem sua presença. E se decidissem procurar no bosque, acabariam encontrando Albin.

Respirou fundo ao passar perto de um guerreiro que agonizava no chão, com um rasgo irreparável no abdômen. Chegou a desembainhar a adaga para dar um golpe de misericórdia, e sentiu as lágrimas escorrendo quando se deu conta de que seria arriscado demais. O inimigo poderia perceber. E, no fundo, sabia que o senhor estendido no chão iria preferir aguentar mais alguns minutos de sofrimento a arriscar a vida de todos os outros. Mas isso não a impedia de se sentir uma pessoa horrível.

De uma distância segura, Leona observou mais guerreiros sendo aprisionados enquanto os animae que ainda resistiam eram abatidos pelos malditos espectros. A cena estava além do que Leona conseguia suportar, e ela teve que fechar os olhos. Não ouviu nenhuma súplica – ninguém ali era ingênuo a ponto de achar que aqueles monstros seriam capazes de empatia. Contudo, havia lamentos. Gemidos e soluços que estilhaçavam as partes mais profundas de seu âmago. Depois de alguns instantes ela se obrigou a abrir os olhos, a visão embaçada pelas lágrimas. Não muito longe da carroça, jazia uma hiena no chão. *Catula.*

Ah, Ilca… Pobre Ilca. O rosto de Leona estava tão encharcado que ela poderia usar as lágrimas para desenhar runas. Será que existia alguma capaz de curar as feridas na alma causadas por uma perda tão grande?

As carroças começaram a ser puxadas por cavalos de olhos opacos e costelas aparentes. Havia uma espécie de ferida em todos eles. Ferida, não, era… uma runa.

Os espectros estavam usando runas entalhadas na carne.

Aquilo quase a fez vomitar. Espectros no geral não usavam runas, tinham muita magia no sangue, eram poderosos demais para necessitar de elementos de invocação… Precisaria em algum momento chegar mais perto para avaliar o desenho e tentar descobrir por que estava ali. Depois de conferir que não havia mais nenhum guerreiro ou anima vivo nas ruínas do acampamento, Leona começou a caminhada atrás da estranha comitiva.

Ela a seguiria até o fim do mundo se fosse preciso.

CAPÍTULO 2

O ninho dos dragões

Será que havia magia no tempo?

Ulrik se perguntava isso constantemente, porque o tempo parecia estar se comportando de forma estranha. Depois das tragédias vivenciadas, as semanas às vezes passavam em um piscar de olhos e, também, duravam uma eternidade.

Era como se fizesse anos desde que ele treinara na arena com os outros novatos, antes de tudo mudar... Ao mesmo tempo, a Batalha da Caixa das Almas parecia tão recente. E tudo o que se seguira também. O último beijo em Leona. A despedida dos amigos. A viagem até Pedra Branca levando o corpo de mater. O reencontro com Carian e a descoberta de que ele também era um guerreiro. As únicas coisas constantes desde o dia em que saíra de casa para se tornar um guerreiro eram seus animae. Nox e Lux o ajudavam a manter os pés fincados no chão e a mente na missão de construir uma nova caixa. A caixa que traria a paz de volta ao mundo.

No início, Ulrik se sentira esmagado pela grandeza dessa responsabilidade. Feron parecia saber disso e havia proposto que olhassem para a missão não como um todo, e sim como um conjunto de tarefas menores. Primeiro, precisavam forjar a caixa e, para isso, tinham de descobrir o metal necessário além de conseguirem uma quantidade suficiente dele. Depois, deveriam pensar nas runas e em quem teria capacidade para desenhá-las. Por fim, com as duas etapas anteriores resolvidas, elaborariam a estratégia para prender Inna lá dentro de novo. Antes de ter o artefato pronto em mãos, era inútil deixar a mente ser consumida pelo terror de mais uma batalha contra o terrível espectro.

Logo nos primeiros dias, encontraram um conhecedor de metais em Urbem que mencionou uma ferraria em Orien, passada de pais para filhos há mais de cinco gerações. Se algum ferreiro tinha informações sobre o metal que buscavam, estaria lá. Depois de semanas viajando, chegaram ao local. A ferreira que tocava o negócio familiar era uma mulher baixa, forte, de mãos calejadas, cuja mente parecia uma enciclopédia. Quando Ulrik descreveu o brilho da caixa das almas – *cravejado de pequenos pontos de luz, similar a um céu estrelado* –, ela disse, sem hesitar, que se tratava de metal flamen.

O metal mais resistente que existia, com ponto de fusão difícil de ser atingido, criado pelo calor e pela magia dos próprios espíritos do fogo. Normalmente, se originava nos vulcões; após as erupções, muitos moradores buscavam nas rochas cuspidas fragmentos do material valiosíssimo. Era difícil estimar quanto custava, pois quem possuía um pedaço normalmente não o vendia. O metal tinha propriedades mágicas, além de carregar também boas doses de superstição. Dele era possível fazer lâminas que cortavam qualquer coisa. Armaduras impenetráveis. Joias inquebráveis. A própria ferreira possuía uma pequena estrela de metal flamen pendurada num colar. Ao ver o material, qualquer vestígio de dúvida desapareceu.

Feron tentou comprá-la. A mulher se recusou, mesmo depois de ouvir a explicação dos guerreiros; a joia tinha sido de sua bisavó e, de qualquer maneira, era pequena demais para o que buscavam. Onde então encontrariam mais metal flamen? Erupções eram imprevisíveis e eles não podiam esperar. Carian propôs irem às Ilhas de Fogo e escavarem a costa da montanha, buscando fragmentos ali. Uma boa ideia, se tivessem meses para procurar e centenas de pessoas para ajudar. Catharina sugeriu fazerem contato com os espíritos de fogo e pedir o metal diretamente a eles.

– Os flamens são diferentes dos veros, aeris e terriuns – Feron explicou. – Não se negocia com o fogo porque ele consome tudo o que pode, a única língua que entende é a da devastação. Eles são incontroláveis. E todas as vezes que um guerreiro tentou invocá-los, as coisas acabaram muito mal.

– E se entrarmos em algum vulcão? Se o metal é expelido durante as erupções, deve haver bastante lá dentro… – Ulrik disse, sem muito conhecimento sobre vulcões.

– Teríamos que avaliar como subir até a borda e depois descer ao interior… Porém, o maior problema seria a temperatura. O calor lá dentro deve ser insuportável – Petrus respondeu.

– Há runas para quase tudo – Aquiles falou, pensativo. – Acho que consigo encontrar uma pra nos proteger de queimaduras.

Era isso. Por mais insano que pudesse parecer, a solução estava clara: entrar em um vulcão.

A ferreira lhes explicou como a caixa deveria ser feita e forneceu todas as ferramentas de que precisariam para fabricá-la quando encontrassem o metal flamen. Fez até mesmo um molde a partir da descrição de Ulrik. Bastava verter o metal fundido ali dentro e teriam uma nova caixa… a parte difícil seria atingir o ponto de fusão.

O grupo então viajou até as Ilhas de Fogo. Depois de muita tentativa e erro, Aquiles e Ulrik conseguiram descobrir juntos uma runa para protegê-los do calor. Cada versão precisava ser testada, expondo uma parte do corpo ao fogo, e eles se queimaram muitas vezes. O bálsamo dos sílfios era eficiente e ajudou a se curarem rapidamente, mas muitas cicatrizes permaneceram, transformando os braços do garoto em uma colcha de retalhos de fracassos. Ainda assim, trabalhar sua magia e buscar respostas no fogo trouxe uma satisfação que há muito ele não sentia.

O resto do grupo se dividiu para explorar os três diferentes vulcões daquela ilha, buscando uma forma de entrar neles, mas nenhuma opção se mostrou viável. Às vezes, não era possível se aproximar dos limites das crateras. Outras, conseguiram chegar à borda, só que o caminho para dentro era um precipício onde nenhuma corda seria útil. O problema parecia não ter solução. Até encontrarem um ninho de dragões.

– A gente pode dominar os dragões e entrar no vulcão montado neles – Catharina disse no dia em que ela e Petrus avistaram o ninho. – Tem três. Eles são jovens, não passam de quatro metros.

– É um ótimo plano – Ulrik respondeu.

– Não, é um plano ruim – Feron retrucou. – Arriscado demais.

– É o único que temos – Carian disse, claramente irritado, fazendo Feline se agitar e chiar.

– Isso não faz dele um ótimo plano.

Ulrik questionava frequentemente a decisão de Bruno de nomear dois líderes para a missão. Aquilo criava uma tensão que já complicaria a dinâmica do grupo em qualquer circunstância. Adicionando à conta a presença de Carian e seu impulso em fazer o papel de pai, as relações pareciam sempre próximas da erupção.

O garoto cogitou várias vezes abdicar do papel de líder. Em todas, Carian o impediu. Afinal, eles tinham uma missão secreta e extraoficial: descobrir o que havia acontecido com Otto. E talvez, em algum momento, ele precisaria usar a liderança e seu poder para cumpri-la. Depois de dois dias de discussões, da busca em vão por alternativas e de pensar em diversos cenários, foi enfim decidido que eles partiriam para o plano dos dragões. Passaram então a se preparar. Uma semana depois, estavam prontos.

– Gostaria de repassar todos os detalhes antes de dormirmos – Feron anunciou depois do jantar, se levantando da pedra que servia de assento ao redor da fogueira. – Catharina e Petrus, ainda acham que há três dragões no ninho?

– Nos últimos dias vimos apenas dois – Petrus reforçou. – Pode ser que o terceiro tenha migrado, ou que tenha sido morto pelos outros. Ou talvez ainda esteja lá, saindo para caçar apenas à noite.

O comportamento dos dragões ainda era novidade para Ulrik.

– E mesmo se houver três… teremos sorte se conseguirmos dominar um antes de sermos queimados vivos – Catharina complementou.

Precisavam dominar os dragões, e já haviam discutido os detalhes do plano exaustivamente. Era de conhecimento geral que dragões vendados ficavam menos agressivos e se deixavam guiar. Existiam histórias antigas de guerreiros que viajavam sobre as costas de enormes dragões adultos, algumas ilustrações, mas nenhum manual de como fazer isso. Assim, o grupo pensou em conjunto na melhor estratégia. A caverna havia servido de abrigo para uma fêmea adulta em algum momento, provavelmente décadas atrás, quando havia colocado ali seus ovos. O interior com certeza era amplo, mas o espaço limitado não permitiria que os dragões alçassem voo. Quem entrasse deveria se aproximar por trás da criatura, de preferência pelo alto, saltar próximo à cabeça e posicionar uma das vendas. Simples, e nem por isso fácil. Qual era a chance de conseguirem chegar perto sem serem percebidos? Ou de agirem rápido o suficiente?

Treinaram essa parte tanto quanto possível, a princípio correndo e pulando sobre troncos, e depois contando com a ajuda dos animae maiores. Giga, o búfalo de Feron, foi extremamente solícito e jogou os guerreiros de cara na terra muitas vezes conforme saltavam sobre suas costas, tentando vendá-lo. Uma prova de quão difícil seria aquela tarefa – e de como a agilidade era importante para o sucesso. Enfim, a véspera do grande dia chegara.

– Vamos repassar as posições. Ulrik, Kara, Aquiles e Eline ficarão em algum lugar seguro, de onde possam ver o andamento da missão – Feron disse. Ulrik assentiu, mas era impossível ignorar a fisgada de ressentimento. Nos testes, ele tinha sido um dos mais ágeis. Contudo, o líder estava irredutível: eles precisavam manter uma parte do grupo a salvo e não podiam arriscar os dois descendentes da primeira geração. Carian tinha concordado com Feron, claramente querendo manter Ulrik longe do perigo. – Catharina, Dário e Diana entram na caverna junto com seus animae. Eles podem distrair os dragões se for preciso. Eu, Petrus e Carian vamos aguardar na saída da caverna, assim, se os dragões escaparem, teremos mais uma chance de dominá-los. – Ele ficou sério. – E não importa o que aconteça, nós três temos que esperar do lado de fora…

Todos concordaram de forma silenciosa e solene. Por alguns instantes, o único som era o crepitar da fogueira e o canto das cigarras gigantes que dominavam aquelas florestas. *Não importa o que aconteça*. Ulrik, assim como os outros, era treinado para prever os piores cenários e essa frase fazia muitas imagens terríveis passarem por sua mente. *Catharina gritando por ajuda. Dário transformado numa tocha viva. As cabeças reptilianas com dentes afiados devorando as entranhas de Diana*. O garoto balançou a cabeça, numa tentativa vã de afastá-las.

– Ainda assim, é importante lembrar que a vida de cada um aqui vale muito – Petrus disse, agregando ainda mais seriedade àquele momento. – Os riscos precisam ser bem calculados. Temos que salvar uns aos outros quando possível. Abortar o ataque se a missão parecer inviável de ser concluída, e isso não é sobre medo… Se uma boa oportunidade aparecer, precisamos saltar sobre ela ainda que seja aterrorizante. Mas, se a derrota for certa, o melhor é mudar a estratégia, mesmo se estivermos cheios de coragem.

– Isso mesmo, meu irmão – Feron disse, apertando o ombro de Petrus. Os dois eram bons amigos e haviam ficado ainda mais próximos durante a viagem. – E uma última coisa: não matem os dragões. Precisamos deles vivos.

Passaram mais alguns minutos falando sobre as técnicas e separando os materiais. Checaram os tecidos que seriam usados como vendas, as cordas que serviriam de rédeas, os sacos de lona e as picaretas para extrair o metal. As funções estavam bem desenhadas, porém, como tudo podia mudar num piscar de olhos, todos os guerreiros estavam equipados com os mesmos materiais.

– Aquiles, você acha que a runa pode ajudar contra o fogo de dragão? – Ulrik perguntou. – Permitir pelo menos alguns segundos de proteção, caso...

Todos ficaram em silêncio, aguardando. Aquiles arqueou as sobrancelhas e arregaçou a manga, expondo o braço esquerdo. Assim como o de Ulrik, estava coberto por cicatrizes de queimaduras devido aos experimentos. Aquiles sujou o indicador nas cinzas da fogueira e desenhou a runa sobre o braço, murmurando algumas palavras para invocar a magia, dado que ele não possuía a marca da estrela. Aquela nova runa estava marcada na mente de Ulrik e aquecia seu peito: havia ajudado a descobri-la e a aperfeiçoá-la.

Aquiles colocou o braço dentro do fogo. Ulrik teve que conter o impulso de empurrá-lo para longe depois de alguns segundos, sabendo bem o quanto uma queimadura poderia doer. Todos observaram, tensos. Um minuto se passou. Mais um. Aquiles tirou quando pareceu sentir um desconforto. Sua pele estava ligeiramente vermelha, mas intacta.

– Essa runa forma uma espécie de escudo contra o calor, e ele vai se dissipando, se consumindo. Então, o tempo de proteção depende da temperatura a qual estivermos expostos. Fiz o teste agora diretamente na chama, e a proteção durou quase três minutos. Então estimo que ela pode nos manter a salvo dentro do vulcão por dez ou quinze minutos. – Aquiles fez uma pausa. Não era pelo drama, e sim pelo hábito de ensinar, para garantir que todos estavam acompanhando. – Fogo de dragão tem magia flamen, queima muito mais forte que fogo normal. A runa poderia até oferecer alguns poucos segundos de proteção, mas um dragão vai atacar por mais tempo que isso. Eu assumiria que qualquer um sob a chama dessas criaturas morreria queimado.

Com Aquiles não havia meias palavras. Ulrik preferia assim.

– A runa está um pouco diferente da última versão – o garoto observou.

– Sim. Alonguei um pouco a parte de cima. Pensei que um triângulo mais estreito e comprido poderia significar um fogo mais intenso, melhorando a proteção.

Aquiles fez uma demonstração. Uma pirâmide, setas duplas nas três pontas, alguns traços retos ao redor, representando o escudo. Todos eles já conheciam a nova runa, e foi fácil treinar a versão melhorada. O antigo professor de magia observou e avaliou cada detalhe com atenção.

– As suas runas são sempre perfeitas, Ulrik. Vamos começar cedo e assim você pode desenhar em alguns dos outros também.

Ele sentiu as bochechas esquentarem. Sabia que a habilidade vinha da magia forte em seu sangue, e isso o constrangia porque parecia injusto. Contudo, seus sentimentos não importavam agora. Estavam enfim prontos, ou tão prontos quanto poderiam estar. Era preciso descansar. Ulrik se deitou e fechou os olhos. Sob as pálpebras, o assombrava a imagem de uma enorme boca aberta, incrustada de dentes, e a bola de fogo que crescia no fundo da garganta.

Quando tons de azul profundo começaram a tomar o céu e os contornos das árvores ficaram visíveis, eles se levantaram. Fizeram um desjejum rápido, com uma papa de farinha de aveia e água, além de pedaços de linguiça defumada.

– Sabem, eu não precisava partir em nenhuma missão. Dei meu sangue e muito mais durante a maior parte da minha vida e não me sentiria culpada de ficar no acampamento. Mas algo me disse que eu deveria vir. Estou feliz de estar aqui, de ver a história dos guerreiros sendo escrita – Eline declarou, do alto de seus quase setenta anos. – Consigo imaginar guerreiros no futuro, em volta de uma fogueira, ouvindo esse conto que não parece verdade nem mesmo agora. *Houve um dia em que homens e mulheres saltaram sobre dragões e cavalgaram em suas costas para dentro de um vulcão. Lá, encontraram o metal mais valioso do mundo, feito com magia dos espíritos de fogo, que serviria para fabricar uma nova caixa das almas.*

Todos sorriram, até mesmo Feron. Os ânimos melhoraram. Ulrik também se sentiu grato por ter Eline com eles. O poder das palavras por vezes vale mais que qualquer outra habilidade.

Enrolaram as tendas, guardaram os mantimentos. Carian e Aquiles usaram cordas e uma lona para suspender a comida em uma árvore e deixá-la fora do alcance de animais. Utilizaram as cinzas da fogueira para desenhar a runa de proteção nas pernas, no torso, nos braços, no rosto e na nuca. Ulrik desenhou pelo menos uma em todos os guerreiros. Em si mesmo, arriscou fazer algumas alterações de última hora, aperfeiçoamentos que surgiram em sua mente de forma intuitiva. O mais provável é que nem precisaria daquilo... Se as coisas se desenrolassem conforme o planejado, apenas Diana, Dário e Catharina precisariam ser protegidos do calor do vulcão. Porém, planos normalmente gostam de zombar dos que contam com eles. Prontos, todos eles se encararam com uma obstinação afiada e iniciaram a marcha em direção ao enorme vulcão.

A manhã já havia avançado muito quando alcançaram o sopé do Krateji. Contornando-o em direção ao leste, avistaram a caverna que servia de ninho para os dragões. Uma boca escura que se abria no meio do paredão rochoso. Ao invés de escalarem e ficarem totalmente desprotegidos caso as criaturas alçassem voo, tinham decidido seguir por uma trilha no meio da mata e sair um pouco mais acima da entrada da caverna.

Ulrik, seu grupo e os animae iriam na frente, para se posicionarem num local mais alto. A águia de Aquiles e o gavião de Eline deveriam sobrevoar os arredores e avisar sobre qualquer problema. Logo atrás, viriam Feron, Carian e Petrus para se colocarem na entrada da caverna. O rinoceronte e o búfalo não subiriam; além de serem grandes demais, poderiam ajudar caso algum guerreiro chegasse ao solo e encontrasse dificuldades. Por último, Catharina, Dário e Diana, juntos com seus animae.

Os grupos se separaram mais ou menos na metade da subida. Ulrik e os outros tomaram um caminho por uma mata ainda mais densa e o garoto teve que confiar no instinto de Nox e Lux, pois mal enxergava para onde estavam indo. Já devia ser perto de meio-dia, e o calor úmido fazia o suor encharcar as roupas e arder os olhos.

Algum tempo depois, a vegetação se abriu e eles pararam, observando a situação. Estavam próximos do paredão. E com uma excelente visibilidade da entrada da caverna. Só que o garoto queria estar ainda mais perto.

– Ulrik, acho que aqui está ótimo – Kara disse, tocando o braço dele. O rosto escuro e repleto de tatuagens da guerreia estava brilhando de suor, e Niv, sua leoparda-das-neves, tampouco parecia estar apreciando as altas temperaturas. – Temos a cobertura da vegetação e uma visão direta dos outros.

– Estamos distantes demais se eles precisarem de ajuda.

Os outros se entreolharam.

– E é exatamente isso que Feron pediu – Eline falou, o encarando com olhos escuros cheios de sabedoria. – Não podemos interferir. Se as coisas ficarem feias, precisamos garantir que…

– Eu sei – Ulrik respondeu, impaciente. Era verdade que ele não se sentia seguro para liderar, mas, ao mesmo tempo, gostaria de ter pelo menos sua opinião ouvida e considerada. – Se eles forem atacados, não vou colocar ninguém em risco em vão. Mas, se eles… – Ele arranhou a garganta. Era difícil considerar aquela possibilidade, ainda mais com seu pai estando lá. – Se eles se ferirem ou morrerem, nós vamos ter que completar a missão. E estar mais perto pode ajudar.

– Vamos nos dividir – Aquiles propôs, prático como sempre. – Eu e Eline ficamos aqui. Você e Kara são mais ágeis, podem ficar atrás daquela pedra, logo acima da entrada.

Todos concordaram. Ulrik, Kara, os lobos e a leoparda avançaram com cuidado até chegar à grande rocha que proporcionava cobertura. Os animae se posicionaram em meio às árvores.

Carian, Petrus e Feron despontaram na trilha mais abaixo. Ulrik tentava se desprender da situação, mas mentalmente pediu à Deusa da Luz que protegesse pater. Como se fosse uma resposta, Núbila, a águia de Aquiles, guinchou alto e voou para dentro da mata. Era um alerta. Todos se abaixaram, buscando cobertura, e olharam para a entrada da caverna, acreditando que um dos dragões estivesse prestes a sair.

Então, uma sombra os cobriu. Ulrik olhou para cima; a criatura enorme tinha talvez três vezes o tamanho do rinoceronte Titan. Voava com as asas abertas, semitranslúcidas contra o sol. O torso era uma carapaça de escamas de cor vinho. Nos pés, garras ameaçadoras. O pescoço comprido terminava em uma cabeça triangular e, mesmo olhando de baixo, era possível ver as fileiras de dentes pontiagudos que mal cabiam na boca.

Kara o cutucou. Colocou o indicador delicadamente sobre a boca pedindo silêncio. Dragões não enxergavam bem, mas tinham a audição e o olfato bem apurados. Carian, Feron e Petrus estavam imóveis, agachados contra algumas pedras maiores no meio da trilha. Por sorte, ainda não haviam chegado na caverna. Estavam a salvo. Pelo menos por enquanto.

A criatura bateu as asas para se estabilizar e pousou desajeitadamente na entrada do ninho. Parecia um pássaro aprendendo a voar. Gigantesco e aterrorizante, sim, mas também imaturo. E talvez, como qualquer outro jovem, se sentisse perdido e solitário na jornada de se tornar o que o resto do mundo esperava que fosse.

O dragão se apoiou nas asas e se arrastou para dentro da caverna. Ulrik voltou o olhar para a trilha. Acenou para os outros, avisando com gestos que o terreno estava livre. Carian foi o primeiro a descer até a entrada, tão silencioso quanto Feline. Petrus e Feron se posicionaram também, deixando espaço para o outro trio de guerreiros passar. Dário, Diana e Catharina deram uma última olhada ao redor e então foram engolidos pela boca escura na rocha.

Ulrik podia imaginar o que estava acontecendo lá dentro. Os guerreiros se movimentando com cuidado, seus animae se posicionando para distrair os dragões... Era uma tarefa difícil. Mas ia dar certo. Afinal, tirando o susto com a chegada de uma das criaturas, estava tudo correndo conforme o planejado.

Um calafrio percorreu sua espinha. Uma sensação conhecida, um presságio de más notícias, que chegavam sempre primeiro para o garoto com magia forte no sangue.

Ele tinha comemorado cedo demais.

– Não. Não, não, não – Ulrik sussurrou.

Aquilo era a pior coisa que poderia acontecer.

– O que foi? – Kara perguntou, apreensiva.

– Espectros.

Nox e Lux saíram da mata e se aproximaram, orelhas levantadas e olhos atentos. Ulrik pegou o arco e sacou uma flecha da aljava. Kara o imitou. Ela era uma excelente arqueira, talvez juntos pudessem resolver o problema sem fazer estardalhaço. Um ruído alto poderia incitar os dragões a saírem da caverna e colocar tudo a perder.

– Onde eles... – Ulrik começou, perscrutando os arredores, quando ouviu uma flecha de Kara zunir.

Virou-se. Ela havia acertado um espectro que estava a apenas alguns metros de Aquiles e Eline, que se sobressaltaram e em segundos também já estavam prontos para o combate.

Ulrik viu mais um, voando rápido na direção de Carian e dos outros. Ele foi atingido pelas garras de Aura, o gavião-real de Eline e, em seguida, por uma flecha de Ulrik. Nesse momento, Feron se virou na direção deles e, pela primeira vez, o líder pareceu realmente preocupado. Pôs a mão no ombro de Petrus e apontou, aparentemente ordenando que ele fosse ajudar os outros. Ulrik estava prestes a mostrar que não havia necessidade, quando cerca de dez espectros apareceram de uma vez.

Facas e flechas silvaram. Nox atacou um que estava mais perto. Núbila e Aura trabalharam juntos nos ares. Niv saltou do penhasco sobre um espectro e Ulrik teve que segurar o grito que lhe subiu à garganta, mas depois percebeu que não precisava temer. A leoparda virou-se no ar, se apoiou no paredão e subiu pelas pedras com uma destreza surpreendente. Tiveram que sacar as armas de combate direto. Os espectros sibilavam e chiavam. A espada de Ulrik ressoou contra as garras de um deles. Aquiles foi atingido e gritou. Tinham fracassado em fazer silêncio.

– Aí vem um! – Feron gritou.

Um dragão amarelo deixou a toca e não havia nenhum guerreiro sobre ele. Era aterrorizante, mas ainda assim, lindo. Carian se lançou sobre o bicho e o coração de Ulrik deu um salto esperançoso. Pater ia conseguir, sempre tivera um dom especial com animais, principalmente por respeitar a vida – mesmo quando tinha que tomá-las para alimentar a vila. Ele havia quase colocado à venda. Mas então o dragão se ergueu nas patas e bateu as asas, jogando o guerreiro para baixo. A criatura se virou em direção ao homem que tinha tentado dominá-la e rugiu, furiosa. Abriu a boca cheia de dentes e seu pescoço e garganta se iluminaram.

– Não... – Ulrik suspirou.

Depois de tudo que haviam passado, não podia deixar que Carian fosse queimado vivo. A voz de Feron ressoou em sua mente. Não matem os dragões. Se pudesse escolher, Ulrik nunca tiraria a vida de uma animal inocente. Além disso, sabia das consequências; talvez fosse quase como abrir a caixa novamente. Exceto que, dessa vez, ele teria uma chance real de salvar alguém.

Mirou na boca aberta, o único ponto fraco de um dragão. O tiro precisava ser perfeito. Soltou a flecha, pedindo a Luce que a guiasse.

O animal guinchou e caiu para trás. Um misto de alívio e culpa envolveu o garoto. Feron olhou na direção dele, suas feições de incredulidade e depois ira. Mas ainda estavam sob ataque, e o líder voltou sua atenção para a missão.

– Aí vem o segundo! – Petrus gritou.

O dragão com escamas de cor vinho saiu. Dário estava montado em seu pescoço, segurando-se em duas protuberâncias perto da cabeça enquanto o animal se debatia tentando derrubá-lo de lá. Colocou a venda.

– Isso, garoto! – Eline gritou.

Amarrou a corda em volta do pescoço que serviria de rédea, mas o dragão continuou se contorcendo. A informação que tinham era de que o animal se acalmaria e se deixaria guiar uma vez vendado. Porém, não era o que estava acontecendo.

– Eu vou escorregar! – Dário avisou.

Feron se aproximou e tentou tomar o lugar do outro guerreiro quando ele caiu. Porém, o dragão o enxotou com um golpe da cauda e abriu as asas.

Ulrik decapitou um espectro, jogou a espada no chão e começou a correr na direção da borda do paredão. Nox e Lux uivaram, e era difícil saber se os lobos estavam incentivando o garoto ou pedindo que ele parasse antes que fosse tarde demais. Os olhos de Carian se arregalaram.

O dragão vendado alçou voo.

Ao mesmo tempo, Ulrik se jogou do penhasco.

CAPÍTULO 3

Pedra sobre pedra

A nevasca tinha cessado, o céu começava a se abrir. Havia nuvens acima e abaixo deles e, mais à frente, picos incrivelmente altos despontavam da cordilheira mais extensa do continente. As Montanhas do Norte, onde viviam os vísios.

Úrsula terminou as runas de aquecimento nas mãos e na roupa. Inspirou fundo o ar congelante, apertou o casaco de pele e calçou as luvas, torcendo ser suficientes para que seus dedos não necrosassem.

Haviam parado para descansar e decidir o que fazer. Victor queria continuar a caminhada e tentar contato com os vísios no fim da tarde. Outros argumentavam que seria melhor arriscar a aproximação no dia seguinte pela manhã, já que se chegassem a o cair da noite poderiam ser confundidos com uma ameaça.

Para a garota, qualquer uma das opções era válida. Só queria que os guerreiros deixassem os egos de lado e usassem os cérebros antes que estes congelassem de vez. Porém, pelo nível das discussões, talvez já fosse tarde demais.

Arthur se aproximou, aparentemente admirando a paisagem.

— Essa vista é incrível. Olhando assim de cima, até parece que dá pra caminhar sobre as nuvens, né? — o garoto loiro perguntou, virando-se para ela.

— Quer testar? Te arremesso sobre uma, não precisa nem pedir duas vezes.

— Úrsula, faz dois meses que a gente está na mesma missão... e às vezes eu acho que você vai me odiar pra sempre.

– Acho que o frio está te fazendo bem, porque finalmente você conseguiu chegar a uma conclusão acertada.

Ele se virou e saiu, batendo os pés como o garotinho mimado que era. Já vai tarde. Úrsula não precisava dele. Não precisava de ninguém ali. As pessoas que realmente faziam alguma diferença em sua vida estavam a milhares de quilômetros. E se juntaria a eles assim que encontrassem a gema de cíntilans dos vísios.

Úrsula voltou a atenção para a discussão dos mais experientes. Victor insistia que eram no máximo três horas de caminhada até o vilarejo, ainda haveria luz quando chegassem. Olga, uma guerreira de braços torneados e cabelos escuros salpicados de fios brancos, tivera contato com aquele povo no passado e explicou que não bastava chegar, precisavam de uma estratégia de aproximação que levaria dias. Deixar um presente na primeira manhã, permitir que fossem avistados no dia seguinte, mandar dois guerreiros perto dos limites do vilarejo no próximo e assim por diante. Os vísios eram extremamente fechados – pra não dizer hostis. E se o grupo causasse uma primeira impressão ruim, dificilmente conseguiriam revertê-la.

– Victor, eu sei que isso te causa uma dor quase física, mas, que tal dar o braço a torcer uma vez na vida? – Úrsula sugeriu, entendendo o ponto de vista de Olga. – Está todo mundo com frio, com fome e exausto. Ninguém vai ter condições ou a paciência necessária pra fazer as coisas direito desse jeito. Melhor chegar lá de manhã... E assim vocês têm a noite toda pra ficar medindo forças entre si enquanto nós, pobres mortais, descansamos e nos aquecemos.

Victor cerrou o maxilar e a encarou com uma clara vontade de empurrá-la penhasco abaixo. Úrsula cruzou os braços e ergueu as sobrancelhas, num desafio silencioso.

– Vamos montar acampamento – Victor anunciou, entredentes. – Mas nada de fogo.

– Eu vou acender uma fogueira e matar qualquer um que tente me impedir – Úrsula rebateu.

O arrependimento de tê-la aceitado no grupo era visível nas feições do líder.

– Façam a fogueira ali, naquela reentrância da pedra, assim a fumaça vai subir pelo paredão e se dissipar. E aproveitem, porque essa provavelmente vai ser a última refeição quente pelos próximos dias.

A garota assentiu. O grupo logo se pôs ao trabalho, armando barracas, organizando a lenha e tirando os mantimentos para preparar o jantar – provavelmente mais uma sopa aguada de trigo, cebola e fiapos de carne seca.

– Úrsula – Victor a chamou.

Ela se aproximou, mentalmente estralando os dedos para continuar a queda de braço eterna entre os dois. A garota conseguiria deixar o passado pra trás? Perdoar Victor, Arthur e tantos outros que haviam feito a vida de seu primo um inferno no ano anterior? Talvez. Só não queria, nem achava que deveria. Estava pronta para exercer seu papel naquela missão, para defender qualquer um deles com a própria vida durante uma batalha, mas para isso não precisava se forçar a ser simpática ou ter qualquer empatia.

Até porque, se eles tivessem feito um esforço para acolher Ulrik, por menor que fosse, as coisas poderiam ter sido muito diferentes. Se Victor não estivesse preocupado em encontrar uma razão para expulsar o garoto do clã, talvez tivesse notado que havia um traidor. Talvez tivesse ganhado a confiança de Augusto. Talvez tivesse acreditado quando Ulrik contou sobre a caixa, e ela nunca tivesse sido aberta. *Talvez pater ainda estivesse...*

Ela balançou a cabeça, estrangulou o pensamento antes que pudesse ganhar vida própria. Não queria se deixar vagar no abismo sem fim do *e se*. Preferia se agarrar à raiva, à ventania que a ajudava a seguir para o alto e avante.

– O que você quer?

Ele desfez a carranca e respirou fundo.

– A sua opinião. O que você acha que a gente deveria fazer?

– No jantar? Posso pedir pra Fofa caçar, mas tem algum bicho que vive nesse frio insuportável?

– Não... Estou falando sobre a estratégia para nos aproximarmos dos vísios.

A pergunta a pegou totalmente desprevenida. Parecia uma armadilha. Ela riu.

– Eu não vou cair nessa. Sei que você vai fazer exatamente o contrário do que eu disser.

– Garota, já passou da hora de você crescer e se comportar como uma guerreira de verdade – ele retrucou, sua irritação emergindo de novo. – Eu não gosto de você, você não gosta de mim, e nós dois sabemos disso. Mas eu consigo colocar as nossas diferenças de lado por alguns minutos pra ouvir as suas ideias porque, apesar de ser insolente e irritante, você é honesta e tem uma boa visão estratégica. Então, fala logo antes que eu me arrependa.

Aquele discurso foi amargo e doce. Ela poderia cuspir algumas ofensas de volta, porém, daria ainda mais munição para Victor dizer que Úrsula não era madura o bastante. Engoliu o próprio orgulho para provar o contrário.

Ela arrumou a postura e desarmou a expressão. Pelo menos para aquela conversa.

– Eu sei que a gente está correndo contra o tempo, não podemos perder tantos dias oferecendo presentinhos e acenando de longe. Ainda assim, a gente precisa mostrar de forma clara que essa é uma missão pacífica. E extremamente importante.

– E como fazemos isso?

– Quando as províncias estavam em guerra, as pessoas se rendiam jogando as armas no chão e levantando as mãos...

– Os vísios não devem ter muito conhecimento sobre guerras entre humanos – Victor respondeu.

– Eu sei. Meu ponto é só que precisamos nos mostrar... vulneráveis.

O líder cruzou os braços e franziu as sobrancelhas. Era um homem forte, de ombros largos e braços enormes. Se ele criasse uma lista chamada "palavras que eu desprezo", vulnerável com certeza estaria nela.

– Não gosto nada dessa ideia.

– Nossa, que surpresa!

– Mas, supondo que poderia funcionar... Como eu faço pra parecer vulnerável?

Úrsula gargalhou como há muitos dias não fazia e depois chacoalhou a cabeça.

– Victor, olha pra sua cara e pro seu tamanho. Nem se você se deitasse no chão e a gente te rolasse até lá igual uma tora você ia parecer vulnerável.

– Por que isso soa como uma ofensa e um elogio ao mesmo tempo?

Ela ignorou a pergunta.

– Sinceramente, deveríamos pensar em outra pessoa pra fazer o primeiro contato.

– Não.

– E essa pessoa chegaria lá sozinha. Um enviado pra explicar por que estamos aqui.

– Isso nem está aberto a discussão.

– O ideal seria uma garota alta, bonita, simpática, com cabelos sedosos e que, além de tudo, é extremamente inteligente.

– De jeito nenhum, Úrsula. E estou falando sério.

Sua mente já estava a mil, criando detalhes sobre como se apresentaria. Desarmada e com os braços levantados era uma boa ideia… mesmo que os vísios não soubessem o que o gesto significava, mostraria que suas mãos estavam livres de facas e espadas. Deveria levar Fofa consigo? E se… Seu devaneio foi interrompido por um som estranho. Uma espécie de assobio que a fez olhar para cima.

– PROTEJAM-SE! – Victor gritou.

Era um ataque.

Úrsula se encolheu contra a encosta rochosa e Fofa se levantou e se colocou à sua frente, protegendo a garota. Ainda assim, ela viu pedras enormes caírem em várias partes do acampamento, atingindo inclusive algumas barracas. Então, a ursa grunhiu e caiu para trás.

– Fofa!

A chuva de pedras parou tão repentinamente quanto começara. Úrsula deu a volta e percebeu que seu anima tinha sido atingido nas costas. Havia uma laceração grande. Fofa estava consciente, contudo, claramente sofrendo.

A garota usou alguns segundos para acessar a situação e percebeu que, por sorte, ninguém mais se ferira. A maioria das pedras não atingiu as pessoas e os animais.

– Preciso de um pouco do bálsamo dos sílfios! – Úrsula gritou, a garganta apertada ao ver os olhos de seu anima cerrados, tamanha a dor. – Rápido!

Arthur chegou correndo. Enquanto ela passava o bálsamo, o garoto fez algumas runas de dor. Depois saiu e voltou com uma agulha e fios de tripa. Apesar de ser um idiota, ele era bom nas técnicas de cura. Não chegava nem aos pés de Leona, porém se esforçava. Era delicado, paciente, preciso. Fofa choramingou enquanto ele dava os pontos, mas, em minutos, o corte estava fechado.

O coração de Úrsula finalmente começava a desacelerar, permitindo que outras emoções viessem à tona.

– Obrigada – ela disse, com a voz rouca.

– Você vai ficar boa, Fofa – Arthur falou, acariciando o pelo marrom e espesso da ursa. Depois se virou para a colega. – Daqui a algumas horas, é bom passar mais uma camada grossa do bálsamo. De manhã ela já vai estar novinha em folha.

Úrsula assentiu, apertando os lábios. Não queria chorar. Muito menos na frente dos outros.

– Eles tentaram nos matar! – Victor vociferou. – Vamos ter que invadir a vila e roubar a gema…

– Se eles quisessem nos matar, não teria sobrado ninguém aqui. Foi só um aviso – Olga retrucou. – E se tentarmos roubar qualquer coisa dos vísios… basta dizer que nem os animae são páreo pra força deles.

– E fazemos o quê? Sentamos e esperamos a próxima chuva de pedras?

– Exatamente – a guerreira mais velha respondeu. – Eles estão nos testando. Querem ver se vamos embora ou se vamos tentar atacar. Ficar aqui, aguardando, já é uma forma de mostrar que viemos em paz.

Muitos protestaram. O grupo não estava feliz com a perspectiva de passar a noite ali, totalmente à mercê dos gigantes, podendo ser esmagado a qualquer momento. Porém, depois de muita discussão, perceberam que não havia alternativa. Não podiam ir embora e abandonar a missão; o clã estava contando com a gema de cíntilans. Era talvez o único artefato capaz de ferir Inna, de reduzir o poder do espectro. E todos acreditavam que isso era essencial para colocá-la na caixa novamente. Tampouco podiam atacar os vísios em seu próprio território. Mudar o acampamento de local ou tentar se esconder era inútil, Olga garantira. Eles provavelmente os observavam naquele instante, mesclando-se com as rochas, invisíveis aos olhos dos humanos.

Se não há escolha, a escolha está feita. Úrsula às vezes escutava na mente a voz de Tora, frases que o amigo diria ou que havia dito. Aquilo a ajudava a se tranquilizar, a pensar que estavam no caminho certo.

Ela guiou Fofa para perto da fogueira e a ursa mancou até lá. A guerreira havia sentido raiva, mas, enquanto aquecia o corpo perto das chamas, sua cabeça esfriou. Estavam no território dos vísios, e eles tinham direito de se defender. De mostrar que não apreciavam visitantes e que queriam ser deixados em paz. Então mandaram um aviso. Um aviso não mortal, quando claramente poderiam ter escolhido soterrá-los.

Não queriam ferir os guerreiros. Muito menos seus animae.

Yael, a feiticeira de Carrancas, havia dito que todos os outros povos admiravam os companheiros mágicos dos humanos. As criaturas com mais magia cíntilans, mais puras... Será que os vísios sabiam que tinham ferido Fofa? Sentiam-se culpados por isso? Soube na mesma hora o que fazer. Comeu e alimentou a ursa com algumas raízes e um pedaço pequeno de carne. Depois reaplicou o bálsamo. Fofa precisaria estar forte o suficiente em algumas horas para uma boa caminhada.

– Algumas barracas foram destruídas – Victor anunciou, chegando perto dos guerreiros reunidos ao redor do fogo. – Quem estava dormindo sozinho vai precisar dividir.

Droga. Isso ia dificultar bastante o plano.

– Arthur! – Úrsula o chamou. – Você pode ficar comigo.

– Eu já estou na barraca com o...

– Talvez eu precise da sua ajuda com a Fofa mais tarde.

Ele arqueou as sobrancelhas e pareceu um pouco lisonjeado.

– Tá bom.

Apesar do clima de tensão, o restante da noite foi absolutamente tranquilo. Manter guerreiros de guarda era inútil; estavam no meio do nada, provavelmente sendo vigiados por um ou mais vísios. Além disso, a madrugada era gelada demais para ficar ao relento, mesmo perto do fogo e se cobrindo de runas de calor. As lonas tinham recebido uma runa de ar que mantinha a temperatura agradável dentro das barracas. Uma sensação maravilhosa, como entrar numa estalagem repleta de gente e com uma lareira acesa. Era uma runa complicada, que se construía em camadas. Úrsula havia acompanhado de perto o processo – e até ajudado um pouco – enquanto Olga e mais dois guerreiros trabalharam todos os dias do primeiro mês para conseguir aquela façanha. Ela amava runas de ar; traziam à tona lembranças de lições com pater, de como ele lhe ensinara pacientemente a fazer a runa da arma dos guerreiros e também outras que ela sentiu necessidade de aprender ao longo dos anos. Era comum os guerreiros se especializarem em um ou dois elementos, e Úrsula não tinha dúvidas de que o seu era o ar. O elemento da mudança, da liberdade, do desafio.

Ela entrou na tenda e deitou-se em um dos cantos. Alguns minutos depois, Arthur entrou também.

– Por Luce, essas tendas aquecidas são a melhor invenção de toda a história dos guerreiros – ele disse, deitando-se no canto oposto. Úrsula não respondeu, mas concordava. – Fofa vai ficar bem. Acabei de dar uma olhada e o ferimento já está cicatrizando.

Uma pontada de culpa transpassou a garota. Não se importava em mentir, mas usar seu anima parecia um pouco demais.

– Obrigada pela ajuda – ela disse, com sinceridade. – Agora fica quieto que eu tô tentando dormir.

– Mandei Alae para o bosque no pé da montanha – ele disse. – Assim ele pode caçar, descansar onde não está tão frio e... sei lá, vai que os vísios atacam de novo.

Ele estava com medo. Apesar de terem a mesma idade, Úrsula não conseguia enxergar o garoto como um igual. Rotular as pessoas por idade era uma grande bobagem, porque na realidade isso não definia ninguém. Principalmente quando se tratava de jovens... Tora, por exemplo, tinha mais maturidade e sabedoria do que muitos guerreiros mais velhos e experientes – como Victor, uma criança birrenta em um corpo colossal. Leona conseguia colocar suas emoções de lado, deixar a mente tão afiada quanto suas facas e agir da forma certa mesmo quando aquilo custava um enorme esforço emocional. Ulrik e Úrsula talvez fossem os mais imaturos do grupo, mas, ainda assim, conseguia se enxergar como uma guerreira. Ao contrário de Arthur, que deveria ter ficado no acampamento, onde estaria em segurança. Ela o via da mesma forma como costumava ver sua prima... *Mica*. Por uma fração de segundos, seu peito se aqueceu com a lembrança do amor que tinha pela garota, em seguida congelado pela verdade: ela era uma feiticeira poderosa que havia causado muitas mortes. Rufus. Os guerreiros no Bosque Branco. Lia. Augusto. E tantos outros na Batalha da Caixa das Almas. Todos assassinados conforme os planos de uma garota de dezessete anos com maldade e calculismo que não pareciam caber em sua pouca idade.

– Não acho que os vísios vão atacar – ela respondeu, virando-se de lado e tentando tranquilizá-lo. – Acho que eles querem apenas entender se nós vamos revidar. Se somos perigosos. E precisamos provar que não.

– E você tem um plano pra isso.

Úrsula encarou os olhos azuis e atentos de Arthur. A tenda estava levemente iluminada por conta das fogueiras do lado de fora.

– Eu? – perguntou, tentando soar inocente.

– Eu sei que você me acha um imbecil – ele disse. *Uau, duas percepções corretas em um só dia!*, Úrsula pensou, porém engoliu a alfinetada. – Mas eu reparo nas coisas. E eu conheço você muito bem.

– Ah, disso eu duvido muito.

– Eu sei que você é uma guerreira muito boa e sabe disso. Que não precisa da aprovação de ninguém. Só que, ainda assim, você gosta de ter o seu esforço reconhecido. Sei que você fala o que pensa, às vezes se arrepende, mas acha que desculpas não resolvem nada. Sei que ainda tem muita raiva de mim, que me culpa por muitas das coisas que aconteceram no ano passado...

– Bom, não precisa ser um gênio pra deduzir essa última parte – ela retrucou, incomodada por perceber que ele reparava tanto assim nela. Úrsula nunca foi o tipo de pessoa que escondia o que pensava, contudo, deixava algumas emoções bem guardadas, longe da superfície. Não gostava nada da sensação de ser um livro aberto, com seu coração ali exposto, para todo mundo ler.

– E concordo... eu realmente tenho culpa. – Ele fez uma careta, tentando conter o choro. – Eu queria ter agido de um jeito diferente. Eu realmente fui um idiota... e muita gente morreu por isso. Incluindo meu melhor amigo.

Marcus. A lembrança dessa perda fez os olhos de Úrsula arderem. Ela e Marcus nunca tinham se dado bem, porém isso não diminuía a dor. Tinham crescido juntos. Brincado e batido um no outro praticamente todos os dias de sua vida. Encontrado seus animae com meses de diferença... treinado juntos. Perdido Rufus juntos. Era o tipo de conexão que não se quebrava apenas por não se gostarem. Úrsula havia dedicado suas lágrimas a outras causas: o acidente de Tora, Augusto, Lia, a enorme pilha de corpos após a batalha... Não havia chorado por Marcus. Não exclusivamente por ele. E aquilo parecia errado.

– Sinto muito – ela disse com honestidade. Por mais que houvesse direcionado muita raiva a Arthur, colocar tanto peso nos ombros dele não era justo. – A morte dele não foi sua culpa. Várias pessoas podiam ter agido diferente, pessoas que tinham muito mais poder e influência que você. E, ainda assim, mesmo se todo mundo tivesse feito tudo certo... – Hesitou. Se dissesse aquilo em voz alta, não haveria mais volta e ela teria que tentar aceitar as próprias palavras. – Não sei se a gente poderia ter evitado essa tragédia.

Aquela afirmação pesou entre os dois por alguns segundos. Depois que o garoto se recompôs, ele voltou ao ponto inicial da conversa.

– E então, qual é o seu plano pra resolver a situação com os vísios?

Ela abriu a boca para negar e desistiu. Com tanta desconfiança, não havia a menor chance de conseguir sair da barraca sem que Arthur notasse.

– Vou sair quando todo mundo estiver dormindo e Fofa vai comigo. Depois que tiver subido um pouco mais a montanha, pretendo chamar por eles e mostrar que estou desarmada. Talvez assim os vísios se interessem em ouvir o que tenho a dizer... Sei que o Victor nunca concordaria, mas acho que é nossa melhor chance.

Ele obviamente achava tudo aquilo perigoso e, em outros tempos, sairia correndo dali para avisar o líder.

– Quer que eu vá com você?

Úrsula sorriu. Era a última coisa de que precisava.

– Não, prefiro ir sozinha. Só que todo mundo está assustado, acho que alguém pode me ouvir saindo. Você pode ajudar fazendo um pouco de barulho se for preciso...

Combinaram de esperar um pouco para garantir que a maioria já estivesse dormindo. Duas horas depois, Úrsula saiu da tenda. Fofa, do lado de fora, se levantou e caminhou em seu encalço. As duas passaram pelo acampamento adormecido quase sem fazer ruído e começaram a subir a trilha que contornava o paredão de pedra. As botas de Úrsula escorregaram, fazendo algumas pedrinhas deslizarem. Lá embaixo, Arthur bateu o pé em uma barraca e pediu desculpas, explicando que estava indo ao banheiro e tropeçou.

Era uma noite sem lua, mas o brilho das estrelas – tantas estrelas, tantas mais do que já tinha visto – permitia que ela enxergasse o caminho, pelo menos o suficiente para não desabar de lá de cima.

Andaram por muitos minutos sem ver nada demais. A garota começou a se perguntar se voltaria para a barraca em breve sem nada de concreto para contar a Arthur.

Chegaram a um platô. Úrsula aproveitou para recuperar o fôlego. Então, o céu se acendeu em ondas coloridas.

Já tinha visto as luzes no céu em outras noites, porém, nunca com aquela intensidade. Era lindo. Era mágico. No meio de tanta beleza, havia uma cor única, algo que puxava para o laranja, ou o dourado, com tons arroxeados e reflexos de verde, cujo efeito brincava com os olhos. Quando olhou para Fofa, percebeu que essa mesma cor se refletia ao redor da ursa, como uma aura. Como se… não, não é possível. Devagar e pulsando de expectativa, tirou uma das luvas. Ao redor de sua mão, havia um vestígio daquele brilho. Era mais discreto, mas estava ali.

Úrsula sorriu, contendo a gargalhada de alegria por medo de ser ouvida. *Cintilans*.

Estava enxergando a magia, da mesma forma que os seres mágicos eram capazes de fazer? Sim. Sim! E era linda a ponto de deixar os olhos de Úrsula úmidos de emoção. Fofa reluzia e, por um segundo, a garota se perguntou que magia era aquela no céu… do ar? Seriam aquelas luzes uma visão dos próprios aeris?

O chão tremeu de leve. A intensidade das luzes no céu diminuiu. Uma parte da montanha pareceu se deslocar… Só que não era uma rocha. Mesmo que seu objetivo fosse exatamente encontrar um deles, uma onda gelada de medo percorreu seu corpo quando viu o ser enorme à frente. O vísio tinha mais de três metros, e estava camuflado até segundos atrás… Se estava visível agora, era apenas porque assim o desejava.

Ainda havia resquícios da aurora boreal, o suficiente para que Úrsula pudesse enxergar os detalhes daquela criatura. Sua cabeça era proporcional – e por um momento ela se lembrou, saudosamente, de uma discussão que tivera com Rufus sobre aquilo. Não se via o pescoço, perdido em meio aos músculos dos ombros e das costas. Os olhos eram pequenos, e as sobrancelhas grossas estavam franzidas em uma expressão nada amigável.

– Oi, tudo bem? – ela disse, num sussurro quase inaudível.

Ele levantou um estilingue. Puxou o elástico. Havia uma pedra quase do tamanho da cabeça de Úrsula na malha.

Teve que segurar o instinto de correr. Ao invés de buscar uma faca ou uma flecha com as mãos, ela as levantou, tentando mostrar que estava desarmada. Com as pernas bambas, se ajoelhou. Fofa se abaixou ao seu lado, estendendo-se no chão.

Estava *vulnerável*. Estava à mercê da enorme criatura, assim como havia sugerido a Victor. Naquele momento, contudo, com o vento e o medo fazendo seus dentes baterem uns contra os outros, parecia mesmo uma ideia estúpida.

O vísio soltou o elástico. Úrsula fechou os olhos, esperando o impacto.

CAPÍTULO 4

A Cidade Real

No primeiro mês de viagem, Tora foi assolado por três tipos de dores.

A primeira era física. Ainda precisava se acostumar com a ausência da perna esquerda; muitas vezes, ao acordar, se esquecia que a perdera e sentia cãibras ou coceiras que não tinham razão de existir. Levava a mão à panturrilha esquerda para massageá-la, ou ao joelho para coçá-lo, e o vazio que encontrava o atingia sem misericórdia. Lembrar da amputação enviava um frio à espinha, como se estivesse em queda livre, e atiçava ainda mais o desejo pela resina de papoula.

E essa era a segunda dor. Uma algia da mente. Sabia que mascar a resina com frequência não era uma boa ideia. No início, a utilizava de forma consciente, apenas nos momentos em que as dores no coto ficavam insuportáveis. A prótese fabricada pelos sílfios era moderna e confortável; ainda assim, quando passava muitas horas em pé, a pressão provocava feridas que o impediam de dormir. Sabia que depois de alguns meses a pele e os músculos se adaptariam, mas, enquanto isso, precisava de algum tipo de alívio… Com o passar dos dias, porém, a necessidade pela resina começou a chegar desassociada da dor. Tentou resistir. Cedeu uma, duas, três vezes, até se convencer de que lutar contra uma onda tão poderosa era inútil. Havia sofrido demais. Merecia o bem-estar que a papoula ofertava. Ao menos era o que dizia para si mesmo todas as vezes que o desejo irreprimível surgia.

E a terceira dor era da alma. Essa doía em vários cantos, de formas e intensidades diversas. Havia a dor latente, sempre presente, da tragédia que acontecera e de todas as perdas que ainda estavam por vir.

Inna estava solto. Se não conseguissem prendê-lo novamente, o mundo seria assolado por uma era de terror. E havia aquela dor lancinante, uma fisgada profunda causada pela falta dos amigos. Todos os dias se arrependia de não ter decidido partir junto a Ulrik ou Úrsula. Não era sensato, mas sensatez era algo que apenas prevenia dores futuras, não curava feridas abertas. Tora precisava de alento. E se os quatro estivessem juntos, todas as outras dores seriam suportáveis.

Passado o primeiro mês, as coisas melhoraram. O membro fantasma doía menos. Tora aperfeiçoou sua técnica de invocar a força dos espíritos da terra para melhorar o equilíbrio, exigindo menos das duas pernas. O coto começava a formar um calo, ajudado pelo bálsamo dos sílfios. A cada cidade onde paravam, o discurso deles sobre a existência dos espectros ficava mais apurado, e conseguiam convencer e preparar mais pessoas para o terror que estava por vir. Tora era um dos melhores em recrutar e também havia se tornado um dos treinadores, pois tinha experiência em fazer runas sem possuir magia no sangue. Além disso, Bruno e Tora foram ficando mais próximos ao longo do percurso, e frequentemente conversavam sobre a estratégia que usariam quando chegassem à Cidade Real. A intensidade das experiências, das reflexões e das trocas com outras pessoas fazia sua visão se ampliar, assim como acontecia quando se preparava para ser um guru. Estava encontrando propósito naquela missão e as palavras que Úrsula lhe dissera após o encontro com a veros sempre lhe retornavam a mente: *Seria ótimo ter um guerreiro guru, alguém que enxergue melhor as verdades e oriente a gente.* Tudo isso junto preenchia o buraco da alma. A única batalha que piorava com o passar do tempo era aquela contra a resina da papoula.

Quando faltavam apenas alguns dias de viagem para chegarem ao destino final, encontraram um bando de espectros. Capturaram dois deles vivos e os amarraram. Revezavam-se em turnos para vigiá-los. Seria a prova perfeita, a forma de convencer a rainha de que aquela ameaça era concreta.

Não era difícil atacar aquelas criaturas durante uma batalha onde o lema era matar ou ser morto. Encará-las enquanto estavam amarradas, porém, era outra história. Espectros dormiam. Tora descobriu no terceiro dia que tinham sede quando um deles chiou a palavra água. Depois de conferir que as amarras estavam firmes, deu de beber a eles em um cantil. E esse ato o fez encarar aqueles seres de outra forma. Decidiu começar a anotar aqueles conhecimentos sobre a rotina, as necessidades, tudo que observava sobre as criaturas. Uma grande questão começou a martelar em sua mente.

– Como os espectros surgiram? – indagou a Bruno um dia no jantar ao redor da fogueira. – De onde eles vieram?

– É uma boa pergunta. Ninguém sabe exatamente – o líder respondeu, mordendo uma coxa de faisão e observando o garoto com certa surpresa no olhar. – Só sabemos que eles assolavam o mundo até que Raoni rezou para Luce, recebeu a marca da estrela e então começaram todas as eras que estudamos: Tempos de Caçada, Tempos de Vingança, Tempos de Guerra e Paz...

Tora ficou pensativo. Uma parte daquela teoria não fazia sentido.

– Me pergunto quantos anos duraram os Tempos de Horror, quando os espectros estavam por aqui, mas ainda não existiam guerreiros. E como não fomos extintos – o garoto disse. – Vimos Inna em ação, sabemos do que ele é capaz. Com guerreiros treinados já vai ser difícil conter a destruição.

Bruno pareceu refletir sobre o questionamento.

– Faz sentido. É apenas uma curiosidade ou essa reflexão tem algum outro motivo?

O guerreiro era sagaz. Percebia as intenções nos detalhes.

– Quanto mais penso sobre o assunto, mais tenho certeza de que alguma coisa fez com que eles aparecessem. Um evento, algum tipo de magia, um portal, não sei...

– Hum... E se você soubesse como eles chegaram aqui, talvez descobrisse como reverter o processo – Bruno concluiu. Tora acenou com a cabeça, concordando. – Bom, o objetivo principal é fazer outra caixa das almas, mas seria interessante explorar esse ponto. Por Luce, se sua teoria estiver certa, talvez exista uma forma de exterminar os espectros por completo. Nunca vi nada a respeito nos nossos pergaminhos, mas o acervo do clã é pequeno. Já a biblioteca da Cidade Real é... você vai ver. Se houver alguma informação sobre a origem desses seres, estará lá.

Eles continuaram jantando, e o clima geral era de animação. Chegariam à Cidade Real em dois dias, levando espectros vivos que os ajudariam a conseguir o apoio da rainha na guerra que estavam prestes a travar.

– Fome... comida...

Aquelas foram as palavras sussurradas na voz metálica e desagradável de um dos espectros assim que Tora assumiu o turno de vigília. Já haviam se passado muitos dias desde a captura. *O que espectros comem?* Ele ponderou, enquanto avaliava as sobras do jantar. Tentou oferecer pão, frutas, restos de carne assada, mas as criaturas viraram o rosto para todos esses itens ou mostraram os dentes.

Tora pegou um pequeno pedaço de carne de caça crua. Assim que se aproximou, o espectro abriu a boca e rasgou parte da carne com os dentes pontiagudos e amarelos. Uma língua comprida e acinzentada ajudou a colocar o alimento para dentro. Mastigou. A imagem o fez se lembrar das lendas sobre Inna comer corações humanos. Seu estômago se revirou. Ainda assim, se preparou para pegar mais um pedaço.

– O que é isso? – um guerreiro jovem e magro chamado Sali perguntou, sobressaltando Tora. – O que você pensa que está fazendo?

– Eu... eles estão com fome.

– Com fome?! – o outro questionou, aumentando o tom de voz. – Você está alimentando esses desgraçados que querem acabar com a raça humana?

Logo vários guerreiros acordaram para entender a razão do tumulto. Todos se revoltaram ao saber o que Tora estava fazendo. Alguns inclusive pediram sua expulsão. Bruno acalmou os ânimos, explicando que não tinham discutido aquela regra antes, mas que a partir de então proibia qualquer um de cuidar deles sem que isso fosse discutido.

Tora tentou argumentar, não podiam mantê-los prisioneiros sem oferecer ao menos água e comida. Logo percebeu que aquela era uma batalha perdida. Estranhamente, se sentiu mal pelos espectros. Era como se, pela primeira vez, os guerreiros estivessem agindo de forma pior.

Alguém amordaçou os espectros. Cobriram a carroça com uma lona. Proibiram Tora de fazer a guarda das criaturas. E o garoto estaria mentindo se dissesse que aquilo não acalmou sua angústia. Não ver nem ouvir as criaturas o ajudou a ignorar o fato de que estavam sofrendo. Isso, e também uma dose um pouco maior de resina de papoula.

Dias depois, avistaram a cidade. A visão era de tirar o fôlego. Sobre uma colina, um enorme muro de pedras avermelhadas circundava o local.

Um castelo imponente se erguia no topo, visível mesmo da estrada. Era diferente e muito maior do que qualquer cidade que Tora já havia visto.

Os portões estavam abertos, e comerciantes, viajantes e a população local circulavam sem restrições. Aquela era uma era de paz no continente. Todos estavam com a guarda baixa, e talvez esse fosse mais um desafio a vencer. *Quando o céu está limpo, é difícil acreditar que uma grande tempestade se aproxima.*

Eles saíram logo da rua principal, caminhando por vielas tortuosas e pavimentadas, os cascos dos cavalos ruidosos contra as pedras. Então chegaram a uma pequena praça, pouco movimentada.

– Vamos nos dividir – Bruno disse. – Tem muita coisa pra fazer e não podemos chamar muita atenção de imediato.

Parte do grupo foi encontrar acomodações para os guerreiros e os cavalos. Seis guerreiros foram designados para fiscalizar os espectros e garantir que estivessem bem presos, num casebre abandonado fora dos muros, para evitar acidentes. Outros três deveriam fazer uma varredura geral na cidade, para entender se poderia haver espectros ou feiticeiros por ali. Alguns dos animae foram dispensados para caçar e também vigiar os arredores.

– E Magnus e eu? – Tora perguntou, quando se viu sozinho com o líder.

– Vocês vêm comigo – Bruno respondeu, já começando a caminhar acompanhado por Nigris, seu urso preto. – Vamos tentar conseguir uma audiência com a rainha.

Os quatro seguiram em direção ao castelo, tomando as ruas maiores. A cidade fervilhava de movimento e em algumas partes era até difícil vencer o fluxo de pessoas. A maioria dos animae eram cachorros, gatos, pássaros, doninhas, cavalos, um ou outro veado e até mesmo porcos selvagens. Talvez por isso as cabeças se viravam quando eles passavam, muitos apontando para o tigre, alguns amedrontados até entenderem que aquele felino fascinante era um anima. Eles se sobressaíam em meio à multidão.

– Você acha que Magnus vai impressioná-los e que isso vai ajudar a conseguir a audiência – Tora disse, compreendendo a razão de ter sido escolhido.

Bruno sorriu.

– Sim. Pensei muito sobre como fazer a abordagem. Se chegássemos em muitos, com animae enormes, os guardas poderiam se sentir ameaçados. Ao mesmo tempo, precisamos passar uma impressão de solenidade e importância... Tenho certeza de que a maioria dos guardas nunca viu um tigre. Não sei nem mesmo se a família real já viu um. Isso vai, no mínimo, atiçar a curiosidade. É humano.

– Faz sentido – Tora respondeu, resignado, mas ciente da pontada de decepção.

– Só que não foi o único motivo. – O líder o encarou com um brilho de admiração no olhar. – Você ainda é jovem, Tora, porém enxerga coisas que passam despercebidas até para os mais experientes, nenhum detalhe te escapa. Isso tem um valor enorme, principalmente nesse momento... Estou feliz que esteja aqui. Mas sei que você também teria sido um excelente guru.

De onde Tora vinha, humildade era uma virtude importante. Sentir-se orgulhoso nos momentos propícios, no entanto, também era incentivado. Seu peito se aqueceu com o elogio.

– Um dia alguém me disse que talvez eu pudesse ser as duas coisas. Tenho pensado sobre isso... Você acha que é possível?

Bruno ergueu as sobrancelhas grossas, rindo, surpreso de uma forma positiva.

– Possível? Se pararmos pra pensar no que é possível ou não, vamos ficar paralisados. Olha só, estamos indo revelar a existência dos espectros para a rainha com esperança de não sermos presos ou expulsos daqui, tudo isso porque precisamos colocar Inna de volta numa caixa que ainda nem existe... Você se tornar um guru parece muito mais possível do que todo o resto. E estamos na cidade onde mais há gurus e aprendizes, oportunidades aqui não vão faltar.

A perspectiva de voltar a estudar e a treinar fez algo acordar dentro de Tora. Ao mesmo tempo, não conseguia se imaginar deixando de ser um guerreiro, já fazia parte de sua essência. Talvez, para algumas pessoas, ser apenas uma coisa não fosse suficiente.

Quando alcançaram os pés da escadaria que dava acesso ao castelo, foram retidos por dois guardas.

– Quem são vocês e aonde vão? – perguntou o homem de cabelos avermelhados cujo anima era um urso-pardo.

– Viemos de longe e gostaríamos de falar com a rainha. Precisamos alertá-la sobre uma ameaça iminente – Bruno respondeu, assumindo um tom mais formal que o habitual.

A postura dos dois homens ficou mais tensa.

– Como assim? Uma ameaça a ela? À cidade?

O líder hesitou por um momento. Tora sabia que ele estava medindo as palavras, tentando encontrar o equilíbrio exato para que fossem levados a sério sem ter que revelar demais.

– Ao reino como um todo.

Os guardas se entreolharam. Um lampejo de sorriso perpassou os lábios de um deles; claramente duvidavam daquela história.

– E você é...?

– Bruno.

– Bruno de quê? Qual é seu nome de família e de que região você vem?

Os guerreiros não portavam nomes de família, independentemente de serem estranhos ou nativos. Não era necessário e, mais que isso, evitavam a todo custo deixar óbvias as conexões familiares para que essa informação não fosse usada pelo inimigo.

– Me perdoem a discrição, mas esses dados são sigilosos e só poderia passá-los diretamente à rainha ou a uma de suas conselheiras.

Tora percebeu que eles estavam prestes a serem enxotados.

– Existe uma regra para audiências urgentes, não é mesmo? – o garoto perguntou, retoricamente. Parte do treinamento de guru envolvia política, e ele sempre se interessou por detalhes como aqueles. Apesar de ter aprendido muitas coisas na viagem com o líder, também era capaz de agregar com conhecimentos prévios.

– Pessoas que solicitam audiências urgentes sem necessidade podem ser presas por isso. Ou pior – o segundo guarda alertou, e o cachorro selvagem ao seu lado rosnou de leve, provavelmente sentindo a irritação do homem.

– Garanto que essa é extremamente necessária – Bruno respondeu, agarrando a oportunidade.

Depois de mais alguns minutos, a passagem foi enfim liberada. Subiram as enormes escadas de pedras vermelhas ladeadas por esculturas, jardins e fontes. Quanto mais avançavam, mais pareciam estar adentrando um novo mundo, onde a riqueza e a tranquilidade caminhavam de mãos dadas. Tora parou algumas vezes durante a subida para admirar a vista do alto. A cidade lá embaixo parecia um formigueiro, com seus trabalhadores traçando caminhos, seguindo filas, fazendo seu papel. Além das escadas, havia um percurso contornando a colina, grande o suficiente para a passagem de cavalos e carroças. A rainha e outras pessoas importantes certamente não entravam e saíam do castelo por aquelas escadas intermináveis. Passaram por mais dois pontos de segurança até chegarem aos portões de um novo muro, que dava acesso a uma segunda cidade dentro da primeira.

Não foram encaminhados ao castelo, e sim a uma construção menor. Ainda assim, estavam em uma sala maior do que qualquer estalagem que já tivessem frequentado, decorada com tapeçarias que eram verdadeiras obras de arte e móveis pesados e lustrosos. Esperaram um tempo. Subitamente, portas laterais se abriram e por elas entrou uma figura hipnotizante seguida por quatro guardas.

A mulher tinha cabelos pretos como a noite, volumosos e cacheados. A pele retinta era perfeita como seda. Usava um vestido azul-escuro bordado com pedras, que remetia a noites estreladas. Seus olhos eram de um dourado líquido e se arregalaram – quase imperceptivelmente – ao encarar os dois homens e seus animae.

– Sou Lanyel Brahas. Terceira conselheira.

Bruno e Tora fizeram uma reverência, como era de praxe na presença das figuras que representavam a coroa.

O sistema real era simples e eficiente. Uma rainha, cinco conselheiras, cada conselheira com cinco aprendizes. Se a rainha precisasse ser substituída, as conselheiras votavam para escolher quem dentre elas subiria ao trono. E, da mesma forma, se fosse necessária uma nova conselheira, as vinte e cinco aprendizes escolhiam a mais preparada. Todo cargo era vitalício, mas rainha, conselheiras e aprendizes podiam ser depostas por seus pares ou por seu conselho direto. Isso garantia que todas pudessem se expressar e aconselhar sem medo de reprimendas do alto. E assegurava também uma linha de sucessão clara, com mulheres bem treinadas e que seriam escolhidas de acordo com sua habilidade para governar.

– Entendo que requerem uma audiência urgente – Lanyel continuou. – Vou ouvi-los e então decidir se o tema necessita da atenção de Nossa Alteza Imperial ou se pode ser resolvido de outra maneira.

Bruno aquiesceu e começou a repetir o mesmo discurso que havia usado para revelar a existência dos espectros nas cidades em que pararam. Tora reparou que a conselheira estava impassível. Nada a impressionava ou causava assombro. Provavelmente era treinada para não demonstrar suas emoções. O garoto buscou com os olhos o anima dela. Então a conclusão lhe assomou de uma vez.

O que aquilo significava? De que lado ela estava? Talvez houvesse uma forma de saber.

— Essas criaturas têm magia e não podem ser mortas por armas comuns, mas nós temos uma runa que… — Bruno estava explicando.

— A caixa das almas é real — Tora disse, cortando o líder. — Ela foi aberta e Inna está solto.

A reação enfim veio. Lanyel não conseguiu conter o choque a tempo, contudo, em segundos se recompôs.

— Me perdoe a intromissão, decidi ir direto ao ponto porque imaginei que a existência da magia, dos guerreiros e dos espectros não seria novidade para Sua Alteza Real — Tora disse, gentilmente.

Os olhos dela faiscaram de curiosidade.

— E o que o levou a tal suposição? — ela questionou, sem confirmar ou negar. Também o estava testando.

— Não tenho a menor intenção de ser desrespeitoso, porém notei que é… uma feiticeira. Com certeza deve saber muito mais sobre tais assuntos do que as pessoas comuns.

Bruno disfarçou bem sua surpresa. Lanyel se manteve séria.

— Mas é novidade pra mim que agora haja um guru entre os guerreiros.

— O quê? — Tora perguntou, confuso por um segundo, e depois se lembrou de que feiticeiros enxergavam a magia. A magia que ele não possuía. Provavelmente supusera que ele havia de ser outra coisa. — Fico lisonjeado, mas sou apenas um guerreiro. Um guerreiro sem a marca da estrela.

— Interessante — ela comentou. — Bom, o importante é lembrarmos que segredos têm razão de existir. Isso vale para a minha essência, mas também para a missão dos guerreiros.

Era, muito sutilmente, uma advertência.

— Entendemos isso. Contudo, assim como existem razões para que segredos sejam mantidos, existem outras para que sejam revelados – Tora respondeu. – A abertura da caixa das almas me parece uma delas.

Bruno resumiu o que havia acontecido com a caixa das almas. E não passou despercebido a Tora que o líder deixou de fora muitas informações relevantes. Disse que a caixa tinha sido aberta, mas não como. Contou que agora precisavam lidar com o grande espectro à solta, que precisariam do apoio da coroa e de recursos: armas, pessoas. Uma grande guerra estava por vir. Porém, não tocou no plano da nova caixa.

Assim como Tora, Bruno estava desconfiado e não queria revelar mais do que o necessário. Muitas perguntas passavam pela mente do garoto: a rainha sabia que Lanyel era uma feiticeira? Que em suas veias corria sangue humano e também de espectros? Por que ela havia se tornado conselheira? Quais eram suas intenções ao ocupar um cargo tão importante?

– A situação é realmente grave e urgente – Lanyel respondeu por fim.

– Então vai nos conceder a audiência? – Bruno perguntou, num tom otimista.

– Não imediatamente. – As desconfianças cresceram no peito de Tora. – Esse não é um tema para ser apresentado de forma repentina a portas fechadas. Pessoas poderosas não admitem a própria ignorância com facilidade, preferem se agarrar a ela com unhas e dentes. Confiem em mim, Nossa Alteza não vai aceitar que algo tão importante ficou às sombras de seu conhecimento e das rainhas que vieram antes dela. Ela vai preferir não acreditar.

– Se você corroborar a nossa história, ela vai precisar considerar com mais cuidado e atenção – Bruno sugeriu, ousando ultrapassar os limites de um pedido.

– Não posso fazer isso.

Silêncio. Agora a desconfiança pairava no ar como uma névoa densa. O próximo movimento seria crucial para dissipá-la.

– O que você acha que a faria acreditar? – Tora perguntou.

– Talvez... testemunhar um ataque.

O líder dos guerreiros cerrou o maxilar. Aquele era o tipo de resposta que um traidor daria, tramando uma emboscada. Eles, contudo, estavam alguns passos à frente da feiticeira.

– Para sua sorte, trouxemos dois espectros vivos. Não recomendaria encenar um ataque, mas podemos mostrar as criaturas de forma segura à Nossa Alteza.

A conselheira empalideceu.

– Vocês... vocês trouxeram espectros até aqui? Espectros vivos?

– Fique tranquila, eles estão bem presos e há guerreiros que...

– Sabiam que as abelhas, quando feridas, transmitem algo pelo ar que atrai outras abelhas? É assim que defendem a colmeia de um ataque maior.

Bruno demorou alguns segundos para fazer as conexões.

Foi a vez de Tora sentir o sangue deixando sua face.

– Por Luce, precisamos fazer um círculo de proteção – Tora disse.

O que eles haviam feito? Poderiam muito bem ter condenado aquela cidade inteira. Será que o enxame já estava a caminho?

– Um círculo de proteção levaria meses para ficar pronto – Bruno respondeu.

– Não com a minha ajuda – Lanyel informou. – Venham.

CAPÍTULO 5

Metal flamen

Depois de cair no vazio por alguns segundos, o impacto foi forte.

Ulrik perdeu o ar, mas ainda assim seus braços envolveram instintivamente o pescoço do dragão. Mesmo vendado, o animal se balançou, tentando jogar longe o passageiro indesejado.

Olhou para baixo; estavam muito alto e ainda subindo, sobrevoando o mar a uma velocidade nauseante. Se caísse, provavelmente nunca seria encontrado. Com o corpo inteiro trêmulo, o garoto conseguia apenas se segurar firme, incapaz de qualquer outra coisa. O bicho emitiu um som estrondoso e ele se encolheu, parecia uma mistura do grasnado de um corvo com o rugido de um leão.

Leão. Albin. Leona. Ela, sim, seria capaz de dominar aquela criatura.

Ulrik inspirou o ar e se forçou a clarear a mente. A corda que Dário havia enrolado caíra, então ele se esgueirou para cima para tentar posicionar novas rédeas. Manteve a pegada com a mão direita e, com a esquerda, puxou o pedaço de corda preso a seu cinto. O dragão tentou expulsá-lo de novo, e daquela vez quase conseguiu. Ulrik escorregou e voltou a usar toda sua força para não cair. Seus braços tremiam por causa do esforço, do ar frio e do terror. Agarrou-se com as pernas e uma das mãos; com a outra, enfim conseguiu passar a rédea. Reunindo todo o resquício de coragem que lhe sobrara, Ulrik aos poucos soltou os braços e endireitou a postura. Puxou a corda para um lado. O dragão mexeu o pescoço, tentando se desvencilhar, e mergulhou em direção ao chão. Caindo, girando, girando...

Pelo visto, era desse jeito que a morte chegaria para Ulrik. Ele fechou os olhos.

E então... Vento nos cabelos. O som das asas batendo algumas vezes gentilmente e depois o assobio do ar, enquanto guerreiro e dragão planavam entre as nuvens.

Ulrik abriu os olhos e respirou fundo algumas vezes, tentando acalmar o coração que parecia prestes a explodir dentro do peito. Foi afrouxando a pegada, ainda trêmulo. Era quase como montar num cavalo. Um cavalo gigante, voador, coberto de escamas e que poderia transformar qualquer um numa tocha viva na primeira oportunidade. Estava cavalgando um dragão. Havia conseguido.

Aquela vitória fez um sorriso irreprimível tomar seus lábios. De dentro de um lugar feliz – um lugar que há meses não visitava –, veio um grito, emergindo com força junto a uma gargalhada. E lágrimas. Lágrimas raras, de alegria.

Ulrik enfim lembrou-se de tudo que haviam aprendido sobre dragões. Puxou de leve a mão direita, tentando conduzi-lo. Foi preciso puxar com muito mais força para que a criatura obedecesse ao comando e mudasse a direção. Dando a volta, ele enfim viu a ilha. Era impressionante como havia se distanciado naqueles poucos minutos...

Organizou os pensamentos. Decidiu que seria importante passar perto do local onde os guerreiros estavam para que soubessem que ele havia dominado o animal. Poderia pousar? O animal continuaria obedecendo depois que descesse das suas costas? Os guerreiros mais experientes achavam que sim, que uma vez vendado e dominado o dragão se tornaria mais dócil... Mas eles também pensavam que a situação seria controlada assim que a venda fosse posicionada, e não tinha sido bem assim. Melhor não arriscar. E melhor não assumir para si mesmo o real motivo: Feron poderia exigir que Ulrik passasse a montaria para outro guerreiro.

O plano estava desenhado. Passar pelos guerreiros. Acenar. Seguir para dentro do vulcão. Encontrar o metal. Usar a picareta para recolher a quantidade necessária e sair de lá de dentro antes que o calor do vulcão o consumisse. Seria simples, se não houvesse algo em seu caminho. Um outro gigante alado, branco com manchas azuladas. Haviam discutido muitas possibilidades, mas como usar um dragão para combater outro definitivamente não tinha sido uma delas.

O dragão branco se aproximou mais e mergulhou. Olhos vendados. Uma guerreira de cabelo castanho encaracolado sobre seu dorso. Catharina.

– Você conseguiu! – ela gritou, gargalhando ao passar por ele. – Não acredito que você conseguiu, Ulrik!

Ele riu de volta, a felicidade se espalhando em ondas entre os dois enquanto davam voltas nos céus com os animais, tentando alinhá-los de forma desajeitada. Quando enfim conseguiram voar em paralelo e na direção certa, ele gritou o plano. Ela acenou em concordância. O vulcão se aproximou rapidamente. De longe, Ulrik avistou a caverna do ninho. Quando voaram perto dos guerreiros, todos que estavam no solo vibraram com os braços ao alto. Os espectros tinham sido eliminados. Carian estava com lágrimas nos olhos, alegria e alívio estampados no rosto. E Feron... seu rosto se curvou ao redor das muitas cicatrizes enquanto ele sorria, aplaudindo.

A cena fez a tensão daqueles dois meses se dissipar. Isso era o tipo de coisa que fazia de Feron um grande líder: saber celebrar uma vitória, mesmo que fosse com um plano ao qual tinha se oposto no início.

Catharina virou o dragão branco para a direita e para cima, contornando o vulcão, indo em direção à cratera. Ulrik a seguiu. Depois sobrevoaram a boca enorme, avaliando a situação, e lá de cima já foi possível sentir o bafo intenso e quente. No fundo, um líquido alaranjado reluzia e borbulhava, enviando filetes de fumaça aos ares. Lava. Será que havia espíritos de fogo ali? Eles reagiriam à presença dos humanos?

Antes que pudesse derreter o próprio cérebro de tanto tentar calcular os riscos, Ulrik levou as rédeas para frente e para baixo. Para dentro da boca do vulcão. Catharina desceu pelo lado oposto. Precisavam procurar nas paredes. O metal flamen existia na forma líquida misturado à lava, mas não conseguiriam vê-lo ou retirá-lo de lá. Precisavam encontrar o brilho singular incrustado na rocha.

Ulrik olhou para o braço direito e viu a runa de fogo brilhar levemente. Fizera alguns ajustes de última hora no desenho, e ficou feliz por perceber que ainda assim havia funcionado. O calor dentro da barreira invisível era intenso, mas suportável. Contudo, depois de alguns minutos de busca, Catharina voou até perto de onde Ulrik estava, fazendo o dragão branco pairar no ar.

– Vou subir e fazer mais runas – ela avisou. Seu rosto moreno estava muito vermelho, o suor brilhando e empapando os cabelos. – E aí volto pra continuar procurando!

As runas de Ulrik eram sempre as melhores. Ele sentia o peso da magia e da sua ancestralidade. Catharina estava sofrendo muito mais com a temperatura; então o mínimo que devia fazer era acelerar a busca. Deu uma volta rápida nas partes superiores e depois decidiu ir em direção ao fundo. O calor se intensificou.

Seus olhos estavam atentos e mentalmente ele fez uma breve oração. Pediu ajuda para a Deusa da Luz, aquela que havia colocado a vida no mundo, que havia abençoado guerreiros com magia. Uma pequena explosão fez um jato de lava incandescente se projetar no ar e Ulrik desviou por pouco. Foi quando viu, numa parede à frente, algo refletindo aquele brilho alaranjado.

Voou até lá. Vários pedaços de metal flamen decoravam aquela parte da rocha.

– Isso! – ele disse, incapaz de conter a vibração.

Havia um pequeno platô ali perto. Ulrik foi descendo com o dragão devagar, controlando as rédeas de forma intuitiva, torcendo para que o animal entendesse que deveria pousar. Quando tocaram na pedra e o dragão apoiou as asas no chão, Ulrik deslizou para baixo. Pegou as rédeas e a enrolou em volta de uma reentrância na pedra. *Tomara que seja suficiente*, pensou, sabendo que se o bicho escapasse, não teria como sair do vulcão.

Ele tirou a pequena picareta do cinto e começou a quebrar a rocha, fazendo buracos ao redor do metal. Tirou um fragmento. Depois mais um. Foi preenchendo a bolsa de lona, e conforme ela ficava mais pesada, contraditoriamente seus ombros ficavam mais leves. Iam conseguir. Haviam capturado dragões, entrado num vulcão e encontrado metal flamen. Cada vez que martelava a rocha, a missão de fazer uma nova caixa das almas parecia menos impossível.

Um último pedaço generoso do metal seria mais que suficiente. Depois ele subiria no dragão cor de vinho e sairia dali. Martelou a rocha. O barulho ecoou alto. Um novo jato de lava se projetou ao alto. E tudo começou a tremer.

Não... seria muito azar uma erupção acontecer no exato momento em que ele estava lá dentro. Quais eram as chances? Arriscou uma olhada no fundo. A lava borbulhou ainda mais forte. Estava prestes a correr até o dragão quando percebeu que não havia mais tempo. Uma explosão forte ecoou, o dragão se assustou e alçou voo, rompendo a corda onde estava amarrado. Uma quantidade enorme de rocha líquida alaranjada jorrou em direção aos céus. Ulrik se encolheu, gemendo quando algumas gotículas o atingiram, esperando que a lava caísse e o derretesse por inteiro, mas não foi o que aconteceu. O fluido incandescente continuou subindo numa espiral, seguindo a montaria de Ulrik em direção aos céus, e tomou a forma de um enorme dragão de fogo. Perto daquela visão, o dragão cor de vinho parecia um passarinho assustado. Voando, guinchando com medo, batendo as asas cada vez mais rápido. Não rápido o bastante. A criatura de lava abriu a boca e engoliu de uma só vez o animal que trouxera o garoto até ali.

A visão do espírito de fogo e de sua ferocidade fez Ulrik perder o fôlego. O calor que emanava era inacreditável. O efeito das runas em seu corpo se dissipava rapidamente. Ulrik olhou para os respingos de lava a seu redor e podia quase sentir a magia cíntilans pulsando ali, viva, de uma forma que nunca sentira antes... Pensou numa versão mais simples da runa de proteção. Um triângulo para representar o fogo, um escudo para pedir a proteção. Sabia que aquele desenho não funcionaria com as cinzas, mas de algum lugar dentro dele veio uma certeza absoluta de que com lava daria certo. E que a dor seria imensa.

Usou a picareta para recolher um pouco da lava. Então a deixou escorrer pelo metal, pingando no dorso da mão esquerda, desenhando com a ponta afiada.

– AAAAAAAAA! – ele urrou, conforme a rocha líquida derretia sua pele.

Os olhos feitos de fogo viraram-se para ele. Mesmo tremendo e suando, ele continuou e terminou o triângulo. Finalizou o escudo e percebeu que a lava tinha se tornado sólida, se fundido a ele. Quase no mesmo instante, o espírito de fogo se aproximou.

– Humano – o flamen disse, com um ódio que parecia escorrer de seu tom terrível. – Ousa entrar na minha casa e roubar o meu metal?

As pernas de Ulrik pareciam ter se liquefeito.

– É por um bom motivo – ele respondeu, numa súplica.

– Não me importa.

O dragão feito de chamas abriu a boca. Ulrik viu a bola de fogo se formar lá no fundo, exatamente como em seus pesadelos. Ela subiu pela garganta e a luz que emitiu poderia ter queimado seus olhos. Ele se virou para a rocha, tentando proteger o rosto, como se aquilo fosse adiantar de alguma forma. O calor se intensificou e ele gritou ao sentir a pele das costas derreter.

A runa que acabara de fazer também ardeu, reluziu e entrou em chamas.

O espírito de fogo rugiu como se também tivesse sido atingido. O calor desapareceu e o garoto se virou. A ira do flamen se transformou em surpresa. Ele parecia… assustado. Viu a runa na mão do guerreiro e seus olhos em brasa se arregalaram.

A queimadura nas costas estava quase o fazendo desmaiar. Então um borrão branco se aproximou por trás do espírito e Ulrik entendeu que aquela era sua única chance. Quando Catharina e seu dragão passaram, ele pulou de um precipício pela segunda vez naquele dia. Com muito menos graciosidade, caiu perto da cauda da criatura e conseguiu se segurar em uma das patas. Catharina puxou as rédeas e o dragão branco voou para cima, batendo as asas encouraçadas com força, como se sentisse o perigo que vinha dali.

O flamen os seguiu de perto. Voou logo abaixo deles, abrindo a boca, e por um momento Ulrik achou que teria o mesmo destino da sua montaria e seria devorado pela garganta de chamas. Ao invés disso, os olhos do espírito perderam calor, virando carvão, e os dois se encararam com intensidade.

– Humanos não foram feitos para se marcarem com fogo. Quando o momento chegar, você será consumido por ele – o flamen declarou, antes de se virar e mergulhar no lago de lava no fundo do vulcão.

Catharina foi veloz e o garoto não podia estar mais grato por isso. Porque, assim que viu a mata mais próxima, fechou os olhos e se rendeu à dor.

Suas mãos escorregaram. Caiu no vazio pela terceira vez.

CAPÍTULO 6
Vísios

A pedra do estilingue atingiu o paredão atrás de Úrsula, provocando um pequeno deslizamento. Por sorte, na direção contrária ao local onde os guerreiros estavam acampados. Sorte, não: com certeza tudo que o vísio fazia era extremamente bem calculado.

A garota tremia, mas se manteve firme no lugar. Sem correr, sem buscar nenhuma arma e, principalmente, sem proferir todos os xingamentos que estavam na ponta de sua língua por ele quase ter feito com que molhasse as calças. Olhou diretamente para o gigante.

— Dessa vez você me pegou, já estava fazendo minhas preces — ela disse, tentando soar muito mais tranquila do que estava. Entendeu pela atitude que o vísio ainda estava testando as intenções dela, e que evitaria ao máximo machucá-la. Ainda assim, não era nada confortável saber que poderia ser esmagada como uma formiga a qualquer momento. — Eu obviamente já absorvi a imensidão da sua força e você me colocou no meu lugar de humana fracote... será que agora podemos conversar?

Ele a encarou por longos segundos. Úrsula se perguntou se ele entendia a língua comum, já que vísios possuíam uma língua própria, com sinais e sons que não fariam sentido para um humano. Então o gigante respondeu:

— Vão embora. — Não havia nenhuma hesitação no tom dele. Era sólido como a montanha sob seus pés. — Vocês não são bem-vindos.

— Suspeitei desde o princípio. — Ele não riu. Enfim, havia encontrado o pior defeito dos vísios: a falta de senso de humor. Teria que usar outra estratégia. Ela apontou para Fofa. – Você feriu meu anima. E eu só continuo legal e engraçada assim porque não foi grave.

O vísio contraiu os olhos e a boca, como se tivesse sentido um lampejo de dor. A feiticeira parecia estar certa: os outros povos realmente tinham sentimentos pelos animae.

– Não foi minha intenção. Mas, se não estivessem em nossas terras, não teria acontecido.

Ela tinha mil respostas afiadas para devolver. Contudo, as deixaria para quando tivesse mais intimidade.

– Se você me permitir, posso explicar por que estamos aqui. E por que precisamos da ajuda de vocês.

O vísio se calou, provavelmente pensando em formas de eliminar aqueles minúsculos humanos de suas terras. O fato de terem ferido Fofa não o fez se debulhar em lágrimas de culpa como ela pensara que poderia acontecer. Precisava ir além. Agora era tudo ou nada. Respirou fundo para fazer uma oferta que jamais consideraria em outras circunstâncias e prometeu esganar Ulrik se alguma coisa acontecesse a Fofa. Olhou para a ursa, tentando entender se o anima se opunha. Mas ela deu dois passos à frente, como se consentisse.

– Você pode tocá-la – Úrsula disse, apontando para Fofa – se em troca aceitar me ouvir. Eu a chamo de Fofa. E meu nome é Úrsula.

– Sou Grov – ele respondeu, os pequenos olhos brilhando com curiosidade e desconfiança. – E se depois de te ouvir eu ainda quiser mandar você embora?

Aí você pode me matar de uma vez, porque com certeza vai ser mais misericordioso que Victor, ela pensou. Mas mordeu a língua.

– Você pode mandar. Se eu vou obedecer é outra história. – Ela se permitiu um sorriso discreto. – Mas o acordo é apenas me ouvir, nada mais.

Grov ainda parecia na defensiva, porém assentiu. A admiração que tinha pelos animae provavelmente era algo ainda maior que ele, e se permitiu aceitar o presente que Úrsula oferecia. O vísio deu um passo hesitante na direção de Fofa, e a ursa encurtou a distância entre eles, se aproximando e o encarando de uma forma intensa.

Úrsula mentiria se dissesse que seu coração não se apertou um pouco. Animae não pertenciam aos humanos, mas por vezes tinha a impressão de que os humanos pertenciam a eles. A garota era de Fofa tanto quanto era de si mesma, e ver alguém adorar e acariciar a ursa ia contra seus instintos mais primitivos. Admirou o primo por ter feito aquilo mais de uma vez, e entendia por que Yael e Safiri tinham ficado tão gratas.

Grov colocou gentilmente as enormes mãos sobre a cabeça de Fofa. Com muito mais gentileza do que Úrsula esperava. As luzes no céu se acenderam, mais brilhantes ainda que antes. Em resposta, a magia de Grov e de Fofa ficaram visíveis também. Apesar de claramente serem da mesma matéria, eram... diferentes. A cortina que envolvia a ursa era luminosa, se estendendo e se dissipando a perder de vista, enquanto ao redor do vísio ela era mais densa e parecia se mover, uma ventania contida em si mesma. No local onde se tocavam, havia um pequeno redemoinho, um encontro de vapores que se mesclavam devagar...

– Pronto? – Úrsula perguntou, incapaz de se conter por mais tempo, se segurando para não ir até lá separá-los.

Grov retirou as mãos e as luzes do céu diminuíram. Foi a vez do vísio esboçar uma tentativa de sorriso, que mais parecia uma careta.

– Eu não faria mal ao seu anima.

– Eu poderia até acreditar se você não tivesse jogado uma pedra bem em cima dela horas atrás.

– Desculpe. – Ele pareceu envergonhado pela primeira vez. – Estou arrependido.

– Desculpas aceitas – Úrsula respondeu, querendo ser prática. – Agora você tem que cumprir sua parte do nosso acordo. Senta que lá vem a história.

Ela começou querendo saber se Grov tinha algum conhecimento sobre os espectros. Aparentemente, aquelas criaturas de magia inanis não vinham ao norte e os deixavam em paz. Úrsula fez uma anotação mental para investigar um pouco mais sobre isso. De qualquer forma, eles sabiam, sim, sobre sua existência e periculosidade; ao contrário dos humanos, os vísios guardavam fatos históricos muito bem na memória e tinham clareza de que alguns de seus ancestrais haviam lutado na Batalha de Todos os Povos. A garota aproveitou a deixa para falar sobre Inna, sobre a caixa e como ela tinha sido aberta. Contou também que os sílfios vieram em seu socorro e usaram a gema de cíntilans para enfraquecer o grande espectro.

– Eles... eles quebraram a pedra de magia?! – Grov perguntou, chocado.

– Sim – ela respondeu, percebendo que aquele era um ponto da história que tinha chamado a atenção do vísio. – Por que a surpresa?

Safiri tinha contado que três gemas haviam sido feitas, e cada uma ficara com um dos povos mágicos: guerreiros, sílfios e vísios. Os humanos tinham usado a deles no momento de colocar Inna na caixa. Parecia quase natural que os sílfios tivessem lançado mão daquele artefato no momento oportuno, quando nada mais teria contido os poderes do espectro.

Grov estava pensativo.

– Você sabe de onde vieram as gemas?

Ela hesitou. Nem os guerreiros nem os sílfios sabiam. Era uma das coisas que Safiri havia dito quando perguntaram sobre as gemas de magia. Contudo, será que Úrsula deveria revelar aquilo a Grov? Ter segredos era ter poder, e ela não queria que o vísio sentisse que deveria reter a informação. Talvez a melhor resposta fosse: *Sei, mas fale a sua versão pra eu ver se você sabe realmente.*

Ao mesmo tempo, tinha defendido que a melhor estratégia era se mostrar vulnerável...

– Não. E gostaria muito de saber.

Grov pareceu apreciar a sinceridade.

– Foi um presente de alguns dos espíritos dos elementos. Eles colocaram dentro desses cristais uma parte da magia deles, se enfraqueceram para nos fortalecer. Veros para os humanos, terriuns para os sílfios, aeris para os vísios.

– E os flamens?

Grov balançou a cabeça.

– Estenda a mão ao fogo para buscar calor e na primeira oportunidade ele vai te queimar. O fogo nunca dá, ele só consome.

Parecia uma versão sombria das frases que Tora diria. Ela guardou num cantinho especial da mente para poder dizer a ele quando se reencontrassem.

De tudo o que Grov havia falado até então, a informação mais relevante era que uma gema de cíntilans realmente havia sido entregue aos vísios. Talvez ainda a possuíssem. Úrsula abriu a boca para perguntar, porém desistiu. Ele se impressionara com a atitude de Safiri, na certa não teria agido da mesma forma. Precisava saber mais antes de entregar os planos de bandeja. Ou, mais importante ainda, os vísios tinham que entender a gravidade da situação. Eles precisavam *querer* ajudar.

– Como foi? – Grov perguntou. – Como foi quando a gema se quebrou?

– Foi assustador. E lindo – Úrsula respondeu. – Posso contar melhor se nos receberem na vila dos vísios.

O gigante se aproximou um pouco mais da garota, a expressão nada amigável novamente dominando suas feições, que pareciam esculpidas grosseiramente na rocha.

– O que vocês querem fazer lá?

– Convencer vocês a nos ajudarem.

– Que tipo de ajuda precisam?

– Qualquer uma que possam oferecer – Úrsula disse, sem revelar o objetivo principal. Não se sentiu mal, porque não estava mentindo. Talvez os vísios pudessem fazer mais pelos guerreiros do que imaginavam.

Ele ainda parecia rabugento.

– Todos os humanos falam tanto e são tão insistentes quanto você? Úrsula riu.

– Eu sou um exemplar único.

Grov a observou por algum tempo, como se refletisse. Até enfim tomar uma decisão.

– Vocês terão que deixar as armas para trás.

Victor vai me matar.

– Tudo bem – ela disse, concordando com a cabeça.

– E vão ter que usar vendas.

Vai ser uma morte lenta e dolorosa.

– Certo.

– Então vamos – ele falou, apontando o caminho por onde ela tinha subido até lá. – Chame seus amigos e partiremos imediatamente.

Meus amigos. Os amigos de Úrsula estavam bem longe, a centenas, talvez milhares de quilômetros dali. Mas ela não precisava dizer isso ao vísio que acabara de conhecer, e guardou a saudade bem no fundo, num canto do coração. Porque aquele não era um momento para tristeza. Ela tinha conseguido: havia convencido um vísio a recebê-los em sua vila, a ouvir a história daquele grupo de guerreiros e quem sabe ajudá-los na guerra terrível que se aproximava. Era momento de celebrar. Quem sabe até de se vangloriar um pouquinho. Sorriu. Não via a hora de dar a notícia a Victor, e queria fazer aquilo da melhor maneira possível.

— Grov, por que não vem comigo acordar o líder? Garanto que vai valer a pena.

CAPÍTULO 7

Para criar, a luz

Os espectros estavam mortos, seus corpos rígidos. A pele cheia de fístulas era tão horrenda que seria difícil afirmar se a decomposição já começara. As emoções dentro de Tora borbulhavam, mas sem se misturar – como água e óleo. Sentia-se aliviado por saber que outros espectros não estavam sendo atraídos para a Cidade Real. Porém, a culpa o corroía. Culpa e outro sentimento pior, algo que raramente acontecia. Ressentimento. Uma vontade imensa de dizer eu avisei.

– Eles foram feridos? – Lanyel questionou, avaliando os cadáveres.

– Morreram de sede. Ou de fome – Tora informou, evitando olhar para os outros. *Apontar pessoas não muda o passado, mas apontar erros pode guiar o futuro.* – Espectros precisam de cuidados básicos e acabamos aprendendo isso da forma mais difícil.

Arriscou um olhar de relance para Bruno e viu o arrependimento estampado nas feições e no balançar de cabeça do líder.

– Você tem razão, Tora. Como sempre – Bruno disse, mas sem se deixar abater. – Não temos as provas necessárias para convencer a rainha, mas pelo menos a cidade deve estar segura.

– Vou pensar em como levar o assunto para Nossa Alteza, tenho certeza de que conseguiremos elaborar juntos um plano eficiente. Quanto a estarmos seguros, já não tenho tanta certeza. Vocês mantiveram os espectros como reféns por alguns dias, e outros poderiam estar seguindo seu rastro – Lanyel falou, os olhos dourados reluzindo como os de um felino. – Vamos construir o círculo de proteção. Vocês fazem as runas ao redor dos muros, mas com um espaçamento maior, e eu vou amplificar o efeito delas. Assim o trabalho será muito mais rápido, e a proteção igualmente eficaz.

Tora nunca ouvira falar sobre aquele tipo de poder, e a desconfiança despontou novamente. Fazer um círculo cheio de brechas era inútil, e não tinham como testar se estaria mesmo funcionando. Se Lanyel quisesse enganá-los, deixá-los expostos e com a guarda baixa, aquela seria a maneira perfeita de fazê-lo. Porém, que outra opção tinham?

– Vamos começar hoje mesmo, vou reunir o grupo – Bruno anunciou. Então olhou para Tora com um leve sorriso antes de se voltar novamente à conselheira. – Tenho um pedido, algo com o qual certamente poderia nos ajudar… Tora gostaria de finalizar o treinamento para se tornar um guru.

– Vai abandonar o clã dos guerreiros? – a feiticeira perguntou.

– Não, pelo contrário, pretendo servi-lo ainda melhor.

Lanyel pareceu desconfiada. Depois de um tempo, assentiu.

– Tudo bem. Posso levá-lo ao Grande Guru e você aprenderá com o melhor de todos. Com algumas condições. – Tora se manteve em silêncio, aguardando que Lanyel as listasse. – Primeiro, você não poderá revelar a ninguém nossos segredos. Nenhum deles. Além disso, estará lá exclusivamente como aprendiz de guru, não como guerreiro. Se tentar usar essa posição para falar com a rainha ou qualquer coisa do tipo, o expulsarei da Cidade Real.

– Me parece justo – Tora disse.

Ela pareceu satisfeita e arrumou os cachos densos.

– Tem mais… Os aprendizes moram dentro da Cidade Pequena e saem apenas com a autorização do Grande Guru – Lanyel continuou. – Você vai ficar totalmente isolado do restante do grupo. Enquanto for aprendiz de guru, será assim.

Essa condição o deixou desconfortável. Não queria abandonar a missão e seus companheiros. Ou, talvez, o medo real fosse de ser abandonado. E se a situação piorasse? E se espectros invadissem a cidade? E se os guerreiros saíssem de lá e Tora nunca mais os encontrasse?

– E se eu quiser sair? E se eu precisar ajudar os outros?

– Nenhum aprendiz é prisioneiro – Lanyel informou. – Você pode parar seu treinamento a qualquer momento, mas o Grande Guru nunca o aceitará de volta se fizer isso.

Bruno se remexeu.

– Vou precisar me certificar com frequência de que Tora está bem e de que tem acesso a tudo de que precisa. Ele sofreu uma amputação recente, e necessita de alguns cuidados especiais.

Precisaria carregar consigo um pouco do bálsamo dos sílfios. E resina de papoula. O pensamento fez surgir a onda de necessidade pela resina e o medo que a substância acabasse. Por um instante, o vício quase o fez desistir.

– Não lhe faltará nada no castelo. Roupas, alimentação, excelentes curandeiros, medicamentos... E posso levar cartas de um lado para o outro. É o máximo que posso oferecer.

Cartas. Depois de quase dois anos vivendo intensamente entre os guerreiros, receberia notícias por cartas. Não era uma escolha fácil, mas assim são quase todas as bifurcações da vida.

– Vou ficar bem, Bruno. Sei me cuidar.

O líder assentiu e Tora teve a impressão de que os olhos dele reluziram com um brilho úmido.

– Então ajeite o que precisa e alguém passará para te buscar no fim do dia.

Algumas horas depois, Tora adentrava mais uma vez os portões da cidade de cima, munido de uma trouxa com uma troca de roupa, um vidro de bálsamo e uma quantidade generosa de resina de papoula – essa última, pegou quando ninguém estava por perto.

O guarda o guiou para a entrada do castelo. O castelo. Visto de fora, era imponente, uma obra de arte colossal cheia de torres íngremes e arcos, gárgulas e balcões. Do lado de dentro era... como um outro mundo, no qual ele colocava os pés pela primeira vez.

Um mundo com o pé-direito inacreditavelmente alto, detalhes de madeira nas pilastras e arcos do teto, pinturas belíssimas adornando as paredes, chão de mármore branco, vitrais coloridos, lustres com dezenas de velas... Conforme avançavam pelos corredores e escadarias, Tora tentava se habituar à sensação de grandiosidade que parecia ecoar contra as paredes, ao ritmo de seus passos.

Subiram alguns andares. Sempre que passavam por uma janela, o garoto aproveitava para admirar a vista da cidade, dos campos além dos muros, dos rios que corriam ao longe. Era como estar sobre uma montanha e ao mesmo tempo ser abraçado por ela, com o calor das lamparinas e o perfume de pão recém-assado os acompanhando conforme a exploravam.

Depois de alguns minutos, pararam em frente a uma enorme porta de madeira. O guarda bateu, e ela logo foi aberta por um outro sentinela. Um homem moreno, gordo, careca e com uma barba longa caminhou até eles. Vestia uma túnica branca e sandálias de couro e sua expressão era séria e arrogante. Tão diferente do guru da vila de Tora, que trazia um sorriso contido mesmo quando falava das dores da vida.

– Eu cuido disso daqui por diante – ele disse para o guarda, apontando a porta de uma forma ao mesmo tempo educada e impositiva. O jovem fez uma reverência e se retirou. O homem não tinha se apresentado, mas claramente era o Grande Guru. Era respeitado, admirado. Talvez até mesmo temido. Ele se virou para Tora e o encarou com intensidade. O guerreiro percebeu que estava nervoso. – Tive dois aprendizes de Orien. Um deles se tornou um guru exemplar, o outro desistiu do treinamento em algumas semanas.

Em outra situação, Tora teria pontuado que aquele fato não o surpreendia. O guru certamente tinha tido discípulos de Reina que se comportavam de formas distintas, porque ser de uma mesma província não tornava as pessoas iguais. Ademais, a cultura e os costumes podiam diferir muito de uma cidade para a outra dentro de Orien. E lhe parecia estranho pensar que aquele homem tão sábio considerava duas pessoas uma amostra suficiente para definir todo um povo.

– Às vezes tomamos um caminho sem enxergá-lo como parte da nossa jornada. Na viagem até aqui, tive muito tempo para refletir, e hoje sei que estudar e aprender é algo que vai me acompanhar até meus últimos dias – Tora disse, colocando para fora um sentimento que vinha cultivando há meses. – Me tornar um guru é trazer minha essência à tona, é dar um passo importante e consciente para cumprir minha missão de vida.

– O caminho não vai ser fácil. – Tora nunca esperara que fosse. – O treinamento exige estudos, reflexão, e também trabalho braçal e servidão. Porque gurus, antes de mais nada, servem. Servem ao povo, à cidade, aos governantes e àqueles que buscam iluminação. – O homem se virou para uma porta. – Nilo!

Livros caíram em algum lugar. Passos ecoaram, e de uma sala adjacente surgiu um garoto de cabelos castanhos encaracolados e sardas no rosto. Ele devia ter a mesma idade de Tora. Sorriu timidamente, mostrando que um de seus dentes era levemente torto. O fato de ele ser bastante bonito não passou despercebido ao guerreiro, mas Tora afastou o pensamento inapropriado para aquele momento.

– Sim, mestre.

– Nilo, esse é... – o guru se virou para ele.

– Tora – ele respondeu, estendendo uma mão ao outro jovem.

– Tora está iniciando hoje suas tarefas como aprendiz.

– Seu aprendiz? – Havia confusão e um pouco de desconforto no tom de Nilo.

– Eu sei, normalmente aceito apenas um aprendiz por vez. Porém, ele veio indicado por Lanyel. Vocês vão seguir juntos no treinamento e poderão aprender um com o outro também, tenho certeza – o guru anunciou. – Se já tiver terminado a separação dos livros aqui, leve-os para a biblioteca e aproveite para mostrar as seções para Tora. Depois quero que troque os lençóis da minha cama. E não se esqueça de providenciar vestimentas de aprendiz para o seu novo companheiro.

Tora observou as roupas de Nilo. Uma túnica lilás que ia quase até o chão, num tom mais claro que o roxo forte e luxuoso da bata do mestre deles. Havia também um bordado dourado na altura do peito: um olho e uma representação de cada um dos elementos em volta. O símbolo dos gurus.

– Sim, mestre.

O guru saiu sem dar grandes explicações. Tora encarou o novo colega, que começou a apertar os próprios dedos, como se não soubesse exatamente o que fazer em seguida. Um corvo surgiu voando de uma janela e pousou em seu ombro.

– Esse é Carbo.

– Um belo anima – Tora disse. E, como se tivesse sido convocado, Magnus apareceu na porta.

Nilo tentou conter a surpresa, mas desistiu.

– Uau... É como um leão, mas com cores diferentes...

– Magnus é um tigre – Tora respondeu, com um sorriso.

– Incrível.

Os dois se encaram por alguns segundos. Nilo enrubesceu de leve.

– Bom, um par de braços a mais pelo menos vai ser útil para levar os livros de volta.

Nilo o guiou até a sala de onde havia saído; sobre uma grande mesa de carvalho, havia muitos tomos organizados em pilhas. Eles pegaram tantos quanto conseguiram, tomaram um caminho diferente do que Tora havia usado para chegar até ali e então desceram algumas escadas, arfando por causa do peso.

Quando chegaram à entrada da biblioteca, a surpresa foi tamanha que Tora por pouco não deixou os volumes caírem no chão. Havia estantes e mais estantes pelo cômodo, formando vários corredores. Parecia... mágico. Ele nem mesmo tinha ideia de que existiam tantos livros e pergaminhos no mundo. De que assuntos tratavam? A quantidade de conhecimento reunida ali... seria possível alguém absorver tudo, mesmo que vivesse mais de cem anos?

Nilo começou a rir, e Tora percebeu que estava parado, de boca aberta.

– Eu não deveria rir, tive a mesma reação – ele disse, claramente se divertindo. – Venha.

Conforme passavam pelas estantes e iam colocando os livros usados em seus devidos lugares, Nilo listava as seções. Artes. Música. História. Política. Cartografia. Geologia. Aritmética. Geometria. Anatomia. Herbologia. Patologia. Filosofia. Literatura... Tora tentava decorá-las e não se perder, mas depois de dois corredores já havia falhado na missão.

– E aquela parte? – Tora perguntou, vendo que havia uma porta de metal trancada em uma das extremidades da sala.

– Nunca entrei. É uma seção proibida, com livros muito antigos.

– Interessante. – Tora se permitiu alguns segundos para pensar sobre aquilo. Que tipo de conhecimento teria que ficar trancafiado, fora do alcance? – Há uma seção de magia?

– Magia? Você quer dizer runas?

Não, ele queria dizer muito mais que apenas runas. Em algum lugar talvez houvesse informações sobre os guerreiros, sobre povos mágicos, sobre os espectros, Inna e a origem desses seres. Quem sabe até registros de outras formas de magia, desconhecidas inclusive pelos guerreiros...

Mas runas era um bom começo. Tora, na verdade, adoraria dar uma olhada em livros de runas.

— Isso.

— Estão aqui. — Nilo caminhou em direção a um dos cantos da biblioteca. Um local um pouco mais escuro, onde o cheiro de papel e poeira fazia as narinas coçarem. Ali certamente havia livros e pergaminhos bastante antigos.

O garoto de cabelos castanhos parou diante de uma estante. Tora olhou as lombadas. *Rituais de união. Os segredos da terra. Elementos tem poder. Runas: a importância da mentalização. Glossário das runas de fogo. Cura através das runas. Magia e agricultura. Origem e história das runas.*

Tora puxou o último volume. Nilo tocou seu braço, lançando uma pequena descarga elétrica nele.

— O Grande Guru só nos ensina a trabalhar com runas no segundo ano de treinamento.

Parecia um exagero demorar tanto. Em Orien, mesmo antes de começar o treinamento, o guru já tinha ensinado a Tora algumas delas. Havia tantas coisas úteis e inofensivas que poderiam ser ensinadas até mesmo a alguém mais jovem... Tora se perguntou por que o Grande Guru decidia fazer seus discípulos esperarem. Conhecimento é poder, e muitos temem dá-lo aos mais jovens.

— Há alguma regra sobre não podermos olhar os livros? — ele perguntou em tom conspiratório.

— Não que eu saiba — Nilo respondeu, hesitante.

— Só quero folhear... Sabe, em Orien nos ensinam runas bem mais cedo. Conheço muitas. Na verdade, já usei algumas.

Ele tinha prometido a Lanyel que não revelaria segredos, não deixaria transparecer nada sobre ser um guerreiro ou lutar com espectros. E aquele comentário não comprometia a promessa, não levantaria desconfianças.

— Sério? — Nilo perguntou, os olhos brilhando de admiração e curiosidade. — Pode me mostrar qualquer dia desses?

— Claro... e o Guru disse que deveríamos aprender coisas um com o outro de qualquer maneira.

Os dois sorriram, e Tora sentiu um frio na barriga. O dente encavalado dava a Nilo um charme especial. Eles foram até uma mesa próxima, se sentaram e abriram o livro.

Na primeira página, o dizer tão conhecido por todos: *Para unir, a água; para partir, o fogo; para crescer, a terra; para mudar, o ar*. A isso seguia uma introdução sobre as runas, sobre o poder dos elementos, menções a magia, mas não as palavras cíntilans e inanis. O primeiro uso de runas aparentemente não era conhecido, contudo, existiam registros de muitos séculos antes. Conforme Tora virava as páginas, fazia perguntas a Nilo sobre sua experiência como aprendiz.

— Fiquei órfão aos nove anos — ele disse.

— Sinto muito.

— Essa não é a pior parte — Nilo respondeu, com um sorriso triste. — Morei com uma família que me acolheu até os doze anos, mas eles tiveram que se mudar para o interior e eu quis ficar. Então as ruas viraram minha casa.

Nilo continuou o difícil relato sobre sua infância, e Tora em alguns momentos balançou a cabeça e apertou o ombro do outro.

— Quando encontrei Carbo, percebi que deveria ser um guru. Pedi uma audiência no castelo, falei algumas vezes com o Grande Guru e ele enxergou o destino em mim. Me aceitou como aprendiz, um ano atrás.

— Como ele é?

— Rígido. Mas um ótimo professor. — Ouviram badaladas de um relógio anunciando o fim da tarde e Nilo se sobressaltou. — Acho melhor irmos trocar os lençóis antes que anoiteça.

Tora começou a fechar o livro e parou de novo naquela primeira página, com a máxima sobre a função dos elementos. Percebeu que o papel grosso estava danificado, quase como se uma camada superficial dele tivesse sido raspada. Passou o dedo ali, olhou o verso da página, e sentiu que havia uma espécie de relevo.

Alguém tinha apagado parte da informação.

— Você tem um pedaço de carvão? — Tora pediu.

Nilo revirou os bolsos e entregou a ele.

— Não podemos danificar os livros.

— Alguém já fez isso nesse daqui… Mas fique tranquilo, vou riscar num outro pedaço de papel. Você tem algum daqueles mais finos aí?

Nilo entregou a ele um rolo de papel fino como seda. Tora rasgou um fragmento. Colocou sobre o verso da folha misteriosa e pintou aquele pedacinho com muita delicadeza com o carvão. Letras surgiram, uma frase se formou.

O guerreiro virou o pedaço ao contrário e o que ele leu fez seu coração acelerar. Era como se tivesse ouvido uma história a vida toda, e só agora descobrisse o final.

Para unir, a água; para partir, o fogo; para crescer, a terra; para mudar, o ar.

Para criar, a luz.

CAPÍTULO 8

Forjado a fogo e dor

O mundo explodiu.

Ulrik urrou com tanta intensidade que sua garganta poderia ter sangrado. Estava de bruços no chão, e cravou os dedos na terra buscando algum alento, tentando se agarrar à realidade e respirar. Sua consciência era um fio prestes a arrebentar, poderia desmaiar a qualquer momento. Um ferimento feito por um flamen... A dor era até difícil de descrever. Queimava. Ardia. Suas costas eram o próprio sol. Feitas de lava. O fogo que havia brilhado na garganta daquele espírito em forma de dragão.

Sentiu a presença dos lobos e a agitação de seus animae. Eles pareciam saber que o garoto estava ferido. E que era grave.

– Ulrik! – A voz de Carian ficou mais perto, botas batiam contra a rocha e a terra, se aproximando. – Filho, estou aqui, estou aqui... Por Luce! – Ulrik abriu os olhos e mesmo através das lágrimas viu a expressão horrorizada de pater. – Feron, o bálsamo!

Havia desespero naquele tom, e passou pela mente do garoto que seus ferimentos deviam estar tão ruins de aparência quanto de dor. Mais pessoas chegaram ali. Aquiles, Petrus, Eline, Diana... Catharina se abaixou e segurou sua mão.

– Você vai ficar bem – ela sussurrou. – Você vai ficar bem.

Algo encostou em suas costas e Ulrik gritou novamente. Tentou se debater, mas mãos fortes o detiveram no chão.

– Não! – gritou. – Me solta!

No fundo da mente, havia um vestígio de razão, uma voz dizendo que aqueles eram seus companheiros. Que não lhe fariam mal, pelo contrário, tentariam de tudo para curá-lo. Para salvá-lo. Porque aquela dor, a dificuldade de respirar, o coração acelerado como tambores que anunciam a guerra... ele não estava fora de perigo.

– Ulrik, nós precisamos desbridar suas costas. Tirar as coisas que... – Feron hesitou. – Que ficaram grudadas na sua pele. A alça de couro derreteu. Vamos fazer algumas runas de dor antes.

– Abre a boca – Diana ordenou, tentando parecer firme, mas o tremor estava ali. – É resina de papoula, vai ajudar.

Ulrik tentou se levantar mais uma vez, porém foi contido de novo. Então abriu a boca e mascou a resina amarga.

Alguém passava as mãos por seus braços e suas pernas. Mesmo sem poder enxergar, sentia o poder das runas de dor fluindo. Runas de terra. A papoula também já circulava, deixando sua mente um pouco mais enevoada. Mas aquela queimadura e o sofrimento que causava eram mágicos. Resistiam ao efeito do medicamento e da magia da terra. Ulrik fechou os olhos e viu o desenho de uma nova runa. Uma runa de fogo, parecida com a de terra, mas com algumas pequenas mudanças. Era específica para a dor de queimaduras.

– Aquiles... – Ulrik sussurrou, mal conseguindo falar. – Uma runa de dor... com cinzas... como a de terra, mas com um triângulo em cima... um risco na diagonal...

O guerreiro arregalou os olhos.

– Pode funcionar – ele disse, saindo do campo de visão do garoto.

Voltou logo, abaixando-se na frente de Ulrik, abrindo o saquinho de lona onde sempre havia um estoque de restos de fogueiras. Colocou o dedo ali, puxou de leve o braço do garoto e a desenhou. A nova runa de dor que Ulrik acabara de descobrir.

Instantaneamente, a dor se aliviou. Não totalmente, ainda sentia um ardor forte, parecido com aqueles das queimaduras dos experimentos... Porém, era suportável.

Ainda tiveram que segurá-lo para remover os detritos das costas. Ulrik gritou. Seu corpo inteiro estremecia cada vez que algo era puxado, descolado da pele. Seus irmãos, contudo, foram eficientes e rápidos. Quando passaram o bálsamo dos sílfios, Ulrik chorou de alívio. Era magia da água agindo ali, o maior inimigo do fogo.

– Pronto – Feron disse, suavemente. – Vamos levantá-lo agora.

Feron e Carian o seguraram com cuidado pelos braços e o colocaram em pé. Só então Ulrik percebeu que estivera deitado o tempo todo sobre a bolsa de lona, que agora jazia no chão, fechada.

O olhar dos guerreiros se focou ali por alguns instantes e seus companheiros o miraram depois, com uma pergunta silenciosa pairando no ar, cheia de expectativas... Eles não sabiam que ele havia conseguido. Tinham visto apenas Catharina voltar com Ulrik pendurado na pata do dragão branco, sem ter a menor ideia de tudo que havia acontecido dentro do vulcão.

– Pode abrir, Feron – Ulrik disse apontando com a cabeça para a bolsa.

O líder se ajoelhou e soltou o nó. Quando abriu a lona, um brilho intenso iluminou seu rosto. Ele gargalhou, e todos os guerreiros gritaram, se abraçaram e alguns beijaram o rosto de Ulrik, choraram, vibrando por muitos minutos sem parar.

– Você conseguiu – Carian disse, emocionado. – Em algum lugar, sua mãe está brilhando de orgulho.

– Como? – Feron perguntou, parecendo desconcertado. – O que aconteceu lá dentro?

Ulrik tentou falar alguma coisa, mas estava sonolento. Mal conseguia pronunciar algumas palavras.

– A resina – Diana disse. – Vamos ter que esperar passar o efeito da papoula.

Ulrik sentia quase como se estivesse em um sonho. Ouviu quando decidiram voltar ao acampamento antes que ficasse escuro. Pensou ter escutado uma discussão. Feron queria matar o dragão, Catharina insistia que ele poderia ser útil e parecia bastante obediente enquanto vendado. Acomodaram o garoto sobre as costas de Titan e, assim que o rinoceronte começou a andar, Ulrik foi abraçado pela escuridão.

Levou um susto ao abrir os olhos e se deparar com fogo. Suas costas reagiram com dor. Mas era apenas a fogueira do acampamento... O cheiro de sopa enchia suas narinas; estava faminto. Tinham colocado o garoto de bruços sobre uma cobertura macia de folhas e peles. Vestia apenas as calças e o vento fresco da noite acariciou seus ferimentos.

Ulrik fez menção de se levantar e logo sentiu as mãos fortes de Carian o ajudando. Pater sorriu e lhe deu dois tapinhas leves no rosto.

– Venha. Você precisa comer alguma coisa.

Todos se levantaram e o cumprimentaram. Aquiles lhe trouxe uma cumbuca de sopa. Catharina cedeu a pedra maior e mais plana para que ele pudesse se sentar. Diana trouxe o cantil de água. Carian começou a passar uma nova camada de bálsamo, reclamando de que não estava funcionando tão bem dessa vez.

– Deve ser porque foi fogo flamen – Ulrik disse, bebendo a sopa diretamente da cumbuca depois.

Todos o encaravam.

– O que foi? – Ulrik perguntou.

– O que foi? – Catharina repetiu. – Ulrik, quando eu entrei de novo no vulcão, vi um dragão de fogo lançar chamas e rugir de dor depois, como se você o tivesse ferido… Como… O que aconteceu? Como você pode estar vivo?

– Acho que foi a runa.

– Não, não pode ter sido a runa de proteção – Aquiles disse.

– Não a que fizemos antes de partir. Eu fiz outra lá dentro.

Ele olhou para o dorso da mão e viu que a rocha havia se solidificado ali. Estendeu para que os outros a vissem. Então contou tudo, se lembrando dos detalhes conforme falava. Achou o metal. Depois o tremor, a explosão, a lava, o dragão de fogo engolindo o outro, cor de vinho. Como sentiu que derreteria se não tomasse uma atitude, e a decisão de fazer uma runa usando a lava porque sentia a magia que pulsava ali, mais viva do que nas cinzas. As primeiras palavras do espírito. O ataque. A fuga com Catharina. A promessa do flamen de que um dia Ulrik seria consumido por aquele fogo que usara para se marcar.

Depois do relato, todos permaneceram em silêncio. Ulrik encarou a fogueira e sentiu que o fogo o fitou de volta. Não de uma forma ameaçadora, e sim como alguém que agora o conhecia muito bem.

– Essa runa de lava deve ter sido bastante dolorosa, mas foi genial. E acho que a proteção é permanente agora – Aquiles disse, pensativo.

Ulrik não tinha pensado sobre isso, porém sentia que o amigo estava certo. Se levantou e colocou o braço sobre as chamas.

– Não, você ainda está se recuperando! – Carian gritou, se levantando, contudo Feron o segurou.

Havia calor, no entanto, era agradável. Como raios de sol em um dia frio. Como um banho quente. Nenhuma dor ali. Depois de alguns minutos, todos perceberam que ele estava protegido.

– Você acha que também funciona contra o fogo de dragão? – Feron perguntou.

Carian se levantou e se colocou em frente ao líder.

– Fogo de dragão?! – perguntou, a raiva queimando em seus olhos cinzas. – Pra que você quer saber isso?

– É uma pergunta válida. E uma habilidade que poderia ser bastante útil.

– Útil pra quem?

Feron se levantou e parou a centímetros do rosto de Carian. Os dois eram altos e fortes, mas ainda assim muito diferentes. Os cabelos de Carian eram pretos, sua pele branca, a estrutura corporal larga e ereta. Os traços do rosto perfeitos como uma pintura a óleo, todas as características de quem a vida inteira se alimentara bem e dormira numa cama macia. Feron era mais moreno, cabelos castanhos, nariz quebrado, o rosto marcado por cicatrizes, músculos talhados por golpes de espada contra espectros, as costas meio encurvadas por carregar os corpos daqueles que padeciam.

– A sua relação de sangue com Ulrik não é relevante e não deveria interferir enquanto você for um guerreiro e estiver nessa missão. Se não conseguir separar as duas coisas, vou ter que tomar uma atitude. Não se esqueça de que eu sou o líder aqui.

– Não o único – Carian retrucou.

Feron apontou um dedo na cara do outro.

– E talvez Ulrik fosse um líder muito melhor se você não ficasse tirando a autoridade dele ao tratá-lo como uma criança.

Carian se calou. Ulrik sentiu o rosto esquentar ao ver aquela verdade dolorosa ser exposta na frente de todos.

– Precisamos fabricar a caixa – Feron disse, e o garoto ficou agradecido pela mudança de assunto. – Mas não acho que o metal flamen possa ser fundido numa fornalha normal, mesmo usando muito carvão.

Ulrik entendeu imediatamente.

– Você quer usar o dragão.

– O quê? – Catharina perguntou. – Ele tem sido um bom garoto, só não creio que vai soltar fogo apenas porque pedimos...

Feron assentiu.

– Não, ele vai soltar para se defender. Para ferir um inimigo – Ulrik disse. – E se alguém for atingido...

A pergunta de Feron fez sentido. Se a runa protegesse Ulrik de fogo de dragão, ele poderia provocá-lo, fazer com que soltasse fogo, usar o calor para fundir o metal. No entanto, se não funcionasse... Como uma reação automática, suas costas arderam de novo.

– Acho que a runa pode funcionar – ele respondeu, sem ter certeza absoluta, mas com um sentimento de que era verdade.

– Talvez seja melhor esperar alguns dias. Até a queimadura das costas estar melhor – Carian disse, claramente angustiado. Ulrik entendia, também não gostaria de ver o pai arriscar a vida. Por Luce, tinha matado um dragão por ele, tinha colocado a missão em segundo lugar... contudo, Feron estava certo.

– Não vai fazer diferença, pater. E não podemos esperar, não enquanto Inna puder atacar a qualquer momento.

Carian ficou contrariado, mas se forçou a aceitar.

Decidiram começar os preparativos imediatamente. Abriram uma clareira perto de um riacho, assim poderiam usar a água para apagar o fogo se ele se espalhasse. Separaram tudo que seria preciso, começando pelos itens que a ferreira em Orien havia fornecido. O molde; uma caixa quadrada de cerâmica especial, que precisaria ser quebrada depois que o metal fundido fosse derramado dentro do orifício no topo. O balde de pedra de fogo, que em teoria resistiria a qualquer temperatura. Luvas, pinças. Carregaram algumas pedras grandes e montaram uma mesa improvisada.

Ulrik se posicionou atrás dela, e colocou os fragmentos de metal flamen dentro do balde.

– Catharina, traga o dragão.

A guerreira puxou as rédeas do animal vendado, que obedeceu docilmente. Passaram cordas ao redor de seu pescoço, e a criatura não pareceu se importar.

O papel de Petrus, Aquiles, Dário, Diana e Kara era segurar a fera pelas cordas. Catharina ia montá-la, retirar a venda, e colocá-la de volta depois que o metal estivesse derretido. Feron estava no solo, calçando as luvas, pronto para pegar o balde e verter o líquido dentro do molde. Carian e Eline ficaram atrás de Ulrik, mais afastados, com os arcos prontos para abater o dragão se algo desse errado. Afinal, tinham conseguido o metal e não cabia arriscar a vida de mais nenhum deles.

A de Ulrik... Bom, ele gostava de acreditar que a dele não estaria em risco mesmo sob as chamas poderosas daquele animal. Confiava na runa marcada com lava em sua pele. Se forçou a pensar em como havia colocado o braço no fogo sem nem mesmo sentir calor. E, como uma piada de mau gosto, ouviu a voz de Aquiles repetir em sua mente que o dragão tinha fogo flamen.

Com as costas ardendo e o coração aos pulos, o garoto engoliu em seco e deu o sinal. Estava pronto.

— Todos a postos! — Petrus gritou, e o grupo que ia segurar o dragão passou as cordas em volta de alguns troncos grossos. Depois, usaram o peso do corpo para puxá-las. — Pode tirar a venda, Cat.

Catharina obedeceu.

As pupilas vermelhas se contraíram quando o sol do amanhecer as iluminou. Eram olhos terríveis, ameaçadores. Encararam o garoto diretamente e Ulrik perdeu o ar.

O dragão rugiu e tentou avançar em sua direção, mas as cordas ao redor do pescoço o impediram. Ele deu mais um puxão, e os guerreiros que o seguravam foram ligeiramente arrastados, esforçando-se para manter os pés fincados no chão.

Ulrik sentiu o corpo gelar. Se ele conseguisse se soltar, poderia matar todos ali. Precisava acabar com aquilo o mais rápido possível. Tirou o arco das costas e pegou uma flecha. Atirou-a contra o animal, sabendo que o metal não penetraria na carapaça de escamas.

— Não vai fazer nada?! — Ulrik gritou, olhando diretamente para o animal, sua voz trêmula. — Vai, reage!

Lançou mais uma flecha. E mais uma. O animal balançou o pescoço, tentando se livrar da garota sobre suas costas e das cordas. Ulrik lançou uma faca. Depois uma pedra que acertou em cheio a cara do dragão. Com uma guinada forte, ele conseguiu derrubar Catharina, que caiu no chão e se arrastou com rapidez para longe.

As pupilas se dilataram. O pescoço do animal começou a brilhar, emitindo uma luz própria. Abriu a boca cheia de dentes muito afiados. A cena era perturbadoramente igual a seus pesadelos.

Ulrik se abaixou, posicionando-se bem atrás da bacia de pedra com o metal.

Então veio à luz. Fechou os olhos instintivamente e pensou em Lia. Se morresse, encontraria mater. Tudo o que sentiu, porém, foi um calor intenso, como o sol impiedoso em um dia de verão. Tomou coragem e abriu os olhos, e se viu no meio das chamas, engolido por elas. Na bacia, o metal mudava de cor... de prateado passou para um laranja intenso, mas as estrelas ainda reluziam ali.

E assim como as chamas começaram, também terminaram. O dragão o fitou intensamente e Ulrik poderia jurar que o animal tinha compreendido que não conseguiria derrotá-lo com fogo. E, para a surpresa de todos, direcionou suas chamas para as cordas que o prendiam.

Livre, o dragão se virou, avaliando os arredores e encarando as pessoas do grupo. Catharina se colocou à frente de todos e por alguns segundos aterrorizantes, Ulrik se perguntou se o animal branco testaria a defesa dos outros guerreiros. Porém, para alívio geral, ele abriu as asas, se impulsionou e alçou voo, sumindo nos céus a uma velocidade impressionante.

Passado o estupor, Feron veio rápido com o molde. Verteu o metal líquido lá dentro. Carian trouxe água e a derramou sobre a cerâmica, lançando espirais de vapor no ar. Quando o material pareceu resfriado, Feron estendeu um martelo a Ulrik.

– Por que não faz as honras?

Ele sorriu, ainda sentindo a pele quente. Com uma martelada certeira, estilhaçou o molde. Entre os cacos, havia uma caixa que parecia reluzir com o céu estrelado.

CAPÍTULO 9

Deuses e gemas

Quando Úrsula desceu a encosta pedregosa chamando por Victor, já sabia que estava prestes a viver um dos melhores momentos dos últimos meses. E não se decepcionou. Ele saiu da barraca esbaforido, com os cabelos amassados, os olhos amendoados se arregalaram, e a confusão... ele claramente não conseguia decidir se devia ficar enfurecido, aliviado, surpreso ou grato. A garota sorriu de orelha a orelha, e isso fez a raiva dele ferver ainda mais.

Úrsula sabia ser madura – já tinha provado isso na conversa do dia anterior – e demonstrou mais uma vez aquela qualidade quando se absteve de ficar se gabando. Ao invés disso, apenas explicou que Grov tinha aceitado receber os guerreiros em seu vilarejo para ouvir a história da caixa das almas e os detalhes da batalha. Muitos colegas a cumprimentaram pelo feito e agradeceram Grov pela receptividade.

Victor claramente teve que refrear a vontade de esganar a guerreira por ter desobedecido suas ordens expressas e se comportou bem na frente do vísio, explicando que era o líder daquele grupo. Mas, quando as condições negociadas foram anunciadas, ele quase se engasgou com a vontade de soltar os cachorros em cima dela.

– Sem armas e vendados? – o líder perguntou, tentando parecer calmo enquanto as veias aparecendo no pescoço e o tremor na voz denunciavam a tensão. – Não acho que é uma boa ideia caminharmos vendados por trilhas na montanha.

– É a condição – Grov respondeu.

– Os animae já foram nossos olhos tantas vezes... eu confio em Fofa pra me guiar.

O líder voltou-se para ela e cerrou o maxilar. Respirou fundo uma vez e então assentiu, nada feliz.

Nos primeiros minutos do percurso, Úrsula tentou decorar o caminho. Contar passos. Subidas e descidas. Curvas à direita e à esquerda. Ouviu os passos ecoarem em cavernas, depois o vento fustigar seus cabelos, e então entrarem em outros túneis. Uma hora depois percebeu que era inútil tentar mapear tudo aquilo, então apenas focou em não rolar penhasco abaixo.

Muito tempo depois, quando as pernas já estavam queimando e seu estômago roncava ferozmente, eles atravessaram um novo túnel. Então pararam.

– Podem tirar as vendas – Grov anunciou.

Úrsula o fez cheia de expectativa, imaginando que tinham chegado ao destino, mas eles estavam numa caverna.

– Esse não é o vilarejo dos vísios – Úrsula comentou.

– Não – o ser mágico respondeu. – Descansem e esperem. Virei buscar vocês se a assembleia permitir.

– Que assembleia?! – Victor perguntou, perdendo de leve o controle. – Viemos até aqui e...

– A gente espera, Grov – Úrsula respondeu, e o vísio saiu.

Assim que ficaram a sós, a caverna explodiu em discussão.

– O que você acha que está fazendo, garota?! – Victor vociferou.

– Hummm, deixa eu pensar... Ah, é, completando a missão.

– Eu sou o líder! E se você for incapaz de obedecer às minhas ordens, vou te expulsar do grupo.

Ela riu.

– Essa eu quero ver.

– Victor, ela conseguiu contato e nos trouxe até aqui – Arthur disse com a voz trêmula.

Úrsula se surpreendeu. Depois da ajuda com Fofa, da conversa na barraca e de defendê-la publicamente, a garota decidiu que agora não odiava mais Arthur tanto assim.

– Apesar disso, há um motivo para termos um líder designado em todas as missões – Olga disse, com a voz serena de quem já havia tido aquele tipo de discussão muitas vezes. – Podemos discutir, discordar, mas todo guerreiro em missão sabe que no fim deve seguir as ordens de seu líder. Isso é importante para a segurança de todos. E vale lembrar que ninguém a obrigou a estar aqui, Úrsula, essa foi e continua sendo uma escolha sua.

Até tu, Olga? Elas poderiam ter sido melhores amigas e se unido para destruir Victor com palavras. Ao invés disso, Olga preferia ser sábia e sensata. Muito menos divertido.

– Tá, já entendi… – Úrsula disse, resignada. – Que tal se a gente usar o resto do tempo pra pensar no que vamos dizer?

– Eu já sei o que eu vou dizer – Victor respondeu.

– Bom, mas a Olga disse que eu deveria discordar de você sempre que estiver se comportando como um idiota…

– Não foi isso que eu disse – Olga protestou, e foi totalmente ignorada.

– …então você vai ter que ouvir o que eu tenho a dizer – Úrsula intimou.

Úrsula falou sobre como Grov ficara chocado ao saber que os sílfios tinham usado a gema, e deu detalhes da história de como aquelas pedras foram criadas.

– Então eles possuem mesmo uma gema – Victor falou, em tom de vitória.

– O que obviamente não quer dizer que vão entregar a pedra numa bandeja – Úrsula respondeu. – E vale lembrar que eles não nos devem nada, essa guerra não é deles…

– É, só que se a gente perder, os vísios podem sofrer as consequências também – Arthur disse.

– Hum, não sei, eles estão tão isolados aqui que é quase como se vivessem em outro mundo – Olga falou, passando as mãos nos cabelos grisalhos e andando em círculos. – Essa montanha é… especial. Ouvi dizer uma vez que existem lugares onde a presença dos espíritos dos elementos é mais forte. Estamos mais perto do céu e, quando fiz as runas de aquecimento ontem, senti que o ar parece mais poderoso. Não há espectros por aqui, e talvez essa força da magia cíntilans seja o motivo.

– Ou talvez seja simplesmente porque não há pessoas pra eles matarem e comerem. Mas quando a raça humana estiver extinta, tenho certeza de que Inna vai ampliar a dieta e incluir coração de vísios – Victor retrucou.

Uma nova discussão começou. Um dos guerreiros sugeriu que eles simplesmente pedissem a gema. Outro respondeu que não deveriam revelar os planos até ter certeza de que eram confiáveis. E se os vísios se aliassem aos espectros? Afinal, não gostavam dos humanos... Nenhuma possibilidade podia ser descartada. Depois que todos falaram, Victor declarou que ele seria o único a se pronunciar, a não ser que os vísios dirigissem perguntas a alguém em específico. Ele planejava inicialmente pedir ajuda de forma geral e ver se ofereceriam a gema.

– Se lembra da nossa conversa sobre ser vulnerável? – Úrsula perguntou. – Se eles souberem que queremos fazer uma nova caixa, e que precisamos da gema pra...

– Eu vou revelar o plano apenas se achar necessário e no momento oportuno. Se você se meter de novo, Úrsula, acabou. Vai pegar suas coisas e voltar para o acampamento, e ainda vai prejudicar outros três colegas porque não vou poder mandar você sozinha.

Fofa se remexeu, irritada, e Fera, a hiena de Victor, mostrou os dentes para a ursa. Úrsula mordeu a língua e selou os lábios. Estava disposta a travar uma guerra com Victor para seguir seus instintos e fazer o que achava certo, porém arriscar o futuro de outros guerreiros era outra história. Eles descansaram e comeram parte das provisões. Algumas horas depois, Grov retornou, acompanhado de outros dois vísios ainda maiores.

– A assembleia aceitou receber os humanos. São bem-vindos até que se declare o contrário.

Úrsula bateu palminhas e vibrou, e teve a impressão de que, apesar de Grov estar sério e com as sobrancelhas grossas franzidas, continha um sorriso.

Então iniciaram a última e mais impressionante parte da viagem. Sem as vendas, foram conduzidos por uma galeria de túneis amplos, claramente construídos por eles. Era um labirinto iluminado por esferas presas às paredes, algo com certeza mágico que também deixava a temperatura mais agradável. Os guerreiros logo tiraram dos ombros os casacos e as peles mais pesadas. O chão era polido, e por vezes havia aberturas nas paredes ou no teto por onde podiam apreciar a vista.

Os animae também pareciam felizes por poderem se abrigar do frio e das rajadas de vento.

Úrsula caminhou mais rápido, até chegar ao lado de Grov.

— Uau, esses túneis são incríveis.

O vísio a olhou de soslaio.

— Os humanos se impressionam com coisas tão simples.

— Simples? Você só pode estar de brincadeira… Como conseguiram escavar a rocha?

Os outros dois vísios olharam para trás. Grov apenas grunhiu, mal-humorado. Depois de alguns segundos, sussurrou:

— Guarde suas perguntas pra quando chegarmos. Aposto que você vai ter várias delas.

Continuaram caminhando por muitos minutos, mas o tempo passou rápido ao som dos murmúrios de aprovação e admiração dos guerreiros. Toda aquela estrutura subterrânea nunca poderia ter sido construída por pessoas, e talvez isso fosse o que a tornava tão impressionante. E então saíram do último túnel. Grov estava certo, tudo o que haviam visto até então parecia rudimentar quando comparado ao que se estendia à frente. Úrsula se beliscou para ter certeza de que não estava sonhando.

— Por Luce, isso é incrível! — Arthur disse, como quem acabava de ganhar um novo brinquedo.

Ninguém poderia julgar a alegria infantil dele, pois estava refletida nos olhos arregalados de todos os guerreiros. Úrsula esperava que a vila dos vísios fosse um amontoado desorganizado de tendas, talvez algumas cavernas, caças espalhadas pelo chão e criaturas vestidas em trapos se comportando como selvagens. Ela não podia estar mais errada… Aquela cidade era mais bonita do que qualquer uma feita por mão humanas.

Na saída do túnel, uma grande área circular se estendia, formando uma espécie de praça. O chão estava coberto por neve e era possível ver os rastros dos trenós puxados por cabras gigantes com uma pelagem mais farta no pescoço. Havia pinheiros, sobre os quais brilhavam mais daquelas luzes mágicas alaranjadas. Muitos vísios circulavam, carregando coisas, fazendo tarefas. Alguns mais novos brincavam… Ao redor da praça, paredes rochosas se erguiam, delimitando casas e até mesmo comércios. Escadas lindamente escavadas levavam a andares mais altos, a entradas de túneis e a outras plataformas como aquela. Ao fundo, os picos cobertos de neve completavam a visão para tirar o restinho do fôlego que havia sobrado nos pulmões de Úrsula... A vila dos vísios era uma verdadeira joia.

– Grov... isso é... mas como vocês... essas casas, essas escadas... é impossível! – Úrsula foi falando conforme tentava absorver a imensidão e a beleza do lugar.

O vísio a presenteou com um sorriso discreto.

Logo os outros seres começaram a notar a chegada dos humanos. As crianças apontavam empolgadas para os animae.

– Por aqui – Grov disse, os tirando do transe e os conduzindo em direção a um dos limites da praça.

Entraram por um outro túnel e chegaram a um enorme salão bem iluminado e aquecido. Desenhos esculpidos nas paredes decoravam o ambiente. Em uma das extremidades, três vísios estavam sentados em enormes cadeiras também feitas de rocha. Pareciam os líderes.

– Sejam bem-vindos a nossa humilde vila – disse a vísio fêmea que estava no centro.

– Humilde? – Úrsula perguntou, sem conseguir se aguentar. – É o lugar mais incrível e nada humilde que eu já tive o prazer de conhecer.

Victor a cutucou, irritado, mas um vestígio de humor brilhou nos olhos da vísio.

– Eu me chamo Gruta, e esses são Hirta e Brinv. Nós somos os porta-vozes atuais do nosso povo – ela continuou. – Normalmente não permitimos humanos aqui, porém, nosso irmão Grov enxergou sinceridade na líder de vocês e acredita que deveríamos recebê-los e ouvir a história da guerra que estão travando contra os espectros. – Úrsula apertou os lábios e abaixou a cabeça para não rir. Victor se remexeu desconfortavelmente, mas pareceu preferir esperar o pronunciamento para bater no peito e dizer que ele era o líder. – Poderão ficar o tempo que julgarem necessário e, enquanto estiverem aqui, podemos trocar conhecimentos e ferramentas que com certeza serão valiosos para ambos os lados. No entanto, se quebrarem alguma de nossas regras, serão expulsos. Ou mortos por soterramento.

Os guerreiros se empertigaram.

– E posso perguntar quais são essas regras? – Victor indagou.

– As mesmas que temos entre nós: não ferir, não matar e não roubar.

– Como se esse bando de fracotes pudesse sequer arranhar um de vocês – Úrsula falou, e alguns vísios riram.

Victor a encarou e a garota entendeu que já tinha gastado a cota de piadas do dia.

– Eu sou Victor, líder dessa missão. Estamos muito honrados com a hospitalidade e com a mão que vocês nos estendem... Não poderemos ganhar essa guerra sozinhos e toda ajuda dos vísios será preciosa. Talvez possamos discutir algumas possibilidades entre nós, líderes dos dois povos.

Gruta o encarou com os pequenos olhos escuros, séria e firme como a montanha.

– Sou apenas uma das porta-vozes, não tomo nenhuma decisão sozinha e há muitos vísios aqui com conhecimento mais extenso que o meu. Sugiro que converse com o maior número deles... se quiserem conversar com você, obviamente.

Toma essa, Victor. Era bom ver alguém mais poderoso e mais forte colocando o guerreiro no lugar. Estava claro que os vísios não se viam na obrigação de ajudar, e a única forma de conseguir alguma colaboração seria conquistando aqueles corações que provavelmente eram do tamanho da cabeça de uma pessoa.

– Mas, antes de falar sobre guerras e batalhas, gostaríamos de recebê-los com um banquete – Brinv, o outro vísio sentado na cadeira, falou. – Vocês passaram muitos dias nas montanhas, devem estar com saudades de uma boa refeição.

Banquete? Que tipo de alimentos conseguiriam cultivar ali, num lugar tão frio e inóspito? Um cheiro delicioso tomou o ambiente e o estômago de Úrsula roncou alto em resposta. Alguns outros vísios entraram no salão carregando bandejas e mais bandejas repletas de pães, frutas, carnes e legumes assados... Era como se fosse um sonho.

Os guerreiros se serviram em pratos de ardósia e sentaram-se em algumas pedras espalhadas pelos cantos. Úrsula, jogando toda a dignidade para o ar, se comportava como a troglodita que havia esperado que os vísios fossem... nos primeiros minutos, comia com as mãos, enchendo a boca de comida até quase não conseguir mastigar. Depois de preencher um pouco aquele vazio, passou a apreciar com mais calma os sabores deliciosos.

– O que é isso? – ela perguntou, comendo uma espécie de fruta escura e doce como mel.

– Tâmaras secas – Grov respondeu, enquanto comia de seu prato com a delicadeza de um lorde.

– Tâmaras? – Victor perguntou surpreso, levantando-se e pegando uma delas nas mãos. – Mas... tâmaras só crescem na província de Sur... como vocês as trazem de lá até aqui?

Os vísios se entreolharam. Foi Gruta quem respondeu:

– Nós as cultivamos aqui mesmo.

– Impossível – Victor retrucou.

Apesar do tom ríspido, os vísios riram.

– Para vocês, talvez. Não para nós.

Úrsula se lembrou de como os sílfios tinham feito plantas crescerem após a Batalha da Caixa das Almas.

– Já sei. Vocês usam magia... Magia tipo a dos sílfios, de fazer as plantas crescerem – a garota disse, com a boca cheia de tâmaras. – Acertei?

– Sim e não – Brinv respondeu, observando-a como quem olha para um animal exótico. – A magia dos sílfios vem dos terriuns.

– Para crescer, a terra... – Arthur sussurrou. – Faz sentido.

– A nossa vem dos aeris – Gruta revelou. – E assim conseguimos transformar muitas coisas... Há partes da montanha que tem temperaturas e solo como os de Sur.

– Sério?! – Úrsula exclamou – Posso ver?

– Tudo a seu tempo – Gruta respondeu.

Eles continuaram comendo e fazendo algumas perguntas eventuais. Brinv quis saber sobre a jornada deles até ali, dado que normalmente muitos humanos padeciam ao tentar subir as montanhas impiedosas. Úrsula comentou sobre a ajuda dos animae e como também usavam runas de acordo com a necessidade, como aquelas que aqueciam as roupas e também as barracas. Os vísios acharam aqueles detalhes bastante interessantes, e pediram para Olga fazer demonstrações de runas de ar depois que descansasse.

– Grov nos contou sobre a grande batalha com os espectros – Gruta disse, depois que todos estavam de barriga cheia. – É uma história que todos os vísios deveriam ouvir, e organizamos uma nova assembleia para isso. Peço que nos acompanhem.

Os guerreiros seguiram Gruta, Brinv e Grov por mais túneis. Úrsula tinha a impressão de que não conseguiria gravar todos aqueles caminhos mesmo se passassem semanas ali. Atravessaram mais uma praça, subiram escadas, tomaram novos túneis. E então desembocaram em um local bem no alto, de onde era possível avistar lá embaixo a vila feita de diversos patamares.

Mais à frente, próximo ao penhasco, uma estrutura havia sido escavada na rocha. Um anfiteatro.

– Uau – Úrsula disse, e teve a sensação de que continuaria dizendo aquela mesma palavra cada vez que chegassem num novo local. – Tem alguma coisa nesse lugar que seja malfeita?

– Você está olhando para um lugar que foi construído com magia ao longo de milhares de anos. Cada um de nós tem séculos para observar e ajudar a melhorar detalhes aqui … sempre vai ser surpreendente pra vocês, ainda mais para alguém tão jovem – Grov disse. – Quantos anos você tem? Sessenta?

Úrsula gargalhou.

– Dezoito.

– Tão pouco? Com dezoito anos, um vísio ainda mama no peito.

– Por Luce, agora eu vou ficar com essa imagem horrenda na minha cabeça, Grov…

Eles riram um pouco da situação enquanto se aproximavam do anfiteatro.

– Quem é Luce? Por que falam tanto dessa pessoa?

A garota o encarou, talvez ainda mais chocada do que ao ver a vila dos vísios.

– Quem é Luce? – ela repetiu, ainda tentando entender como ele poderia não saber a resposta. – Luce. A criadora da vida, a Deusa da Luz.

– O que é deusa?

Ela sabia que a língua materna de Grov não era a língua comum… ainda assim…

– Uma entidade. Como… como os espíritos das pessoas. Mas com um poder enorme, um poder que a gente nem imagina ser possível… foi ela que criou tudo que existe no mundo.

Grov riu.

– Não foi, não. Não sozinha, pelo menos.

Ela começou a ficar incomodada com aquela conversa. Era desconfortável ter algo tão profundo sendo questionado. Ao mesmo tempo, a fez olhar para aquele assunto com outros olhos. Se os vísios duvidavam dos poderes de Luce, no que acreditavam?

– Ah é? Quem você acha que foi, então?

– Uma sequência de eventos aleatórios combinada com o poder dos espíritos dos elementos.

– E Luce fez qual parte?

– Não faço a menor ideia, nunca tinha ouvido falar dela até vocês chegarem.

Úrsula desistiu de discutir, pois entendeu que seria inútil. Se alguém chegasse falando para ela que os javalis tinham criado o mundo, ela também não daria bola para aquilo – e era assim que ela soava para Grov naquele momento.

Havia muitos vísios sentados nos bancos esculpidos. Talvez a vila toda. Gruta se posicionou na parte de baixo, de onde era possível ver todos eles, e gesticulou para que os guerreiros ocupassem um lugar próximo a ela.

– Hoje recebemos em nossa vila um grupo de guerreiros. De humanos com um toque de magia no sangue – Gruta sorriu. – Eles vieram em busca do nosso auxílio e, como bem sabemos, não existe nada mais valioso a ser compartilhado do que o conhecimento. – Os vísios assentiram, porém, Úrsula percebeu que Victor se retesou. Ele esperava que aquele povo oferecesse muito mais do que informações. – Precisamos saber, porém, como ajudar. E para isso, vamos primeiro ouvir a história deles.

Victor deu um passo à frente e arranhou a garganta. Mas Gruta apontou para Úrsula.

– Essa jovem já contou uma parte para Grov. Vamos ouvi-la primeiro, e depois passamos a palavra para os outros do grupo.

O líder e a garota se entreolharam. Úrsula ficou tentada a dar um sorrisinho, contudo, havia muito em jogo para se deixar levar pelo sabor das provocações. Então olhou séria para o líder, tentando transparecer que honraria a estratégia dele. Os ombros fortes de Victor relaxaram de leve e ele assentiu. Como se tivesse sentido que podia confiar nela. E a sensação não foi nada ruim.

Úrsula voltou-se para a plateia de vísios. Falou brevemente sobre os espectros e os guerreiros, e como a caixa das almas fora construída para aprisionar aquela criatura terrível cinco séculos antes. Até ser aberta recentemente por um guerreiro na tentativa de salvar sua família... Quando contou que os sílfios vieram ajudar e usaram a gema para enfraquecer Inna, o local ficou em absoluto silêncio. Só o vento cantava e esvoaçava cabelos e casacos. Ela descreveu o brilho. A força da magia. A forma como Inna se recolheu, enfraquecido pela avalanche cíntilans contra sua energia inanis...

Detalhes que Victor nem poderia ter dado, afinal, estava preso durante a batalha. Acusado injustamente, ainda que suas atitudes tivessem levado Bruno a acreditar que ele era o traidor. Quem o conhecia conseguia ver a dor e a culpa por trás da máscara forte que portava sempre que alguém mencionava aquela batalha.

Outros guerreiros aproveitaram e complementaram o depoimento dela. Olga reforçou que teriam todos morrido se não fosse o auxílio do povo mágico da floresta. E Victor aproveitou o gancho:

— Se não conseguirmos deter Inna... estamos falando da extinção da raça humana. E quem sabe de outros povos também.

Gruta os encarou com uma concentração congelante.

— Nós os recebemos em nossa vila. Ouvimos sua história. Mas ainda falta uma informação importante... o que vieram buscar aqui?

O vento uivou forte e Úrsula sentiu um arrepio. Gruta sabia que tinham vindo atrás da gema. Porque era óbvio que precisavam dela. E se Victor mentisse agora...

— Qualquer tipo de ajuda que possam oferecer — o líder respondeu. Gruta se retesou na cadeira e estreitou os olhos escuros. Victor inspirou fundo e olhou em volta. Era uma dança, onde cada movimento e olhar vinham cheios de significados. — E a gema de cíntilans. Precisamos dela para colocar Inna na caixa novamente.

Todos os vísios começaram a falar. Protestar. Alguns se levantaram e bateram os pés. Um tremor percorreu o anfiteatro. Úrsula cerrou os punhos, se arrependendo pela primeira vez de ter deixado as armas para trás. Não que fossem fazer muita diferença... se aqueles seres imensos quisessem vê-los mortos, esmagariam os guerreiros com as próprias mãos em segundos. Fofa balançou o pescoço, sentindo a tensão e o perigo... todos os animae estavam agitados. Úrsula então olhou para Arthur... o garoto estava pálido e, de alguma forma, isso a fazia pensar em todas as pessoas – guerreiros ou não – que dependiam do sucesso deles.

– Ei, é isso o que a gente ganha falando a verdade? – Úrsula disse a plenos pulmões, sua voz forte ecoando por todas as fileiras. Aquilo pareceu chamar a atenção da multidão. – Talvez não se importem quando o último humano for exterminado por aquelas criaturas sem coração, só que isso significa que os animae também vão deixar de existir. Viemos pedir ajuda porque não podemos vencer essa guerra sozinhos. Se tiverem outras sugestões que não envolvam a gema, sou toda ouvidos. – Ela tentou dar um tom meio cômico, mas sentiu um nó na garganta. – Por favor.

Gruta a encarou com um misto de admiração e revolta. Grov, ao seu lado, parecia perturbado com todo aquele discurso.

– Usar a nossa gema não é uma opção – Gruta disse, em um tom tão firme quanto a própria montanha.

– Por que não? – Arthur perguntou, com a voz trêmula. – E se for o único jeito? Ter a gema é mais importante pra vocês do que salvar todas as pessoas?

Era uma súplica quase infantil. E ainda assim tão sincera que pareceu comover um pouco os vísios.

– A gema é nossa fonte de energia – Gruta respondeu, enfim, deixando alguns de seus companheiros desconfortáveis com a revelação. – Sem ela, uma parte importante da magia que sustenta esse lugar se dissiparia... teríamos que voltar a viver de uma forma rudimentar. Estaríamos menos protegidos. Não sei se sobreviveríamos...

Então Úrsula entendeu. Era quase como se estivessem pedindo que os vísios se sacrificassem em prol deles. Os guerreiros queriam sobreviver, assim como os gigantes na montanha. Nenhum dos dois cederia. Nenhuma vida era menos importante do que a outra. O problema parecia não ter solução, e entender isso foi como cair de um penhasco. A morte era certa. Pelo menos de um dos lados.

– Acho que precisamos todos pensar sobre isso – Olga disse, sendo mais uma vez a voz da razão naquele grupo. – Se agirmos juntos, conversarmos de forma aberta, quem sabe conseguimos encontrar uma saída satisfatória para todos os lados?

Parecia impossível. Contudo, Olga estava certa em propor algo que ninguém poderia recusar.

Gruta assentiu. Os ânimos se acalmaram. A reunião foi encerrada, e ficou combinado que no dia seguinte formariam grupos de discussão. Aquela missão provavelmente se estenderia por muito mais tempo do que o esperado, e a preocupação de Victor estava estampada na ruga entre as suas sobrancelhas. Eles não podiam passar meses ali...

– Luce... – Grov disse, caminhando ao lado de Úrsula em direção às escadas que levavam de volta à praça principal. – A nossa gema é como se fosse a deusa de vocês. Ela permitiu que os vísios prosperassem. Antes da gema, o povo vivia em cavernas, às vezes morria de fome ou de frio no inverno. Agora, o poder dela é tão forte que nos permite usar a nossa mágica para transformar tudo ao nosso redor. – Eles andaram em silêncio por um instante. – Eu quero ajudar. Sei que outros também querem, mas...

Mas sem a gema. Era isso o que estava implícito. Úrsula deu um sorriso triste e compreensivo para o brutamontes que já considerava um amigo. Grov apertou o passo, deixando-a para trás com os outros guerreiros.

– E agora? – ela perguntou ao se ver lado a lado com Victor.

– Precisamos da gema.

Ele não disse mais nada. Mas a garota compreendeu todas as entrelinhas.

O líder ia tentar convencer os vísios. E, se não conseguisse, pretendia roubar o artefato mais valioso para os gigantes das montanhas.

Não tinha como acabar bem.

CAPÍTULO 10

Por água abaixo

Somente quem é invisível sabe o peso de sê-lo.

Há quantos dias estava seguindo a caravana? Dois? Não, três... ou seriam quatro? Leona estava confusa. E exausta. Quando o grupo se deslocava, a garota precisava segui-lo, sem se aproximar demais para que não fosse ouvida, e sem se afastar a ponto de perdê-lo de vista. Quando paravam, tinha de avaliar a situação, chegar mais perto, buscar uma oportunidade de libertar os prisioneiros. Sobrava pouco tempo para dormir ou comer.

Naquele momento, contudo, podia se dar ao luxo de descansar um pouco. Os espectros haviam parado a algumas dezenas de metros de um riacho. O ruído alto de uma cachoeira próxima dava um pouco de cobertura também. Leona se abaixou para encher o cantil, e mais uma vez foi surpreendida ao não ver seu reflexo na água. Invisível... será que ela existia se ninguém podia vê-la? Se esforçava para afastar aqueles pensamentos e a melancolia que causavam, mas não era fácil... Nunca havia se sentido tão só, nem mesmo enquanto vagara pelo mundo à procura de seu destino. Porque, naqueles meses antes de encontrar o clã dos guerreiros, pelo menos tinha Albin ao seu lado. Porém, o único ser invisível ali era ela, e a pelagem clara do leão se destacava no meio da mata. Os espectros o avistariam de longe, e por isso Leona pedira que ele seguisse quilômetros atrás. Se a guerreira o visse, os espectros com certeza o veriam também e o plano todo iria por água abaixo...

Invisível e sozinha. Sem reflexo. Será que pelo menos os veros sentiam sua presença ali?

Suspirou. Não podia se deixar abater. Precisava se recompor. A vida daqueles guerreiros dependia disso! Talvez o cansaço e a falta de comida estivessem a afetando mais do que imaginava, por isso decidiu começar resolvendo esses problemas especificamente. Viu uma planta aquática que conhecia bem: batatas rosas d'água. Arrancou as raízes, limpou a lama e as comeu. Tinham a textura de maçãs, mas quase nenhum sabor; mesmo assim, eram extremamente nutritivas. Bebeu mais água. Mordeu o tubérculo de novo.

Já se sentia um pouco mais forte. Precisava agora revigorar o corpo, porém não podia dormir por horas e correr o risco de os espectros saírem dali sem que ela visse... *Há runas para quase tudo. Quem costumava dizer isso mesmo?* Bom, talvez houvesse uma runa que pudesse lhe fornecer o mesmo vigor que uma boa noite de sono.

Começou a pensar sobre aquilo. Fechou os olhos e a sensação de deixar para trás o mundo que não a via foi boa... Tinha que definir exatamente o que queria de uma nova runa. Precisava de força para as pernas cansadas. De energia pulsando nas veias. De uma mente capaz de pensar de forma tão cristalina quanto as águas daquele riacho. Os traços foram se formando atrás da escuridão de suas pálpebras. Quando Leona os abriu, usou o indicador para esboçar o desenho na lama. Fez algumas correções, repetiu até acertar. Usaria água. Seu elemento. Um elemento que pulsava energia de cura, mesmo que por séculos os guerreiros tivessem preferido a terra para esse fim. Para unir, a água. União e força eram quase sinônimos...

A garota prendeu os cabelos claros com uma fita no alto da cabeça e se colocou ao trabalho. Molhou as mãos, permitiu que os dedos dançassem na frieza fluida do riacho, buscando, convocando a magia contida ali.

– Obrigada por essa fonte de vida – sussurrou com a voz rouca, que não era usada havia dias.

Aquela era uma tradição do povo nômade das dunas: agradecer sempre que encontrava uma fonte de água, algo tão essencial e tão escasso no deserto... Agora aquele ritual tinha um peso a mais. Porque sabia que, onde havia água, havia magia e a presença dos veros. Eles com certeza ouviram cada uma das vezes que ela agradeceu a existência daquele elemento ao caminhar pela areia, e saberiam que continuava valorizando e admirando a força da água.

Por uma fração de segundo, sentiu a água se aquecer. Apenas uma impressão ou uma forma de os espíritos reconhecerem a gratidão dela? Leona tirou as mãos no riacho e desenhou a runa no antebraço com a água. E mais uma nas pernas. De repente estava mais desperta e descansada do que estivera em meses… Descobrir uma runa era algo que aquecia seu peito e acendia esperanças, então se permitiu um discreto sorriso. Decidiu que a chamaria de runa de exaustão. Poderia ajudar muitos guerreiros, assim como os bálsamos que ela havia desenvolvido… Isso se ela sobrevivesse e conseguisse compartilhar aqueles aprendizados com o restante do clã.

Quando o fim da tarde chegou, alguns espectros saíram do pequeno acampamento. Leona esperou, mas eles não voltaram. Havia muito menos deles agora, talvez vinte… Se ela libertasse os guerreiros, conseguiria derrubar ao menos dez antes que percebessem onde ela estava. Tinham uma chance. Aquela era a oportunidade que ela estava esperando e precisava agir antes que a noite caísse, pois no escuro estaria em desvantagem.

Caminhou devagar, tocando cada pé no chão com a leveza de uma pluma, ainda assim grata pelo local ser próximo da cachoeira ruidosa. Estavam no alto de uma chapada, e ao se aproximar percebeu que os espectros haviam escolhido uma clareira perto de um penhasco. Dava para ver a cachoeira do outro lado do cânion alimentando corredeiras fortes lá embaixo. Viu também a gaiola onde Ilca estava e decidiu que começaria por ela.

Talvez não andasse tão silenciosamente quanto pensava, pois a líder do acampamento dos guerreiros encarou com seriedade na direção de sua pupila quando se aproximou. E fez que não com a cabeça. Leona a ignorou e começou a avaliar o cadeado, pensando no que poderia usar para abri-lo. Tinha uma faca que talvez funcionasse…

– Eu ouvi os espectros falando sobre o Pântano dos Ossos. Acho que estão nos levando pra lá – Ilca sussurrou para um outro guerreiro, que pareceu surpreso com o assunto aleatório. Leona começou a trabalhar no cadeado, e o ruído metálico era audível, mesmo com seu esforço para não fazer barulho. – O grupo de Heitor foi pra lá, talvez consigam nos ajudar. E isso me parece um plano muito melhor do que tentar escapar, dado que nenhum de nós aqui tem armas para enfrentar os espectros. Além do mais, o terreno aqui é terrível, cheio de cânions, perigoso… Clique. O cadeado cedeu. Leona o tirou da lingueta e abriu o fecho.

— Rápido — ela sussurrou, mas ninguém se mexeu.

Todos estavam assustados demais com a situação. E ela sabia que precisavam entender o que estava acontecendo para se sentirem um pouco mais seguros… Tirou a pedra do contato com a pele do seu colo, deixando que repousasse sobre a túnica. O ar mudou e Leona percebeu o quanto estava sufocada por aquele artefato. Quando Ilca a viu — realmente a viu —, os olhos da líder se encheram de lágrimas. Havia saudade, havia medo, havia a dor de ter perdido Catula.

— Ilca — Leona disse com a voz rouca e a visão embaçada.

— Meu amor, você não deveria estar aqui. Eu te falei…

— Eu vim salvar vocês. Vamos — ela sussurrou, indicando uma trilha. — Vocês vão indo e eu vou atirar neles. Eu vou colocar a pedra e…

— Me dá uma faca — Ilca pediu.

Leona ainda tentou argumentar. Ela estaria invisível, a líder não, os espectros iriam todos para cima dela. Mas foi inútil. Ilca se recusava a deixá-la sozinha. Por mais que isso atormentasse a garota por causa do perigo, também aqueceu seu coração.

— De onde eu vim, nós escolhemos nossa família. — Leona disse. — E eu escolho você.

Aquelas palavras estavam entaladas em sua garganta desde a última vez que tinham se visto. Leona a abraçou. Ilca deu um beijo em sua cabeça e então colocou a pedra de volta dentro da túnica da garota. Ela correu para abrir as outras jaulas. Contudo, tiveram menos tempo do que gostariam. Os espectros logo perceberam a fuga, então Leona começou a disparar as flechas. Um. Dois. Três. Sete. Dez espectros. Ela contabilizava cada um que conseguia matar. Ilca ajudava. Faltavam poucos. Estavam quase livres, iam conseguir escapar e o alívio pela vitória inflou o peito da garota.

Foi quando os outros espectros voltaram. Quase como… quase como se tivessem sido chamados, atraídos pelos pares. Não havia como vencer. Leona atirou a última flecha. E depois uma faca. Correu no meio do caos, recuperando armas do chão, arrancando flechas fincadas nos corpos de seus inimigos e voltou a lutar. Tentava se movimentar entre um disparo e outro para confundi-los, mas acabou encurralada na beira do penhasco.

Ela poderia ter parado e assistido ao massacre. Se ficasse imóvel, se não lançasse mais nenhuma flecha, os espectros não saberiam onde ela estava. Porém, as pessoas que ela havia libertado estavam morrendo por sua culpa. Então daria sua vida, levando quantas daquelas criaturas fosse possível.

Um espectro pareceu entender de onde as flechas estavam vindo e começou a disparar em sua direção. Ilca também. O que ela estava fazendo? Por que estava correndo tão rápido? Leona puxou o cordão de dentro da roupa, e fez a pedra repousar sobre a túnica.

– Fuja, Ilca! Para o outro lado!

Mas a líder continuou vindo.

– Pule, Leona!

Leona olhou para trás. Era alto demais e o rio, bastante profundo. Ela havia sido criada nas dunas, conseguia boiar em um lago calmo, mas não era boa nadadora. Com certeza se afogaria nas corredeiras. Morrer pelas unhas do espectro que vinha veloz em sua direção ou morrer afogada? Ilca tinha a resposta.

– Pule!

Leona entendeu que a outra guerreira pretendia pular também. Talvez fosse a única chance de saírem vivas dali. Por ela, pela família que tinha escolhido, a garota respirou fundo e forçou as pernas a correrem os poucos passos até o precipício.

Olhou para trás no momento em que seus pés saltaram no ar. Ilca não estava mais correndo. Tinha parado e lutava com o espectro.

– ILCA!

Se pudesse voar, teria voltado. A sensação de estar caindo e o frio no estômago foram logo substituídos pela dor do impacto, pela confusão das corredeiras. Não enxergava quase nada, o sol havia se posto, e havia a espuma das águas turbulentas...

A garota tentou nadar. Conseguiu subir algumas vezes e sorver o ar com a boca aberta, mas se cansava rápido. A correnteza a puxava para baixo. Debateu-se. Lutou até as pernas, os braços e os pulmões começarem a queimar. Não ia desistir. Precisava encontrar Ilca. No entanto, mesmo os mais resilientes perdem às vezes. A morte não se curva a nada, nem ao desejo de vida mais forte que possa existir.

– Me ajudem! Por favor – ela suplicou quando conseguiu pôr o rosto para fora uma última vez.

Então afundou e, sem conseguir evitar, inspirou um pouco de água. Sua garganta travou. O peito doía, gritava por um pouco de ar... Conforme a morte se aproximava, a água em volta dela pareceu se acender e imagens dançaram enquanto ela sorvia mais e mais líquido para dentro dos pulmões. *Uma mulher poderosa ao lado de seu anima de pelagem branca corria em direção a um espectro de olhos terríveis. Inna. A mulher levantou uma espada e, com um giro certeiro, arrancou sua cabeça. Olhou para os céus com os olhos cheios de lágrimas de pesar, deu um abraço no anima e então, com a mesma arma, rasgou a própria barriga. Era um sacrifício. Uma pequena caixa no chão se iluminou, clareando tudo ao redor. A caixa das almas. Tereza. Aquela era a história de como Tereza havia aprisionado Inna na caixa das almas — muito diferente da que Leona ouvira ao redor da fogueira no acampamento dos guerreiros.*

Leona engoliu mais água. E mais. Seu corpo inteiro sendo percorrido por espasmos. Era o fim, e aquilo a preenchia com um medo e uma tristeza mais fortes que qualquer correnteza. Viu um espírito da água estender uma mão transparente e acariciar seu rosto. Outros o puxaram para trás enquanto o veros se debatia.

E então, escuridão.

CAPÍTULO 11

Fantasmas

Leona acordou ao sentir algo pegajoso se mover sobre seu rosto. Tossiu. Tentou abrir os olhos, mas a claridade da alvorada a cegou por um instante. Tateando com as mãos, tocou uma pelagem macia e delicada. A juba de Albin. Ela tossiu mais e se apoiou em seu anima para se levantar, tentando se equilibrar e colocar os pensamentos em ordem. Piscou. Onde estava? O que havia acontecido?

A tentativa de fuga. O salto do alto do penhasco. Ilca lutando com o espectro. Seu estômago se contorceu e ela vomitou água.

– Ilca… – ela disse num sussurro, tentando entender melhor o que tinha acontecido. – Ilca… O que eu fiz?

Por que Leona não havia esperado mais antes de saltar? Por que tinha tomado aquela decisão estúpida de organizar uma fuga? Poderia ter aguardado um pouco. Poderia ter feito tudo de outra maneira… Talvez Ilca tivesse conseguido escapar logo depois. A imagem de dezenas de espectros tomando aquela chapada voltou à sua mente, mas Leona afastou aquele pensamento. Tinha que manter a esperança viva.

Talvez Ilca tivesse conseguido saltar logo depois. Era uma boa nadadora. No acampamento antigo, quando o mundo ainda não estava prestes a acabar, ela costumava nadar no rio ali perto. Tirava a prótese e deixava outros guerreiros para trás com suas braçadas poderosas… Dessa vez, contudo, talvez tivesse caído nas corredeiras com a perna de madeira. Será que tinha conseguido soltá-la? Será que os veros também tinham aparecido para ela? Será que…

– ILCA!

Nenhuma resposta. Sua garganta se apertou e seus olhos arderam. Leona tentou segurar as lágrimas por um instante, mas... por quê? Por que fingir ser forte? Não havia ninguém para presenciar seu descontrole. E esse exato pensamento foi a gota d'água para ela desabar, não pelo fato de que podia chorar sem sentir vergonha, e sim porque estava sozinha quando deveria estar com Ilca.

Sozinha. Sozinha. Um lamento subiu por sua garganta e rapidamente se transformou em soluços. Depois de tudo, se Ilca tivesse morrido pelas mãos daquela criatura, ou mesmo afogada... Não. Ela merecia viver muitos anos, envelhecer ensinando, morrer de maneira tranquila enquanto sonhava com um mundo livre de espectros. Ou, ao contrário, morrer como uma heroína, lutando, levando junto com ela dezenas de inimigos. Morrer fugindo, não... Os pensamentos faziam Leona perder o ar. Albin roçou a cabeça contra as pernas dela, e a garota o abraçou, afundando o rosto no pelo macio.

Não, não estava totalmente sozinha e a presença de seu anima a confortava. Pelo menos um pouco. Conforme se acalmava, outras memórias vinham à tona. Lembrou-se da água penetrando em seus pulmões e das feições do veros que tinha se aproximado dela. Ele parecia gentil e determinado, e quando os outros tentaram afastá-lo de Leona, ele se desvencilhou. Depois da visão, ela ficou desacordada por alguns instantes, até que sentiu a água sendo sugada magicamente para fora de seus pulmões. O vento no rosto. O veros a carregando cuidadosamente até a margem sobre uma onda.

Só então Leona se deu conta de que tinha morrido e sido trazida de volta por um espírito daquele elemento... Por quê? Por que ele tinha decidido que ela merecia viver?

Mais memórias fluíram. Era um redemoinho confuso de acontecimentos. Relembrou as imagens da morte de Inna e de Tereza; a guerreira tivera que se sacrificar para prender Inna na caixa. Essa era uma informação preciosa, uma verdade em forma de presente, vinda de um tipo de ser mágico que normalmente exigia pagamentos por isso... Aquele veros tinha dado não só a vida de Leona de volta, como também um retalho da história dos guerreiros que havia sido esquecida. Uma hipótese fez seu corpo gelar, mesmo com o sol ficando cada vez mais quente. *Talvez seja a única maneira de usar a caixa.* Talvez alguém tivesse que dar a própria vida a fim de aprisionar uma outra alma.

Leona tinha ouvido algo sobre haver magia na morte em uma dessas histórias contadas ao redor da fogueira. Mas não era um tema discutido ou estudado pelos guerreiros. Na verdade, todos os tipos de magia que não usavam apenas a energia dos elementos eram uma espécie de tabu. Na época, achou que era apenas uma lenda. Depois do que tinham vivido com a caixa das almas, no entanto, passou a ver histórias antigas com outros olhos.

Se a caixa realmente precisasse de um sacrifício para funcionar... Quem teria coragem de fazê-lo? A resposta era fácil: quase todos os guerreiros. Ulrik, Úrsula e Tora certamente se sacrificariam para salvar a humanidade. E Leona se sacrificaria para salvar qualquer um dos três. Ela inspirou fundo. Olhou para Albin, firme ao seu lado.

– O que a gente vai fazer? – perguntou ao anima. – Os outros precisam saber disso.

Queria primeiro procurar por Ilca, mas não podia continuar gritando seu nome, era arriscado demais, poderia atrair espectros se ainda estivessem por perto. E não tinha certeza se a líder tinha saltado ou não... Deveria percorrer alguns quilômetros rio acima e abaixo procurando por ela? Ou voltar para o alto da montanha, ver se os outros prisioneiros ou Ilca ainda estavam por lá? Pouco provável... A luta havia acontecido no início da noite passada, e já era de manhã. Além disso, olhando para cima percebeu que seria impossível escalar até o topo dos cânions por ali, teria que dar uma volta imensa. Demoraria um dia, talvez dois para chegar lá. Os guerreiros que tinham escapado já teriam ido embora – e se tivessem sido capturados novamente, a caravana dos espectros não estaria mais lá. A voz de Ilca ressoou em sua mente: *Eles vão nos levar para o Pântano dos Ossos.*

A líder queria que Leona fosse para lá ao invés de libertá-los, que buscasse ajuda com Heitor. Por que o Pântano dos Ossos? O que havia lá? E por qual motivo capturaram os guerreiros ao invés de simplesmente matar todos? Se Ilca tivesse sobrevivido, era para lá que iria. Lá encontraria possíveis prisioneiros e as respostas para todas aquelas perguntas.

– Vamos, Albin. Temos uma nova missão.

Colocou o cordão com a pedra da invisibilidade de volta dentro da túnica. Respirou fundo, com propósito e energia renovados, mas sem deixar a raiva de lado. Tinha uma longa viagem pela frente, e faria cada espectro que encontrasse no caminho se arrepender de ter invadido o seu mundo. O leão branco rugiu, e pássaros saíram voando, sentindo a força e a magia que emanavam daquela dupla.

Leona esperou na entrada da estalagem até a porta se abrir e um viajante sair por ela. Se esgueirou então pela abertura com leveza, segurando a porta apenas por um segundo a mais do que demoraria para se fechar naturalmente. Ficava cada vez melhor em ser invisível.

Caminhou com cuidado entre as mesas. Foi até a cozinha. Surrupiou uma coxa de galinha sem que ninguém notasse e a comeu sentada em um canto. Nos primeiros dias, ela saía correndo dos lugares assim que conseguia o que precisava, mas depois percebeu que dificilmente alguém a ouviria mastigar num ambiente barulhento como aquele, ou tropeçaria nela se não estivesse na passagem.

Além disso, aquela era uma boa oportunidade para escutar conversas e tentar descobrir qualquer pista sobre a atuação dos espectros ou o paradeiro dos guerreiros. Ela foi mais algumas vezes à cozinha e também pegou uma maçã que estava sobre uma das mesas.

– ...roubou o cavalo e viram o animal cavalgando ao lado de um leão fantasma – disse uma garota talvez tão jovem quanto Leona.

– Como assim um leão fantasma? – perguntou o homem que estava com ela.

– Um leão todo branco.

Leona ficou estática. Precisava ter mais cuidado, já tinha ouvido coisas como aquela na última estalagem em que entrara. Rumores sobre a sua existência.

– E por que dá pra ver o leão e não dá pra ver o cavaleiro fantasma?

– Quem disse que é um homem? – a garota perguntou.

– Você acha que é uma fantasma mulher?

A guerreira mordeu a maçã. Também ficou curiosa para ouvir a teoria.

– Um fantasma homem com certeza ia querer ser visto, temido, se vangloriar de cada um dos seus feitos, sendo eles bons ou maus – a menina respondeu. – Ela, não: ela se esconde. Dizem que ela mata as criaturas malignas da noite e em troca pega o que precisa: roupas, comida, às vezes um cavalo que é achado a um ou dois dias de viagem.

– Pra que uma fantasma ia precisar de roupas e comidas?

– Sei lá… talvez ela sinta falta dessas coisas?

O último pedaço de maçã quase não passou pela garganta apertada de Leona. *Talvez ela sinta falta dessas coisas.* A falta era um buraco no meio do peito que ela tentava ignorar a maior parte das vezes. Porque sentia falta de coisas demais, algumas que talvez nunca pudesse ter novamente. Sentia falta da gentileza de Ilca. Do acampamento. Da época em que treinava para ser uma guerreira, sem imaginar que estaria sozinha quando se tornasse uma. Das piadas de Úrsula, dos ensinamentos de Tora. E, acima de tudo, sentia falta de Ulrik. Da forma como ele segurava sua mão, de se acomodar contra o peito dele e se sentir em casa, dos beijos, do cheiro…

Toda aquela falta quis vir à tona, mas Leona afundou aqueles sentimentos confusos num lugar escuro da mente, longe da superfície. Eles embaçavam sua visão, esfriavam o propósito daquela missão. No início era mais difícil e muitas vezes a onda de tristeza a pegava desprevenida, deixando-a sem ar, como se estivesse se afogando, dessa vez em lágrimas… Porém, conforme os dias se passavam, foi ficando mais fácil domar os sentimentos. Na última semana, havia enfim dominado a runa de ar das armas dos guerreiros e renovara seu estoque de facas e flechas. Assim conseguiu matar vários deles, ao mesmo tempo que continuou avançando rapidamente em direção ao Pântanos dos Ossos – em mais uma semana, chegaria ao seu destino. Essas pequenas vitórias a ajudaram a ficar menos sensível. *Talvez ela sinta falta dessas coisas.*

Leona cerrou os punhos, cravando as unhas nas palmas das mãos como se conseguisse assim esmagar essa tal falta, preencher esse vazio com dor física. Com passos firmes como uma rocha e leves como uma pena, pegou algumas outras provisões e as enfiou na bolsa – pães, frutas, outro pedaço de frango. Saiu pela porta da frente quando uma outra pessoa a abriu. Foi até o estábulo e escolheu um dos cavalos. O desamarrou, subiu e saiu cavalgando, sem se importar que alguns presenciassem a estranha cena do cavalo indo embora sozinho.

Era bom que acreditassem que ela era um fantasma. Quem sabe assim ela passasse a acreditar também. Fantasmas provavelmente não sentiam falta de nada.

CAPÍTULO 12

O segredo da feiticeira

Fazia um mês que o treinamento havia começado. Tora mandava notícias por bilhete uma vez por semana para Bruno, mas nunca recebera uma mensagem de volta. Não sabia se os outros estavam bem, se a Cidade Real estava prestes a ser atacada, se a rainha já havia concedido uma audiência e concordado em ajudar os guerreiros na terrível guerra que poderia acabar com a raça humana.

Essas deveriam ser as preocupações assolando sua mente, porém havia algo mais urgente. Mais visceral. Uma crise pela qual ele nunca imaginou que passaria. Ele que sempre fora tão centrado, que enxergava desafios além do horizonte, que estava treinando para aconselhar as pessoas. Obviamente, havia antevisto os riscos que aquele caminho traria desde o início, não era preciso ser um guru para isso... e, ainda assim, caíra na armadilha acreditando que seria imune a ela.

– Não – ele sussurrou, apoiado sobre a perna esquerda, revirando o baú onde guardava seus pertences à luz fraca de uma lamparina. – Tinha mais um pouco aqui...

Magnus se levantou, sentindo sua agitação. A madrugada estava fresca e um pesadelo o havia acordado. Era daqueles sonhos que misturam um passado doloroso com temores futuros. Havia lembranças dos momentos da amputação e de quando ficara sabendo da Batalha da Caixa das Almas... além de cenas imaginárias dos amigos mortos em suas novas missões, todas com objetivos quase impossíveis. Havia a imagem de um mundo dominado por espectros onde ele era o único sobrevivente, olhando para um bando daquelas criaturas, tendo apenas sua catana na mão e a certeza de que aquele era o fim dos tempos...

A dor espiritual e o medo tinham funcionado como uma porta para que a dor física voltasse. Depois de semanas sem que isso acontecesse, a dor fantasma tinha retornado. A perna amputada doía como se ainda estivesse ali, o membro inexistente latejava de maneira insuportável... e só havia uma coisa que poderia ajudar.

– Ai! – Tora disse, sem conseguir conter o gemido quando uma cãibra forte atingiu a panturrilha que não existia mais.

– Tora? – Nilo perguntou, na semiescuridão. – O que foi?

O garoto se levantou e foi até o guerreiro. Tora começou a se desesperar, tirando tudo de dentro do baú.

– Eu preciso... – ele respondeu, quase sem fôlego, segurando o coto, tateando o vazio que se encontrava abaixo dele – ... preciso de resina de papoula.

– Resina de papoula? Você usa resina de papoula para tratar essas dores? – Nilo perguntou, e Tora sentiu raiva, algo que raramente o acometia.

– Me ajuda. Por favor! – Tora suplicou.

Nilo saiu correndo dos aposentos. Tora deslizou até o chão, se esforçando para desacelerar a respiração, tentando fazer a visão e a mente clarearem. A dor começava a diminuir, se dissipando até deixar o alívio tomar conta do corpo na forma de tremores. Mas a ânsia pela resina ainda pulsava forte, insistente, enquanto esperava o retorno do colega que tinha saído em busca da única cura possível para aquela mazela.

Nilo voltou um tempo depois com uma bandeja repleta de frascos, panos e ervas.

– Conseguiu? – Tora perguntou, embaraçado com o desespero claro em seu tom. – Conseguiu um pouco de resina?

– Não. Vou te tratar com outras coisas.

– Não quero outras coisas. – Como uma cobra, a raiva deu o bote novamente. – Eu quero resina de papoula.

Nilo trouxe a lamparina para perto, apoiou a bandeja no chão e se abaixou para que ficassem frente a frente. Então o encarou com uma expressão séria, porém gentil.

– Você é inteligente, Tora. Provavelmente a pessoa mais inteligente que eu conheço. – O garoto estendeu a mão e a encostou na testa do companheiro de quarto, como se estivesse verificando sua temperatura. – Você sabe que precisa parar de usar a resina. Se o Grande Guru descobrir, ele vai te jogar num calabouço até a compulsão passar. Para sua sorte sou eu que estou aqui, e sou muito bom com ervas e poções…

Ele tentou falar aquilo tudo num tom leve e amigável, mas Tora foi invadido por uma avalanche de exasperação impossível de controlar.

– A decisão do que tomar ou não é minha!

– Sim. E a decisão de te dar resina e ver você se afundar ainda mais é minha. Eu não vou fazer isso… – Nilo engoliu em seco. Então pegou uma toalha úmida da bandeja no chão e a encostou com delicadeza no rosto de Tora. – Deixa eu te ajudar. Por favor.

O guerreiro sabia que o amigo estava certo. Só que o corpo não queria obedecer a razão, queria apenas sentir aquele alívio e bem-estar que a resina trazia… Tora inspirou fundo. Fechou os olhos e sentiu as lágrimas escorrerem. Precisava pelo menos tentar. A garganta estava apertada, então ele apenas assentiu com a cabeça.

Nilo se levantou, passou seus braços pelo tórax do colega e o puxou com força, ajudando-o a se sentar na cama. Deu uma poção amarga para Tora e o fez mascar uma folha adocicada. Arrumou os travesseiros, colocou-o apoiado sobre eles e foi buscar uma cumbuca com água. Ele umedecia uma toalha, colocava na face de Tora e repetia o processo incansavelmente. Ainda assim, a situação só piorava.

Tora começou a sentir náuseas e Nilo buscou um balde. Ele vomitou. O corpo tremia. Nilo trouxe chá. Mais ervas. Mais poções. A verdade é que nada parecia surtir efeito. Magnus e Carbo os rodeavam, preocupados, como se buscassem uma maneira de ajudar.

– Nilo, não está funcionando. Se me trouxer só um pouquinho de resina, vai ser só uma questão de dias até eu…

– Calma, em algumas horas você vai estar melhor. Eu prometo. – Os olhos castanhos do aprendiz eram tão sinceros que Tora realmente acreditou e se ancorou nisso. Nilo encarou o coto que o guerreiro segurava firme com as duas mãos. – Você nunca me contou como perdeu a perna.

O guerreiro conseguia enxergar as intenções dele; Nilo estava tentando distraí-lo. E talvez isso ajudasse mesmo.

– Eu estava na floresta com outros três amigos, voltando pra casa… – ele explicou. Não podia dar detalhes sobre o fato de que estavam procurando o acampamento dos guerreiros para alertá-los de que a chave para abrir a caixa das almas era o sangue de um guerreiro. – Uma cobra me picou. E essa amiga, Úrsula, me levou de volta no cavalo dela. A curandeira de lá era muito boa, a melhor que eu conheço. Ela tentou de tudo, mas o veneno começou a necrosar o músculo, e se não tivessem amputado logo, eu provavelmente teria perdido parte da coxa também. Ou a vida.

Tora sabia que tudo aquilo era verdade, que Ilca tomara a única decisão possível para salvá-lo. Ao mesmo tempo, toda vez que pensava nisso, um sabor amargo tomava sua garganta, e no fundo da mente uma voz sussurrava acusações que ele nunca teria coragem de dizer em voz alta.

Perdi minha perna por causa da Ilca. Ela podia ter feito algo diferente. Se fosse um curandeiro mais experiente... Ou talvez quisesse que eu perdesse a perna porque ela também perdeu uma...

Tora balançou a cabeça, como se pudesse espantar aquelas ideias. Era fácil lutar com monstros terríveis, difícil mesmo era encarar as monstruosidades em si.

– Doeu? Digo, na hora...

– Muito.

Ele não conseguiria elaborar mais que isso. Não gostava de dar espaço para aquelas memórias, de deixar a lembrança daquela dor vir à tona. Daquelas dores, no plural, porque tinham sido dores de diferentes intensidades e texturas. A dor profunda e podre do veneno da cobra necrosando tudo em seu caminho. A dor afiada e ensurdecedora do corte. A dor rugosa e latejante do que havia restado, tentando se regenerar...

– Preciso de resina – ele disse novamente.

– Desculpa, a gente não devia estar falando de dor – Nilo falou, tentando desviar o assunto. – Qual artesão fez sua prótese? Nunca vi nada igual...

– Foi um presente dos sílfios.

– Sílfios?! O povo da floresta das histórias infantis?

Tora percebeu que havia cometido um deslize.

– Ah... eu... Não quero falar sobre isso agora, Nilo. Acho que estou delirando. – O esforço de não revelar nada importante em meio à crise estava consumindo demais suas energias. O aprendiz estreitou os olhos, desconfiado, e pronto para insistir. Tora pensaria depois no que dizer, mas primeiro precisava mudar de assunto. – Você pode ler alguma coisa pra mim?

– Só tenho aqui um livro chato de Filosofia.

– Que blasfêmia... – ele respondeu, trincando os dentes quando a ânsia o arrebatou mais uma vez. – Filosofia nunca é chato.

Nilo deu risada. O corpo de Tora estava dolorido, um suor frio cobria sua têmpora. Ainda assim a visão daquela gargalhada e do dente meio encavalado aqueceu um pouco seu peito.

O garoto de cabelos castanhos e sardas foi até a mesa de cabeceira pegar o livro, e posicionou a lamparina ali perto. Começou a ler. Era uma passagem sobre a realidade... sobre como fatos e acontecimentos não são necessariamente tão objetivos quanto se pode crer, pois existem diferentes versões deles dependendo do ponto de vista. A dor e a compulsão de Tora eram reais e enormes para ele naquele momento, mas talvez fossem imateriais para o Grande Guru se ele soubesse. A guerra com os espectros era uma realidade, um fato concreto, mas na realidade de Nilo ela não existia. Não ainda. E como será que os próprios espectros enxergavam aquilo? Será que conseguiam se ver como os vilões da história? Ou havia algo maior pelo que lutavam, que em suas mentes justificava todo o sangue e o sofrimento derramados?

A madrugada avançou. Houve mais tremores, mais lágrimas, mais súplicas de Tora pela resina. E tudo que Nilo entregou foi cuidado, gentileza e horas de reflexões filosóficas. Quando amanheceu, o guerreiro estava exausto, mas um pouco melhor. Nilo preparou um banho morno para o amigo, foi começar as atividades do dia, e no meio da manhã, lhe trouxe pão e algumas frutas.

– Como você está?

– Melhor. A compulsão passou – Tora respondeu. Então pensou em tudo que Nilo tinha feito por ele, o estado deplorável em que tinha se exposto, e suas bochechas se aqueceram de vergonha. – Desculpe por tudo. Eu não devia... Você não precisava...

– Não precisa se desculpar. Fico feliz em ter ajudado. De verdade.

Nilo segurou sua mão. O calor no rosto do guerreiro se intensificou e sua boca ficou seca. Os dois se encararam por alguns segundos e uma sensação estranha bateu asas dentro do peito de Tora. Não era ruim, mas era… desconfortável. Como se o deixasse sem equilíbrio, como se o chão fosse sumir a qualquer momento sob seus pés.

– Hoje a gente devia limpar as espadas do salão de armas, só que tive uma ideia melhor. Algo que vai te deixar animado.

– O quê? – Tora perguntou, com o coração batendo rápido. E se Nilo propusesse… Não, ele com certeza não enxergava o guerreiro daquela maneira. Eles eram aprendizes, colegas. Talvez amigos. Não mais que isso.

– Você acha que eu sou bobo e não reparo em nada, mas percebi que está procurando mais materiais sobre a magia da luz. – Tora se preparou para protestar, porque ele definitivamente não achava que o amigo era bobo, pelo contrário. Não era nada fácil esconder seus segredos de alguém tão perspicaz. Nilo levantou uma mão, mostrando que não tinha acabado de falar. – Então pensei que a gente podia organizar a seção sobre runas da biblioteca principal. Ver se os materiais estão todos catalogados… Se a luz é um elemento com poder assim como os outros quatro, com certeza existem runas de luz. E deve ter algo nos manuscritos, principalmente nos mais antigos.

Era uma ótima ideia. Tora já tinha folheado alguns livros, olhado os títulos, contudo de forma aleatória e desordenada. Da maneira que Nilo estava propondo, ele teria uma boa noção de tudo que existia sobre o assunto, e então seria mais fácil buscar as fontes certas. Os dois foram até a biblioteca para começar. Tora pegou o catálogo que continha as listas dos títulos, só que as folhas estavam quase se desfazendo de tão antigas. Decidiram então começar um novo, assim poderiam transcrever o que havia no anterior, adicionar os novos livros à lista e verificar o que estava faltando. Levariam semanas para atualizar tudo, mas a sessão de runas estaria pronta em um ou dois dias.

Nilo tossia e espirrava conforme tiravam tomos empoeirados das prateleiras. Tora, ao contrário, apreciava o cheiro de papel antigo, e cada vez que passava as mãos para limpar a camada grossa de poeira de um livro, o fazia com um misto de admiração e nostalgia por tudo que não tinha vivido. Quanto tempo aquele conhecimento ficara ali, imóvel, intocado? Quem fora a última pessoa a passar os olhos por aquelas páginas? Cada prateleira era um lago imenso de informações preciosas, e Tora estava sedento por absorver todas. Seria feliz se pudesse passar seus dias com os olhos mergulhados nas palavras, lendo, aprendendo…

– O jeito como você olha para os livros... – Nilo disse, com o rosto corado. – Espero que um dia alguém olhe pra mim assim.

Nilo riu, tentando fingir que aquela era uma piada leve e despretensiosa. O estômago de Tora se revirou de nervosismo.

– Talvez alguém já olhe e você não tenha reparado.

O outro tossiu de novo, voltando o olhar para o antigo catálogo passando o indicador por alguns nomes.

– Você viu em algum lugar o livro *Primeiras runas*? Também não achei o *Runas de vida e morte*, nem o *Runas mistas avançadas*.

– Não vi esses. E tem mais alguns faltando... Tem alguns títulos riscados também. Olha aqui.

Tora apontou para uma sequência de nomes na página. Havia *Manuscrito das runas de água*, *Manuscrito das runas de ar*, *Manuscrito das runas de fogo*, um nome totalmente riscado e por fim *Manuscrito das runas de terra*.

– Esse aqui poderia ser o *Manuscrito das runas de luz* – Nilo concluiu, seguindo o raciocínio de Tora.

O guerreiro foi até a prateleira certa e retirou dali um conjunto antigo de pergaminhos, o *Manuscrito das runas de terra*... Este sempre fora seu elemento preferido, e depois de ter perdido a perna, sentia-se ainda mais conectado com aquela magia que invocava com frequência para melhorar seu equilíbrio. Eles folhearam as páginas, e cada parágrafo deixava Tora mais maravilhado.

Havia primeiro detalhes sobre a essência daquela magia, um estudo sobre o comportamento elementar, tratando-a como se fosse um elemento químico, explicando como as partículas mágicas interagiam entre si. Depois, desenhos e textos mostrando como essas mesmas partículas se moviam do elemento para uma determinada runa, como os traçados e as invocações ditas em voz alta transformavam e davam propósito àquela energia. Havia na sequência muitas runas de terra, e todas as explicações necessárias para fazê-las. Por fim, formas de descobrir novas runas de acordo com aquelas características explicadas no início.

– Por Luce – Tora disse, encantado. – Isso é... isso é a base da magia de runas. É incrível. É maravilhoso. É quase bom demais pra ser real... – Aquela informação nas mãos dos guerreiros poderia até mesmo ajudá-los a vencer a guerra. – Precisamos achar o das runas de luz.

– O Grande Guru deve saber onde estão todos esses livros que não achamos aqui.

Com uma lista em mãos, os aprendizes foram procurar seu mestre. Precisaram percorrer o castelo, perguntar a alguns dos servos, e esperar que ele terminasse uma sessão de aconselhamento com um general.

Quando as portas se abriram e o homem enorme saiu, Nilo e Tora se curvaram ligeiramente. Ele fez um gesto com a mão para que se levantassem.

– Grande Guru – Nilo começou –, vimos que o catálogo da biblioteca estava se desfazendo. Então pensamos em usar um dia da semana para organizar as diferentes seções, limpar os livros e fazer um novo catálogo, para que essa informação valiosa não se perca.

– Eu não pedi para vocês fazerem isso – ele respondeu, com o nariz franzido. Em seguida, sua expressão se suavizou. – Mas é uma boa ideia. Vocês têm permissão para continuar.

Ele começou a andar, e os garotos foram atrás.

– Alguns livros catalogados estão perdidos – Tora disse, entregando a lista com os títulos faltantes. – Talvez estejam nas outras seções, mas achamos que valia a pena perguntar se o grande mestre saberia onde podem estar.

O guru olhou os títulos. Não pareceu muito abalado.

– Esses devem estar na biblioteca pessoal da conselheira Lanyel. Ela sempre se interessou por magia.

– E onde fica? – Nilo perguntou.

– Na torre oeste.

– Nós podemos ir até lá? – Tora questionou.

– Se pudessem, não seria uma biblioteca pessoal – o guru respondeu, sem papas na língua. – E não fiquem perturbando a conselheira com perguntas sobre quais livros ela retirou da biblioteca, ela não deve satisfações a dois aprendizes.

– Mas são livros aparentemente muito importantes… – Tora insistiu.

– Se eu precisar deles, falarei diretamente com ela. – Tora e Nilo se calaram. – Só coloquem no catálogo a observação de que aquele determinado material não está na biblioteca.

O tom dele foi final.

– Sim, mestre – Nilo respondeu.

Os dois pararam no meio do corredor e observaram enquanto o Guru seguia com passos firmes, a túnica esvoaçando atrás dele, até pegar um outro corredor lateral.

– E agora? – Tora perguntou.

– Acho que não tem mais nada que possamos fazer...

– Onde é a torre oeste?

Nilo o encarou alarmado, com as sobrancelhas erguidas.

– Tora, o Grande Guru foi muito claro. Não podemos ir até lá.

– Só não podemos ser pegos.

Aquela era uma posição estranha para Tora. Normalmente, ele era a voz da razão. Era a pessoa que dizia que não deveriam desobedecer às regras. Tantas vezes havia tentado convencer Ulrik e Úrsula a não escutarem uma conversa escondidos, ou não tentarem resolver um problema sozinhos. Agora estava ali, tentando convencer Nilo a fazer algo que poderia acabar com seu sonho de se tornar guru. Não era justo.

– Não, você tem razão... vamos esquecer isso – Tora disse.

Nilo riu, e era difícil adivinhar se ele estava bravo ou achando graça.

– Você realmente acha que eu sou estúpido...

– Claro que não!

– Tora, eu sei que você vai tentar achar a biblioteca sozinho. E isso não é uma boa ideia, você não conhece o castelo tão bem, vai acabar sendo pego. – O aprendiz suspirou. – Eu não te entendo... Ao mesmo tempo que parece estar sendo sincero, dá pra ver que esconde alguma coisa importante. E quero saber o que é. Não te chantageando, dizendo que te ajudo se você me contar tudo... queria que você confiasse em mim de verdade.

Aquele discurso despertou no guerreiro um outro tipo de vergonha. Não gostava de enganar, de mentir, muito menos para alguém que merecia a verdade. Estava dividido; havia prometido a Lanyel não revelar nada sobre espectros, e continuar o treinamento de guru era importante para ele e para todos os guerreiros. Por outro lado, não contava que criaria um novo vínculo, que uma amizade genuína atravessaria a promessa... De qualquer maneira, estava prestes a invadir a biblioteca pessoal da conselheira. Nilo havia estado ao seu lado, e da mesma forma como sentia a magia ressoando nos elementos, sentia que podia confiar no garoto.

– Eu confio, Nilo. Tenho muitas coisas pra te contar.

Eles encontraram uma sala vazia e Tora revelou toda a verdade. Coisas que talvez ele não tivesse revelado nem a si mesmo. A forma como se tornou guerreiro, os espectros, os amigos, a caixa das almas. E como durante todo aquele tempo ele ainda sentia que tinha deixado algo importante para trás. Precisava ser as duas coisas, guru e guerreiro, e às vezes se perdia naquelas estradas emaranhadas.

Uma grande guerra já havia começado, era questão de tempo até que toda a humanidade fosse impactada. E eles podiam ajudar. Podiam descobrir mais sobre a origem dos espectros, sobre o funcionamento de sua magia, e agora sobre a magia vinda da luz. Ninguém esconderia algo assim se não fosse importante. Por que gurus pelo mundo e os próprios guerreiros não conheciam mais sobre aquilo?

— Se alguém me pegar na biblioteca, acabou meu tempo aqui — Tora disse ao final. — Não acho que você é estúpido, pelo contrário... Só não quero que arrisque o seu futuro, o seu sonho, por causa da minha missão.

Nilo parecia abalado com todas as revelações. Demorou alguns segundos para reagir, então segurou a mão de Tora pela segunda vez naquele dia.

— Essa missão deveria ser de todos nós. É um absurdo que você tenha que entrar na biblioteca escondido! — Ele encarou Tora com uma intensidade desconcertante. Seus olhos castanhos queimavam de uma forma que o guerreiro nunca havia visto. — Eu vou com você. E se formos expulsos, vou me juntar aos guerreiros pra ajudar como puder.

— Tem certeza?

— Vamos agora mesmo pra torre oeste.

Eles percorreram os corredores com atenção. Levavam livros nos braços, passavam por outras pessoas com a cabeça baixa. Ninguém tinha motivos para questionar as intenções dos aprendizes do Grande Guru.

Subiram as escadas pelo lado leste, uma sugestão inteligente de Nilo. Havia um corredor no último andar que ligava os dois lados do castelo; ali teriam menos chance de cruzar com alguém. E realmente deram sorte: o local estava vazio.

Chegaram na torre oeste. Havia dois andares a serem explorados, e algumas portas. Nilo sabia onde eram os aposentos de Lanyel, e imaginava que a biblioteca não fosse muito distante de lá. Abriram a porta de um quarto de hóspedes, de um banheiro com várias latrinas, de um pequeno cômodo com ares de calabouço. E então uma sala com um tapete bordado, poltronas confortáveis, uma mesa, alguns armários e as paredes repletas de estantes com livros.

– É aqui! – Tora disse, sem conseguir conter o entusiasmo.

Os dois se dividiram e começaram a olhar as prateleiras. Logo Tora encontrou alguns dos títulos que haviam anotado, mas havia também outras coisas interessantes. *História da magia, Criaturas mágicas, Magia proibida...*

– Não podemos levar todos de uma vez – Nilo disse. – Ela vai perceber. Melhor escolhermos um ou dois volumes, estudamos em algum lugar e devolvemos.

– É, tem razão.

Depois de uma breve discussão, escolheram dois: *Magia proibida* e *Runas mistas avançadas*, já que não encontraram o *Manuscrito das runas de luz*. Com os livros embaixo dos braços, estavam prestes a sair quando ouviram passos e a voz da conselheira do lado de fora.

– Diga a ele que podemos nos falar depois do jantar, preciso fazer uma pesquisa rápida primeiro...

Tora foi até um dos cantos, onde havia um armário de portas grandes e vazadas. Abriu e com alívio percebeu que havia muito espaço. Puxou Nilo para dentro, e fechou a porta com cuidado. Eles se acomodaram, sentados, as pernas de um encostadas nas do outro. A proximidade não passou despercebida a Tora.

A porta da biblioteca se abriu. Nilo se assustou e segurou a mão de Tora pela terceira vez, mas de uma forma diferente; o aprendiz estava com medo de perder tudo que havia lutado tanto para conquistar. Pelas frestas na madeira, Tora viu Lanyel entrar. Ela parecia cansada. Irritada. Caminhou até uma prateleira, tirou um livro e o levou até a mesa no centro do cômodo. Folheou algumas páginas e parou, lendo e fazendo anotações.

Tora apertou a mão de Nilo, tentando com o gesto garantir que tudo ficaria bem. Nilo entrelaçou seus dedos com os do guerreiro... A sensação era boa. Melhor do que Tora gostaria de admitir. Os minutos se alongaram. Era difícil dizer quanto tempo havia se passado, mas a perna de Tora começou a formigar por conta da posição em que se sentara. Ele não ousou se mexer, contudo. Aguentaria o quanto fosse preciso para garantir que Nilo não fosse prejudicado por sua missão.

Quando Lanyel enfim se levantou, arrastando a cadeira, Tora fez uma oração mental para Luce. Que a feiticeira fosse embora, que os deixasse a sós.

Suas preces foram ouvidas. Quando a porta bateu, Tora suspirou. Esperaram mais alguns minutos e então saíram, meio tortos por causa das cãibras. Os dois colaram o ouvido na porta, tentando escutar se havia algum som do lado de fora. Nada. Se fossem vistos saindo dali, tudo iria por água abaixo.

Tora abriu uma fresta e viu que o corredor parecia vazio. Com o coração aos pulos, abriu a porta totalmente. Eles passaram e saíram caminhando pelo corredor.

Os livros roubados estavam abaixo dos outros que eles tinham trazido para disfarçar, mas, se alguém os questionasse, seria difícil explicar por que estavam com aqueles títulos tão estranhos nas mãos. *Magia proibida. Runas mistas avançadas.*

Atravessaram a passarela. Desceram as escadas.

Já estavam quase chegando aos seus aposentos quando avistaram o Grande Guru.

— Ei, vocês dois — o mestre disse, e Tora sentiu o sangue gelar. — Vocês ainda não trocaram meus lençóis e nem esvaziaram o bacio. O quarto está fedendo a urina.

— Vamos guardar alguns livros e estamos indo imediatamente para lá — Nilo respondeu.

O Grande Guru olhou para os tomos nos braços deles.

Será que ia pedir para vê-los?

O homem acenou e voltou a caminhar. Tora soltou a respiração. Eles deixaram os livros no quarto e saíram para fazer o que prometeram. Precisavam apenas cumprir aquelas últimas tarefas, e depois...

Depois dariam os primeiros passos na tentativa de descobrir do que se tratavam as tais runas de luz.

CAPÍTULO 13

O Olho da Verdade

O dragão de fogo abriu a boca. A garganta da criatura brilhou forte e ela cuspiu uma chama azul e roxa. Ulrik gritou, e aos seus gritos se misturaram outros. Otto, Rufus, Augusto, Lia, dezenas de guerreiros na Batalha da Caixa das Almas...

Ulrik abriu os olhos e se sentou. Ainda estava escuro. Seria impossível voltar a dormir; estava empapado de suor e sua pele parecia estar fervendo. Então se levantou, tomando cuidado para não acordar Carian, e saiu da tenda.

O ar do lado de fora estava fresco, só não o suficiente para resfriar seu corpo. Quando Ulrik falou sobre as ondas de calor com Aquiles, o guerreiro disse que provavelmente era um efeito da runa de fogo marcada em sua pele. Sugeriu banhos frios e lhe ensinou uma runa de água que refrescaria corpo e mente.

O amanhecer não estava distante. Ulrik tirou as roupas na beira do riacho ali perto e se deitou sobre o leito, deixando a água correr pelo corpo. Para qualquer outra pessoa, a temperatura estaria congelante, mas para ele era apenas um alívio breve. Ulrik sentia falta da sensação do frio de doer os ossos, dos pelos dos braços arrepiados, do tremor, dos dentes batendo... Agora estava sempre com calor, sempre fervendo de dentro para fora. Quando se levantou, espirais de vapor se soltaram da pele e rodopiaram, levadas pela brisa sutil que fazia cantar à floresta de bambus. Depois de alguns segundos, já estava seco.

Colocou a roupa. Lembrou-se do sonho, dos gritos que ouvira. O calor era apenas a superfície do problema, havia muitas outras coisas borbulhando no fundo de seu peito. A culpa o corroía mais forte agora, como se antes fosse apenas uma brasa, e nos últimos dias tivesse sido alimentada com lenha nova. A raiva também crepitava, formando uma mistura explosiva que ele se esforçava para manter sob controle.

Nox surgiu, e o amor que o lobo preto emanava o acalmou. O anima se aproximou, escorando-se em Ulrik, e ele o afagou na cabeça e atrás das orelhas.

– Bom dia pra você também – ele disse, se sentindo mais leve.

Então, Lux surgiu entre as árvores, observando, sem se aproximar.

– Vem cá, garota.

Ela hesitou. Depois virou as costas e correu, sumindo novamente na floresta. Fazia semanas, talvez meses que estava estranha. Distante. Triste. Uma sensação esquisita apertou seu peito.

– E aí, garoto flamen? – Catharina disse, esfregando os olhos e se abaixando perto do riacho para lavar o rosto enquanto sua pantera bebia água ao seu lado.

– E aí, domadora de dragões?

Ela gargalhou, se levantando. Então prendeu os cachos bagunçados num coque alto, e amarrou tudo com uma fita de couro. Catharina se espreguiçou, e Cat fez o mesmo, alongando as costas felinas.

– Às vezes vocês parecem gêmeas – Ulrik disse.

A garota deu um soquinho em seu ombro.

– Cala a boca, novato.

– Senhor líder da missão pra você.

Eles riram. A verdade é que sempre tinham se dado bem, mas depois da ida ao vulcão, de Catharina tê-lo resgatado, e de terem forjado juntos a caixa, aquela conexão havia ficado mais forte. Catharina era uma das mais jovens do grupo, depois de Ulrik e Diana. Era engraçada, leve, inteligente e o fazia se lembrar de seus melhores amigos.

– Cadê a Lux?

– Na floresta. Ela… anda estranha comigo. Já tem um tempo.

Ulrik falou das sensações que emanavam da loba. Confessou, com um certo peso, que a conexão com seus animae nunca tinha sido igual.

– Pra mim é óbvio que seria diferente. Porque eles são dois animais diferentes, cada um com a sua personalidade, o seu jeito de sentir e reagir a tudo. Você tinha um irmão gêmeo, não tinha?

Depois que Carian se juntou ao grupo, Ulrik contou a alguns dos colegas sobre o desaparecimento de Otto. Ainda assim, não gostava que as pessoas falassem do irmão no passado, como se tivessem certeza de que ele havia morrido. Secretamente, ele e o pai pretendiam ir atrás da verdade, desvendar aquele mistério, e por isso preferiu não corrigi-la.

— Aham...

— E vocês eram iguais?

Ulrik riu.

— Por fora, sim. — Ela revirou os olhos. — No resto, mais diferentes, impossível.

— Pois é! E com certeza vocês se relacionavam de forma diferente com os amigos, com o seu pai e a sua mãe... Não é justo com Lux esperar que ela seja como Nox.

Essa verdade ardeu. Ele mesmo havia se ressentido algumas vezes de as pessoas esperarem que ele fosse como Otto.

— É só que... — Ele suspirou, a garganta apertada mais uma vez. — Às vezes eu acho que Lux não gosta de mim. Que ela não queria ser meu anima.

Seus olhos queimaram. Catharina segurou uma de suas mãos.

— A gente pode amar alguém e ainda assim não gostar dessa pessoa o tempo todo. E eles são tão complexos, tão diferentes da gente. Talvez ela esteja precisando de um pouco de espaço, só isso.

Ulrik assentiu. Eles voltaram para o acampamento, onde os outros já haviam acordado. Feron cozinhava os ovos que tinham encontrado no dia anterior, Titan quebrava galhos com os pés enquanto Petrus os colocava na fogueira... Carian terminava um cano de bambu onde ferveriam água para beber, Eline e Kara estripavam uma caça, Diana afiava facas, Dário fazia novas flechas. Aquiles estava sentado numa pedra, murmurando consigo mesmo enquanto desenhava na terra, provavelmente refletindo sobre novas runas. Alguns animae se alimentavam, a raposa de Diana e o coiote de Dário brincavam. Ulrik observou a cena toda: aquela era sua vida. Respirou fundo e agradeceu mentalmente a Luce por estar entre pessoas tão incríveis.

Catharina deu um tapa em sua cabeça, ordenou que ele voltasse para a realidade e os dois foram descascar raízes para o desjejum.

Depois de comer, o grupo decidiu permanecer naquele local por mais um dia. Estavam a caminho da Cidade Real, mas ainda levariam semanas para chegar até lá – não tinham nem mesmo cruzado a fronteira entre Orien e Lagus. Os animae e os cavalos estavam cansados, e os guerreiros também se beneficiariam de um dia tranquilo para debater a missão.

A verdade é que descobrir as runas necessárias para transformar aquela linda caixinha brilhante em uma caixa das almas estava sendo mais difícil do que o esperado. Ulrik se lembrava vagamente de alguns dos desenhos, mas era tudo bem intrincado e não tinha ajudado muito.

– Acho que voltar ao início pode ser uma boa ideia – Aquiles disse, mais uma vez mediando a sessão para descoberta das runas. – O que essas runas têm que fazer?

– Prender uma alma do lado de dentro. Ninguém tem dúvidas em relação a isso – Ulrik disse, meio ríspido. Eles já tinham repetido aquilo muitas vezes, e parecia uma perda de tempo retomar a mesma discussão.

– Se vamos partir do zero, acho que poderíamos pensar em um jeito de selar a caixa definitivamente. Fazer com que nunca possa ser aberta e acabar com o problema de vez – Diana sugeriu, trazendo uma proposta nova para a mesa.

– Uma magia definitiva com certeza seria mais complexa e demandaria mais energia – Aquiles respondeu objetivamente. – Mas isso me faz pensar que talvez a gente não tenha discutido o suficiente a questão da chave. Tereza e seu grupo devem ter pensado como você, em selar a caixa, só que acabaram fazendo as runas de forma que a caixa pudesse ser aberta com sangue de um guerreiro da primeira geração.

– Dado voluntariamente – Ulrik reforçou. – Quando pinguei o sangue desejando que ela não se abrisse, não funcionou.

– E se essa era a chave para abrir a caixa… – Aquiles disse.

– Essa era a chave pra fechar – Ulrik completou. E repetiu, porque agora parecia óbvio, mas ainda não haviam pensado dessa maneira: – Foi preciso sangue pra fechar a caixa.

Os guerreiros se mexeram, desconfortáveis. Feron se levantou.

– Aquiles, você sabe tão bem quanto eu que guerreiros nem mesmo pensam em usar runas de sangue.

– Mas é impossível que tenham usado uma runa de sangue na primeira caixa? – Carian perguntou. Apesar da relação entre o líder e seu pai ser difícil, Ulrik achava que era importante ter alguém no grupo que se sentia tão confortável para questionar Feron até nas questões mais básicas. – Se essa for a única solução para evitar o fim do mundo, não deveríamos considerá-la?

Os guerreiros ficaram em silêncio. Era uma pergunta válida, e ainda assim incômoda para os mais velhos. Ulrik ficou curioso.

– Me desculpem a ignorância, talvez eu devesse saber disso, mas por que mesmo a magia de sangue é considerada tão ruim?

– Há relatos sobre isso... Conhecimentos que são passados do líder e do conselho apenas para guerreiros mais experientes. – Feron explicou. – Assim como a existência da caixa das almas, há uma razão para essa informação ser mantida em segredo. Ela pode ser uma arma importante se cair nas mãos dos inimigos. Ou pode levar guerreiros mais jovens a fazer experiências que acabam mal.

Ulrik sentiu o sangue ferver mais uma vez. A verdade é que aqueles segredos não tinham evitado que roubassem a caixa das almas.

– Imagino que Caeli tenha ouvido esses relatos – o garoto disse, tocando numa ferida ainda longe de estar cicatrizada.

– Sim – Feron respondeu firme, soando como uma afronta.

Ulrik respirou fundo. Não queria que os outros percebessem o quanto estava nervoso.

– Esse é um grupo pequeno, que precisa saber o máximo sobre runas para conseguir completar a missão – Ulrik falou. – E se Caeli já tem essa informação, não tem por que achar que compartilhar isso poderia prejudicar os guerreiros.

Feron suspirou. Olhou para Aquiles, Eline e Petrus – provavelmente os que já estavam a par do tema.

– Não acho que foi usada uma runa de sangue para fazer a caixa, acho que foi uma runa mista dos quatro elementos que precisava desse sangue como ingrediente final para funcionar – Aquiles anunciou. – Mas não vejo problema em compartilhar nesse grupo a informação sobre runas de sangue. E você agora é do conselho, Feron, pela regra tem o direito de tomar essa decisão. – Os outros assentiram.

– Ninguém sabe exatamente quando isso aconteceu, mas alguns acreditam que pode ter envolvido guerreiros originais das primeiras gerações – Feron começou. – Vamos voltar à origem dos guerreiros.

Raoni viu sua família ser estraçalhada por Inna. Pediu ajuda à Deusa da Luz, que o presenteou com magia e a marca da estrela. Ele aprendeu a usar runas, talvez antes mesmo de receber a marca, não há como saber... e então usou uma runa, que muitos dizem ser uma runa de luz, para dividir a magia em seu sangue com outros dez, que formaram cem, que formaram mil. As quatro gerações originais. Essas pessoas passaram a aprender sobre runas, magia cíntilans, e é natural que alguém tenha se perguntado se seria possível usar o próprio sangue como fonte de energia, dado que a magia corre por nossas veias.

— Augusto teve que me contar sobre as runas de sangue com dezessete anos porque eu tinha certeza de que era uma ótima ideia e estava determinado a testá-la — Aquiles contou, arrancando risos dos outros mesmo num momento tão tenso.

— E o que aconteceu? — Carian perguntou.

— Alguém, e não sabemos exatamente quem, decidiu testar essa teoria. Usou seu sangue pra fazer uma runa, mas isso teve efeitos inesperados.

— Quais exatamente? — Ulrik perguntou, se sentando mais na beirada da pedra onde estava. Nox, ao seu lado, levantou as orelhas, sentindo a tensão que emanava de todos ali.

— Antes de você contar essa parte, Feron, me permita dar duas explicações importantes — Aquiles se adiantou. — Quando mobilizamos uma fonte, estamos evocando não apenas a magia contida naquela pequena quantidade de elemento... Não é a magia de uma gota d'água, é toda a quantidade de magia do elemento água necessária pra fazer aquela transformação. E quando essa magia é mobilizada, ela se transforma. Chamamos tudo de magia cíntilans, mas as essências entre os elementos são diferentes, e a organização dentro de cada runa também. Então, se pudéssemos ver a magia contida numa runa de terra para dor, ela seria diferente daquela de uma runa de terra para cicatrização.

— Como sabemos disso se ninguém aqui consegue enxergar a magia?

— Os guerreiros originais conseguiam — Aquiles explicou. — Os outros povos mágicos também, e fomos repassando esse conhecimento.

Aquela informação se assentou aos poucos. Ulrik nunca havia ouvido falar nesses conceitos, contudo, considerando que se juntara aos guerreiros há pouco mais de um ano, fazia sentido que ainda tivesse muito a aprender. De qualquer forma, Diana e Catharina pareciam tão surpresas quanto ele. Era um conhecimento realmente avançado, mesmo entre nativos.

– Obrigado, Aquiles, isso realmente preparou o terreno... – Feron agradeceu. – Voltando à nossa história: essa pessoa não sabia que usando seu sangue poderia mobilizar toda sua magia, e que essa mesma magia se transformaria durante o processo. Há relatos de que seu corpo secou e ele morreu de uma maneira muito sofrida. Outros afirmam que se tornou algo nem vivo, nem morto. Há ainda histórias sobre aquela magia estranha ter matado plantas e animais num raio de mais de um quilômetro. Impossível saber a verdade exata: assim como a magia, a verdade se transforma a cada vez que é contada. Mas é fato: magia de sangue é algo muito perigoso e imprevisível...

Dava pra ver no rosto de todos ali que estavam convencidos disso. E, depois da história, seria difícil continuar a discussão para descobrir novas runas para a caixa das almas, já que o processo exigia uma mente limpa e sentimentos equilibrados.

– Que tal retomarmos no fim da tarde? – Ulrik sugeriu.

Todos concordaram. Antes que a roda se desfizesse, Feron se aproximou.

– Ulrik, acho melhor te devolver isso.

O líder estendeu a mão, onde um cristal oval e rústico repousava. Era o Olho da Verdade, o artefato mágico que Bruno entregara a Ulrik antes da partida, na esperança de que o garoto desvendasse como usá--lo. Nos primeiros dias de viagem ele havia tentado, mas depois de muitos experimentos frustrados, o entregou a Feron.

– Conseguiu alguma resposta?

– Não, nada. – Feron balançou a cabeça. – Me fez pensar que talvez seja preciso mais magia para ver o que o cristal faz. Esse é o objeto mágico mais antigo dos guerreiros, foi um presente dos veros a Raoni, e nossa magia agora está dezenas de vezes mais diluída.

– Vou descansar e tentar de novo. Acho que você tem razão.

Depois do anoitecer, o grupo se reuniu e falou mais sobre as runas. Aquiles fez exercícios, pedindo que fechassem os olhos, que tentassem enxergar traços de elementos específicos ou de combinações de elementos. Porém, sempre que Ulrik pensava em uma nova runa, só vinham à mente runas de fogo. No processo, descobriu uma runa que tornaria suas flechas mais poderosas, pois chamas surgiriam quando atingissem o alvo. Fez uma anotação mental para testá-la no dia seguinte.

As discussões se alongaram e chegaram a uma runa que talvez fizesse parte do processo: atrair um espírito recém-liberado para perto da caixa. Feron reforçou que aquilo era importante, e enfatizou que, quando chegassem à Cidade Real, teriam acesso a bibliotecas enormes e poderiam contar com a contribuição dos melhores gurus.

Depois do jantar, todos foram se deitar. A luz da fogueira do lado de fora passava pela tenda, e Ulrik tirou do bolso o Olho da Verdade quando achou que Carian já estava dormindo.

Concentrou-se nas runas para a caixa, sem sucesso. Na verdade, estava com dificuldades para focar naquele tema específico e, se sentindo um pouco culpado por se desviar da missão, pensou em Otto. Fechou os olhos, visualizando o rosto do irmão. Sua risada. Seu jeito despojado. Quando os abriu novamente, estavam marejados de saudade.

– Alguma coisa? – Carian perguntou, o encarando do saco de dormir ao lado. E pelo tom, o filho sabia que ele se referia ao mesmo assunto. Otto.

Ulrik, com a garganta apertada, apenas meneou a cabeça.

– Posso tentar?

Um outro tipo de fogo ardeu no peito de Ulrik. Uma chama de esperança, uma vontade incontrolável de que o pai conseguisse, de que enfim desvendassem o que havia acontecido com o irmão. Ou, melhor ainda, que descobrissem que Otto estava vivo, e onde, para que pudessem resgatá-lo. Se fosse ser totalmente honesto, Ulrik trocaria qualquer coisa por essa possibilidade. Deixaria a caixa das almas e a missão de lado para recuperar Otto. Era algo egoísta e feio que vivia nas profundezas de sua mente, uma parte de si que ele raramente costumava encarar de frente. Nos olhos de pater, havia a mesma ardência, a mesma ansiedade por boas notícias. Ou, no mínimo, pela verdade.

Ulrik estendeu o cristal e, por um segundo, o Olho da Verdade foi segurado por duas pessoas.

Uma torre alta, decadente, sem janelas. Ao redor, uma água escura, parada, que emanava uma energia ruim, gélida de trincar os dentes.

Alguma coisa vivia ali. Olhando mais de longe, via-se um pântano inóspito, um terreno difícil de atravessar. Crocodilos espreitando sob a água, enguias-elétricas, aranhas coloridas e venenosas fazendo teias invisíveis entre as árvores. E outras criaturas, que não pareciam animais, e ainda assim tinham uma essência feroz e selvagem... Nos locais ligeiramente mais elevados, havia ossos.

Ulrik e Carian soltaram o cristal. Se encararam, ofegantes.

— Você viu isso? — pater perguntou.

— Um pântano... uma torre...

— Isso.

O garoto engoliu em seco. Estava pensando em Otto na hora. O pai também. E o cristal havia entregado uma imagem. Uma resposta.

— Vamos tentar de novo — Ulrik sugeriu.

Eles se concentraram. Tocaram o Olho da Verdade. Dessa vez, nada aconteceu. Ficaram em silêncio por alguns segundos.

— Será que... — Carian começou.

— Você viu *ele*? — Ulrik perguntou ao mesmo tempo.

— Não.

— O que isso significa?

— Que a verdade está lá — pater respondeu. — Seja qual for a verdade.

Trocaram um olhar cúmplice, cada um tentando conter a força das próprias emoções. *Seja qual for a verdade.*

Talvez Otto estivesse vivo, e naquela torre. Talvez seu corpo já tivesse sido consumido pelos vermes há muitos anos, e seu algoz vivesse naquele lugar ermo, no meio do pântano. O fato é que só saberiam quando chegassem lá.

Haveria uma discussão. Feron não aceitaria desviar do plano e da rota. E nesse momento Ulrik teria que forçar a mão, exigir que sua liderança e seu poder de decisão fossem aceitos.

Porque Carian e Ulrik precisavam ir até lá. E nada os deteria.

Iriam para a torre do Pântano dos Ossos.

CAPÍTULO 14

A magia do ar

Uma lufada forte e gelada fez os cabelos dourados de Úrsula chicotearem. Ela soltou a flecha, que seguiu sua rota até o centro do alvo, sem sofrer nenhum desvio pelo vento.

Fofa rugiu, contente.

— É isso! Viu só? — Grov comemorou, dando um tapinha de felicitação nas costas dela, que a fez cair no chão.

Úrsula se levantou, sorrindo, batendo as mãos nos joelhos para retirar a neve grudada nas calças grossas.

— Logo, logo eu vou ser melhor com magia do ar do que vocês.

O vísio soltou uma gargalhada sincera.

Apesar da guerra, das mortes, de Inna estar à solta e determinado a acabar com a raça humana, a guerreira estava feliz. Porque naquelas três semanas, muitas coisas haviam se transformado dentro dela.

— Fale menos e faça mais. De novo, quero ver se foi sorte de principiante — Grov a desafiou.

No alto de uma cordilheira ao pôr do sol, onde uma ventania soprava com toda sua liberdade e força, normalmente seria quase impossível acertar. Mas o vísio havia ensinado a garota a invocar o poder dos aeris para levar a flecha até seu destino. A técnica a fizera pensar em Tora, na forma como ele invocava a energia dos terriuns para melhorar seus golpes e seu equilíbrio na luta corpo a corpo... Quando ainda eram novatos e o amigo havia explicado aquilo, Úrsula achara o conceito interessante, porém, nunca havia tentado fazer o mesmo. E agora não conseguia mais imaginar uma vida sem buscar aquela conexão profunda com a magia do ar, que ultrapassava o uso de runas.

Puxou uma flecha. Inspirou fundo, pensando no elemento acumulado em seus pulmões. Esticou a corda. Soltou a flecha e a acompanhou com os olhos, buscando sopros e suplicando por movimentos que a conduzissem ao alvo. Um tiro quase perfeito, próximo ao centro.

— Se quiser eu te ensino, Grov.

— Menina, talvez esse resultado seja bom para os padrões humanos, mas a verdade é que uma cabra gigante das montanhas atira melhor do que você.

Eles se provocaram mais um pouco, apenas para não perder o costume — apesar de ter achado aqueles seres mágicos muito sérios no início, Úrsula logo percebeu que eles só precisavam de algum estímulo para deixar o senso de humor florescer. Ela atirou mais algumas vezes, até que em mais alguns minutos ficou escuro demais para continuar.

Assim como o sol havia ido embora, as brincadeiras acabaram. O início da noite era um momento importante para os vísios, a hora do ritual de conexão. Úrsula pensava naquilo como uma espécie de meditação. Ela e Grov foram até uma pedra próxima ao penhasco, com toda a imensidão do mundo à frente, e se sentaram com as pernas cruzadas. A ursa os seguiu e se deitou ao lado da garota. Fofa obviamente não podia se expressar com palavras, mas Úrsula sabia que seu anima também sentia o poder daquele momento.

Úrsula inspirou fundo e focou na sensação do vento acariciando seu rosto e seus cabelos. Os sons do ar em movimento, e o silêncio oco que preenchia tudo quando parava de soprar. A menina inspirou de novo, apreciando a sensação dos pulmões cheios, vivos, pulsando com a magia, e expirou tentando emanar toda a gratidão que sentia.

Era isso que fortalecia a conexão com os aeris — Grov explicara na primeira sessão. Porque, apesar do ar ser o elemento mais vital de todos, raramente recebia o reconhecimento devido. As pessoas ansiavam pela água quando tinham sede, queriam fogo quando sentiam frio, acariciavam a terra ao plantar alimentos. Quando se lembravam do ar? Apenas em sua ausência, apenas quando lhes faltava.

Entretanto, para os vísios era diferente. Eles idolatravam os espíritos do ar, um pouco como os humanos faziam com a Deusa da Luz — apesar de serem coisas diferentes, já que Luce não era apenas um espírito ligado a um elemento, Úrsula insistia em reforçar. Depois que o sol se punha, a vila dos vísios ficava em silêncio por alguns minutos, ouvindo a melodia e as mensagens dos ventos, o silêncio sendo rompido apenas pelo balido eventual das cabras gigantes. Os guerreiros tiveram que se adaptar a essa rotina. Podiam meditar em conjunto ou apenas se retirar para seus alojamentos sem falar nada. Úrsula obviamente tinha escolhido a primeira opção.

Ela sempre amara magia, desde criança. E agora amava ainda mais a magia do ar e a forma como se tornava visível nas noites frias e escuras, iluminando os céus com cores indescritíveis, fazendo os animae cintilarem também... Grov explicara que ali, no cume das montanhas mais altas do continente, os aeris estavam mais próximos, por isso mesmo era o local onde os vísios haviam se instalado. Úrsula estava grata por poder compreender melhor aquele elemento, e assim conhecer melhor a si mesma.

Ela era como o ar. Queria percorrer o mundo inteiro, ora brisa, ora ventania. Apreciava a mudança, a transformação, e todo o resto que a magia cíntilans do ar podia prover. Estava grata. Estava repleta de um amor que não podia conter, que a fazia querer flutuar. Sentia a estática em volta dela, a energia que era trocada de forma sobrenatural, simbiótica e linda...

Grov emitiu um grunhido de aprovação. Ela reparou que o vísio a observava com um olhar intrigado.

– Eles gostam de você – ele disse, claramente enxergando coisas que a visão limitada de humana dela não permitia.

– Quem?

– Os aeris.

– E como alguém poderia não gostar de mim, Grov?

Fofa mostrou os dentes, parecia um sorriso, e assim acabava aquele momento sério e ritualístico. Os três se encaminharam para a escadaria mais próxima esculpida na pedra e desceram até a praça principal, a mesma por onde os guerreiros haviam adentrado a vila. As ruas e as casas brilhavam com a luz azulada provida pela gema de cíntilans, a fonte principal de energia que alimentava toda a montanha.

A garota sempre ficava encantada com a visão, mas ao mesmo tempo, a cada dia estava mais claro que os vísios eram muito dependentes da gema. Não cederiam aquele objeto quase sagrado aos guerreiros, não sem outra solução mágica. Era desconfortável pensar nisso, se sentia traindo seus novos amigos, contudo, ao mesmo tempo esse era o real motivo de estarem ali. Os guerreiros precisavam da gema para vencer Inna. Para salvar a humanidade.

— Grov, você acha possível fazer esse tipo de iluminação buscando a magia diretamente do ar?

— Por que você está perguntando isso? – ele quis saber, desconfiado.

— Ah, seria interessante… Digo, pra iluminar as cidades humanas – ela respondeu, com sinceridade. Sim, queria encontrar uma forma de conseguir a gema, mas também já tinha pensado em como seria bom não depender da luz fraca de fogueiras e lamparinas.

— Hum… talvez seja possível, sim. Só que demandaria bastante energia.

— E você conseguiria fazer isso usando seus poderes?

— Não sei, você conseguiria fazer usando suas runas?

— A sua magia de sangue é muito mais forte que a minha de invocação, você sabe disso…

— Cada povo com seus problemas, menina.

Úrsula tentou empurrar o vísio de brincadeira, inutilmente, já que era como tentar mover a própria montanha. Fofa ajudou e deu um baque forte que quase fez Grov cair. O clima entre eles era leve, contudo, para além das aparências, aquela ideia se fixou na mente da garota.

Uma runa para iluminar… Olga havia feito uma runa na lona para deixar o interior das tendas aquecido. Precisaria pensar primeiro em um material para conter a luz, algum objeto sólido, resistente, onde pudesse esculpir uma runa de ar. Quem sabe um dispositivo parecido com uma lamparina? Não, os vísios não tinham vidro ali. E talvez vidro fosse quebradiço demais. Quem sabe uma pedra? Ou metal… Sim, metal parecia uma opção promissora.

O desenho da runa começou a se formar em sua mente. Seria complexo. Riscos finos saindo de uma espiral no centro, algo parecido com o sol, um triângulo acima remetendo ao fogo, e então linhas curvas como o vento por cima para garantir que aquela incandescência emanaria luz, mas não calor…

Seus devaneios foram interrompidos por um rosto grande, moreno e mal-humorado assim que ela entrou no grande salão para o jantar.

– Onde você estava? – Victor questionou em um tom acusatório.

– Meditando e evoluindo. Inclusive, você devia tentar. No mínimo evoluir. – Descobriu alguma coisa? – Victor sussurrou, ignorando a provocação.

– Não exatamente... mas tive uma ideia.

Os dois se serviram de pães, batata-doce, queijo de cabra e uvas, e foram se sentar em um canto mais isolado. Naquelas semanas, descobriram que trabalhavam bem juntos, desde que conseguissem se suportar. Úrsula comentou sobre a possibilidade de descobrirem runas que fizessem o trabalho da gema: uma para iluminação, uma para calor, uma para ajudar a potencializar o poder intrínseco dos vísios de transformar as coisas. Runas que canalizassem a magia do ar, tão poderosa ali em cima.

– É uma ideia estúpida. Não dá pra desperdiçar meses aqui descobrindo runas.

– Não acho que levaria meses. Se eu trabalhar junto com a Olga e alguns dos outros, a gente talvez...

Ele riu.

– Úrsula, você tem dezoito anos. Pouco tempo atrás você estava aprendendo a engatinhar e comendo terra quando não tinha ninguém olhando.

– Mais respeito, por favor. Eu comia areia, não terra!

– Meu ponto é: você não tem experiência nem conhecimento suficientes pra ajudar Olga ou qualquer outra pessoa a criar runas de ar.

– Victor, não é legal tentar diminuir os coleguinhas só porque a sua inteligência e a sua habilidade são tão limitadas...

– Você pode ter uma boa visão estratégica, mas ser mais teimosa do que uma cabra empacada não te transforma em uma especialista em magia.

Úrsula abriu a boca para continuar as ofensas – e ela tinha ótimas cartas na manga! –, porém, decidiu que havia chegado um daqueles momentos em que precisava dar espaço para a versão madura de si mesma.

– Eu até concordaria com você semanas atrás. Só que o treinamento que estou fazendo com o Grov mudou tudo. – Ela suspirou. – Eu nem sei explicar... Uma nova porta se abriu na minha cabeça, entende? Buscar essa conexão maior com a magia do ar me fez enxergar coisas que antes eu nem acreditaria que fossem possíveis. Só de pensar na questão da iluminação eu já consegui visualizar um esboço da runa... Confia em mim uma vez na vida. Me deixa pelo menos levar o assunto para a Olga. – Ela sorriu. – Até porque se não deixar vai ser humilhante, porque eu vou falar com ela de qualquer forma.

Victor bufou. Uma atitude resignada.

– Tá. Mas já vou avisando que não vou esperar meses até vocês descobrirem essas porcarias dessas runas. – Baixou mais ainda a voz. – Precisamos voltar pra ajudar os outros o quanto antes. E eu só vou embora com a gema em mãos.

Úrsula procurou Olga logo depois do jantar e pediu que elas caminhassem juntas. Era uma noite sem lua, sem nuvens e as estrelas brilhavam forte, acompanhando as guerreiras conforme a neve estalava sob as botas.

A garota explicou a ideia de criar runas para substituir o que a gema fazia.

– Podemos tentar – a guerreira de cabelos curtos e grisalhos respondeu. – Mas você sabe que eles não enxergam a gema de cíntilans apenas como uma ferramenta.

– Eu sei. Por outro lado, esse foi o motivo que deram pra não nos ajudar... Precisam da magia gerada pela gema pra sobreviver.

– É que falar a verdade não é fácil, ainda mais quando é algo que o outro dificilmente entenderia. As pessoas dão voltas, dão explicações que parecem mais razoáveis ao invés de dizer apenas o que está no coração. – Olga parou de andar, encarou a garota e meneou a cabeça. – Essa gema é um símbolo da conexão deles com os aeris. Vai além da utilidade, é um objeto amado por esses seres mágicos.

Úrsula sabia que ela tinha razão.

– Tá, mesmo assim eu quero tentar... Mesmo que no fim não dê certo, quero pelo menos saber que fiz o possível.

– Eu sei, querida. – Olga se aproximou e colocou uma mão sobre o rosto de Úrsula. – Você é uma mistura perfeita do seu pai e da sua mãe. A sagacidade e o humor vêm dela. A resiliência e a lealdade, dele. E onde quer que estejam, devem estar orgulhosos da pessoa que você se tornou...

Úrsula sentiu um nó na garganta. Queria dar uma resposta engraçada e ácida para espantar as emoções desconfortáveis que se esvoaçavam ao seu redor. Mas decidiu tomar o caminho difícil: dizer o que estava no coração, como Olga acabara de comentar.

– Eu sinto tanta saudade. Nunca achei que fosse dizer isso, mas... sinto falta de alguém que me diga o que fazer. Ninguém avisa que tomar decisões por conta própria é tão exaustivo, que crescer é muito menos divertido do que parece.

– A boa notícia é que envelhecer é muito melhor. – A mulher a abraçou. Úrsula se aconchegou, acolhida como há muito tempo não se permitia, e foi bom. Restaurador. Sempre havia admirado Olga por suas habilidades mágicas, e agora havia também um carinho especial.
– Vamos logo, então, estou curiosa pra ver essa runa de iluminação.

Elas voltaram à casa que havia sido cedida aos guerreiros e passaram horas discutindo os detalhes e fazendo esboços com carvão. Olga, impressionada com a evolução repentina das habilidades da garota, fez muitas perguntas sobre as meditações com Grov, e sobre como ela conseguira visualizar inicialmente aquele desenho da runa. Úrsula contou também sobre os treinos de arco e flecha, e sobre o comentário do vísio a respeito dos aeris gostarem dela.

Olga sorriu, e Úrsula podia jurar que a guerreira estava até mesmo emocionada.

– Que foi?

– Úrsula... acho que você conseguiu algo muito raro. Por Luce, não sei se algum guerreiro já conseguiu isso antes, talvez você seja a primeira!

– O quê? Fala logo, tá me deixando preocupada!

– Uma ponte espiritual com os aeris.

– Uma o quê?

Olga se ajeitou na cadeira e pegou as mãos de Úrsula.

– Toda vez que a gente faz uma runa e invoca o poder de um elemento, a magia passa por nós. Funcionamos como canalizadores e, cada vez que isso acontece, essa via fica mais fácil de ser percorrida, mais ampla. É por isso que a maioria dos guerreiros acaba sendo melhor com runas de um elemento específico, pelo fato desse caminho já estar bem construído... Normalmente, ele se abre durante o período em que estamos invocando a magia, e logo depois se fecha.

Úrsula achou que entendia o que a outra estava querendo dizer.

– Então eu foquei em me conectar com os aeris, e essa via pra fazer runas está bem consolidada em mim... é isso?

– Sim e não. Você está conseguindo canalizar a magia cíntilans do ar muito bem, mas há algo mais... esse caminho não se abre apenas no momento em que desenha a runa. Você criou uma *ponte* com os aeris, uma via sempre aberta, e é isso que te permitiu direcionar a sua flecha e descobrir uma runa tão complexa de uma hora para a outra.

– Tem certeza? Como eu fiz isso?

– Adoraria saber... só tenho uma certeza: você não conseguiria construir essa ponte sozinha, é uma via de mão dupla. Algum espírito te ajudou, desejou que a via permanecesse aberta.

Por alguns segundos, a garota ficou sem palavras.

– E agora, o que eu faço?

– Eles te deram um presente valioso, que vai nos ajudar agora e no futuro. Contudo, essa ponte não é inquebrável, ela pode ser desfeita a qualquer momento. Então nós faremos um bom uso dessa conexão. Um uso honesto, leal, voltado para o bem.

Pensando exatamente nisso, as duas vararam a noite, buscando na magia traços e curvas suaves como as do ar para tentar cumprir aquela missão quase impossível.

Na manhã seguinte, Úrsula correu pela praça e foi até o estábulo das cabras, onde Grov estava escalado para trabalhar. Pediu que ele lhe conseguisse uma esfera de metal.

– Ai, ai, ai... O que a humana está tramando agora?

– Luz! Quero usar a esfera como base pra fazer a runa de iluminação.

– Quer dizer que você conseguiu? – o vísio perguntou, surpreso.

– A gente vai descobrir em breve. Assim que você parar de enrolar e for buscar o que pedi.

– Todos os humanos são educados e delicados desse jeito?

– Não, eu sou especial...

Grov terminou de dar comida às cabras e fingiu estar irritado quando deixou o cercado. Ela tinha certeza de que, por dentro daquela carapaça enorme, ele também estava empolgado. O vísio caminhou com passos firmes e a garota teve que correr atrás para acompanhá-lo.

– Você realmente é especial, Úrsula – ele disse depois de terem ficado alguns minutos em silêncio.

– Ah, lá vem… – ela respondeu, esperando uma provocação qualquer.

– Não, dessa vez estou falando sério. Você é, você sabe… diferente dos outros humanos.

Diferente? Úrsula sentiu o rosto queimar. Raramente ficava constrangida, e nunca havia sentido vergonha de falar sobre aquele tema com ninguém. Sobre quem era, sobre seu corpo… Até porque, para os humanos, aquilo não era um tabu, uma questão a ser discutida, ou algo que a tornava especial. Úrsula conhecera muita gente com uma jornada similar à sua, pessoas cujo nome escolhido ao nascer não condizia com quem eram de verdade. Só que tudo isso era relativo ao mundo humano. Talvez para os vísios não funcionasse da mesma forma e causasse um estranhamento. Essa suposição a deixou irritada. E também um pouco triste.

– Todas as pessoas são diferentes, Grov. E especiais também, mas por razões que não tem nada a ver com a anatomia de cada um.

Aquela resposta tinha um gosto amargo que ela nunca tinha esperado sentir. Grov parou de andar, a confusão estampada no rosto.

– Anatomia? Do que você está falando, menina?

Ela decidiu recuar, talvez tivesse interpretado mal o que ele dissera.

– O que exatamente você acha que eu tenho de diferente dos outros humanos?

– Não é óbvio? Você se adaptou e se abriu de verdade pra nos entender e nos conhecer, como se essa fosse sua verdadeira missão. Nunca achei que eu pudesse ficar amigo de alguém da sua espécie… E agora vejo que você poderia facilmente viver entre nós. Fazer parte da nossa comunidade. Se um dia isso se tornar um desejo, os túneis estarão abertos pra você.

– Grov… eu… Obrigada.

Ela estava emocionada. Ao mesmo tempo, o peso do segredo ficou mais difícil de carregar. Em breve, ela precisaria explicar para o amigo o objetivo real de estar fazendo aqueles experimentos.

Chegaram a uma casa que parecia uma ferraria. Grov encontrou uma pequena esfera de um metal avermelhado e perguntou para Úrsula se aquele serviria. Ela assentiu, agradecendo.

Queria fazer uma tentativa imediatamente. A expectativa a deixou mais ciente da energia estática ao seu redor, que parecia pinicar as pontas dos seus dedos. Como se a própria magia cíntilans também ansiasse para ser direcionada, para transformar, para cumprir seu papel. A garota decidiu que o melhor local para fazer aquilo seria onde ela e Grov meditavam. Não sabia como as coisas iam se desenrolar, mas tinha certeza de que a única companhia que queria e de que precisava naquele momento era a de seu anima. Depois de subir muitas escadas, Fofa já estava lá, esperando por ela.

– Será que vai dar certo?

A ursa se aproximou, cheirando a esfera. Depois empurrou a garota até a pedra bem próxima do penhasco. Ela se sentou, e Fofa a imitou. Colocou a esfera na palma da mão esquerda e se concentrou. Um vento forte soprou ao seu redor, fazendo a neve esvoaçar. Úrsula estendeu o indicador direito, mentalizou a intenção de que aquela esfera emitisse luz e começou a desenhar, quase tocando o objeto.

A runa foi surgindo no metal, sendo esculpida, e de tão espantada com a cena, a guerreira quase perdeu o foco. Porém, conseguiu retomar o controle e continuou, com uma determinação afiada que deixava traços precisos na superfície. Em certos momentos, chegou a ver o reluzir da magia enquanto ela fluía do ar para a runa.

Muitos minutos depois, ofegante por causa da concentração e do nervosismo, Úrsula terminou. Sua mente não teve nem tempo de duvidar, de questionar se daria certo e ela abriu um sorriso largo de pura felicidade ao mesmo tempo que Fofa emitiu um bramido de vitória...

Porque, na palma da mão, a garota segurava uma forte fonte de luz fria e azulada.

CAPÍTULO 15

Quatro regras

Tora e Nilo haviam folheado os livros roubados algumas vezes, mas, por conta dos afazeres, de reuniões e de lições com o Grande Guru, só conseguiram tempo para estudá-los com calma em seus aposentos dois dias depois de terem ido à biblioteca de Lanyel. Magnus se esparramara no tapete, lambendo as patas, e Carbo estava empoleirado sobre o dossel de uma das camas. Sentados à mesa, um em frente ao outro, Tora se debruçava sobre um livro de runas mistas enquanto Nilo lia o de magia proibida.

Era tudo bastante interessante e novo. O guerreiro nunca tinha ouvido falar sobre o conceito de usar mais de um elemento em uma mesma runa no caso de objetivos mais complicados, que demandavam muita magia cíntilans. Com desenhos complexos, poucos dominavam as técnicas de runas mistas, já que exigiam um nível de conhecimento muito acima da média. Na teoria, era inclusive possível desenhar essas runas com mais pares de mãos, e assim combinar habilidades de diferentes gurus. Havia no livro um exemplo com o passo a passo de uma runa de cura para ferimentos infeccionados, que diminuía a dor e o inchaço, além de eliminar o pus e a febre local... Quase impossível saber tudo de cor: uma combinação de uma runa de água e fogo, desenhada em camadas sobrepostas de círculos, ondas, linhas retas e vários outros detalhes. Parecia uma obra de arte.

Havia uma runa para tratar doenças que acometiam plantações. Outra para ajudar em partos complicados. Tinha uma para atenuar a dor de pessoas à beira da morte, uma para deixar uma lâmina sempre afiada e inquebrável, para apagar páginas de um livro de acordo com a intenção de quem o lia... Eram várias desse tipo – runas designadas a funcionar de acordo com condições pré-determinadas. Então, Tora entendeu algo essencial, sobre uma missão que no fundo era de todos os guerreiros.

As runas da caixa das almas com certeza eram runas mistas.

Talvez fosse preciso até mesmo usar todos os elementos de uma vez nessas runas... Ou runa, no singular. Pelo que estava escrito, era possível fazer uma única runa, pensada e desenhada levando em conta todos os detalhes, inclusive a necessidade do sangue dado voluntariamente para abri-la.

– E aí, o que você descobriu? – Nilo perguntou, algumas horas depois, quando o querosene da lamparina estava próximo de acabar.

Eles resumiram seus aprendizados um para o outro, já que precisavam ser eficientes. Tora adoraria passar semanas lendo tudo, porém, o tempo que tinham para ler era limitado, e precisavam buscar respostas em outros materiais também.

Nilo disse que os conteúdos de magia proibida o atormentariam em pesadelos. Havia uma seção sobre poções mágicas de más intenções, como envenenar ou enfeitiçar alguém. Mas a maior parte do livro tratava de runas. Runas de tortura, de controle sobre outro indivíduo, runas letais, que causavam a morte instantânea ou ligadas a algum evento específico. Um exemplo era a runa dos mortalmente apaixonados, que mataria uma pessoa assim que a outra morresse. Porém, só havia teoria, sem explicações detalhadas, já que a intenção do livro era alertar para os perigos, e não ser um manual de como conduzir aqueles atos horríveis.

– Faz sentido – Tora comentou. – Pelo visto, magia proibida é magia que visa o mal.

– Bom, tinha uma parte que falava também sobre magia de vida e de morte. Não sei se é necessariamente algo maligno, mas entendo por que é evitado.

– Como o quê?

– Busca da imortalidade, tentativa de ressurreição ou de influenciar no destino de uma alma específica... havia um exemplo: uma pessoa que perdeu um filho e tentou fazer com que a alma dele renascesse em um novo bebê em seu ventre.

Tora se permitiu um momento de silêncio para refletir.

– Interessante. Talvez haja algo útil aí, pensando na nova caixa das almas… Assim que o sol nascer, vou ler essa parte do livro antes de irmos pra biblioteca começar as tarefas.

Nilo achou uma boa ideia. Esconderam os exemplares entre seus pertences e Tora foi para a própria cama, onde se sentou para retirar a prótese. Nilo se aproximou.

– Me deixa te ajudar – ele disse, se ajoelhando na frente de Tora.

– Não precisa, consigo fazer isso sozinho.

– Se importa se eu ajudar mesmo assim?

Uma espécie de eletricidade percorreu o corpo do guerreiro. Uma parte dele queria insistir em dizer que não era necessário, outra queria se deixar ajudar. Ele decidiu em um segundo.

– Tá bom.

Com cuidado, Nilo levantou a barra da calça de Tora até acima do joelho. Segurou a prótese de madeira com firmeza, e a puxou devagar. Acomodou o objeto embaixo da cama. Depois, começou a desenrolar cuidadosamente a faixa de tecido que envolvia o coto. Tora pensou em pedir que ele parasse, sentindo-se um pouco exposto demais… Mas a verdade é que Nilo já o assistira fazendo aquele mesmo processo dezenas de vezes.

Quando terminou, o ar gelado acariciou a pele de Tora, já bem cicatrizada e calejada, e aliviou seu cansaço. Nilo abaixou outra vez a barra da calça.

Então, ao invés de se dirigir à própria cama, se sentou ao lado de Tora.

– O que foi? – Tora perguntou, subitamente nervoso.

– Nada. Só queria ficar mais um pouco perto de você. Tudo bem?

– Claro.

Magnus se levantou, se espreguiçou e se esgueirou pela porta, saindo do quarto. O corvo de Nilo também bateu as asas e se foi por uma janela aberta.

Havia muitas coisas borbulhando dentro de Tora. Não podia negar que gostava de Nilo de uma maneira que transcendia a amizade. Porém, como saber se o outro sentia o mesmo? Deveria dizer alguma coisa? O que exatamente? As mãos de Tora tremiam de leve e, como se tivesse notado, Nilo colocou uma mão sobre a dele. Eles se encararam, a poucos centímetros de distância.

– Tora, eu… Não sei se você… Será que eu posso…

Um terremoto parecia desorganizar seus pensamentos. Ignorando o medo de ser soterrado por tudo aquilo, Tora deu o próximo passo no terreno instável e cheio de incertezas. Se inclinou um pouco para a frente, como um convite, mas deixando espaço suficiente para que Nilo escapasse da situação se assim desejasse. Felizmente, Tora havia entendido os sinais. Nilo se inclinou também, acabando com a distância entre eles, e os dois se beijaram.

Não era o primeiro beijo de Tora. Já havia acontecido antes, com um garoto aos treze anos, depois com uma garota um pouco antes de ter deixado tudo para trás e partido com Caeli em direção ao acampamento dos guerreiros. Ao chegar, havia se encantado por Úrsula, pela sua beleza e por seu jeito engraçado e destemido, porém, logo percebeu que a vontade de estar perto dela o tempo todo era fruto de uma amizade profunda, algo tão forte que era passível de ser confundido com um interesse romântico…

Assim, apesar de não ser seu primeiro beijo, já fazia quase dois anos da última vez e tinha a impressão de que aquilo também era novo para Nilo. Mas, assim como cada novo desenho de uma runa é melhor que o anterior, seus lábios foram se encaixando aos poucos, guiados pelo instinto e pela vontade intensa de estarem juntos.

Talvez aquele beijo tivesse começado um pouco sem jeito, porém, logo se tornou perfeito. Suas línguas se tocaram. A tensão em Nilo se dissipou e ele afundou os dedos nos cabelos de Tora. Minutos se passaram, mas a sensação era de que o mundo havia parado de girar, que o tempo congelara, que nada mais acontecia fora do quarto. O guerreiro chegou a pensar que talvez eles não conseguissem se soltar nunca mais… Contudo, em um esforço conjunto, eles se afastaram e abriram os olhos.

O querosene da lamparina já havia se extinguido, e o quarto estava totalmente escuro.

– Talvez seja melhor a gente dormir – Tora disse. Iam se levantar cedo, tinham muitas tarefas no dia seguinte e, ainda por cima, precisavam estudar e invadir a biblioteca da feiticeira mais uma vez.

– É. Melhor mesmo…

Beijaram-se mais uma vez. E mais uma. Quando Nilo enfim se levantou para ir para a cama dele, Tora quase o segurou para impedi-lo.

A madrugada já estava avançada quando cada um se deitou no próprio travesseiro, com a cabeça leve, um pouco zonza, a euforia fazendo vibrar cada milímetro do corpo.

— Boa noite, Tora.

— Boa noite, Nilo.

Tora obviamente não pregou os olhos.

Depois de passar o resto da noite em claro, ele se levantou da cama com os primeiros raios de sol. Estava exausto, mas, cada vez que se lembrava da noite anterior, era como se uma descarga mágica percorresse seu corpo, deixando-o mais desperto que nunca. Olhou para Nilo, dormindo de lado, os cachos castanhos cobrindo parte da face repleta de sardas, e sorriu.

O guerreiro se obrigou a lembrar que o mundo estava em guerra e que seus sentimentos por Nilo não seriam suficientes para vencer Inna – mesmo que de alguma forma o tivessem motivado ainda mais.

Magnus ainda não tinha voltado, devia ter saído para caçar como fazia eventualmente. Tora lavou o rosto na bacia de água e se sentou à mesa. Abriu o livro, buscando as teorias sobre vida e morte e, ao começar a ler, esqueceu-se de todo o resto. Aquele tipo de magia era muito difícil de ser controlado... Havia teorias de que o momento do início ou do fim da vida era mágico em si, e tentar manipular essas descargas intensas de magia podia mudar a essência vital do próprio guru. Também faziam referência a pessoas com magia intrínseca, que conseguiam usar runas com mais facilidade, mesmo que a origem daquele poder fosse desconhecida. Será que era uma referência aos guerreiros? Aos feiticeiros? Ou mais alguém também possuía magia de sangue?

— Oi – Nilo disse, sentando-se na cama e esfregando os olhos.

— Oi...

O constrangimento pairava entre eles. Tora não sabia como agir, não sabia se o que haviam vivido horas antes seria algo pontual, se poderia beijá-lo a qualquer hora do dia, se deixariam aquilo em segredo, se dois aprendizes podiam ser um casal ou se havia alguma regra proibitiva em relação a isso. Eram tantas questões, e nenhum tempo para discuti-las naquele momento.

– Já li as partes mais importantes – Tora falou, fechando o livro e quebrando o silêncio. – O que você acha de irmos direto na biblioteca da conselheira trocar os livros? Quem sabe achamos o *Manuscrito das runas de luz* dessa vez.

Nilo concordou. Andar pelo castelo bem cedo talvez fosse a melhor estratégia; os empregados estavam atribulados, as conselheiras, gurus e outras figuras relevantes normalmente ocupados com reuniões importantes.

Assim que saíram, o corvo de Nilo os encontrou e pousou em seu ombro. Enquanto caminhavam, cruzaram com algumas pessoas nos corredores, seguidos por seus cachorros, gatos, aves – animae mais compatíveis com a vida na cidade grande. Ninguém lhes dedicou muita atenção, além de pequenos acenos de cabeça e de desejos de bom-dia. A torre oeste estava bastante vazia, já que os eventos principais se concentravam nos salões do andar térreo ou nas instalações no entorno do castelo.

No andar da biblioteca, passaram por uma faxineira limpando o chão. Ela nem mesmo chegou a levantar a cabeça, mas Tora poderia jurar que sentiu o olhar dela sobre suas costas. Pensou que talvez fosse melhor passar reto pela porta, fingir que estavam indo para outro lugar e tentar de novo mais tarde, contudo, ouviu os passos dela se arrastarem para longe e, quando se virou, ela já não estava no corredor.

Um pouco antes de chegarem à biblioteca, Tora derrubou alguns papéis propositalmente e se abaixou, recolhendo tudo devagar. Muitos segundos se passaram e, ainda assim, a faxineira não voltou.

– Carbo, nos avise se alguém se aproximar – Nilo disse para seu corvo, que bateu as asas e alçou voo, deixando o ombro de seu humano para patrulhar os corredores próximos.

Os dois enfim caminharam até seu destino, abriram a porta e entraram furtivamente.

Precisavam ser rápidos; o fato de quase terem sido pegos por Lanyel da última vez ensinara uma lição. Antes de mais nada, devolveram os volumes que já haviam estudado em seus devidos lugares. Depois começaram a vasculhar prateleiras em busca de outros materiais interessantes. De novo, não encontraram o *Manuscrito das runas de luz* em nenhum lugar... Então Tora pegou um livro que havia chamado sua atenção na invasão anterior. *Magia: história, essência e seus segredos*. Tinha esperança de achar algo sobre magia inanis, ou quem sabe até sobre a origem dos espectros.

Nilo escolheu um manuscrito enorme e muito antigo chamado *Grandes feitos de grandes gurus*, onde muitos dos grandes gurus que serviram a realeza anteriormente adicionaram capítulos descrevendo – assim como o título já dizia – as coisas mais impressionantes que haviam feito. O aprendiz acreditava que poderia haver alguma coisa relacionada às runas de luz.

Pegaram os materiais e estavam prestes a se retirar quando a porta se abriu, com um rangido que emulava o lamento dentro do peito de Tora. Do lado de fora, encarando os garotos, estava a faxineira que haviam visto minutos antes no corredor.

– Ah, é você – Nilo disse, soltando um suspiro aliviado, crente de que a mulher estava ali para limpar o local e não haveria motivos para mencionar ter encontrado dois aprendizes lá dentro. – Já estamos de saída, não vamos te atrapalhar.

Por alguns segundos, Tora acreditara que eles teriam sorte mais uma vez, que se livrariam da confusão sem grandes consequências. Contudo, já tinha passado por outras situações como aquela, em que nem tudo era o que parecia. Depois de ter sido enganado por pessoas que considerava amigos, era fácil ver além das ilusões.

A faxineira o encarou intensamente. Ela sabia que ele a enxergava. E, num piscar de olhos, adquiriu outra aparência, com as feições e roupas de Lanyel. Nilo se assustou; Tora havia revelado muitas coisas ao amigo, mas não o segredo sobre a essência da conselheira. Uma feiticeira: metade humana, metade espectro.

– Eu não devia ter confiado em um guerreiro – ela disse – fingindo que queria se tornar um guru… Mas jamais imaginei que você acabaria com o futuro do seu colega também.

– Eu não fingi. E há um bom motivo pra estarmos aqui – Tora disse, tentando sem muito sucesso manter a calma.

– Duvido muito – Lanyel retrucou, com um sorriso irritado. – Algumas coisas nunca mudam, e eu já vivi séculos demais pra ter me deixado enganar… Vocês sempre foram assim, buscando poder acima de tudo, independentemente das consequências.

– Isso nunca foi sobre poder.

– Ah, não? – A ironia se derramava a cada palavra. Ela fez um gesto com as mãos, e os livros que os dois tinham pegado da primeira vez saíram voando das prateleiras e aterrissaram sobre a mesa. – *Runas mistas avançadas, Magia proibida*... Há uma razão para esses livros não estarem acessíveis nem mesmo aos grandes gurus. Você abusou da minha boa vontade com toda essa história de caixa das almas, e agora não sei nem mesmo se isso é verdade. Talvez o plano fosse vir aqui e roubar informações que ninguém deveria ter...

Tora conseguia ver que aquele conhecimento, nas mãos de pessoas sem escrúpulos, poderia acabar muito mal. Entendia a linha de raciocínio dela, porém, não havia lhe passado pela cabeça que suas ações pudessem prejudicar a missão de Bruno como um todo. Ser expulso seria ruim, ver o sonho de Nilo ir por água abaixo seria terrível, mas não conseguir a ajuda da coroa por causa de um erro dele era... inaceitável.

– Por favor, escute o que eu tenho pra dizer. Se mesmo assim não estiver convencida, vou embora daqui voluntariamente e me despeço também da minha vida de guerreiro pra provar que os outros não estavam envolvidos nisso. Só alguns minutos do seu tempo. Por favor – ele suplicou. A expressão da mulher não se suavizou, contudo, ela assentiu. – Eu quero me tornar um guru e estou me esforçando pra isso. Ao mesmo tempo, também quero fazer o que puder pra impedir que os espectros infestem o nosso mundo. Quero descobrir se há algum tipo de magia capaz de acabar com eles de uma vez por todas. Já tinha ouvido falar sobre runas de luz, e vimos algo em um livro na biblioteca comum que...

– Tinha algo sobre runas de luz na biblioteca comum? – ela questionou, deixando transparecer uma pontada de preocupação.

Tora explicou sobre o livro onde havia sido apagada a frase "Para criar, a luz" e também sobre o catálogo e sobre como o *Manuscrito das runas de luz* estava riscado da lista.

– Nós perguntamos ao Grande Guru sobre os livros que estavam faltando, e ele disse que poderiam estar aqui – o guerreiro concluiu.

– E por que não vieram até mim? – ela questionou.

– O Grande Guru nos proibiu – Nilo disse.

Havia um outro motivo, porém.

– Eu vivi meses ao lado de dois feiticeiros que eu considerava da família e um dia eles nos traíram. Obrigaram meu melhor amigo a abrir a caixa das almas, mataram dezenas dos nossos. Reverenciavam Inna com tanta veemência como reverenciamos a Deusa da Luz, mesmo sabendo que ele quer acabar com a raça humana – Tora contou. – Então eu simplesmente não tenho como saber de que lado você está. E me desculpe se isso a ofende.

– A única coisa que me ofende é você achar que eu seria tola o suficiente para não proteger esse cômodo. Ninguém entra aqui sem que eu saiba. Nenhum livro é retirado sem a minha permissão.

– Você deixou que levássemos os livros? – Nilo perguntou surpreso. – Por quê?

– As intenções são mais bem avaliadas quando a pessoa não sabe que está sendo observada. Queria saber o que fariam com eles. – Lanyel fez um movimento com as mãos e os livros voltaram aos seus lugares. – Eu estou do lado da paz. E isso nem sempre quer dizer do lado dos guerreiros, principalmente se tentarem usar artifícios que possam piorar ainda mais as coisas.

– Nada pode ser pior do que Inna à solta.

Ela sorriu. Era um sorriso triste.

– Nenhum problema é tão ruim que não possa piorar. E, muitas vezes, o desespero é exatamente o que nos leva por esse caminho.

Ela estendeu as mãos, solicitando os livros que eles tinham pegado. Tora e Nilo se deram por vencidos e os entregaram.

O volume que dizia *Magia: história, essência e seus segredos* foi colocado sobre a mesa. O manuscrito escrito pelos grandes gurus ela devolveu à prateleira. Fez voar para mesa um outro livro chamado *Batalha de magia: uma runa contra a outra.*

– Vocês vão estudar comigo todos os dias por uma hora, antes do café da manhã. Regra número um: nenhum livro deve sair daqui. Regra número dois: vão ler apenas aquilo que eu permitir. Regra número três: esses conhecimentos não devem ser compartilhados, nem mesmo com os guerreiros, a não ser que isso vá ajudar a derrotar os espectros. Se quebrarem qualquer uma delas, serão expulsos do castelo. Entendido?

Tora demorou alguns segundos para se recuperar da surpresa.

– Sim.

– E o Grande Guru?

– Eu mesma vou avisá-lo. Vou dizer que vão organizar a minha biblioteca também, e que vou aproveitar para contribuir um pouco com o treinamento de vocês.

Eles assentiram e se sentaram para começar os estudos.

Inebriado pelo rumo que aquele encontro havia tomado, Tora decidiu aproveitar a maré de sorte.

– E o *Manuscrito das runas de luz*? Não o encontramos aqui.

Lanyel, que estava perto da estante oposta à porta, se virou e se aproximou devagar, encarando-os de cima.

– Regra número quatro – ela sussurrou, seus olhos dourados faiscando com seriedade. – Não mencionar nunca mais o *Manuscrito das runas de luz*.

CAPÍTULO 16

O Pântano dos Ossos

Entrar no Pântano dos Ossos era quase como entrar em um novo mundo. A região era toda alagada com águas densas e escuras, e a paisagem se alternava entre florestas semissubmersas, prados encharcados e algumas áreas mais altas e, portanto, secas, rodeadas por rios e lagos. Havia um cheiro acre no ar, que remetia a madeira podre, flores velhas e animais mortos, além de uma bruma que dava um ar ainda mais misterioso e sombrio a tudo aquilo.

Por alguns dias, Leona conseguiu avançar tomando apenas os caminhos secos. Queria evitar a água turva por muitas razões – a principal eram os crocodilos. No entanto, em alguns trechos percebeu que atravessar os riachos seria mais inteligente do que gastar horas ou até dias fazendo a volta. Em dados momentos, a água chegou a bater em seu peito, impregnando o corpo e as roupas com um odor fétido. Albin não ficara nada feliz com a ideia, mas enfrentou a situação resignado.

Os crocodilos não eram a única ameaça. Havia serpentes e aranhas venenosas, além de áreas cobertas por lama movediça. Leona usava a pedra da invisibilidade o tempo todo, porém, o artefato não a protegia desse tipo de perigo. Ela e Albin encontravam carcaças e ossos de animais frequentemente, e chegaram até a passar por ossadas humanas. Era um lugar traiçoeiro, com um nome apropriado.

Achar o caminho e pegar as estradas certas até o pântano não fora difícil. No entanto, estando ali, Leona não saberia para onde ir, então se agarrava ao instinto de seu anima. Além de ter um faro aguçado, Albin conseguia captar também vestígios de magia no ar. Atravessavam uma região mais elevada e seca, com diversos lagos e cursos d'água por perto, quando o leão estacou e levantou as orelhas. A guerreira sacou uma faca do cinto.

– O que foi? – ela sussurrou. – Ouviu alguma coisa?

Um mal-estar a dominou. Com um gorgolejo, algo mergulhou na água não muito longe de onde estavam.

Leona e Albin se viraram para observar. Outro som veio do lado oposto, como se alguma coisa grande estivesse... rastejando. Guerreira e anima tomaram uma posição defensiva, de costas um para o outro. Leona não seria vista, portanto aquela formação lhes dava uma vantagem ainda maior; qualquer criatura que tentasse atacar Albin pelas costas estaria bem na mira dela.

E foi isso o que aconteceu. Leona precisou de alguns segundos para se recompor do choque quando viu uma criatura enorme, humanoide da cintura para cima e serpente no restante do corpo, rastejando sobre a cauda com o torso elevado. Tinha o dobro da altura da guerreira.

A garota olhou para cima. Encarou o rosto monstruoso: com duas fendas no lugar do nariz, olhos amarelos com pupilas ovaladas verticais, duas presas saltando por cima dos lábios vermelhos e grossos... Mirou a testa, rezando a Luce que a pele escamosa não fosse uma carapaça dura e impenetrável.

Atirou a faca. Ela se fincou exatamente entre os olhos bizarros, que se arregalaram por um instante fugaz antes do torso da lâmia vir ao chão com um baque que fez a terra tremer. Outra lâmia saiu do lago à frente. Mais duas vieram por trás, avançando rápido e em zigue-zague. Leona conhecia pouco sobre elas, mas compreendeu rápido que eram extremamente inteligentes. Porque, ao verem a primeira morrer com uma faca cravada na testa, as outras compreenderam que alguma coisa invisível havia atirado.

A garota lançou mais uma faca e errou; os monstros se moviam rápido demais. Atirou de novo, atingindo de raspão o ombro da maior das lâmias que, ao invés de recuar, ergueu-se ainda mais sobre a cauda, como uma cobra se preparando para dar o bote.

– Abaixem-se! – uma voz rouca gritou, e a garota e o leão obedeceram.

Um machado rodopiou no ar, acertando o pescoço da lâmia mais próxima deles e fazendo a cabeça horrenda voar para longe. Em seguida, uma chuva de flechas e facas atingiu a outra, que avançava na direção de Albin. Leona apoiou as mãos no chão e se levantou em um movimento rápido e fluido. Aquele lugar até então parecera opressivo, mas as águas turvas que o cercavam ainda assim eram águas – e ali havia veros, havia magia cíntilans, forte como em qualquer outro lugar. Essa força quase palpável a impulsionou, a fez correr mais rápido e quando desembainhou as duas adagas, a energia que corria por seus braços a fez acreditar que poderia cortar o mundo inteiro ao meio. A última lâmia também estava pronta, atenta aos ruídos das botas da guerreira mesmo sem vê-la, e tentou chicoteá-la com a ponta da cauda. Leona saltou e a criatura deu o bote. A guerreira se abaixou, girou e suas adagas deslizaram pelo abdômen do monstro, abrindo seu ventre.

A lâmia tentou inutilmente segurar as tripas com as mãos, mas logo seus olhos ficaram opacos e o corpo enorme veio ao chão. No silêncio que se seguiu, era possível ouvir as cigarras zunindo e a respiração ofegante da garota.

– Albin? – Heitor saiu de trás de uma árvore, andando na direção do leão. Os cabelos antes avermelhados do guerreiro estavam cobertos por lama, das suas roupas de tecido marrom pendiam folhas e cipós, numa camuflagem quase perfeita. – Leona, você está aí?

Outros guerreiros e animae se revelaram: Ana, mãe de Arthur, de olhos azuis frios e atentos como os da sua coruja; Celer, o novato esguio e ágil com seu guepardo; Mauro, o guerreiro que não possuía um olho junto a sua chacal dourada.

Leona havia enfim encontrado o outro grupo. Não estava mais sozinha. Era uma boa notícia. *Certo?* Por que então hesitava tanto em responder? Em tirar a pedra do pescoço para que os guerreiros ali pudessem vê-la?

Ser um fantasma havia se tornado parte de quem era. Enquanto ninguém a visse, ela não precisava admitir o que havia acontecido. Não tinha que falar sobre o ataque ao acampamento, sobre os guerreiros e animae massacrados ou levados em jaulas, sobre como tinha caído do penhasco enquanto Ilca ficara para trás, apenas com uma faca nas mãos... Enquanto estivesse invisível, era quase como se não estivesse ali. Como se não existisse. Como se tudo aquilo fosse um pesadelo. O que os olhos não veem, o coração não sente.

Passou por sua mente a ideia de virar as costas e ir embora. Mas Albin começou a caminhar em sua direção, e Heitor o seguiu com o olhar. O leão se aproximou da garota, se encostou nela, e o pelo macio da juba dele sob seus dedos a fez voltar à realidade. Os outros guerreiros encaravam o local onde ela estava, tentando entender o que acontecia, porém, sem conseguir vê-la.

– Leona... – Heitor chamou novamente. Ele sabia da existência da pedra, sabia que Bruno a dera a Ilca antes de partir, e com certeza tinha visto as lâmias serem atacadas por algo invisível. Com Albin parado ali, bastava juntar as peças para entender que a guerreira estava usando o artefato. – Você está bem? Está ferida?

Ela levou as mãos trêmulas ao cordão em volta do pescoço. Engoliu em seco e o puxou para cima da túnica, tirando a pedra do contato com a pele.

Tinha se esquecido de como usar a pedra da invisibilidade era sufocante. De repente estava livre, sem o peso da magia e dos segredos... Por outro lado, também estava exposta e totalmente vulnerável.

Seus joelhos tremeram e Leona desabou. Heitor correu até ela.

– Elas te machucaram? – ele perguntou, num tom urgente. – Malditas criaturas! Me mostre onde está doendo!

A garota tentou respirar fundo enquanto o pânico subia por sua garganta. A sensação era a mesma de quando estava se afogando nas corredeiras: os pulmões ardendo, o corpo suplicando por um alívio. Heitor continuava perguntando onde doía.

Ela conseguiu apontar para o próprio peito. E, tomando um fôlego como se pudesse ser o seu último, falou de uma vez:

– O acampamento acabou... muita gente morreu... e eles capturaram alguns. Eu não consegui fazer nada... não salvei ninguém.

Heitor se manteve firme. Celer baixou a cabeça e chorou baixinho, Mauro xingou os espectros com todos os palavrões possíveis e Ana, um pouco histérica, tentou questioná-la, mas Leona não conseguia elaborar nada além de soluços.

Heitor pegou a garota nos braços, assoviou e, quando Peregrino surgiu, a colocou sobre o cavalo imponente de pelagem dourada. Eles seguiram por uma trilha fechada, atravessaram um riacho, e o único esforço que ela conseguia fazer era tentar não chorar alto demais para não atrair mais criaturas do mal.

Depois de um tempo, as lágrimas secaram, como se a tristeza e o pânico enfim tivessem sido drenados de seu corpo. Os cinco humanos e seus animae chegaram enfim a um acampamento improvisado. Leona olhou para baixo e viu runas de afastamento desenhadas pelo chão, algumas adaptadas para incluir as próprias lâmias além dos espectros... uma tentativa de manter aquele lugar um pouco mais seguro, de confundir as criaturas para que não se aproximassem. O que significava que o grupo estava ali há algum tempo.

Ver aquilo a ajudou a voltar ao presente, a colocar mais uma vez toda a dor do passado em segundo plano. Tivera um momento para sentir, agora precisava pensar. Apenas pensar. Era assim que sobreviveria, era assim que conseguiria, quem sabe, encontrar os guerreiros capturados. Ou pelo menos seus algozes.

Havia quatro barracas ali. Restos de uma fogueira, carne defumada pendurada em cipós entre árvores. Alguns troncos provavelmente usados como bancos. Leona estava esperando um lugar maior, afinal, o grupo de guerreiros que partira com Heitor era enorme.

– Onde estão os outros? – ela perguntou, com a voz rouca.

Mauro foi até um dos troncos e desabou sobre ele. Então abaixou a cabeça.

– Quando chegamos ao pântano, decidimos nos dividir em grupos de dez... O terreno é extenso e difícil de atravessar, setenta guerreiros andando juntos chamariam atenção demais.

Fazia sentido. Eles tinham ido até lá investigar a existência das lâmias, entender os perigos e os monstros que ainda poderiam estar vagando por aquele local lendário. Grupos numerosos eram vantagem em grandes batalhas e lugares abertos, porém, numa exploração como aquela poderia transformá-los em presas fáceis. Camuflagem e discrição eram recursos mais inteligentes.

Grupos de dez. Mas ali só havia quatro guerreiros. Leona não precisava perguntar o que tinha acontecido com os seis que faltavam.

– E vocês têm notícias dos outros grupos? – ela questionou.

– A gente combinou de se encontrar três dias atrás num local mais ao centro do pântano. Só que está parecendo impossível chegar até lá... – Ana explicou. Ela e Leona nunca tinham se dado bem; o ódio que Ana nutria por Ulrik havia naturalmente feito a garota se afastar. Tinha certeza de que nunca seriam próximas, porém, sabia que em situações de sobrevivência isso pouco importava. – Essa área toda está infestada por lâmias e espectros... Todas as vezes que tentamos avançar, acabamos perdendo alguém.

– A gente estava discutindo a possibilidade de ir pra Cidade Real, para pelo menos garantir que todo mundo saiba do exército que tem aqui... – Celer explicou, sentando-se também e acariciando a guepardo distraidamente. – E aí os animae começaram a ficar agitados, e nos levaram até onde você estava...

Leona assentiu. Em poucos minutos já tinha uma boa ideia da situação geral.

– Por que você veio pra cá, Leona? – Heitor perguntou, de um jeito grave e dolorido. Depois de perder tantos companheiros, ele claramente não estava feliz de ver mais uma guerreira caminhar diretamente para o meio daquela armadilha. – Por que você não foi pra Cidade Real?

Leona respirou fundo, imaginando que estivesse portando a pedra da invisibilidade, tentando se desconectar de tudo que estava prestes a dizer – como se todas as tragédias que vivera nas últimas semanas tivessem acontecido com outra pessoa. Então contou tudo. O ataque brutal, as jaulas onde muitos guerreiros foram mantidos, como ela os seguiu por muitos dias até tentar resgatá-los. E a insistência de Ilca para que fosse até o pântano, pois acreditava que os espectros estivessem levando os prisioneiros para lá.

– Por que eles trariam os guerreiros pra cá? – Celer perguntou.

Leona havia pensado muito sobre aquilo, e tinha desenvolvido várias teorias. Todas eram terríveis a ponto de tirarem seu sono, porém, por mais difícil que fosse, precisavam discutir aquilo.

– Talvez pra arrancar informações, ou pra nos chantagear usando nossos amigos e irmãos se começarmos a vencer a guerra – ela disse, citando suas duas hipóteses principais. – Não sei o motivo, mas uma coisa é certa: se o pântano está infestado de espectros, não deve ser coincidência que tragam os prisioneiros pra cá.

Heitor assentiu, acariciando a barba longa e suja de lama que um dia tinha sido avermelhada como fogo.

– Precisamos procurá-los – o líder da missão disse.

– A gente já tentou ir mais pra dentro do pântano, Heitor – Ana respondeu. – Esse é o terreno deles, a gente está em desvantagem.

– Mas agora temos algo diferente – Heitor explicou, apontando para o pescoço da garota. – A pedra da invisibilidade.

Leona instintivamente se afastou, e por pouco não colocou a pedra para dentro da túnica de novo.

– Eu posso fazer a função de batedora. Vou na frente, averiguo o terreno, elimino alguns espectros no caminho se for preciso.

– Não posso deixar você fazer isso sozinha – Heitor disse, balançando a cabeça.

Ela não conseguiu evitar e sorriu. Era um sorriso amargo.

– Eu estou sozinha há semanas. – Tentou engolir qualquer vestígio de ironia e raiva. Sabia que não seriam úteis para a discussão. – Além disso, a invisibilidade tem um preço... no começo eu fiquei mais lenta, mais desnorteada, com o equilíbrio prejudicado. Agora eu já me sinto mais confortável quando estou invisível. Sou melhor sendo um fantasma do que com vocês olhando pra mim.

Aquela afirmação deixou os outros sem palavras por alguns segundos.

– É, você viu como ela lidou com as lâmias – Mauro disse, e Leona poderia ter abraçado o homem rabugento pelo apoio. – A menina claramente é uma fantasma muito habilidosa e atira facas quase tão bem quanto eu.

– Mas se não estivéssemos lá, elas teriam matado Albin – Heitor argumentou.

– Porque eu não sabia o que esperar. Agora eu sei. – Leona rebateu. – Eu não sou mais uma novata, Heitor.

Contrariando as expectativas, Heitor soltou uma gargalhada genuína, que fez o coração de Leona se aquecer de leve e os lábios se repuxarem em um sorriso discreto.

– Eu sempre soube que você seria uma guerreira incrível, garota, e não tenho nenhuma razão pra duvidar disso agora. Tudo bem, você vai na frente, estaremos no seu encalço.

Acenderam a fogueira. Prepararam o jantar. Distribuíram as barracas para que Leona pudesse descansar sozinha em uma depois da longa e solitária jornada até o Pântano dos Ossos. E, sob a luz tremeluzente do fogo, Leona sugeriu rastrear e seguir lâmias e espectros para que as próprias criaturas malignas os levassem ao coração bem guardado daquele lugar tenebroso.

CAPÍTULO 17

Avalanche

O frio cortante da nevasca nem se comparava ao frio na barriga que Úrsula sentia.

Ela, Olga e outros dois guerreiros bons com runas de ar tinham produzido muitas luminárias mágicas nos últimos dias, além de terem conseguido usar a runa que aquecia as barracas para aquecer corredores e túneis, desenhando-a nas paredes a cada trecho de dez ou quinze metros. Modificando alguns detalhes no traçado, foram até os locais onde os vísios cultivavam frutas para realizar testes e ajustar a temperatura em estufas de acordo com a necessidade de cada variedade.

O que os quatro guerreiros fizeram no último mês era um avanço de séculos para a humanidade! Poderiam iluminar ruas, aquecer casas, permitir que alimentos fossem plantados até nos invernos mais intensos e rigorosos... Úrsula já pensava no futuro: quando a guerra acabasse, os guerreiros poderiam assumir também a missão de modernizar cidades e melhorar a vida de pessoas comuns. Ela não via a hora de poder participar de tudo isso!

Olga, porém, tinha os pés fincados no chão e era muito mais pessimista. Achava que muitas coisas ali contribuíram para o sucesso deles: a magia forte dos aeris na montanha, o fato de Úrsula ter construído a tal ponte espiritual, a forte ligação dos vísios com o ar. Desenhar runas ali era mais fácil e eficiente, e a guerreira acreditava que não teriam o mesmo desempenho quando voltassem às terras humanas.

Cada problema a seu tempo, Úrsula dizia para si mesma... O importante é que tinham conseguido achar uma solução definitiva, algo sólido o suficiente para oferecer aos vísios em troca da gema de cíntilans. O discurso já estava ensaiado: Úrsula e Olga mostrariam aos vísios o que haviam desenvolvido e se ofereceriam a ficar na vila por mais alguns meses para descobrir ainda mais runas, quem sabe até ajudando a melhorar o lugar. Em troca, os vísios cederiam o único artefato capaz de enfraquecer Inna, para que colocassem o grande espectro de volta na caixa.

Victor estava mais impaciente e truculento que de costume, e várias vezes as duas tiveram de convencê-lo de que valia a pena esperar. Ele havia desenhado vários planos mirabolantes para roubar a gema, mas, por sorte, a maioria dos guerreiros do grupo era contra aquela estratégia. Seria quase impossível retirar a gema de lá sem que os vísios percebessem, já que era a fonte de energia da vila. Mesmo se fossem capazes de tal feito, estavam no terreno daquele povo mágico. Nunca conseguiriam fugir através das montanhas sem serem pegos. E, quando fossem, seriam esmagados como moscas.

O grande dia chegara. Victor havia informado que os guerreiros tinham um comunicado a fazer, e os líderes dos vísios convocaram uma assembleia geral. Ele mesmo se absteve de tomar a frente do discurso, pois reconhecia que seu forte não era a simpatia. Com certeza ocorreria uma discussão, alguns dos vísios se mostrariam contrários à ideia, e caberia aos guerreiros trazerem argumentos contundentes e ainda assim gentis para convencê-los. Úrsula tinha o carisma necessário e o carinho de muitos deles.

Ali estavam todos os guerreiros e vísios no anfiteatro. Úrsula e Olga percorriam as escadas até a parte central mais baixa, seguidas de perto pela ursa-parda e pelo caracal de pelos dourados e orelhas peludas. Assim que se posicionaram, as conversas cessaram e o silêncio ressoou pela montanha. Era quase possível ouvir os flocos de neve caindo no chão.

— Gostaríamos de começar agradecendo formalmente a todos por terem não só nos recebido de braços abertos nesse momento tão difícil como também permitido que aprendêssemos com vocês — Olga disse, a voz forte enchendo o anfiteatro, chegando clara a cada indivíduo presente. — Vocês sabem que guerreiros fazem magia usando runas, e o ritual de comunhão com o ar que nos ensinaram representou um avanço imenso em nossas habilidades de lidar com esse elemento.

Essa era a deixa para Úrsula. Ela tirou uma esfera iluminada do bolso, e muitos ali murmuraram surpresos.

– Desde a primeira vez que ouvi falar dos vísios, sonhei em conhecer vocês... É claro que a chuva de pedra da chegada não estava nos planos – Úrsula disse, e muitos deles riram. Todos já haviam superado as ameaças do início, e o episódio havia se tornado motivo de brincadeiras. – Em nenhum momento imaginei que um dia estaria aqui pra demonstrar o poder das runas, muito menos a de uma que descobri usando o que aprendi com vocês. Grov, você sempre duvidou de mim e mostrar que estava errado foi minha maior motivação, obrigada. – Grov gargalhou. Se tudo desse errado atuando como guerreira, Úrsula poderia ganhar a vida contando piadas. Mas o momento descontraído tinha chegado ao fim. – Nós conseguimos produzir muitas dessas luminárias. Já usamos runas para aquecer alguns dos túneis. E há muitas outras runas que podem ser úteis e garantir que tudo na vila esteja funcionando, talvez até melhor do que funciona agora... e sem a necessidade da gema de cíntilans.

A nevasca se intensificou. E o tempo não foi a única coisa a se fechar; aos poucos, as expressões dos vísios mudaram. Conforme a intenção dos guerreiros ia ficando mais clara, a animosidade do contato inicial voltava a pairar ali. O que mais doía, porém, era a decepção estampada no rosto de Grov.

– E por que precisaríamos disso tudo se temos a gema? – Gruta, uma das líderes, perguntou, se levantando.

Olga e Úrsula haviam discutido muito se deveriam dar voltas, falar sobre como a gema poderia um dia acabar, ou como acidentes poderiam acontecer... mas eles eram inteligentes e honestos. Mereciam respostas diretas e não aceitariam menos que isso.

– Porque precisamos da gema pra vencer a guerra. Sem ela, os espectros vão dominar esse mundo e acabar com a raça humana.

O anfiteatro pareceu explodir com as reclamações. Muitos vísios se levantaram, gritaram, bateram os pés fazendo a terra tremer. Um barulho muito alto se sobrepôs, e Úrsula olhou para a parte norte, onde uma enorme quantidade de neve se deslocava e descia a montanha... uma avalanche. Então viu Victor balançar a cabeça, irritado com a situação, e sair de lá junto com alguns outros guerreiros. Era como se tivesse desistido e não acreditasse que seriam capazes de convencer os vísios, como se nem quisesse mais ouvir o que as duas guerreiras tinham a dizer. Úrsula, contudo, estava longe de se dar por vencida.

– Parem – Gruta ordenou, e todos ficaram em silêncio. – Olga e Úrsula, a gema não sairá da montanha.

– Gruta, nós passamos meses convivendo, e eu gostaria de pedir que vocês ouvissem nossa proposta até o fim antes de dar uma resposta final. Fiz grandes amigos entre os vísios e acho que confiamos uns nos outros o suficiente para ter essa conversa franca. – Ela engoliu em seco. Olhou também para Grov. – Por favor.

A expressão da líder e de muitos outros se suavizou.

– Tudo bem, podemos ouvir vocês. Só que dificilmente vamos mudar nossa decisão.

Dificilmente. Não era impossível então.

Úrsula se agarrou a isso para continuar. Falou primeiro sobre como os espectros agiam, sua crueldade, como os primeiros guerreiros passaram séculos tentando achar uma maneira de parar o massacre, até terem feito a caixa das almas. Agora que ela havia sido aberta, precisavam prender Inna de novo, antes que sobrepujassem os humanos e seus animae completamente. E quem sabe até mesmo outros povos, como os sílfios...

Depois de descrever bem o contexto e garantir que eles tivessem uma boa ideia do desafio que enfrentariam, falou sobre a magia do ar nas montanhas e as runas que já tinham descoberto. Contou sobre outras ideias, sobre mais melhorias, se dispôs a continuar morando na vila até que tudo estivesse funcionando. Disse também que, apesar dos vísios terem magia mais forte no sangue, talvez pudessem aprender algumas coisas sobre runas, e com isso potencializar sua magia. Mesmo sem a gema. Úrsula tinha certeza de que seria capaz de encontrar uma runa que fizesse essa função específica: buscar a magia tão forte dos aeris diretamente do ar e aumentar o poder dos vísios... Poderia ainda ensiná-los a descobrir novas runas. Se os guerreiros faziam isso tendo muito menos magia no sangue, os vísios fariam ainda melhor. No impulso, Úrsula lançou sua proposta final: permaneceria na montanha para sempre em troca da gema. Ela trocaria uma vida inteira longe dos seus por uma chance de a humanidade sobreviver.

Quando terminou o discurso, estava ofegante e com um nó na garganta. Ao olhar para Olga, viu que a guerreira tinha lágrimas nos olhos, mas permanecia com a expressão firme. Viu brilhar ali orgulho, e também tristeza... provavelmente porque essa oferta simbolizava todos os sacrifícios que os guerreiros estavam dispostos a fazer para garantir a paz.

Grov também parecia emocionado. E, mesmo sem ter certeza de que suas palavras seriam suficientes para convencer a todos, Úrsula ficou grata por ver que tinha tocado o amigo. Que pelo menos um dos vísios estava disposto a dar a coisa mais preciosa que tinham para ajudar as pessoas.

Muitos ainda pareciam impassíveis, outros já esboçavam um olhar de dúvida. Até antes daquele encontro, era fácil virar o rosto e dizer não. Mas, depois de saber que se pode verdadeiramente ajudar alguém e que não há um motivo forte o suficiente para negar essa ajuda, não o fazer torna-se uma escolha egoísta, que pesa para os que ouvem sua consciência. Gruta arranhou a garganta.

— Se a gema de cíntilans fosse apenas uma fonte de energia, nós a entregaríamos a vocês agora mesmo — ela explicou, com a voz mais suave que Úrsula já tinha ouvido. — Porém, ela não aquece só nossas casas e túneis, garota... ela aquece os nossos corações.

Os vísios assentiram com tristeza.

— Vocês vivem falando da sua Deusa da Luz, de como ela cedeu a magia e criou a vida — Grov disse, em um tom também gentil. — A nossa relação com os espíritos do ar é parecida, porque nossa essência é a mesma. Nossa magia é alimentada pelos aeris, e nós os amamos como amamos uns aos outros. A presença deles é muito forte na gema... Nós vamos até lá e falamos com eles. Somos ouvidos e sentimos respostas. E... há mais coisas envolvidas — ele terminou, olhando para os outros e para Gruta de uma forma hesitante.

— Há outra razão... — Úrsula disse. — Alguma coisa que vocês não querem nos contar.

— Cada povo tem seus segredos — Gruta respondeu.

— Nós estamos confiando todo o nosso futuro a vocês — Úrsula insistiu. — Se soubermos o que é, talvez a gente consiga encontrar uma solução juntos. Um antigo professor sempre dizia que há runas para tudo...

— Não existe uma runa para isso. Não sem trazer consequências graves.

— O que é? — ela insistiu. — Nós protegeremos o segredo de vocês, eu juro.

– Só pode ser algo sobre vida e morte – Olga disse. – Esse tipo de runa é proibido até mesmo entre guerreiros.

Gruta, Grov e os outros vísios ficaram quietos por um momento, se encarando. Parecia uma conversa silenciosa.

– A magia da gema nos mantém mais fortes, nos permite viver por mais anos. Se vocês a levarem embora, nossa existência será reduzida pela metade. Ou quem sabe até menos ...

O vento se intensificou. O frio piorou. Havia uma tristeza gelada os dominando de dentro para fora. Aquele problema não tinha solução. Do ponto de vista dos guerreiros, era importante salvar a humanidade a qualquer custo – mesmo que isso significasse reduzir o tempo de vida de outro povo. Para os vísios, seria impensável ver a vida de seus filhos, parentes e amigos ceifada para ajudar uma outra raça que nunca se preocupara com eles.

No fim, a decisão seria dos mais fortes.

Por um segundo, a ideia de lutar pela gema cruzou a mente de Úrsula. Mas ela não poderia fazer aquilo. Não depois de ter sido acolhida, de ter vivido entre eles e os compreendido. Matar espectros era uma coisa, ferir aqueles seres que não tinham nenhuma culpa pelo que estava acontecendo era outra bem diferente. E quem ela queria enganar? Numa luta daquelas, não havia dúvidas de quem venceria...

Os guerreiros tinham perdido. Não completariam a missão. E a derrota a esmagou.

Úrsula tentou manter a compostura, mas seus olhos se encheram de lágrimas involuntárias. Era um luto antecipado pelas mortes que estavam por vir. Os soluços subiram por sua garganta, mesmo quando ela se esforçou para segurá-los.

Olga a abraçou. E, para sua surpresa, Úrsula percebeu que muitos guerreiros também estavam chorando. Assim como alguns dos vísios.

Grov se aproximou.

– Sinto muito, menina – ele disse, dando tapinhas delicados em suas costas. – Se houvesse outra forma... se pudéssemos fazer alguma coisa.

– Eu sei – ela respondeu, inspirando e tentando se acalmar, indo para aquele local de conexão com os espíritos do ar.

A magia era tão grandiosa. E havia tanto dela ali e no resto do mundo.

Talvez existisse outra maneira. Tinha que existir. E, assim que ela se recuperasse daquela queda, Úrsula dedicaria todos os seus esforços para descobri-la.

Mais uma vez, uma quantidade enorme de neve desceu a encosta com um rugido. A montanha estava instável... talvez por conta dos tremores causados pelos vísios mais cedo. Ou talvez tivesse algo a ver com a magia, que parecia estar estalando no ar.

Foi quando a montanha tremeu mais uma vez. Sem que nenhum ser mágico gigantesco estivesse batendo os pés no chão.

– Um terremoto? – Olga questionou Gruta.

– Nunca tivemos terremotos.

Mais um tremor percorreu a rocha.

– O que está acontecendo? E o que a gente faz? – Úrsula perguntou, se agarrando à Fofa.

– Melhor irmos para os túneis – Olga sugeriu.

Todos ali começaram a caminhar, mas então os vísios estacaram de vez, como se congelados por magia.

Contudo, não estavam congelados. Apenas chocados. Gruta se virou para olhar os guerreiros, a expressão transformada pela raiva.

– O que vocês fizeram?!

– Eu... o quê? – Úrsula questionou. – Como assim?

– Onde está o líder deles? – Alguém na multidão perguntou.

A verdade desmoronou sobre a garota como se fosse uma terceira avalanche.

Victor. Ele sabia que não conseguiriam convencer os vísios. Provavelmente tinha usado as últimas semanas para descobrir onde a gema ficava guardada, uma informação que os vísios nunca tinham revelado nem mesmo a Úrsula. Então fingiu esperar, organizou a assembleia, garantiu que todos estariam lá, que não haveria ninguém vigiando a gema. E a roubara.

– Ah, não... – Úrsula sussurrou. Então olhou para Grov, que nunca estivera tão arrasado.

– Como vocês puderam fazer isso? – Grov perguntou.

– Eu não sabia, Grov, juro que não sabia... – ela explicou com um tom suplicante. – Eu nunca concordaria com isso!

– Prendam todos – Gruta ordenou. – E se não recuperarmos a gema...

– Eu posso ajudar – Úrsula gritou, quando dois vísios a seguraram pelo braço. – Me deixem ajudar!

Grov foi até os vísios reunidos e disse alguma coisa que ela não conseguiu ouvir.

Gruta virou-se para os guardas.

– Úrsula e Olga vêm com a gente. Os outros e os animae devem ser levados para o grande salão.

– Fofa vem comigo – Úrsula afirmou. Gruta parecia a ponto de perder a compostura. – Ela consegue nos ajudar a localizá-lo.

A líder por fim assentiu. Eles se organizaram, uma grande comitiva para ir atrás do guerreiro que tinha roubado o bem mais valioso e vital daquele povo mágico. O que eles fariam quando o encontrassem?

O grupo começou a se dividir.

– O que a gente faz? – Úrsula sussurrou para Olga.

A verdade é que ela estava insegura. Victor tinha uma chance de levar a gema aos guerreiros… será que as duas deveriam ajudá-lo, desviando a atenção dos vísios, ou tentar recuperar a gema e devolvê-la a seus donos?

– É só questão de tempo até acharem Victor, e não precisam da nossa ajuda pra isso – Olga respondeu. – Mas temos uma chance de apaziguar a situação… e talvez impedir o pior.

Úrsula encarou a vastidão da montanha, com seus picos gelados cobertos de neve. Para os guerreiros, um labirinto perigoso, percorrido apenas uma vez e com os olhos vendados em parte do trajeto. Para os vísios, a sua casa, familiar como a palma da mão, cheia de túneis e atalhos que ninguém mais conhecia. Olga, como sempre, estava certa.

Porém, as duas tinham os animae a seu favor… O olfato da ursa e do caracal era poderoso e conheciam muito bem o odor de Victor, de sua hiena e dos outros guerreiros que o acompanhavam.

Quatro grupos de busca foram formados. Olga foi para um, Úrsula para outro. Assim que a caminhada começou – caminhada para os vísios; para acompanhá-los, Úrsula precisava correr –, a garota rezou para Luce, pedindo que não fosse nenhum dos outros grupos a encontrá-lo.

Grov fazia parte da mesma comitiva de Úrsula.

– Eu não sabia que ele ia fazer isso, você precisa acreditar em mim – ela disse, se colocando ao lado do vísio que tinha se tornado seu melhor amigo ali.

– Não faz diferença se eu acredito ou não.

– Pra mim faz, sim! – Ele continuou a ignorando, adotando aquela postura distante de quando se conheceram. Mas Úrsula não era o tipo de pessoa que se daria por vencida. – Eu vou te provar isso antes do dia acabar. E você nunca mais vai duvidar da minha amizade.

Úrsula pediu que Fofa seguisse um pouco na frente, que buscasse os guerreiros. E logo a ursa estava liderando o caminho.

Conforme o tempo passava, ficava evidente que os guerreiros estavam se esforçando ao máximo para ter sucesso no roubo. É certo que eles tinham mais de uma hora de vantagem; ainda assim, tinham que ter avançado bastante rápido para ganhar tanta distância do grupo de busca. A neve caía, mas Úrsula suava. Estava ofegante. Fazia horas que corria sem parar pela montanha.

Então começou a ver pegadas. E, se havia pegadas ainda visíveis, eles estavam próximos.

– Grov – ela o chamou, se aproximando de novo. – Quero te pedir uma coisa.

– Não.

– Eu sei que foi grave... muito grave! Só gostaria de pedir que vocês não matassem os guerreiros.

– É isso que eles merecem.

– Eles roubaram a gema pra tentar salvar as pessoas que amam. E les não sabiam que isso afetaria tanto os vísios, não estavam lá quando vocês explicaram por que não poderiam cedê-la...

– Não estavam lá porque estavam roubando a pedra.

Úrsula segurou o braço imenso do amigo. Grov continuou caminhando, a arrastando pela neve fofa por alguns metros. Quando percebeu que a garota não ia soltar, ele enfim parou. Os dois se encararam.

– Só peço que escutem o que Victor tem a dizer. Que façam um julgamento, que deem uma pena justa. A gente vai recuperar a gema, Grov, e tudo vai voltar a ser como era... E, se ele for condenado, que possa pelo menos se despedir dos outros.

Grov não concordou. Mas também não discordou.

Percorreram uma trilha difícil e estreita que ladeava o penhasco. A neve fresca estalando sob as botas e os uivos do vento eram os únicos sons.

Chegaram a uma espécie de plataforma, um local onde a trilha se abria, com espaço suficiente para mais pessoas se acomodarem. Victor estava parado ali, um pouco mais à frente, com a mão estendida sobre o abismo. Se alguém o atacasse, a gema cairia lá embaixo. Ele sussurrou algo para os guerreiros atrás de si, que pareceram protestar, mas enfim continuaram a descida, fugindo. Apesar de tudo, Victor ainda era o líder da missão. Protegia os seus.

Os vísios não se moveram, permaneceram em fila atrás de Úrsula, colados à rocha. Ciente da importância que aquele objeto tinha para o povo das montanhas, ela sabia que não fariam nada para assustar Victor e arriscar quebrar a gema.

– Victor, vamos resolver isso – Úrsula disse com a voz firme, adentrando a plataforma devagar, e pedindo com gestos que os outros aguardassem na trilha. – Devolva a gema.

– Eu vim aqui com uma missão e nada, nem ninguém, vai me fazer desistir. – O cabelo longo e liso do líder ricocheteava sobre o rosto moreno de traços duros e angulosos como a rocha ao redor. Ele era alto, com músculos imensos e, para qualquer outro humano, seria uma figura ameaçadora. Não ali. Em meio aos vísios, era um mero homem, claramente assustado atrás da máscara de valente. – E você, Úrsula… Achei que fosse me ajudar. Não por mim, mas pelos amigos que você diz amar tanto.

A garota tentou fingir que aquilo não a afetara. Procurou manter a calma.

– É impossível sair vivo daqui com a gema.

– Então prefiro morrer tentando.

– É lógico que prefere, porque o seu ego é maior que essa montanha e não deixa você enxergar mais nada! – ela respondeu, começando a ficar exasperada. Aproximou-se alguns passos, ficando no meio do caminho entre o guerreiro e o grupo de vísios, que assistia a tudo imóvel. – Victor, vamos devolver a gema e negociar pra que ninguém precise morrer… Porque a outra opção é eles te matarem e pegarem a gema de qualquer maneira. Eu quero acreditar que você não é feito só de músculos e estupidez, só que pra isso precisa fazer algo inteligente uma vez na vida.

– Você consegue imaginar a situação? A gente chegando na Cidade Real sem a gema?

Sim, ela tinha imaginado aquela cena muitas vezes. Todos os dias. O olhar de desespero e decepção que receberiam ao revelar que haviam falhado.

– Consigo. E também consigo imaginar os nossos irmãos esperando, sem saber se estamos a caminho ou não, sem saber se precisam buscar uma alternativa porque nós morremos tentando aqui na montanha. Levar a verdade é melhor do que não levar nada.

Se o momento não fosse tão dramático, ela anotaria a frase para o livro de frases impactantes de Tora.

Victor pareceu ver o outro lado da moeda. Por um instante, a garota se permitiu acreditar que tudo ia dar certo. Que iam sair todos vivos de lá.

Então a montanha tremeu mais uma vez. A gema de cíntilans brilhou mais forte. De alguma maneira quase subconsciente, Úrsula entendeu que os tremores estavam sendo causados pela remoção do artefato mágico. A pedra fazia muito mais que iluminar e aquecer: os quilômetros de túneis por todos os lados tinham sido escavados usando aquela essência mágica, e ela era necessária para sustentar a estrutura.

Outro tremor, ainda mais forte, derrubou vários dos vísios. Úrsula conseguiu se manter em pé, e todos gritaram ao ver Victor cair de joelhos. Felizmente, ele manteve a gema a salvo.

– Victor, a gente precisa colocar a gema de volta no lugar agora, ou tudo pode desabar! – Úrsula gritou. – Você é um idiota, mas eu sou inteligente, vou te ajudar a achar uma saída... por favor.

Resignado, ele enfim assentiu.

– Se você fosse tão inteligente quanto é irritante, a gente já teria colocado Inna de volta na caixa. – Victor disse, começando a se levantar.

Ela se permitiu um pequeno sorriso e, com um gesto, pediu para o guerreiro não se mover. Virou-se para Grov.

– Lembra do que você me prometeu.

– Eu não prometi nada! – o vísio gritou de volta, surpreso. Ainda assim, seu tom era ligeiramente divertido.

– Quem cala, consente. Victor vai devolver a gema, colocamos ela no lugar e vamos conversar civilizadamente lá em cima. Combinado?

Grov grunhiu em concordância. Úrsula fez sinal para que seu líder se aproximasse.

Um rugido soou. A montanha tremeu. A guerreira olhou para cima e viu a massa gigantesca de neve já muito próxima, descendo a uma velocidade inacreditável. Em um segundo compreendeu que não haveria tempo suficiente para que ela e Victor alcançassem a proteção das rochas. Pela expressão assustada e triste de Victor, ele parecia ter chegado à mesma conclusão.

Em uma última tentativa de fazer o que era certo, Victor arremessou a gema na direção da guerreira. E então foi engolido pela avalanche, desaparecendo sob a fúria branca. Úrsula não teve tempo de gritar, nem lamentar.

Observou o arco que a gema fazia pelo ar e percebeu que seria difícil alcançá-la. Correu e se jogou para a frente, as mãos estendidas ao máximo, rezando para que fosse suficiente. Só mais um pouco... talvez impedisse o impacto com as pontas dos dedos...

Úrsula atingiu o chão. Ouviu o ruído da gema no chão, quebrando-se como vidro. O grito dos vísios. O rugido de Fofa. A luz intensa. O impacto da energia cíntilans que a arremessou longe e fez cada célula de seu corpo ressoar. Então, escuridão total.

CAPÍTULO 18

A torre

— Feron, preciso falar com você – Ulrik disse com seriedade, aproximando-se do líder após o desjejum.

O guerreiro abaixado no chão o olhou de relance, contraindo os olhos por causa do sol e fazendo a cicatriz que cortava sua face de cima a baixo se repuxar. Depois voltou à tarefa de enrolar a lona de sua barraca, mostrando que não daria sua atenção completa.

— Pode falar.

Os outros guerreiros estavam organizando o acampamento para partir, mas Ulrik sabia que todos escutavam atentamente a conversa. Tinha cogitado chamar Feron para uma caminhada e falar com ele a sós, porém optou por outro caminho. Porque se o líder dissesse que ele e Carian estavam proibidos de se separar do grupo, e depois o garoto levasse o assunto para os demais, a situação poderia ser muito pior.

— Eu não vou para Reina com vocês. Pater e eu vamos para o Pântano dos Ossos.

Feron terminou de amarrar a lona. O garoto estava se perguntando se ele tinha ouvido quando o homem se levantou, bateu as mãos nas calças para tirar o excesso de terra e enfim o encarou.

— Não. Vamos todos juntos para Reina.

Ulrik respirou fundo. Queria parecer firme e destemido, mas seu coração batia forte e suas mãos queimavam com a iminência do conflito. Não gostava de discussões.

— Não foi um pedido.

Feron cerrou o maxilar. Giga emitiu um bramido e balançou a cabeça. Lux e Nox mostraram os dentes. A tensão no ar era palpável.

O restante dos guerreiros parou de fingir não estar prestando atenção. Aquiles se aproximou, Catharina e Carian também.

– De onde veio essa ideia? – Catharina perguntou. – Pensaram em se juntar ao grupo de Heitor?

– Ontem... eu vi algo usando o Olho da Verdade.

A postura de Feron relaxou.

– Sério? Se for algo que vai nos ajudar com a caixa, podemos ir todos juntos.

– Não é sobre a caixa – Ulrik revelou. – É outra coisa, por isso mesmo acho melhor nos separarmos.

– Era sobre o quê? – Catharina quis saber.

– E como você fez o cristal funcionar? – Aquiles questionou quase ao mesmo tempo.

Ulrik e Carian se entreolharam. Eles tinham opiniões diferentes sobre o assunto; pater achava que não deveriam mencionar Otto, sobretudo porque lutar pela família já havia trazido problemas a Ulrik na tragédia da Pedra do Sol e na própria abertura da caixa. Os guerreiros provavelmente usariam isso como argumento para tentar impedi-los de partir... Sim, ele era um guerreiro, era um dos líderes daquela missão, e deveria poder mudar a rota se outras coisas importantes aparecessem. Ulrik, por outro lado, acreditava que, exatamente por tudo que passaram juntos, ele devia a verdade a seus companheiros.

Por mais que amasse Carian com todas as forças, que respeitasse sua opinião e estivesse sempre aberto a seus conselhos, precisava ouvir o próprio coração. Precisava poder ser ele mesmo – e não apenas quem o pai esperava que fosse.

– Nós dois estávamos falando sobre o meu irmão e seguramos a pedra no mesmo instante. E vimos a imagem de uma torre bem no meio do pântano.

– Uma torre? E o que mais? – Feron perguntou.

– Apenas a torre... só que dava pra sentir toda a magia ali. Uma coisa pesada, cheia de segredos. Na hora tive certeza de que a verdade sobre Otto está lá dentro.

Uma brisa leve e gelada soprou. Ulrik ainda sofria com o calor em seu corpo, mas os outros apertaram mais as capas em volta de si. Estavam novamente na província de Lagus, atravessando uma região mais alta. No ponto onde Carian e Ulrik precisavam tomar a estrada para o sul.

– Eu entendo por que vocês querem ir… Porém, Bruno nos deu uma missão, Ulrik, e te fez um dos líderes. Precisamos terminar a caixa.

Essa era a única hesitação em sua mente. Ele era um dos líderes. E ser líder significava fazer todo o possível para completar a missão, além de cuidar do grupo. Parecia egoísta e covarde abandonar os outros.

– Eu sempre me perguntei por que Bruno colocou dois líderes nesse grupo – Aquiles disse. – Agora faz sentido.

– Como assim? – Ulrik perguntou.

– Bruno te deu o Olho da Verdade, e com certeza sabia que você tentaria descobrir alguma coisa sobre o seu irmão com ele. É óbvio, todos nós já pensamos nisso – ele disse de forma direta, e Catharina mordeu os lábios para tentar conter um sorriso. Ulrik sentiu o corpo se aquecer ainda mais ao imaginar que tinha sido bobo o suficiente para acreditar que manteria aquela outra missão em segredo. – E ele também devia supor que você tentaria ir atrás dele se achasse que seu irmão pode estar vivo. Feron não te deixaria partir, muito menos sozinho, mas, se fosse o líder, teria a mesma autoridade que ele. Então Bruno colocou dois líderes, imaginando que o grupo em algum momento se dividiria. Uma parte continuaria na missão da caixa, outra iria com você.

Será que Bruno havia considerado tudo isso mesmo ao montar os grupos? Ao dar o cristal a Ulrik? Sim. Mais do que um excelente lutador, Bruno era um estrategista melhor do que qualquer outro. Talvez até melhor do que Augusto tinha sido. Se Augusto era coragem, justiça e coração; Bruno era visão, bondade e razão. E Aquiles, com sua genialidade única, era o único capaz de enxergar através dos planos do líder dos guerreiros.

– Quantos guerreiros vão ficar em cada grupo? – Catharina perguntou de forma prática, sem se abalar com as grandes revelações. – Se a gente puder escolher, já vou avisando que minha prioridade é ir para o Pântano dos Ossos.

– Não, a última coisa que eu quero é atrapalhar a missão… a ideia nunca foi levar outras pessoas com a gente.

Feron soltou um longo suspiro de resignação e colocou as mãos na cintura.

– Vamos nos dividir meio a meio. Depois de terminar no Pântano dos Ossos, vocês seguem para a Cidade Real.

– Eu iria com vocês, mas acho que animae mais ágeis seriam mais úteis – Petrus opinou.

– Pessoal, sério, não precisamos de mais ninguém e…

– Ulrik – Feron disse, colocando a mão em seus ombros e o encarando no fundo dos olhos. Atenção completa, como ele raramente fazia. – Vocês vão entrar num lugar perigoso, um terreno difícil de atravessar e, pelo que dizem as lendas, infestado de criaturas que nenhum de nós conhece bem. Carian é um ótimo guerreiro, só que a experiência dele com espectros ainda é limitada. Apenas em dois vocês estariam expostos demais. Você sabe disso… Se vai liderar uma missão sozinho agora, aja como um líder.

Ulrik engoliu a bronca e as verdades. Sentiu a irritação borbulhar sob a pele, mas a manteve sob controle. Feron estava agindo como um líder, e o garoto precisava fazer o mesmo.

– Mais dois guerreiros com a gente é suficiente, vamos ser mais rápidos assim e fica mais fácil se camuflar. Quatro do nosso lado, seis do lado de vocês – Ulrik anunciou. – Eu, Carian, Catharina e Dário.

Dois lobos, um puma, uma pantera e um coiote. Todos leves, ágeis, bons em se camuflar. Ele adoraria ter Aquiles no time, porém, sabia que seria mais importante tê-lo ali, decifrando as runas para a caixa. Diana e Kara eram ótimas, mas Dário era mais experiente. Eline já não era tão ágil por causa da idade avançada.

– Certo – Feron respondeu. – Vamos repartir os mantimentos.

Assim, pelas próximas horas, eles se prepararam para o início de outra jornada. Em busca da verdade. Tiveram um encontro com um grupo de dez espectros no caminho para o Pântano, todos eliminados em questão de minutos. Tirando isso, a viagem de alguns dias até lá correu sem percalços.

As coisas começaram a mudar assim que chegaram às terras encharcadas e cheias de armadilhas. Foram atacados por um crocodilo e Dário acabou com um arranhão na perna que estava infeccionando devido ao contato constante com a água. A situação ainda estava sob controle, mas Ulrik pensava constantemente em Leona. Ela era muito melhor que todos eles com runas e bálsamos de cura, saberia tratá-lo melhor… *Como será que ela está? E o acampamento?* A garota era uma guerreira excelente que não precisava ser protegida. De todo modo, Ulrik estaria mentindo se dissesse que não se tranquilizava ao saber que ela estava a salvo, rodeada por pessoas queridas. Ou torcia para estar.

Todas as vezes que pensava nela, sentia um aperto no peito. Era uma dor profunda, um vazio gelado no meio de tantas outras emoções ferventes, principalmente porque não sabia quando iam voltar a se ver. Ou se iam voltar a se ver algum dia. Afinal, ele estava em um dos lugares mais perigosos do mundo, onde a energia ruim vibrava no ar, deixando uma sensação nauseante no estômago que nada tinha a ver com o odor de podridão.

Havia muitos espectros na região. Quanto mais avançavam pântano adentro, mais sentia isso, como se fosse uma reação à sua própria magia… Porém, tentava ignorar a sensação opressora para não entrar em pânico. Não, sua mente precisava estar clara, límpida – o oposto das águas que batiam em seus joelhos no momento.

Chegaram a uma clareira e uma águia guinchou nos céus, sobrevoando o grupo até pousar em uma árvore logo à frente. Ulrik a seguiu com os olhos, seu coração aos pulos, ao pensar por um momento que podia ser Áquila, a águia-real de Lia. As penas marrons, o bico e os pés bem amarelos, os olhos castanhos e atentos… O anima de mater havia sumido após sua morte, como muitas vezes acontecia. Ao contrário dos humanos, que buscavam consolo entre os seus nos momentos de luto, a maioria dos animae voltava para a natureza e, se sobrevivesse à tristeza de perder seus companheiros, vivia o resto de seus dias de forma selvagem.

– Áquila? – Carian sussurrou.

– Quem é Áquila? – Catharina perguntou.

– O anima de mater… – Ulrik respondeu. – Mas não é ela… As asas de Áquila eram escuras, com algumas penas pretas no meio das marrons. Essa águia parece mais jovem, tem algumas penas brancas pelo dorso, nas asas, na cauda…

Carian assentiu, o rosto inteiro rígido pela dor da lembrança. Catharina pôs a mão no ombro de Ulrik e apertou de leve.

– Ainda assim, não parece um animal comum – Dário disse, observando o pássaro com atenção.

A águia os encarava com intensidade. E gritou mais uma vez antes de bater asas e voar. Feline e Coyo dispararam na mesma direção. Nox e Lux se seguraram, mas adotaram uma postura alerta. Cat tinha saído para caçar.

– O quê… – Carian começou.

– Acho que a gente deve segui-los – Dario sugeriu.

Assim fizeram e logo entraram numa trilha mais fechada. Precisavam tomar cuidado com as teias com grandes aranhas roxas no centro, com plantas espinhosas, além da preocupação constante com os crocodilos nas áreas alagadas. Caminharam por horas, vez ou outra ouvindo o farfalhar das asas daquela águia misteriosa.

Ulrik já estava prestes a sugerir que montassem acampamento e seguissem no outro dia quando enfim alcançaram o coiote e a puma. Os dois animae tinham estacado na linha das árvores, que parecia fazer fronteira com outra grande clareira.

Nox e Lux se abaixaram. Cat chegou, silenciosa, se roçando nas pernas de Catharina.

Os humanos, sentindo a tensão dos animais, se aproximaram com cautela. Até conseguirem ver o que havia à frente. Era uma clareira encharcada nas bordas e seca no centro, com talvez um quilômetro de raio.

E no meio dela, se erguia uma torre.

CAPÍTULO 19
Sete espectros

Carbo crocitou três vezes dentro do quarto.

Por mais que Tora estivesse exausto, agradeceu por um novo nascer do sol. Principalmente um em que a primeira coisa que via ao abrir os olhos pela manhã era o rosto de Nilo. A poeira dançava nos raios que pousavam sobre as sardas nas bochechas dele, e a expressão serena do garoto enquanto dormia transmitia uma ilusão de tranquilidade que Tora se permitiu admirar por alguns segundos.

Então se levantou, deu alguns passos no chão frio de mármore e sentou-se na cama do outro aprendiz. Acariciou os cachos castanhos deles e deu um beijo leve em sua face.

– Cada vez que o sol nasce, nascem também incontáveis possibilidades de futuro – Tora disse.

Nilo sorriu, ainda de olhos fechados.

– Essa está parecida com uma que você disse semana retrasada.

– Não, senhor, aquela era assim: o sol nasce, o passado se põe.

– Mas as duas têm nascer do sol no meio, sei que você pode fazer melhor que isso.

– Vamos ver a sua frase de amanhã, e aí digo se realmente tem propriedade pra ficar proferindo julgamentos.

Nilo riu. Tora se levantou e anotou a frase no livro que já continha algumas dezenas delas. Ele havia contado que seus amigos brincavam que escreveriam um livro com suas frases mais icônicas, e Nilo achou aquilo genial. No fim daquela tarde, chegou com um tomo em branco e Tora só aceitou começar o livro porque combinaram de fazer aquilo juntos, quase como uma competição. Todas as manhãs, ao acordar, um deles devia dizer uma frase de impacto ao outro, algo que realmente parecia ter sido dito por um guru.

Os dois começaram logo a se arrumar, pois o dia seria longo. Magnus se espreguiçou e mostrou que havia acordado com vontade de brincar; Carbo pulava de um lado para o outro e o tigre tentava a todo custo agarrá-lo com as duas patas da frente, dando botes e saltos. O corvo só teve paz ao se empoleirar em uma viga perto do teto, acabando com a diversão de Magnus e também dos dois garotos, que quase perderam a hora enquanto observavam, abraçados, aquela interação entre seus animae.

Percorreram os corredores do castelo a passos rápidos. Pelo menos agora podiam tomar o caminho mais curto, pois não era mais necessário omitir seu destino: a biblioteca pessoal da conselheira Lanyel.

Tora frequentemente se pegava pensando sobre como todos os passos de sua vida o levaram até o melhor treinamento que poderia ter. Logo cedo, folheava livros que poucas mãos no mundo haviam tocado, lia páginas consideradas proibidas, aprendia conceitos de magia que nem mesmo os guerreiros imaginavam existir. Depois do desjejum, aprendia com o Grande Guru e também com outros gurus menos experientes, e nem por isso menos sábios. Tinha aulas de História, Filosofia, às vezes participava de reuniões e discussões, e até mesmo de sessões de aconselhamento. Sentia seu conhecimento de mundo se ampliando diariamente, se via refletindo sobre temas complexos que nunca haviam cruzado sua mente, ou mesmo sobre coisas cotidianas sob novas perspectivas.

Naquela última semana, andava pensando muito sobre a morte. Se ela era a única certeza da vida, por que era tão difícil imaginar esse evento? Ou mesmo aceitá-lo? O Grande Guru havia passado muitas horas ao lado do leito de uma outra conselheira em seus últimos dias de vida, dizendo coisas gentis e reconfortantes a ela, enquanto Tora e Nilo corriam com suprimentos e poções para melhorar seu bem-estar. Era um hábito comum no castelo que pessoas importantes fossem assistidas pelos gurus e aprendizes quando sua hora estivesse chegando. Por algum motivo, Tora presumira que alguém com tanta responsabilidade e coragem encarasse a morte de uma forma diferente das pessoas comuns, que a recebesse de braços abertos depois de ter feito tanto em vida. E tinha se chocado com as lágrimas inconformadas da conselheira, e as súplicas para que fizessem alguma coisa, para que não a deixassem morrer mesmo sabendo que era impossível.

Aquela chama, a vontade de seguir vivendo, queimava forte em todas as pessoas. Não era apenas medo da dor, não era apenas um instinto de sobrevivência, era uma criatura feroz tentando cravar as garras e os dentes para não cair no vazio do desconhecido. Tora compreendia; havia tentado refletir sobre a própria morte algumas vezes e não gostara da experiência... E se não houvesse nada depois? O que aconteceria com aquele mundo individual, que era visto apenas por seus olhos, que só existia através das suas próprias sensações e sentimentos?

— Pensando na vida? — Nilo perguntou, segurando sua mão enquanto percorriam o último corredor.

— Na morte — Tora respondeu.

— Acho que você precisa ler menos livros de Filosofia antes de dormir.

— Como se ultimamente eu estivesse conseguindo ler alguma coisa antes de dormir.

Nilo o empurrou de leve, mas sua face ficou vermelha na mesma hora. Tora também sentiu o sangue esquentar, só que não tinham mais tempo para se provocar ou discutir o medo do vazio deixado pela morte. Chegaram à biblioteca.

Tora bateu duas vezes e abriu a porta, como fazia todas as manhãs. Porém, dessa vez, Lanyel não estava sozinha. E um misto de sentimentos borbulhou no guerreiro quando ele viu quem estava ali.

— Bruno! Aconteceu alguma coisa?

O líder abriu um sorriso.

— Aconteceu que tempo demais se passou sem que eu te visse. Você parece ótimo!

Uma onda de alívio o percorreu.

— Estou feliz. Aprendendo muito... Principalmente graças à Lanyel — ele disse, olhando para a conselheira.

— Vou deixar vocês conversarem — Lanyel falou, aproveitando o gancho. — Nilo, por que não me acompanha? Tenho uma reunião com um grupo de comerciantes, você pode ficar e escutar.

Nilo assentiu e os dois saíram, fechando a porta.

Tora apontou uma cadeira para Bruno e estava prestes a oferecer um chá quando o líder se aproximou e o abraçou. Depois o segurou pelos ombros, observando o garoto.

– Você recebeu alguma das minhas cartas? – Bruno perguntou.

– Que cartas?

– Bom, a conselheira me avisou que ia jogar todas elas no lixo, mas eu tinha esperança de que ela só estivesse falando isso pra me torturar – Bruno respondeu, com um sorriso. Então se sentou na cadeira. – Ela disse que era importante que você deixasse o guerreiro do lado de fora do castelo para que pudesse se tornar um guru aqui dentro.

Tora também sorriu. Seu líder tinha uma forma leve de lidar com a vida mesmo em meio ao caos, e esse era um dos motivos pelos quais o garoto gostava tanto dele.

– Não ficar pensando em tudo que vocês estavam fazendo com certeza deixou minha mente mais livre para aprender… mas o guerreiro não ficou do lado de fora. Ele veio junto, infiltrado.

Eles riram. Tora pediu notícias, teria adorado ler as cartas que o líder enviara.

Os guerreiros estavam trabalhando muito. Tinham protegido o entorno da Cidade Real, porém, havia cada vez mais notícias de ataques de espectros nas estradas e nos arredores dali. Multos também tinham sido avistados. Outra novidade era que o grupo de Amanda chegara ali, porém incompleto. Muitos guerreiros padeceram num ataque massivo e inesperado de ghouls nas florestas de Reina – criaturas humanoides com pele e aparência de morcego que se acreditava estarem extintas. O cerco parecia se fechar, e Bruno enviava batedores para as estradas com frequência, tentando medir a gravidade da infestação de espectros e de outras criaturas do mal.

Além disso, haviam enfim tido algumas audiências reais, e Lanyel estava ajudando a gerenciar a situação. Inicialmente, a rainha queria enforcar Bruno por achar que ele estava inventando tudo. A conselheira previra aquela reação, e muniu-se de documentos antigos comprovando a existência dos espectros, relatos de rainhas anteriores sobre ataques terríveis, e histórias sobre pessoas com poderes sobrenaturais que podiam combatê-los. A rainha então aceitou ouvir mais algumas pessoas do grupo, mas ainda não estava convencida de que deveria entrar naquela guerra iniciada por outros na esperança de que ela e seus súditos fossem poupados se não tomassem partido...

Ainda havia muito trabalho a fazer.

– E você? Encontrou alguma coisa importante? – o líder perguntou.

– Não exatamente o que eu vim buscar, mas algo de que precisávamos e não sabíamos.

Tora primeiro contou sobre as pesquisas iniciais, e como ele e Nilo tinham invadido a biblioteca de Lanyel e sido pegos por ela. Falou da postura da feiticeira e de como depois disso tinham passado a estudar livros proibidos, sob a condição de não compartilhar levianamente esses conhecimentos. Mencionou as runas mistas, algo que estava estudando com bastante afinco porque acreditava que seriam essenciais para construir a caixa das almas. Tora já tinha inclusive investido tempo em alguns esboços... o ideal seria discutir o tema com alguém ainda mais experiente, como Aquiles.

– Em algum momento, quando o grupo tiver uma nova caixa em mãos, nós vamos nos encontrar. E se ainda não tiverem descoberto as runas necessárias, isso certamente vai ajudar – Bruno disse, com uma certeza inabalável de que o grupo liderado por Feron e Ulrik conseguiria fazer uma nova caixa das almas. – E quanto à origem dos espectros?

– Não achei nada especificamente sobre isso... mas tem outra coisa. E acho que as duas estão conectadas de alguma forma.

Lanyel tinha proibido que Tora mencionasse o *Manuscrito das runas de luz*. No entanto, não tinha falado nada sobre as runas de luz em si. O garoto contou das leituras que faziam referência a isso e das passagens apagadas, quase como se alguém estivesse tentando impedir que qualquer um soubesse da sua existência.

– Nós sabemos da existência das runas de luz. Dizem que Raoni usou uma runa de luz para criar as outras gerações, para passar a magia de seu sangue para outras pessoas.

– Mas nós não sabemos mais nada a respeito, não é estranho? Uma vez Aquiles falou sobre isso na aula, e disse que nunca havia nem mesmo visto um esboço dessa runa que Raoni descobriu... Como perdemos uma parte tão importante da história? – Tora falou com intensidade.

– Os outros elementos são usados para unir, crescer, partir, mudar...

Para criar, a luz. Essa frase me parece tão... grandiosa. O que será que pode ser criado com uma runa?

— Você acha que uma runa de luz pode ter criado os espectros? — Bruno questionou, indo como sempre direto ao ponto.

— Não sei. Por mais absurdo que pareça, há tantas coisas que eu nem poderia imaginar nesses livros proibidos que algo assim não me surpreenderia.

— Você precisa conversar com Lanyel sobre isso, Tora. Tenho certeza de que ela sabe muito mais do que está revelando.

— Você acha que ela pode estar do lado dos espectros?

— Não. Ao mesmo tempo, acho que ela não confia nos guerreiros.

— Então talvez prefira não me dizer nada.

— Você é um ótimo guerreiro, mas não é apenas isso. Nós nunca tivemos alguém como você — Bruno disse, se apoiando sobre a mesa, levantando as sobrancelhas. — Você é um estranho sem a marca da estrela. Você ignorou o chamado da sua alma que te dizia pra ficar em Orien e se tornar um guru por lá. Escolheu um outro destino quando ele lhe foi oferecido... A maioria das pessoas não faria isso. E você fez, acreditando que estava se afastando do caminho para se tornar um guru, quando na verdade era um caminho mais longo, que te preparou para uma jornada mais difícil. Passou por experiências que nenhum outro guru viveu, e stá aprendendo coisas que nenhum outro guerreiro jamais soube. Tora, você vai poder enxergar além, e a sua bondade vai garantir que use essa vantagem para o bem... Acredito que Lanyel percebeu isso e esteja te preparando para o que vem em seguida.

A análise fez Tora se arrepiar.

— Tenho medo de não estar à altura das suas expectativas, Bruno.

— Você é um garoto corajoso, vai superar esse medo como superou todos os outros até aqui.

O líder se levantou, com certeza tinha muitos outros assuntos a tratar. Tora fez o mesmo.

— E as dores? — Bruno perguntou, apontando para a prótese de madeira.

— Melhoraram.

— Precisa de mais resina de papoula?

— Não.

– Esse garoto Nilo tem algo a ver com isso?

– Sim.

Bruno deu um sorriso e o puxou para um último abraço.

– Fico feliz. Porque não há nada de errado em buscar um pouco de alegria nos momentos difíceis. Se morrermos por dentro antes mesmo de começar a lutar, não há como vencer a guerra.

Tora assentiu, pensando que adicionaria aquela frase ao livro.

Os dois se despediram, com promessas de manter um ao outro informado caso algum acontecimento ou descoberta importante acontecesse.

O garoto seguiu com as atividades do dia e sem se encontrar com Nilo. Ao cair da noite, decidiu seguir o conselho de Bruno e procurar Lanyel. Foi até seus aposentos e bateu duas vezes na porta, com o mesmo ritmo de sempre.

– Entre, Tora – ela falou lá de dentro.

O quarto era enorme. Havia uma antessala, com dois sofás de veludo azul brilhante, uma mesinha de centro, e mais adiante um quarto com uma enorme cama com dossel, além de tapeçarias refinadas cobrindo as paredes. Tinha também mais livros ali, e Tora não pode evitar o pensamento de que talvez escondesse alguns volumes importantes fora da biblioteca. Coisas ainda mais secretas. Como o *Manuscrito das runas de luz*. Lanyel estava sentada em um dos sofás, e a sua frente havia uma bandeja com biscoitos e chá.

– Boa noite, conselheira – ele disse, ainda esperando à porta. – Eu gostaria de conversar, se não for um incômodo.

– Só vou saber se será um incômodo quando você começar a falar. Sente-se.

Ela apontou para o sofá do lado oposto. Tora se acomodou, Magnus em seu encalço, deitando próximo dele. Lanyel observou o anima por alguns segundos.

– Me parece tão injusto… – ela disse. O garoto sabia que a feiticeira se referia ao fato de não ter um anima. – Nós somos humanos em vários aspectos… E, no restante, nunca foi uma escolha. Eu abriria mão de todos os meus poderes agora mesmo por uma conexão como essa.

– Há vantagens também – Tora respondeu, buscando algum consolo para aquela solidão. – Os feiticeiros vivem centenas de anos, pelo que ouvi, podem ver eras se passando, ter experiências que nenhuma pessoa poderia em algumas décadas.

Lanyel sorriu, mas o sorriso não chegou aos olhos dourados.

– Você trocaria a existência de Magnus por mais anos nesse mundo?

– Não. – A resposta foi seca porque a pergunta lhe pareceu um grande insulto.

– Mesmo que fossem centenas de anos?

– Nem mesmo pela imortalidade – Tora disse, tentando encerrar o assunto.

Lanyel o encarou com curiosidade, como se quisesse ler tudo que havia dentro dele. Tora se remexeu, desconfortável, e Magnus levantou a cabeça, sentindo a tensão.

– Algumas pessoas dariam qualquer coisa pela imortalidade. Qualquer coisa – ela reforçou, com um tom grave e misterioso. Por fim suspirou, mudou a postura, e inclinou-se para pegar um biscoito. – E então, sobre o que gostaria de falar?

Tora demorou alguns segundos a mais para se libertar da austeridade. Arranhou a garganta.

– É uma pergunta, na verdade. Algo que não encontrei nos livros – ele disse, preparando o terreno. – Você sabe como os espectros surgiram?

As sobrancelhas dela se ergueram por um instante.

– Por que você precisa dessa informação?

– Porque, se eu descobrir como eles apareceram, talvez encontre uma solução para que desapareçam de uma vez por todas.

Lanyel não respondeu de imediato. Pegou a xícara de chá e tomou um pequeno gole.

– Não tenho essa resposta.

– Não tem ou não pode me dar?

– Sei de algumas outras coisas que podem ajudar... – ela disse, ignorando a pergunta. Tora sabia que não valia a pena insistir e receberia feliz qualquer outra informação. Então apenas se manteve calado, com medo de que a feiticeira desistisse. – Nós, feiticeiros, conseguimos enxergar a magia. Obviamente nunca estive frente a frente com Inna, mas já tive a oportunidade de ver outros espectros, e há uma diferença clara entre eles. Na quantidade e no tipo de magia.

– Nós os classificamos por nível, de acordo com seu poder. Sendo Inna o único de nível um e aqueles recém-criados e inexperientes de nível cinco – Tora acrescentou.

– Sim, eu conhecia essa classificação dos guerreiros. E só mostra como a visão de vocês é limitada, porque há muito a se considerar além disso. – Outro guerreiro talvez achasse aquele tom condescendente; Tora via exatamente o contrário. Lanyel estava sendo sincera, o que por si só já mostrava que achava o garoto digno da verdade. – Os espectros que vocês chamam de nível dois têm uma essência mágica muito densa e escura. Séculos atrás encontrei um documento dizendo que existem apenas seis deles, e por isso são tão raros. São capazes de criar outros seres mágicos, como multos, lâmias e até... feiticeiros. – Ela fez uma pausa. Tora conhecia o nome de apenas um espectro de nível dois, Wicary, que havia matado a mãe de Augusto, avó de Úrsula e Ulrik. Lanyel então era filha de um desses espectros. Caeli e Micaela também. – Os espectros de nível três e quatro são maioria nesse mundo, e são derivados desses outros.

– Como... filhos?

– Algo assim. Só não sei nada sobre reprodução de espectros, antes que você me pergunte.

– E os de nível cinco?

– Eles são diferentes dos de níveis três e quatro. Como se fossem só as cascas... Criados apenas para obedecer e matar. Algo sem alma.

– Eu não estava na batalha, mas me contaram sobre como Inna os criou do nada.

– Do nada, não, da própria essência dele...

Tora deixou todo aquele conhecimento se assentar.

– Então sabemos de onde vieram os espectros de níveis três, quatro e cinco. O mistério é como surgiram Inna e outros cinco.

– Espectros originais. É assim que os chamamos.

Tora balançou a cabeça, surpreso com a coincidência.

– É assim que chamamos os primeiros guerreiros também, que deram origem a todas as outras gerações.

Lanyel levantou-se, mostrando que a conversa tinha acabado, e o garoto fez o mesmo. Caminharam até a porta, e Magnus saiu primeiro.

– Bom, Tora, agora você já sabe. Pra acabar de vez com os espectros...

– Precisamos apenas acabar com sete deles.

CAPÍTULO 20

Despertar

Dois dias antes, Leona encontrara a torre.

Observara o local de longe, tentando desvendar para que servia e se era habitada. Pensou em se aproximar sozinha, mas conseguiu resistir àquela tentação e depois de algumas horas voltou para avisar o grupo daquela estranha construção. Junto a Heitor, Ana, Celer e Mauro, discutiram o que fazer. Ficou decidido que montariam um pequeno acampamento a uma distância segura da torre misteriosa e a vigiariam em turnos até entenderem melhor os riscos – para só então se aproximarem.

Porém, não descobriram absolutamente nada durante as tediosas horas de observação. Não viram espectros, lâmias ou prisioneiros sendo conduzidos para dentro. O lugar parecia morto. Animais não se aproximavam e mesmo os pássaros não cantavam nem voavam ali. No ar, pairava o cheiro pungente de morte.

Para Leona, o próximo passo era óbvio: colocar a pedra da invisibilidade e dar uma boa olhada de perto. Buscar possíveis entradas, ver se as portas estavam trancadas e tentar ouvir o que se passava lá dentro... e se alguém estivesse pedindo socorro e eles estivessem longe demais para escutar? Ela não precisou insistir muito. O mais resistente era Heitor, que preferia ir em seu lugar, mas, depois de ter sido a batedora do grupo, eles confiavam na capacidade de Leona de andar por aí despercebida.

Por razões óbvias, Albin teve que esperar entre as árvores, escondido, o pelo antes alvo todo coberto por lama. Ela caminhou com cuidado, adentrando sozinha o vasto descampado. O centro era mais elevado e, conforme avançava, o terreno ficava mais seco. Ainda assim, as gramíneas ali tinham uma coloração amarronzada e nenhuma outra vegetação crescia... aquele solo parecia amaldiçoado.

Olhando para o chão, Leona avistou um desenho estranho. Uma runa? Seria difícil dizer, não conhecia aqueles traçados. Do que era feito? Ela se abaixou e passou o dedo indicador sobre ele... Era pegajoso. Avermelhado. *Sangue*. Se arrependeu de tê-lo tocado e limpou a mão na roupa, o gosto no fundo da garganta amargo com bile.

Pelo menos não havia mais dúvidas: era uma runa de sangue. A certeza vinha de um lugar vazio em seu peito, o lugar que não contava com coincidências felizes, que não fazia nenhum esforço para tentar imaginar que aquilo poderia ser um desenho aleatório feito por acidente. Porque, depois de tantas tragédias, ela havia aprendido a esperar pelo pior. Afinal, estava no coração do mal, talvez no lar dos espectros. Era uma runa de sangue. Mas feita para quê? Com qual intenção?

Como que em resposta, o chão tremeu levemente. Mais à frente, algo se mexeu. Uma coisa se apoiou no chão e se levantou, movendo seus vários braços. *Multo*. O cheiro de carniça se intensificou, e a visão do multo a fez viajar para outra época, para a ocasião em que havia enfrentado algumas criaturas daquelas junto de seus amigos.

Eles venceram daquela vez. Porém, uma boa guerreira sabe quando é hora de lutar e quando é hora de se esconder; suas armas não derrotariam aquele monstro feito de partes de cadáveres. Eles eram suscetíveis apenas à magia dos animae, e ela não queria expor Albin. Leona estava invisível, e só precisaria se manter imóvel ali mesmo para não chamar a atenção... Mesmo que demorasse, em algum momento o multo acabaria indo embora.

O plano pareceu ir por água abaixo quando ele começou a farejar o ar com os buracos na face horrenda. Inspirando fundo, como se estivesse procurando sua próxima refeição. E se pôs a andar na direção da garota. Devagar, incerto, às vezes desviando um pouco da rota, mas ainda assim se aproximando. Cada passo do monstro significava que Leona teria menos chances de escapar se precisasse correr. Multos eram rápidos quando sabiam para onde seguir e, pela saliva viscosa que escorria da boca dele, aquele ali daria seu melhor quando encontrasse sua presa.

A guerreira tinha que decidir. Fugir e se expor. Ou ficar e rezar.

Parte da fé de Leona tinha se esvaído nos últimos meses, e ela se perguntava se um dia a Deusa da Luz tinha realmente ajudado os guerreiros. Afinal, se tinha tanto poder, por que não acabara com os espectros? Onde Luce estava agora, quando uma de suas filhas esperava por um pequeno milagre, qualquer coisa para desviar a atenção daquele monstro?

Seus músculos se retesaram, preparando-se para a fuga. Foi quando a distração pela qual tinha acabado de suplicar chegou. Um coiote surgiu correndo na direção do multo. E saltou sobre ele, cravando os dentes em uma de suas pernas.

A criatura urrou e o som fez pássaros alçarem voo na mata ao redor da clareira. Ele tentou acertar o coiote, mas o anima era ágil e conseguiu escapar de suas muitas mãos e mordê-lo novamente. Depois, flechas o atingiram. Não tinham poder de matá-lo; de qualquer forma, incomodavam o suficiente para que o anima o atacasse de novo, e de novo.

Um guerreiro se aproximou, largando o arco e pegando um machado. Sua face era ligeiramente familiar, porém, Leona não se lembrava exatamente quem era... alguém que havia partido com Heitor, provavelmente.

O céu escureceu... vinte ou trinta espectros sobrevoaram a torre. Um deles disparou na direção do guerreiro à frente e Leona nem pensou duas vezes: lançou uma faca com precisão, e o espectro caiu com a lâmina fincada na cabeça antes mesmo que o homem tivesse percebido que seria atacado. O guerreiro olhou a faca, mas não teve tempo de procurar quem a lançara. O multo caiu, contudo, outros espectros surgiram.

Leona tirou o arco das costas e ajudou a matar mais alguns, dando cobertura para o outro guerreiro recuperar o próprio arco. Então ouviu gritos vindos de outra parte da torre e começou a correr.

Uma pantera-negra passou ao seu lado. Leona a seguiu com os olhos e a viu se lançar sobre uma lâmia. Catharina fatiou o monstro em dois com uma espada fina. *Catharina... Não me lembrava que ela também tinha partido no grupo de Heitor.*

Correndo ao redor da torre, Leona viu seu próprio grupo surgir da linha das árvores. Heitor sobre Peregrino, seu machado girando e decepando partes de espectros conforme a batalha se acirrava. Celer e

Sagitta agindo juntos, tão rápidos que ficava impossível acompanhar. Ana também era uma excelente arqueira, e qualquer sentimento ruim que tinha nutrido por aquela mulher se dissipou no calor da luta.

Leona atirou algumas facas para ajudar.

– Leona, a torre! – Heitor gritou ao perceber sua presença.

A intenção não era iniciar uma batalha no meio do Pântano dos Ossos. Contudo, agora que ela tinha começado, a garota podia tirar alguma vantagem do caos... porque estava ainda mais invisível que antes.

Correu em direção à torre, para uma abertura que tinha visto de longe. Parecia não haver porta, grades ou qualquer coisa que impedisse a entrada e a saída. Isso soava como um mau agouro... Se o lugar era importante, na certa tinha algum tipo de proteção, uma mais eficiente que um cadeado ou uma tranca.

Leona olhou para baixo de relance e viu mais runas desenhadas no chão. Muitas delas, algumas já pisoteadas... E então o chão tremeu de novo. Não como um terremoto, mais como se o solo estivesse se movendo levemente, terra se acomodando.

Tentando entender o que tinha acontecido, Leona deu alguns passos para trás. E tropeçou em uma raiz ou um galho. Caiu de costas no chão, no meio do círculo de runas, se sujando com aquele sangue apodrecido... Para aumentar o horror, algo se fechou ao redor de seu tornozelo. Não era um galho... Era uma mão saindo de dentro da terra, coberta por uma pele toda ferida e muitas larvas. Leona sacou a adaga e decepou a mão, se levantando e sacudindo a perna até que aquilo se soltasse. Vomitou. E então viu o resto do corpo emergir do terreno.

Por todos os lados, a terra se remexia e mais corpos podres cavavam seus caminhos para fora das covas. Leona vivera tantos horrores em tão poucos meses que acreditou que nunca mais se chocaria... mas aquilo era diferente.

Um dos corpos perto dela se levantou, retorcido para a direita, mancando em sua direção, como se pudesse ver através da magia da pedra. Havia uma runa entalhada na carne podre em seu peito. A visão era aterrorizante, contudo, o que fez o sangue de Leona congelar nas veias foi o fato de reconhecer aquele ser. Era uma senhora, uma velha guerreira cuja doença que tinha desenvolvido nos ossos curvara sua coluna, pernas e braços.

Alguns dos corpos enterrados ao redor da torre eram dos guerreiros capturados no acampamento. Os guerreiros que ela não tinha salvado.

Leona sentiu as lágrimas embaçando a visão, lavando a terra dos olhos e da face conforme escorriam livremente. Desde o ataque, tinha pesadelos todos os dias com seus companheiros sofrendo nas mãos dos espectros... Porém, nem mesmo o pior deles se equiparava à realidade.

Naquele momento, entendeu que a humanidade estava perdida. Porque matar espectros, multos, lâmias e ghouls não bastaria. Teriam também que enfrentar e profanar os corpos de entes queridos. Teriam que lutar sabendo que, se morressem, poderiam voltar naquela forma monstruosa para assombrar os que haviam resistido.

Olhou em volta e percebeu que os outros guerreiros também ficaram abalados. O rosto de Heitor estava lívido. Ana tinha as duas mãos sobre a boca. Ajoelhado, Mauro encarava atônito um dos mortos-vivos – provavelmente alguém que fora próximo a ele.

Albin surgiu correndo e estraçalhou um espectro que por pouco não atingira Heitor. A chacal de Mauro lançou-se contra o morto-vivo prestes a atacar seu humano. A reação dos animae pareceu despertar a todos daquele estupor. Os corpos deteriorados eram apenas isso... cascas. O espírito das pessoas que um dia eles tinham conhecido já não estava mais ali.

Agarrando-se a esse pensamento, Leona começou a combatê-los. Empurrou seus sentimentos para longe e voltou a usar aquela carapaça fria e desconectada da realidade. Logo percebeu que, mesmo se decepasse os mortos-vivos, os corpos continuavam a se mover. Algo instintivo e mágico se remexeu dentro dela e ela deu o próximo golpe sobre a runa entalhada na carne, fazendo o morto-vivo desabar.

– Mirem na runa! – ela gritou.

Viu Heitor ali perto lançar o machado no peito de um deles, destruindo a runa e fazendo a carcaça parar de se mover.

A torre. Ela precisava chegar à torre. Leona correu, saltando os corpos no chão, desviando das mãos pútridas que tentavam agarrá-la, atirando facas nos espectros pelo caminho, com Albin em seu encalço, visível a todos.

Tinha quase chegado à abertura na construção quando outra imagem fez seu coração parar.

Ela estava viva. Ferida, mas viva... Num impulso, Leona tirou a pedra da invisibilidade de dentro da túnica.

– Ilca!

Ilca virou-se em sua direção. Metade do rosto dela pendia, rasgado. Havia cortes fundos em seu torso também. A pele estava acinzentada, os olhos opacos e furos profundos em uma das pernas deixavam ver os ossos. A prótese, porém, estava intacta. Aqueles ferimentos certamente pareciam mais graves do que realmente eram, porque Ilca estava caminhando em sua direção, as mãos estendidas à frente pedindo um abraço, os dentes num sorriso esgarçado... ela também estava feliz de reencontrar sua pupila.

Leona correu na direção da guerreira. Da curandeira que a havia acolhido como uma filha. Ela estava viva! E nada mais importava.

Quando se aproximava de Ilca, porém, um lobo preto saltou sobre a mulher, o focinho contraído, as presas se enterrando no peito dela, dilacerando o desenho que havia ali.

– Não! – Leona gritou, atirando-se sobre o animal, puxando seus pelos e a cauda, tentando impedir que ele a machucasse. Tentando impedir que ele lhe mostrasse a verdade.

Era tarde demais. O corpo de Ilca estava estendido no chão, sem vida, dilacerado, violado de tantas maneiras que seria impossível listar todas. Prestes a desmoronar, Leona fez a única coisa que poderia: colocou de volta a pedra da invisibilidade no pescoço, sendo engolfada pela magia, fingindo que nada daquilo era real, convencendo-se de que tinha se enganado. Não era Ilca. Não podia ser.

A torre. Precisava pensar na torre.

Viu uma loba branca passar correndo, a cabeça abaixada, como se estivesse indo ajudar algum outro guerreiro. Mais adiante, um garoto de cabelos escuros presos em um rabo de cavalo, os olhos cinzentos em brasa, as sobrancelhas grossas franzidas numa expressão determinada. Ele balançava a longa espada com as duas mãos, arrancando a cabeça de uma lâmia e a fazendo rolar para longe.

Ulrik. Ele estava diferente, mais alto, os músculos forjados pelas muitas outras batalhas que também devia ter lutado naqueles meses e, acima de tudo, havia uma fúria diferente. Uma fúria que queimaria bandos enormes de espectros, que abriria caminho no meio de mortos-vivos em direção a uma torre se aquilo fosse necessário. Será que conseguiriam sair vivos dali?

Como se sentisse seu olhar sobre ele, Ulrik virou-se na direção da garota.

O coração de Leona pareceu descompassar por um instante, então ela lembrou que ele não podia vê-la. Era melhor assim. Porque se a visse, compreenderia que alguma coisa tinha acontecido no acampamento. Talvez perguntasse por Ilca, e Leona teria que admitir o que acabara de ocorrer... Ulrik tentaria consolar a garota. E se Leona deixasse qualquer sentimento extravasar, não seria capaz de conter a enxurrada.

A torre. A torre. Ia pensar apenas na torre.

Correu mais alguns metros. Enfim chegou à abertura e entrou, seguida por Albin.

A sensação era de ter submergido na água. O ar estava frio, e nenhum ruído de fora entrava ali. A torre era oca, como um cano. Sem janelas, o local só não estava totalmente escuro porque não havia teto – o que fazia sentido para facilitar a entrada e a saída dos espectros.

Uma escada espiralava para cima, projetada para fora e acompanhando a parede. Havia entradas em determinadas alturas. Talvez outras portas que davam acesso a dezenas de andares.

Leona e Albin começaram a subir. Era um lugar antigo, as pedras pareciam ter séculos. Estavam totalmente expostos e vulneráveis caso os espectros entrassem e por isso decidiu manter a pedra no pescoço.

– É melhor você descer – ela disse para Albin. – Me espere lá embaixo, me avise se algum inimigo entrar.

O leão claramente não ficou feliz. Contudo, enquanto ela pudesse manter sua presença em segredo, conseguiria avançar sem colocar ninguém em risco.

Degrau após degrau, ela subiu, seus pés escorregando eventualmente, até chegar a uma plataforma no primeiro andar. Suas mãos suavam, não apenas pelo esforço da subida, mas também pela tensão. Sentia que estava prestes a descobrir algo importante. Sentia a magia zunindo no ar, sem saber se aquilo era bom ou ruim.

O cheiro, embora forte e desagradável, era diferente do de lá de fora. Urina, fezes, algo podre... Leona olhou para dentro do arco de pedra. Havia um vão entre a parede interna da torre e a externa, de talvez uns quatro metros. Como um corredor largo que circundava a torre, um quarto em formato de anel. Perto da porta, o local estava claro; conforme adentrava, o ambiente escurecia.

A guerreira sacou as adagas, segurando uma em cada mão. O odor fazia suas narinas arderem cada vez mais conforme se afastava da porta e da luz, e beirava o insuportável mesmo quando tentava respirar pela boca.

Ela atingiu algo com os pés e ouviu um grunhido. Abaixou-se, por um momento acreditando se tratar de um animal. Era uma pessoa. Tirou o colar do pescoço, para mostrar que estava ali.

– Ei... – ela disse, encostando no braço do indivíduo de leve, tentando fazê-lo despertar.

Era um braço extremamente fino, só pele e ossos. Como a pessoa não reagiu, Leona a ergueu. Era alguém mais alto que ela, mas tão magro que pesava muito menos. Por um segundo, a garota teve medo de acabar partindo seus ossos... Passou um braço do indivíduo ao redor de seu próprio pescoço e o segurou pelas costas. Começou a caminhar, os pés do outro se arrastando, se perguntando quem ele era e por que estava ali.

Quando chegaram perto da porta, ainda do lado de dentro, Leona o escorou contra a parede; precisava de um instante para decidir como ajudá-lo a descer. Com mais luminosidade, percebeu que se tratava de um homem, talvez perto de seus trinta anos... era difícil dizer, porque a magreza deixava a pele do rosto colada aos ossos. Ele levou as mãos aos olhos desabituado à claridade. Suas roupas não passavam de farrapos sujos, e os cabelos loiros estavam compridos, os cachos parecendo um ninho de ratos.

Decidiu colocar a pedra novamente no pescoço para verificar a situação dentro da torre e garantir que nenhum espectro estivesse ali. Quando pôs a cabeça para fora da porta, viu alguém subindo as escadas.

Ulrik.

CAPÍTULO 21

Prisioneiros

Quando Ulrik viu Albin aos pés da escadaria, percebeu que não estava alucinando. O anima de Leona estava ali mesmo, no meio do pântano. Então ela também precisava estar. Havia abraçado o leão, mas evitara gritar o nome dela. Não sabia que tipos de criaturas habitavam a torre, ou quem mais poderia ouvi-lo.

Um turbilhão de perguntas cruzara sua mente. Por que Leona tinha deixado o acampamento? Alguma coisa tinha acontecido? E como ela chegara até lá? Como encontrara o grupo de Heitor? E como sabia da torre?

Nada disso importava naquele momento. Queria vê-la por um segundo que fosse, apenas para ter certeza de que estava bem. E precisava vasculhar aquele lugar, buscar as respostas que esperava desde os seus doze anos.

Subiu as escadas, o coração explodindo dentro do peito de expectativa. Chegou à plataforma do primeiro andar. E ela simplesmente apareceu.

Leona estava suja de sangue e de terra, suas roupas rasgadas, a face reluzindo com gotas de suor. Os cabelos cor de areia estavam emaranhados e nos seus olhos escuros brilhava uma luz diferente. Sobre a túnica, uma pedra pendendo de um cordão de couro.

Tanta coisa tinha acontecido... Quanto tempo tinha se passado desde a despedida? Um ano? Ulrik pensara nela todos os dias, nos melhores e nos piores. Quando a boca do flamen se abriu para queimá-lo vivo, quando segurou a nova caixa na mão pela primeira vez. Tinha imaginado conversas inteiras, tinha imaginado abraços e beijos. Ele deu um passo em sua direção, querendo apenas segurar a mão dela por um instante… Mas Leona recuou, virando-se para dentro daquele corredor estranho.

– Você consegue levá-lo pra baixo?

Só então Ulrik percebeu que havia uma pessoa ali. Parecia um amontoado de ossos. Por mais intenso que aquele reencontro fosse, qualquer conversa sobre isso teria que ficar para depois.

– Me ajude a levantá-lo – o garoto pediu.

Os dois ergueram o homem e Leona ajudou a colocá-lo sobre os ombros de Ulrik.

– Vou ver se tem mais alguém nesse andar e vou passar para o próximo – ela avisou. – E vou colocar a pedra da invisibilidade de novo.

Ulrik assentiu e começou a descida. Havia pessoas na torre. Prisioneiros… Quem eram? Por que estavam ali? Que interesse os espectros tinham neles? Quantos outros estavam nos diversos andares? Quando chegou lá embaixo, escorou o estranho à parede e pediu que Nox e Lux o protegessem. Carian e Heitor entraram pela abertura em seguida.

– Quem é? – Carian perguntou.

Heitor começou a inspecionar o homem.

– Um guerreiro – ele disse, mostrando a marca da estrela na mão dele. – Por Luce!

Ulrik já tinha começado a subida novamente, mas se virou para ver o que havia assustado o guerreiro de cabelos avermelhados.

O homem da torre estava com a camisa aberta. Em seu peito, havia uma runa entalhada já cicatrizada. Um guerreiro marcado. A visão fez a fúria fervilhar em Ulrik; as intenções dos espectros pareciam cada vez mais sombrias.

Carian o acompanhou na subida. Leona encontrou mais duas pessoas no primeiro andar e conseguiu colocá-las sobre os próprios pés, erguendo-as do chão e as apoiando pelo braço. Ulrik achou uma no segundo, Carian não achou ninguém no terceiro, e havia quatro no quarto andar, incluindo uma criança.

Conforme subiam e desciam com as pessoas, a ansiedade queimava mais forte. Cada vez que ele encontrava alguém na semiescuridão, vasculhava o rosto da pessoa em busca de feições similares às suas. Ao mesmo tempo que um lado seu torcia para o irmão não estar ali. Há quanto tempo esses guerreiros estavam presos? E o que os espectros tinham feito com seus animae? Não havia nenhum ali… E para que servia aquela runa entalhada no peito deles?

Se Ulrik baixasse a guarda e se deixasse consumir pelos sentimentos que borbulhavam sob sua pele, não sobrariam nem mesmo as cinzas. Aceleraram o resgate. Os animae dos que estavam trabalhando vasculharam alguns dos andares, arrastando seus ocupantes até as plataformas que ficavam entre os lances de escada. Dário também veio ajudar. Em alguns andares, apesar de catatônicas, as pessoas estavam pelo menos em condição de descer as escadas sozinhas depois de serem guiadas até lá.

Quantos guerreiros aprisionados já tinham resgatado? Quinze? Trinta? Ulrik não saberia dizer. Heitor já estava conduzindo todos para fora da torre e Leona tinha saído para ajudar na evacuação.

Faltavam apenas alguns andares quando espectros infestaram o lugar, uma enxurrada deles entrando pelo teto.

– Pater! – Ulrik gritou, alertando Carian. – Vai, eu te dou cobertura!

Carian correu e entrou na próxima porta. Ulrik tirou o arco e começou a acertá-los, indo para a plataforma mais próxima para conseguir lançar as flechas melhor. Dário tentou fazer o mesmo, mas sua passagem estava obstruída, e teve que continuar lutando nos degraus estreitos. Ulrik subiu um pouco mais, tentando encontrar um ângulo que desse ao guerreiro espaço suficiente para se reposicionar.

Não teve tempo. Vários espectros o atacaram de uma só vez e Dário, com uma expressão resignada, pulou no vazio, espada na mão, empalando as criaturas abaixo deles, levando todos consigo.

– Dário, não! – Ulrik gritou.

Ulrik nunca esqueceria o baque surdo que ouviu quando o outro atingiu o chão. Era o líder daquele grupo e tinha perdido um guerreiro que confiara a ele a sua vida.

Aquela coisa feroz que se alojou em seu peito desde o dia do vulcão se remexeu dentro dele. Mais espectros estavam entrando. Carian carregava uma pessoa nos ombros.

– Acabou! Não tem mais nenhum prisioneiro!

Ulrik saiu do caminho, abrindo passagem para que o pai descesse na frente. Foi logo atrás, matando os espectros que se aproximavam e, quando Carian enfim saiu pela abertura térrea, Ulrik pegou a flecha que tinha preparado com uma runa especial. Uma runa de explosão.

Atirou para cima e saiu correndo porta afora, torcendo para ter tempo suficiente antes que a flecha perdesse velocidade, mudasse a rota e caísse no chão.

Do lado de fora, a batalha ainda estava a todo vapor, os guerreiros cansados, feridos e em número muito menor lutando contra um bando enorme de criaturas. Dentro da torre, uma explosão fez as paredes tremerem e uma labareda gigantesca ganhou os céus, tomando a construção em segundos.

— A torre vai cair! — Catharina gritou, e todos começaram a correr para longe.

Fugindo, seriam presas fáceis. A ira de Ulrik fez a runa de fogo no dorso de sua mão esquerda arder como nunca. A visão do fogo o fez enxergar além. A magia cíntilans, a força flamen presente em qualquer faísca.

Sem saber exatamente como, o garoto direcionou aquela energia aos espectros, e o fogo os perseguiu. Sua própria pele ardeu e por um segundo acreditou que também entraria em combustão.

Pensaria sobre isso depois. Tentaria entender o que acabara de fazer quando todos estivessem seguros. Então correu. Lux e Nox a sua frente, guiando o caminho para que ele pudesse se concentrar apenas em mover os pés o mais rápido possível.

Com um baque que fez a terra toda tremer, a torre maldita caiu, fazendo Ulrik tropeçar e se espatifar de cara no chão. Uma nuvem sufocante de poeira se ergueu e o garoto protegeu a cabeça enquanto pedaços de pedra voavam para todos os lados.

Segundos depois, Lux se aproximou e lambeu seu rosto. Um gesto de afeto que há tempos ela não lhe oferecia. Ulrik acariciou o pelo branco imundo dela em agradecimento e então ousou se levantar, o corpo inteiro dolorido.

— Onde estão os outros? — ele perguntou.

Os lobos adentraram mais na mata e ele os seguiu, caminhando com dificuldade, um dos tornozelos torcidos.

Ulrik ouviu as vozes antes de vê-los. Era um pequeno acampamento de quatro barracas, agora lotado de desconhecidos sentados ou deitados com uma expressão vazia e corpos malnutridos.

Ana estava lá, fazendo runas nos ex-prisioneiros, e aquela visão fez os sentimentos ruins do passado em relação a ela perderem importância. Celer oferecia água a um deles. Heitor organizava os mantimentos, provavelmente tentando pensar em como alimentaria aquele novo grupo, mas Carian estava tentando falar com o líder, alterado, os olhos inchados como se tivesse chorado.

Talvez pater tivesse visto Dário morrer. Ou talvez lamentasse o fato de não terem encontrado a resposta que tinham ido buscar. Ulrik ainda não se permitira pensar nisso. O fato é que seu pai estava ali, gritando com Heitor, tentando puxá-lo, conduzi-lo para algum lugar, e o outro estava claramente ficando irritado.

Ulrik correu até eles.

— Por favor, ajude ele!

— Eu estou tentando ajudar todos, não está vendo? Aliás, quem é você? – o guerreiro perguntou, confuso.

Heitor e Carian ainda não tinham sido oficialmente apresentados.

— É o meu filho! Por favor... eu não sei o que fazer...

— Pater? – Ulrik percebeu o que estava acontecendo. Carian provavelmente pensou que ele tinha morrido quando a torre caiu.

Carian o abraçou e depois segurou seu rosto, chorando tanto que não conseguia falar. Sua expressão era uma mistura profunda de tristeza e de alegria. A expressão de Heitor se iluminou com compreensão.

Ulrik queria explicar, contar que Carian também era um guerreiro... Tantas coisas haviam acontecido desde a partida. Então vários animais começaram a aparecer. Pássaros. Raposas. Um urso. Um guaxinim. *Animae*. Eles estavam enchendo o ambiente.

Quando um gato pulou sobre uma das prisioneiras, a expressão dela pareceu se iluminar um pouco, como se começasse a ganhar consciência do mundo em volta de si.

— Pela Deusa – Catharina exclamou. – Eles ficaram separados todo esse tempo?

A grandiosidade daqueles encontros fez Ulrik sentir um nó na garganta. Aquelas pessoas, algumas já com idade avançada, nunca tinham se encontrado com seus animae. E, conforme se aproximavam e se conectavam, a magia zunia no ar, quase visível.

Lux começou a caminhar e parou ao lado de um dos ex-prisioneiros.

Abanou o rabo e olhou para Ulrik.

O ex-prisioneiro estava de costas. Tinha cabelos escuros e compridos. Da mesma cor que os seus. Com a respiração ofegante, Ulrik pôs um pé na frente do outro, caminhando naquela direção. Tentando não pensar. Tentando não alimentar nenhuma esperança. Ainda assim, imaginou-se olhando para aquela pessoa e percebendo que ela tinha um rosto qualquer e desconhecido... se fosse o caso, talvez não sobrevivesse a mais uma decepção.

E se fosse ele? Será que teria duas respostas ao mesmo tempo? Sempre se perguntara por que havia encontrado dois animae, e ele tinha uma teoria... a de que um deles não era seu. Que Lux não era sua. Muita gente havia dito que ela tinha uma magia mais antiga, mais densa... faria sentido se aquela fosse a verdade. Quando estava a apenas alguns metros de distância, ouviu a voz embargada do pai.

– Ulrik... ele... não sei... a gente precisa fazer alguma coisa.

Ulrik ficou de frente para o ex-prisioneiro e arrepiou-se.

Ele tinha olhos cinzas. Cabelos escuros. Sobrancelhas grossas. O nariz estava quebrado, mas ainda reconhecia seus contornos. O rosto e o corpo impossivelmente magros, as olheiras profundas como dois abismos.

O pior era o vazio no olhar. Como se nenhuma consciência ocupasse aquele corpo, como se tivesse restado apenas uma casca.

– Otto?

Lux lambeu a mão do garoto debilitado, mas nada aconteceu. O farfalhar de asas anunciou a chegada dela... daquela águia-real que os havia guiado até a torre, a águia tão parecida com o anima de Lia. Ela desceu dos céus com um guincho dolorido e pousou no tronco onde o ex-prisioneiro estava sentado. Encostou a cabeça nele. Ulrik viu faíscas de magia no momento em que a conexão entre Otto e seu anima se formou.

Otto observou de relance o pássaro e um vestígio de luz e consciência atravessou seus olhos.

– Otto? – Ulrik repetiu.

Ele o encarou. Dois pares de olhos cinzas presos um ao outro. E, mesmo que nenhum som tenha saído da boca dele, Ulrik viu uma palavra se formar nos lábios do irmão.

Theo.

PARTE 3

CAPÍTULO 22

Primeira geração

– Theo. Isso, isso. Sou eu – Ulrik respondeu, o coração se enchendo de esperança. Porém, aquele vislumbre de reconhecimento havia sumido, os olhos de seu irmão gêmeo estavam vazios outra vez. Ulrik chegou mais perto, tocando o ombro do outro. – Otto… Otto…

Catharina se aproximou, gentilmente tirando a mão de Ulrik que chacoalhava o irmão.

– Os ex-prisioneiros estão todos assim, Ulrik – ela disse. – Você tinha razão, e que bom que seguimos a sua visão sobre a torre. A gente salvou todas essas pessoas, agora precisamos de um pouco de paciência. Porque o que elas passaram… Presas naquele lugar sem janelas, sobrevivendo sabe-se lá como. E sem seus animae!

Todos os guerreiros pareciam emocionados e conturbados com a situação, muitos tinham lágrimas nos olhos. Em Ulrik, contudo, a dor ardia mais fundo. Tanto tempo sem Otto, boa parte dele acreditando que o irmão havia morrido, para descobrir anos depois que ele estava vivendo em condições cruéis, desumanas. Como Ulrik podia tê-lo abandonado à própria sorte? Por que não continuou procurando? Por que não deixou o acampamento dos guerreiros no minuto em que suspeitou que o irmão poderia ter sido capturado?

Aquelas perguntas o atormentavam com tanta intensidade que ele parecia prestes a explodir. Queria entrar em combustão, queimar até a culpa dentro dele virar cinzas. E agora? Será que era essa vida que restava a Otto? Existir sem conseguir nem mesmo reconhecer o que estava à sua volta? Não era muito diferente dos mortos-vivos que haviam enfrentado, com aquela runa entalhada nos corpos em decomposição.

– Talvez sejam as runas – ele disse, num tom esperançoso. Algo assombroso passou por sua mente. – A runa dos mortos-vivos perdia o efeito quando era danificada. E se... e se tentarmos cortá-las?

– Vai doer – Carian disse. Então pegou uma faca. – Mas Otto sempre foi forte.

– Não acho que seja uma boa ideia, rapazes – Heitor respondeu, segurando o ombro de Carian e tirando a faca de sua mão. – Nós não sabemos o que essas runas significam, e danificá-las pode ter um efeito inesperado. Vamos esperar alguns dias. Pelo estado em que estão... talvez comida e água já resolvam muita coisa.

Comida e água. O encontro com seu anima. Um banho. O básico, o mínimo. Otto tinha sobrevivido com o quê? Água suja? Restos de comida podre?

O peso da situação o fez desmoronar. Ulrik se ajoelhou e chorou. Catharina se emocionou junto e o abraçou, murmurando palavras de consolo que entraram por um ouvido e saíram por outro. Heitor passou os braços ao redor de um Carian que parecia prestes a desabar e o levou até uma árvore onde ele poderia sofrer escorado ao tronco.

Depois de permitir que ele tivesse alguns minutos, Catharina pôs a mão com gentileza em seu ombro.

– Dário?

Ulrik balançou a cabeça em negativa.

– Os espectros na torre... ele levou muitos com ele. Foi um guerreiro até o fim.

Catharina assentiu, levantou-se, pôs as mãos na cintura e mais lágrimas verteram dos olhos castanhos dela.

Era difícil repartir o luto entre tantas tragédias acontecendo ao mesmo tempo. E, no meio de tudo isso, ainda havia o reencontro com Leona. *Onde ela estava afinal?*

– Leona? – Ulrik chamou, levantando-se subitamente.

– Ela está bem – Heitor respondeu, voltando aos cuidados com os feridos. – Está com a pedra. Foi preparar um bálsamo pra ajudar com... tudo.

– Preciso falar com ela.

– Ela não quer falar com ninguém, Ulrik. Muita coisa aconteceu… Os mortos-vivos, alguns eram…

– Guerreiros – ele completou. Tinha visto rostos conhecidos, mas evitara pensar nisso durante a batalha.

– Leona provavelmente foi a única sobrevivente do grupo que ficou no acampamento. Um dos corpos era… Eu vi… Ilca perto da torre. Acho que ela também viu. – a voz de Heitor falhou. Ulrik cerrou o maxilar, tentando se manter forte. – Dê um pouco de espaço pra ela, quando Leona estiver pronta, aí vocês conversam. Agora venha, precisamos de toda ajuda possível com runas de cura.

Ulrik não queria sair do lado de Otto, porém Carian prometeu que ficaria ali e não o deixaria sozinho. Catharina insistiu e ele acabou cedendo.

Os ex-prisioneiros estavam sentados em um local seco, sobre raízes grossas que formavam um semicírculo. Algumas pessoas tinham escaras infectadas, e Ana estava limpando os ferimentos e aplicando neles o bálsamo dos sílfios. Mauro começou a distribuir um caldo ralo de carne, insistindo para que todos tomassem pelo menos alguns goles. Celer tinha um montinho de terra escura na mão e desenhava runas nos ex-prisioneiros de acordo com a necessidade: dor, cicatrização…

Com certeza havia runas mais eficientes. Ulrik pensou que precisariam de energia para a caminhada, e talvez algo que ajudasse a cabeça a se ajustar à nova realidade. Duas runas de fogo vieram à sua mente.

– Todos têm a marca da estrela, eu mesma verifiquei – Catharina comentou. – Mas por que os espectros mataram alguns guerreiros e mantiveram outros vivos?

Ulrik tinha uma teoria.

– Uma vez, ouvi no acampamento que a primeira geração tinha desaparecido há décadas.

Os outros viraram a cabeça em sua direção.

– A primeira geração… – Heitor disse, olhando para as pessoas que eles tinham salvado. Pegou delicadamente o braço de um homem à sua frente, e ali reluzia uma mancha de nascença no formato perfeito de estrela. Em muitos guerreiros, a marca ia ficando com os contornos menos definidos, e talvez isso tivesse a ver com a geração. – Faz sentido. Os espectros estavam tentando capturar todos da primeira geração antes que pudéssemos encontrá-los.

Outros povos mágicos conseguiam enxergar a magia. Se aquilo valesse para os espectros, seria fácil identificar guerreiros com magia mais forte no sangue. Era o que tinha acontecido com Otto. Ao sentirem que havia um possível guerreiro ali, o levaram, sem desconfiar que havia outro como ele.

— Mas a questão principal continua... por quê? – Catharina insistiu.

Poderiam pensar que fosse algo ligado a caixa das almas, porém, até pouco tempo atrás os espectros nem sabiam como abri-la.

— Precisamos descobrir para que servem as runas entalhadas neles – Ulrik disse, com a clareza aos poucos voltando.

— Vamos para a Cidade Real – Heitor declarou. – Os gurus de lá talvez consigam nos ajudar.

— Aquiles também.

Era um bom plano. Entender o que os espectros estavam tramando. Curar seu irmão e os outros ex-prisioneiros da torre. Terminar juntos a nova caixa das almas. As peças estavam aos poucos se encaixando e o fim do mundo parecia cada vez mais distante.

Ulrik pegou o saquinho de cinzas que sempre carregava preso ao cinto. Visualizou as novas runas de cura que tinha descoberto e começou a trabalhar.

Os dias seguintes não foram fáceis. Entrar no pântano tinha sido complicado e perigoso, sair de lá protegendo vinte e duas pessoas que mal conseguiam se equilibrar sobre as próprias pernas era muito pior.

Estavam em um grupo com oito guerreiros bem treinados: Ulrik, Carian, Heitor, Catharina, Ana, Celer, Mauro e Leona – invisível e letal. Além disso, seus animae estavam mais atentos e ferozes que nunca – Nox, Cat, Sagita, Feline e Albin sempre rondando o grupo por fora, guardando o perímetro para que nenhuma lâmia ou nenhum multo se aproximasse das pessoas debilitadas, enquanto outros animae ficavam por perto para garantir a segurança. Os espectros que encontraram no caminho foram massacrados antes de terem a chance de se aproximar. Avançaram devagar e constantemente. Depois de quase uma semana, saíram enfim daquele lugar maldito.

Durante todo esse tempo, Ulrik mal vira Leona. Ela tirava a pedra da invisibilidade apenas para ajudar os ex-prisioneiros com runas de água recém-descobertas e aplicar seus bálsamos nos ferimentos.

Tudo feito com delicadeza, mas ainda assim com uma frieza que o fazia pensar em seus primeiros meses no acampamento, quando Leona impunha distância a todos – com exceção de Ilca.

Ulrik queria respeitar o espaço dela, e ao mesmo tempo temia que aquele abismo entre eles apenas aumentasse. Talvez ficasse tão grande e profundo que um dia fosse impossível transpor... Por isso, decidiu que chegara o momento de ao menos estender uma mão. Mesmo que ela escolhesse não a agarrar.

– Leona – ele chamou, quando a viu cuidando de uma garotinha, tão nova que ainda nem tinha idade para encontrar seu anima. Devia ter cerca de doze anos. A idade de Otto quando desaparecera. – A gente pode conversar?

– Não sei... preciso colher mais umas ervas.

– Eu te ajudo. Por favor.

O silêncio se estendeu por alguns segundos. Ulrik achou que ela poderia desaparecer sem responder. Por fim, Leona assentiu. Estavam de volta à província de Lagus. Os cenários familiares traziam lembranças doces e ao mesmo tempo doloridas. Ele se lembrou do dia em que os dois estavam a caminho da Pedra do Sol e entrelaçaram as mãos. Seu peito se aqueceu.

Leona viu algo que a interessou e se abaixou para arrancar a planta até expor as raízes. Se fosse antes, no acampamento, ele perguntaria que planta era aquela, para que servia, interessado em aprender com a garota e buscando assuntos cotidianos que pudessem conectá-los. Ou simplesmente para ouvir sua voz. Agora parecia não haver mais espaço para jogar conversa fora. Todo momento, toda palavra, cada respiração eram preciosos demais para serem desperdiçados.

– Eu... eu sinto muito pelo acampamento. Por Ilca. Quer falar sobre isso? – Leona apenas balançou a cabeça em negação. Havia tantos assuntos para abordarem, porém, qualquer coisa profunda demais parecia arriscada. – Eu vi suas novas runas de água.

– Eu vi as suas de fogo.

Ulrik virou a mão esquerda e mostrou a runa queimada na pele com lava. Isso sim fez com que ela reagisse. Leona encarou a pele, se aproximou e passou o dedo indicador sobre a cicatriz. Ulrik fechou os olhos, arrebatado pela lembrança da barraca de Ilca, de Leona tratando seus ferimentos depois que ele levara uma surra de Marcus. Tudo isso parecia tão distante agora...

– Eu entrei num vulcão. Depois que pulei em cima de um dragão. E aí um flamen tentou me matar e eu tive que fazer uma runa de lava pra me proteger...

– Muito engraçado – ela disse. E, pela primeira vez, ele viu um vestígio de sorriso brincar nos olhos dela.

– É sério! – Havia um lago um pouco à frente. – Vamos dar um mergulho e eu te conto tudo. Você precisa de um banho, está com cheiro de pântano.

Para surpresa e felicidade dele, ela riu. Deu uma gargalhada alta, daquelas do fundo do peito. Mas logo a gargalhada se transformou em um choro. Leona se curvou sobre si mesma e, sem saber ao certo como agir, ele acariciou as costas da garota.

– Eu não salvei ninguém – ela conseguiu dizer, entre soluços.

– Mas você tentou. Tenho certeza de que você tentou, que você fez tudo que podia.

Ela o abraçou e ele envolveu a garota com os dois braços, segurando-a com força, como se assim conseguisse impedir que ela se desfizesse em mil pedaços. Queria poder colar os cacos, consertar todo o passado que os deixara tão quebrados. Ficaram abraçados durante algum tempo, até Leona enfim se acalmar e se afastar. E, pela distância entre eles, Ulrik percebeu que ela ainda precisava de espaço. Pelo menos de espaço físico.

– Vamos, quero ouvir essa história do dragão – ela disse, passando as mãos nos olhos inchados, começando a caminhar em direção ao lago.

Mais uma parte do coração de Ulrik se trincou. Sabia que a Leona de antigamente teria rebatido a piada com outra, teria dito que Ulrik estava ainda mais fedido que ela, ou qualquer coisa do tipo. Agora, com o peso das runas de sangue, qualquer tentativa de felicidade era apagada pelo medo, pela certeza de que outras grandes tragédias estavam por vir.

CAPÍTULO 23

Cisão

Quando Úrsula abriu os olhos, suas pálpebras doeram. Quando ela respirou, as costelas gritaram. Até as batidas do seu coração enviavam pontadas por todo o corpo... Havia algo diferente pulsando em suas veias. Não queria nem imaginar o que sentiria quando fosse socar a cara arrogante de Victor por ter roubado a gema de cíntilans... Mas ele merecia uma surra. Burrice tinha limites, e ele ultrapassara todos.

Quando ela estivesse frente a frente com o "líder" – e faria questão de falar assim mesmo, usando os dedos para demonstrar as aspas –, faria uma demonstração inesquecível de todos os xingamentos de seu vocabulário. E o chamaria por termos que Victor teria que anotar e procurar em um dicionário depois. *Seu estólido. Parvo. Cacóstomo* – esse último ela faria questão de explicar que se referia a alguém com péssimo hálito, apenas para irritá-lo ainda mais.

Será que Victor não tinha parado apenas um minuto para pensar? Raciocinar? Refletir? Medir as consequências do seu ato estúpido? Bastava se perguntar: "Qual é a pior coisa que pode acontecer se eu roubar a gema de cíntilans bem debaixo do nariz enorme dos vísios?". Qual é a pior coisa... a pior coisa...

A expressão aterrorizada de Victor. A gema sendo lançada na direção de Úrsula.

Ela se sentou de uma vez, chocada com aqueles recortes estranhos de memórias, e todos os músculos de seu corpo protestaram. Sua cabeça girou, a visão escureceu.

– Úrsula.

Olga surgiu ao seu lado. A visão voltou aos poucos; ela estava sobre uma cama macia, num quarto com cheiro de vinagre e ervas. Viu martelos, pedaços de tecido e instrumentos metálicos estranhos pendurados na parede de pedra. Provavelmente aquela era a versão dos vísios de uma enfermaria.

– Olga… O que aconteceu?

A mulher mais velha segurou sua mão.

– Você está desacordada há alguns dias, querida. – Uma tristeza intensa havia   deixado as rugas da guerreira ainda mais profundas. Certamente aquela comoção não se devia apenas à saudade das piadas de Úrsula.

– A gema…

– Sim, Victor tirou a gema do lugar, e aí a montanha se desestabilizou… Houve uma avalanche, você se lembra? Ele tentou salvar a gema, a jogou pra você. Mas ela caiu no chão e explodiu. Você foi arremessada pela força da magia.

– Avalanche – ela repetiu, mais lembranças retornando aos poucos. Úrsula trincou os dentes. – A gente tinha um acordo. Ah, agora eu vou matar Victor com as minhas próprias mãos…

– Úrsula… ele morreu. – Olga era carinhosa, não condescendente. Sabia que a garota preferia sempre a verdade direta, sem rodeios. – Foi soterrado pela avalanche, ele e Fera. Conseguimos encontrar os corpos só dois dias depois… Já era tarde demais.

Um vento frio percorreu o quarto, mesmo com as janelas fechadas. Havia uma ventania dentro dela, uma tempestade revolta, em guerra com a realidade. Todos os detalhes voltaram à sua mente.

– Ele tinha concordado em devolver a gema! – ela disse, como se aquele argumento pudesse trazê-lo de volta.

– Eu sei.

– Foi estúpido, mas ele não merecia isso, Olga. Ele não merecia morrer.

– Eu sei, querida.

– Eu já tinha um plano! Ia falar que ele precisava se desculpar com os vísios, se ajoelhar, se humilhar, fingir ser uma cabra gigante por uma semana. Pensei em ideias tão absurdas que fariam os vísios desistirem de executá-lo… Ele não precisava ter morrido.

Augusto costumava dizer que Úrsula tinha um superpoder: sempre conseguia o que queria. Às vezes por insistência, às vezes por petulância, outras com uma ótima piada. Ela ia usar as três coisas a seu favor para conseguir o perdão para o líder, tinha pensado em tudo. Só não contava com a fúria da própria montanha.

— Eu devia ter previsto isso, era tão óbvio… Quando ele deixou o anfiteatro… Olga, por que não fui atrás dele?

— Victor era o líder da missão e um homem adulto. Não me entenda mal, Úrsula, eu já chorei muito essa perda. Porém, o único culpado nesse caso foi ele mesmo.

Era verdade. Mas a verdade nem sempre consola.

Úrsula se lembrou da massa de neve descendo veloz pela encosta, do terror gélido que percorreu seu corpo, da certeza de que seria arrastada pela avalanche. Ainda assim, ali estava ela.

— Como me acharam? Depois da avalanche, com toda aquela neve…

Olga mordeu o lábio e cruzou os braços. A expressão dela normalmente era confiante, carregada de uma determinação sábia que só fios brancos na cabeça podem trazer. Dessa vez, contudo, ela hesitou.

— Quando a gema explodiu, você foi arremessada pro alto. A luz obrigou todo mundo a proteger os olhos, tudo ficou branco por um instante. Quando consegui ver de novo… você ainda estava desacordada, mas suspensa no ar.

— Como assim suspensa no ar? Caindo?

— Flutuando, Úrsula. Com os braços abertos, parada, os cabelos esvoaçando e os olhos fechados. A luz branca ao seu redor, como se você fosse o próprio sol. E então você desceu, devagar, e… formas no seu entorno te colocaram sobre a neve.

— Que formas?

— Os aeris.

Mais uma vez, um vento forte soprou ali, fazendo os pelos do braço dela se arrepiarem e seus cabelos balançarem. Aquela energia estranha sob sua pele se moveu, quase viva.

— Acho que o excesso de magia cíntilans causou alucinações em todos vocês.

— Agora temos dois grandes problemas – Olga continuou, inabalada pela descrença da garota. – O primeiro é que não existe mais uma gema, e isso vai complicar bastante os nossos planos de colocar Inna na caixa.

— Bom, estou até com medo de perguntar… E o segundo?

– Os vísios acham que você é a nova gema deles.

Úrsula gargalhou, mas as coisas foram perdendo a graça conforme Olga explicava todos os acontecimentos dos últimos dias em detalhes.

Quando a gema explodiu, o céu brilhou em várias cores. Ficou claro que aquela magia, um presente dos aeris para os vísios, se dissipou no ar. Os vísios acreditaram que, sem a gema em seu lugar, toda sua vila viria abaixo. Que os túneis desabariam, as luzes se apagariam, as plantações congelariam instantaneamente. Porém, nada disso aconteceu. Pelo contrário, parecia que tudo funcionava perfeitamente, talvez até melhor que antes. Muitos vísios relataram que sua própria magia parecia pulsar com mais força em seus corpos.

Aqueles que viram a explosão e testemunharam Úrsula brilhando e flutuando no ar – algo que nem eles mesmos podiam fazer – entenderam que uma parte daquela magia liberada ficara com a garota, transferida para o corpo dela. E todos passaram a enxergá-la como um novo receptáculo, o motivo pelo qual tudo continuava como antes. Obviamente um monte de baboseira sem nexo.

Ou não. Logo que despertou, Úrsula se negou a aceitar a teoria mirabolante, mas percebeu rápido que algo mudara. Havia, sim, mais magia em seu sangue. Muito mais. Ela passou a enxergar a magia no ar, nos vísios, ao redor dos guerreiros… como se um novo sentido tivesse despertado. Será que era assim que Raoni se sentira quando a Deusa da Luz o abençoou com a magia?

Conforme aquela nova parte se acomodava em seu corpo, pensamentos e anseios a acometiam sem aviso. *Talvez eu consiga comandar ventanias, agrupar as nuvens no céu, criar redemoinhos…* Porém, não se atrevia. A vontade de se conectar profundamente com o ar e seus espíritos era esmagadora, mas Úrsula logo entendeu que sua inexperiência poderia causar tragédias. Uma nova avalanche para começo de conversa.

Então, ao invés disso, direcionou o novo poder para as runas.

Antes de morrer, Victor perguntara se ela conseguia se imaginar encontrando os outros guerreiros e anunciando que o seu grupo não conseguira cumprir a missão. Agora, se imaginava tendo que anunciar também a morte do líder… Precisava levar junto pelo menos uma boa notícia, alguma alternativa. *Uma nova runa, capaz de enfraquecer Inna.* Na gema, uma quantidade enorme de magia cíntilans explodia para todos os lados. A maior parte dessa energia, porém, era dissipada ou atingia mais espectros e pessoas ao redor. Úrsula não precisava de quantidade, precisava apenas de uma arma onde a magia estivesse superconcentrada em uma ponta afiada, liberada diretamente no coração do espectro. Uma flecha especial.

Úrsula tinha certeza de que conseguiria fabricar aquela arma. O problema é que estava presa na vila. Podia circular por onde bem quisesse, mas estava proibida de ir embora. Enquanto ainda estava se recuperando, pediu uma audiência com Gruta e os outros líderes, que foram até a enfermaria e, com uma paciência irritante, apenas repetiram que precisavam dela ali para manter tudo funcionando. Ela argumentou, explicou que tinha absorvido apenas uma fração ínfima da magia da gema. Foi inútil.

Logo começou a receber visitas de vísios, que vinham falar de seus problemas e de suas dúvidas existenciais, esperando sussurros dos aeris com respostas – assim como faziam com a gema. Pelo menos esse hábito Úrsula conseguiu eliminar, dando conselhos absurdos e dizendo que tudo aquilo estava sendo soprado em seus ouvidos pelos espíritos do ar. O único vísio que realmente queria ver não veio visitá-la. Então, assim que se recuperou, ela decidiu procurá-lo. Foi até o local próximo ao pico onde costumavam meditar juntos.

– Ajoelhe-se diante da sua gema, pobre mortal – ela disse, ao avistá-lo mais à frente, em pé, admirando a cadeia montanhosa abaixo deles.

Grov não se virou. Quando ela se aproximou, percebeu que ele estava sério.

– Isso não é uma piada pra nós, garota. E não deveria ser pra você.

– Se eu não puder rir da minha própria desgraça, só vai me restar chorar por ela.

– Receber a magia do ar não é uma desgraça. Pelo contrário. Qualquer um de nós se sentiria abençoado…

Úrsula suspirou. Estava esperando um encontro leve e alegre. Tinha encontrado um Grov filosófico e cheio de formalidades.

– Acha que agora eu consigo te derrubar, então? Aí vai um soco, prepare-se.

Ela socou o ombro dele com força e quase quebrou a mão. Grov não riu, mas ela podia jurar que o vísio estava se segurando.

— A magia do ar não vai te trazer força física. Ela é leveza, ela esculpe montanhas inteiras com sopros persistentes, mesmo que leve muitos anos.

— Eu sei. Eu sinto. — Grov finalmente a encarou. — Por que você não foi me ver?

— Achei que não seria apropriado. A vaidade não é exclusiva dos humanos, por mais que vocês se deixem levar mais por ela... Nós éramos amigos, e alguns vísios podem se incomodar se demonstrar preferência por alguém.

— Como assim nós *éramos* amigos? Se você deixar de ser meu amigo vou sugar toda a magia do seu corpo e você vai instantaneamente envelhecer e ficar parecendo uma tâmara seca.

— Você não tem esse poder.

— Ah, ainda bem que você sabe disso! Por um momento tive medo de que você também acreditasse que eu estou mantendo a vila toda funcionando...

— Você está.

— Não estou! — ela respondeu, perdendo a paciência, e uma lufada de ar soprou seus cabelos loiros e longos para trás. — Grov, eu preciso ir embora. Você tem que me ajudar. Por favor, me ajude a encontrar uma maneira de fazer os vísios concordarem...

— Eu gostaria de poder te ajudar, Úrsula. Mas também preciso cuidar do meu lar — ele disse, e a dor de estar dividido reluziu em seus olhos pequenos e escuros. — Nós abrimos nossa vila pra vocês. Compartilhamos nosso conhecimento e nossas fraquezas. E vocês tomaram aquilo que era mais precioso pra nós... Não podemos ceder mais nada. Se quiser ir embora, precisa devolver a magia.

— Como assim devolver a magia?

A expressão de Grov estava sombria e pela primeira vez desde a chegada à vila Úrsula o achou intimidante. Ciente de que ele poderia esmagá-la com as próprias mãos se assim desejasse.

— A gema de cíntilans nada mais era do que magia cedida pelos aeris, transformada num cristal. Nós temos um ritual parecido. Quando o fim da vida está próximo, cedemos nossa magia. Chamamos isso de cisão.

Algo se retraiu dentro de Úrsula, escondendo-se em seus cantos mais profundos. Nesse momento, ela entendeu que não queria ceder a magia que recebera, pelo contrário, lutaria por ela... afinal, fora um presente dos aeris, certo? Os espíritos a haviam escolhido há semanas, haviam criado uma ponte espiritual! Como se estivessem preparando a garota exatamente para esse propósito... E se os humanos não tinham mais a gema de cíntilans para combater Inna, precisariam das novas habilidades dela. Úrsula usaria aquela magia para o bem.

— Deve ter algum outro jeito. Grov, esse lugar é envolvo em magia, eu consigo ver agora... aqui dentro tem apenas uma gota desse oceano.

Ele ergueu as sobrancelhas e sorriu sarcasticamente.

— Às vezes, uma gota muda tudo. Uma gota enche um copo. Existe magia suficiente pra nos manter aqui, até faltar uma gota... Mas eu não estou surpreso, Úrsula. Só decepcionado, porque achei que você pudesse ser diferente.

A frase doeu como um tapa.

— É fácil pra você, Grov. O seu povo nasce cheio de magia e só precisa abrir mão no fim da vida...

— Não, a cisão é difícil para os vísios também. Muito difícil. Ainda assim, nunca houve um vísio que se recusou a passar por ela. Porque nós precisamos de cada gota de magia disponível para continuar — ele falou, e então a encarou. — Eu disse que não estou surpreso porque os humanos sempre tomaram tudo que puderam. A diferença é que você se conectou com a montanha, se conectou com os vísios. E esperava que você não tentasse levar algo que não te pertence.

— Não fui eu que roubei a gema.

— Levar a magia junto é a mesma coisa.

Úrsula inspirou fundo, tentando juntar suas forças para argumentar, lutar, manter a qualquer custo aquela coisa valiosa que corria em suas veias. Porém, por mais dolorido que fosse, sabia que Grov tinha razão.

— AAAAAAAAA! — ela gritou na direção dos picos lá embaixo, tentando liberar a frustração. Havia tanto que gostaria de fazer com a magia... Depois de se acalmar, ela se virou para Grov. — Você sabe fazer ventar?

— Lógico.

— Pode me ensinar?

— Depende... você vai tentar soterrar a vila para escapar?

— Não tinha pensado nisso, mas não parece uma má ideia. — Ele não riu. Úrsula teria que treiná-lo novamente nas técnicas do bom humor. – Eu quero apenas terminar algumas coisas, preciso fazer uma arma… enquanto isso, seria legal brincar com o vento. Aí vou devolver a porcaria da magia de vocês.

Grov sorriu de leve.

– Não precisa ofender a magia.

Úrsula se recostou no braço dele. Teria se recostado no ombro se a cabeça dela não batesse no cotovelo dele. Então algo surgiu em sua mente.

– Por que ninguém me falou desse negócio de cisão quando eu disse que queria ir embora?

O vísio suspirou pesadamente, encarando a imensidão das cadeias montanhosas.

– Talvez porque não acreditassem que você aceitaria. – Os olhos dele escureceram ainda mais, e uma lufada de ar fez um pouco de neve subir pelos ares. – Ou porque nem todos sobrevivem ao ritual.

CAPÍTULO 24

Magia de morte

Tora puxou um livro da estante de Lanyel sem o título na lombada. Estava envolto por uma corrente, e por isso chamara a atenção dele. Apesar do fogo que crepitava alto na lareira, as palavras na capa fizeram todos os pelos de seu corpo se arrepiarem. *Magia de morte.*

– Gostaria de ler esse, conselheira – Tora disse, colocando o volume sobre a mesa no centro do cômodo.

Nilo levantou as sobrancelhas. Estendeu o braço devagar e, hesitante, passou os dedos sobre o livro como se estivesse tocando uma fera. Carbo grasnou. Magnus se levantou, ciente da tensão no ar. Lanyel se virou e encarou o tomo por alguns segundos. Depois, seus olhos dourados se fixaram nos do guerreiro.

– Nilo, suas lições comigo acabaram. A partir de agora, você pode usar as manhãs para estudar Filosofia e História na biblioteca principal.

O aprendiz ficou boquiaberto.

– O que eu fiz de errado? Não fui eu que pedi pra ler esse livro!

– Já lhe ensinei tudo o que podia pra ajudar no treinamento. O que aprenderam aqui vai permitir que se tornem bons gurus nos tempos que estão por vir.

– E eu? – Tora questionou, confuso com as explicações.

– Você também é um guerreiro. – Ela se virou novamente para o outro garoto. – Está dispensado, Nilo.

O olhar dos dois aprendizes se cruzou, e o peito de Tora se apertou com o que viu nos olhos castanhos de Nilo. Ressentimento. Não queria magoá-lo. Ao mesmo tempo, precisava de qualquer conhecimento que

Lanyel estivesse disposta a compartilhar. Pedir que Nilo se retirasse mostrava que ela estava prestes a revelar segredos importantes.

Com um estalo de dedos, o cadeado se abriu e a corrente escorregou pela mesa.

— Já tomou o desjejum? — ela perguntou.

— Ainda não.

— Ótimo. Magia de morte pode ter um efeito indesejado sobre o estômago. — Ela abriu o livro. Tora conseguiu ler o título da primeira seção: Sacrifícios. — No momento da morte de qualquer ser vivo, há uma liberação da magia cíntilans daquele corpo. Mesmo de humanos comuns... porque a vida por si só já é mágica.

Ele tinha lido sobre isso quando levara livros escondidos da biblioteca de Lanyel pela primeira vez.

— Mas é algo perigoso de ser manipulado, certo?

— Perigoso... — A conselheira disse, como se testasse o sabor da palavra. — Sim, perigoso para quem não sabe o que está fazendo. Ou tenta conduzir mais magia do que é capaz.

— E o que são esses sacrifícios? — ele perguntou, mesmo temendo a resposta.

— Há vários tipos — ela respondeu com um sorriso. — Por exemplo, dois ou três séculos atrás, muitas pessoas sacrificavam galinhas, porcos e até mesmo vacas e cavalos para conseguir uma boa safra. E funcionava... Hoje é possível chamar um guru treinado, que resolve essa questão com algumas runas de terra.

Lanyel virou a página, exibindo algumas figuras. Pessoas cortando a garganta de um porco, seu sangue jorrando sobre a terra arada. Um gosto amargo subiu pela garganta de Tora. Ela virou mais uma. Havia a imagem de uma pessoa perto da cratera de um vulcão.

— Há também o autossacrifício, uma forma eficiente de liberar uma enorme quantidade de magia. Pessoas davam suas vidas com o objetivo de salvar suas vilas de uma erupção. Ou para pedir chuva durante uma estiagem muito severa. Ou ainda salvar um ente querido, buscando a cura para alguma doença... Essa última foi frequente durante épocas em que pragas acometiam bebês e crianças pequenas.

Os olhos de Tora arderam e ficaram rasos de lágrimas.

— Isso é... terrível.

– É mesmo? Não me parece muito diferente do que os guerreiros fazem. Muitos de vocês se sacrificam pelos outros.

– Durante uma batalha! É muito diferente de um suicídio a sangue frio.

– Sim... porque nesse "suicídio a sangue frio" normalmente há um propósito maior e bem pensado, uma forma de honrar outras vidas com a magia da sua.

– Você fala como se fosse algo nobre.

– Talvez você também passe a achar quando dermos uma olhada nas próximas páginas.

Eles chegaram à parte que falava sobre pessoas sacrificadas contra a própria vontade. Em termos técnicos, o problema daquele tipo de rito era a quantidade de magia liberada – muito menor, visto que o indivíduo normalmente estava tentando se agarrar à própria vida. Mas o terror e o medo muitas vezes faziam com que os seres humanos desejassem morrer, desejassem que tudo acabasse de uma vez, e assim permitissem que mais energia fosse direcionada. Essa explicação fez as coisas se encaixarem na mente de Tora.

– Você acha que é isso que os espectros fazem? Matam pessoas para usar a magia delas de alguma maneira?

Os olhos de Lanyel faiscaram.

– Assim como os guerreiros têm suas regras, nós, feiticeiros, também temos as nossas. Há coisas que nenhum de nós pode dizer, segredos guardados com magia... E consequências graves para aqueles que tentam desobedecer.

Tora assentiu. Bruno tinha razão, Lanyel revelava muito menos do que sabia. Mas talvez ela quisesse dizer mais. E estava fazendo isso por meio daquela lição.

– Humanos já mataram outras pessoas com esse objetivo? – ele perguntou.

– Sinto informar: todo tipo de maldade já foi testada pelas pessoas.

– E os guerreiros?

– Guerreiros também são pessoas.

A resposta doeu como um soco no estômago. Tora conseguia enxergar um guerreiro sacrificando a si mesmo para proteger alguém, no entanto, não conseguia imaginar um dos seus matando uma pessoa inocente, independentemente do objetivo.

— Passando para a próxima parte — ela disse, com os olhos escurecendo cada vez mais. — Aquilo que acabamos de ver vale para qualquer ser mágico. É possível o autossacrifício ou o assassinato de sílfios, vísios, feiticeiros… animae.

O coração de Tora parou por alguns segundos. Olhou para Magnus, a mente automaticamente tentando projetar aquelas situações terríveis. Um espectro o matando para usar a magia dele. Magnus se sacrificando para ajudar Tora ou os guerreiros. Mas com certeza um ser humano não seria capaz de matar o anima de alguém. Muito menos se fosse…

— Alguém já… — ele engoliu em seco. — Alguém já matou o próprio anima para usar a magia?

— Todo tipo de maldade já foi testada pelas pessoas — ela repetiu.

— E os guerreiros…

— Também são pessoas.

Tora balançou a cabeça. Talvez Lanyel o estivesse manipulando. Contaminando a fé de Tora nos guerreiros. Isso não podia ser verdade. Não havia evidências de que fosse.

— Há uma última coisa sobre isso, Tora. Algo que você não pode esquecer — ela disse, com seriedade.

Tora viu algo inédito na expressão dela. Medo.

— Rápido, entrem aqui. Você e Magnus. — Com um movimento das mãos, ela fez um alçapão no chão se abrir. Havia uma escada lá dentro, levando para um lugar aonde a luz não chegava. — Não façam nenhum barulho.

A urgência na voz dela o fez obedecer. Quando Lanyel fechou o alçapão, a escuridão os engoliu. Alguém bateu à porta da biblioteca, que se abriu com um rangido. Passos ecoaram para dentro.

— Como passou pelas minhas proteções?

Uma pessoa riu.

— Meia dúzia de runas, irmã? Achou mesmo que isso ia me impedir de entrar?

O sangue de Tora congelou nas veias. Suas mãos começaram a suar e ele teve que cerrar o maxilar para que os dentes não batessem uns nos outros. Porque conhecia muito bem aquela voz. Lembrava dos estragos que ela havia causado. Em meio à raiva e ao medo, sentia bem no fundo uma pontada de gratidão. Porque devia sua chegada ao acampamento dos guerreiros àquela pessoa.

— O que você quer, Caeli?

— Eu acho que você já sabe — ele respondeu, mas a conselheira se manteve em silêncio. — Quero a sua parte do mapa.

— A minha parte do mapa não vai te levar a lugar algum.

— Se eu conseguir todas as partes, elas vão me levar pro lugar onde o manuscrito está escondido.

— Os outros não vão ceder. — Havia uma certeza absoluta no tom de Lanyel.

— Talvez alguns já tenham cedido. E talvez eu não precise convencer a todos pessoalmente. Tenho milhares de espectros apenas esperando as minhas ordens.

— Existe uma razão para esse manuscrito estar tão bem protegido. Ninguém deve possuir esse conhecimento. Você sabe disso.

— Inna voltou. E vai conseguir o manuscrito, por bem ou por mal.

— É uma ameaça? — Lanyel perguntou, com um tom mais duro que as paredes de pedra do castelo.

— Uma ameaça? — Tora não o via, mas tinha certeza de que Caeli estava sorrindo. — Não, de forma alguma.

— Posso chamar a liga para cortar a sua magia pela raiz se você ameaçar outro feiticeiro.

— Sei disso, irmãzinha. Porém, são outros tempos… eu obviamente respeito todas as regras, sou obrigado. Mas nem sempre consigo controlar os espectros, eles têm vontade própria e ela é… bastante peculiar. Se outros feiticeiros tentassem arrancar meus poderes, acho que eles ficariam bastante irritados.

— Vá embora antes que eu chame os guardas.

— Os guardas? Por que não chama os seus amigos guerreiros pra te defender? Um grupinho novo acabou de chegar à cidade… — Caeli disse, o desprezo escorrendo de cada palavra. — Eles realmente acham que têm alguma chance, não acham? É tão patético…

— Talvez eles tenham. Já venceram Inna uma vez, parece que você se esquece disso.

– Os guerreiros só o aprisionaram. Ninguém pode vencer o grande espectro. O poder dele, Lanyel... – Caeli disse, com uma devoção ainda maior do que os humanos tinham por Luce. – Você vai ver, em breve. E, nesse dia, vai entregar a sua parte do mapa de joelhos.

Passos percorreram o piso de madeira. A porta pesada bateu. Ainda assim, Tora não ousou se mexer. Apenas depois de alguns minutos, Lanyel abriu o alçapão, fazendo a luz do cômodo transbordar para a escuridão.

Tora e Magnus subiram a escada. O rosto de Lanyel estava lívido de raiva.

– Que mapa é esse? – o garoto perguntou. – Vocês estavam falando do *Manuscrito das runas de luz*, não é?

A conselheira o encarou.

– Eu não vou responder nenhuma pergunta sobre essa conversa. Ao menos não agora. Preciso pensar. Você está dispensado, continuamos depois.

O guerreiro e seu tigre caminharam com passos pesados até a porta. Antes de sair, ele se virou.

– Você sabe quem ele é para nós? – o garoto perguntou, e ela assentiu. A conselheira sabia que aquele feiticeiro tinha se infiltrado entre os guerreiros, vivido como um e depois destruído o clã de dentro para fora, obrigando Ulrik a abrir a caixa. Era difícil aceitar que isso não fosse suficiente para Lanyel fazer algo a respeito. – Foi ele quem me levou para o clã dos guerreiros. Só estou aqui por causa de Caeli.

Ela deu um sorriso triste.

– Talvez ele tenha lhe mostrado caminhos, colocado pedras enormes no meio. Porém, cada escolha, cada passo, foi você quem deu, Tora.

A conselheira queria ficar sozinha, mas o guerreiro não conseguiria sair dali sem pelo menos uma resposta.

– Você queria apenas irritar Caeli ou acha mesmo que temos uma chance?

– Não se eles acharem o que estão procurando.

Ela se virou e Tora deixou a biblioteca.

Depois de tudo que havia aprendido e ouvido, ele entendeu que precisava falar com Bruno o quanto antes. Não poderia escrever nada daquilo numa carta, teria que encontrá-lo. E, para isso, precisava deixar o castelo.

Procurou Nilo por toda parte; ninguém tinha visto o aprendiz. Então foi até o aposento deles e o encontrou deitado.

— Nilo... precisamos conversar.

Tantas coisas aconteceram naquela manhã que fizeram Tora se esquecer de como o outro tinha saído da biblioteca. Magoado pelo ponto-final nas lições com a feiticeira.

— Agora você quer conversar?

O guerreiro se surpreendeu com o tom agressivo. Eles nunca haviam brigado.

— Você está bravo comigo?

Nilo riu. Mas não parecia estar achando graça da situação.

— Eu batalhei muito tempo pra estar aqui, Tora! Aí você chega do nada, e pela primeira vez o Grande Guru decide ter dois aprendizes ao invés de um só. Você mentiu sobre quem era, me fez colocar tudo em risco pra te ajudar, e agora vai ter aulas exclusivas. Talvez esse fosse o seu plano desde o início, se livrar de mim... bem que todo mundo fala que não há amizade verdadeira entre os aprendizes.

Era a segunda vez naquele dia que Tora se sentia perdido. Em nenhum momento imaginou que a decisão de Lanyel poderia impactar a visão de Nilo sobre ele. E, em meio a tantas outras coisas importantes, aquilo parecia injusto e imaturo.

— Não vim aqui para roubar o seu lugar e nunca faria nada para te prejudicar ou para atrapalhar seu sonho... Sim, eu não falei toda a verdade no início, e acho que você entende o porquê. — Tora disse, com um nó na garganta. — Eu tenho uma missão. E meu dever como guerreiro vem antes da minha vontade de me tornar guru.

— Vem antes de outras coisas também.

Tora entendia que ele estava falando sobre a relação dos dois. E aquilo não era uma mentira. Por mais doloroso que fosse, seus sentimentos em relação a Nilo não podiam se sobrepor ao que precisava ser feito.

— Eu tenho que sair do castelo por algumas horas.

— Você não me deve satisfações, Tora.

— Eu só queria que você soubesse. Caso... caso eu não consiga voltar.

Nilo o encarou por alguns segundos. Em seu olhar, a raiva ainda era recente demais para ser sobrepujada pela tristeza. Ele se virou de costas e se cobriu.

Tora queria muito poder passar mais tempo ali, sabia que se tivessem mais algumas horas as coisas seriam diferentes. Poderiam se despedir com um abraço. Um beijo. Prometer um ao outro que, se tudo desse errado, ainda assim dariam um jeito de se encontrar.

Mas Caeli tinha dito que Inna atacaria em breve. Que estavam atrás do *Manuscrito das runas de luz*. Tora precisava agir rápido.

Então saiu, com uma derrota a mais pesando em suas costas. Deixando para trás o seu primeiro amor.

CAPÍTULO 25

Sacrifícios

Estavam próximos à fronteira de Reina; em mais duas ou três semanas chegariam enfim à Cidade Real. Quem olhasse para o grupo montando acampamento no bosque à beira do riacho, veria sete guerreiros trabalhando: Ulrik, Carian, Catharina, Heitor, Celer, Ana e Mauro. Além disso, havia outras vinte e duas pessoas sentadas, cabisbaixas, com pernas tão finas e atrofiadas que mal conseguiam sustentar o peso do próprio corpo malnutrido.

Porém, havia mais alguém. Por fora, ela era invisível para o resto do mundo. Por dentro, desejava poder ficar invisível para si mesma também.

Enquanto buscava lenha para acender uma fogueira, a mente de Leona insistia em revisitar os momentos mais difíceis. A imagem do corpo sem vida de Ilca andando em sua direção ficara marcada a ferro quente atrás de suas pálpebras. A garota o tempo todo se torturava avaliando como poderia ter feito tudo diferente. Deveria ter lutado quando os espectros atacaram o acampamento, libertado os guerreiros para que pudessem se defender. Ao invés disso, decidiu seguir a caravana. Acreditou que seria arriscado demais abrir as jaulas, que seus companheiros teriam mais chances de sobreviver se ela mantivesse a calma e agisse com estratégia... Tentando protegê-los naquele dia, tinha condenado todos ao pior destino possível. Sim, poderia ter sido diferente.

Contudo, se Ilca não tivesse gritado para que ela pulasse daquele penhasco, não teria caído no rio e se afogado. Não teria visto a imagem de Tereza tirando a própria vida para fechar a caixa das almas. Quanto mais pensava sobre isso, mais certeza tinha de que prender uma alma exigiria algo grande em troca. Um sacrifício.

No dia em que ela e Ulrik deram um mergulho no lago, ele contou tudo sobre a saga para conseguir o metal flamen, sobre a caixa forjada com fogo de dragão... e sobre como ainda não tinham desvendado as runas necessárias.

A informação que Leona guardava seria uma peça-chave para aquele quebra-cabeça. Uma peça que ela já estava desenhando secretamente... Uma runa de água que utilizaria a magia correndo nas veias de um guerreiro para selar a caixa. Estudava e treinava o desenho todos os dias, mas ainda não parecia certo. Faltava alguma coisa.

Se trouxesse o assunto para o grupo, certamente ajudariam com sugestões. Porém, assim como ainda não estava pronta para tirar a pedra da invisibilidade, tampouco estava para revelar aquela verdade. Porque, no momento em que chegasse a outros ouvidos, eles teriam que encarar a inevitabilidade de uma nova morte. E Ulrik ia querer tomar para si aquele papel – disso ela não tinha a menor dúvida.

A própria Leona se sacrificaria se fosse necessário. Nos primeiros dias depois da batalha na torre, chegou a desejar a morte para cessar as dores que a faziam chorar escondido, a mão na boca para abafar os soluços. Mas, a cada nascer do sol, a vontade de seguir em frente se renovava. Já se sentia mais forte... Ainda assim, queria estancar o fluxo constante de tragédias. Se fosse ser honesta, preferia que algum outro guerreiro se prontificasse para o sacrifício. Alguém distante dela, alguém que levaria para o mundo espiritual toda a gratidão de Leona pelo ato heroico, sem que aquilo a destruísse de novo. Não sabia quantas vezes mais conseguiria juntar seus pedaços antes que estivesse irremediavelmente quebrada.

Ela voltou com a lenha para o local onde tinham decidido passar a noite. Enquanto segurava objetos, eles ficavam sob o efeito da magia da pedra e ninguém os via. Assim que os soltou no chão, eles ficaram visíveis. Felizmente, ninguém se assustava mais com a aparição repentina de coisas aleatórias.

Ulrik viu a pilha e foi até onde ela estava. Começou a arrumar a lenha para acender o fogo, desenhou uma runa de cinzas em um dos troncos. Uma runa que ele havia descoberto, para fazer o fogo pegar rápido, queimar forte e ao mesmo tempo mais devagar. Assim como

Leona tinha se aprimorado nas runas de água, Ulrik desenvolvera habilidades incríveis com o outro elemento.

– Pedi para os lobos irem caçar – ele disse, num tom triste. Costumava falar em voz alta quando sabia que Leona estava por perto. Como se quisesse mostrar que, mesmo sem vê-la, reconhecia e buscava sua presença. – Tanta gente pra alimentar... E ainda estão tão fracos.

– Eles vão melhorar – ela disse, decidindo aparecer. Puxou o fio de couro amarrado ao pescoço, tirando a pedra do contato direto com a pele e a colocando sobre a túnica. – Sabe, ele realmente se parece muito com você.

Os dois olharam para o irmão gêmeo de Ulrik sentado em uma pedra em meio aos outros ex-prisioneiros. Apesar dos ossos saltados no rosto, dos cabelos desgrenhados, da pele macilenta e do olhar enevoado, as semelhanças eram claras. Ulrik sorriu.

– Só por fora... Otto é incrível. Não vejo a hora de poder conversar com ele, de vocês poderem se conhecer melhor. – Ele engoliu em seco. – Eu sei que ele ainda está lá dentro, Leona. Às vezes ele me olha de um jeito... Parece que Otto vai voltar, aí se perde de novo. Preciso encontrar um jeito de resgatar a mente dele também, ou nada disso vai fazer sentido.

Leona estendeu a mão e apertou a de Ulrik. Os olhos cinzas quase a engoliram com sua transparência e honestidade, derretendo algo dentro dela, evocando sensações que Leona esquecera que podia sentir... Com um frio na barriga, lembrou-se da última vez que se beijaram. De como ela ficara aninhada no peito dele, deixando as lágrimas escorrerem um dia antes de se separarem. Aqueles braços eram um bom lugar para se curar. Para ambos se curarem.

Por que era tão difícil então? Por que as palavras ficavam entaladas na garganta quando ela pensava em contar tudo, em pedir ajuda ou mesmo dizer que queria companhia? Que só ficava sozinha porque se acostumara a isso? Leona estava perdendo tempo. Um tempo que muitos guerreiros não tinham mais. Precisava sair do modo sobrevivência e viver de verdade, se agarrar às migalhas de felicidade que seriam cada vez mais raras ao longo da jornada que tinham pela frente.

– Ulrik – ela se forçou a dizer. A gravidade de seu tom transpareceu a vontade de dizer algo importante. Parte da barreira invisível que ela tinha colocado a sua volta estava desmoronando. Os dois se encararam. Ela se aproximou. Os olhos dele se iluminaram com esperança, e ver aquele brilho partiu e aqueceu o coração da garota na mesma medida. Ela podia trazer um pouco de leveza e felicidade para toda a situação. Depois de tanto tempo esperando, pensando nele, eles tinham se reencontrado. – Eu...

Ela se calou, porque Ulrik sacou a espada. O ar esfriou. Com um movimento instintivo, o garoto se virou e cortou no meio o espectro que surgiu a toda velocidade. De repente havia outros... dezenas deles, transbordando de dentro do bosque e por cima das árvores.

– Formação em círculo! – Heitor gritou de algum lugar atrás deles. – Leona, os ex-prisioneiros!

A vulnerabilidade tinha permitido que ela se chocasse com a situação, que paralisasse por alguns segundos. A ordem de Heitor a trouxe de volta à frieza habitual. Leona colocou a pedra outra vez dentro da túnica e o ar imediatamente ficou mais denso, conforme a magia a envolvia e a mascarava. Ela correu na direção das pessoas indefesas, que pela primeira vez pareciam demonstrar alguma emoção: terror. Aqueles eram seus captores, os pesadelos reais que os atormentaram durante anos na torre do Pântano dos Ossos.

Enquanto desviava das lutas que aconteciam ao seu redor, Leona atirava facas. Uma no pescoço de um espectro, morto em seguida por Albin, que vinha correndo em seu encalço. Outra na nuca de um espectro prestes a atacar Catharina. Mais uma. E outra. Pulou para não pisar em espectros mortos, que se espalhavam pelo chão.

A batalha se intensificava rápido. Assim que se aproximou dos ex-prisioneiros, Leona pegou um arco e uma aljava de flechas que estavam encostados em uma árvore; não era sua arma de longa distância preferida, mas a maioria das suas facas já tinha sido arremessada.

– Fiquem juntos! – ela ordenou aos ex-prisioneiros, já acostumados com a guerreira invisível. Às vezes se referiam a ela como a "garota fantasma". O grupo se apertou em um círculo. – Não vou deixar que eles se aproximem.

Albin, Lux e Cat vieram ajudar a protegê-los. Os animae dos próprios ex-prisioneiros, mesmo sem treinamento oficial, também estavam lá, destroçando com dentes, usando as garras, atordoando os espectros… Sentiam o terror de seus humanos, e com certeza sabiam que aquelas criaturas eram as responsáveis pela separação das pessoas e seus animae, por ter interferido naquele laço sagrado.

Os espectros não podiam ver Leona, e só enxergavam suas flechas quando elas estavam prestes a atingi-los. Olhavam de um lado para o outro, percebendo que alguém estava escondido, mas a garota se movia rápido, nunca atirando do mesmo lugar, sempre surpreendendo o inimigo. Começou a acreditar que conseguiria manter todos a salvo.

Então três espectros sobrevoaram o grupo ao mesmo tempo, e um deles conseguiu pegar uma das crianças da torre.

– Não! – Leona gritou.

Ela sacou uma faca. Tinha que ser precisa ou poderia ferir a garotinha. Atirou. A faca se cravou próximo ao quadril da criatura, que começou a perder altura. Outro espectro pegou a criança, mas foi puxado por Albin para baixo.

Isso a fez entender que os espectros queriam aquelas pessoas vivas. Atacavam os guerreiros com unhas e dentes, tentando dar golpes fatais no pescoço, na cabeça e no ventre, porém, com os ex-prisioneiros era diferente. O motivo macabro pelo qual mantiveram o grupo vivo na torre ainda existia, seja lá qual fosse. O céu escureceu de repente. A energia no ar pesou ainda mais. Leona sentiu o corpo inteiro se arrepiar. Do meio das nuvens escuras, surgiu um espectro diferente de todos os outros que ela já tinha visto, descendo lentamente.

A pele do rosto tinha o tom acinzentado característico, mas não havia feridas nem pústulas. No alto da cabeça, um punhado de fios longos, brancos e ressecados. Seu corpo era musculoso, e se viam suas pernas e pés… Em cada dedo das mãos, unhas afiadas reluziam como se fossem de metal. Alguém atirou uma flecha, e o espectro desviou dela com facilidade, a expressão debochada. Seus pés alcançaram o solo. Era uma fêmea. Ela podia caminhar além de voar. Sorriu, revelando seus pontiagudos dentes brancos e reluzentes. Os olhos eram de um verde sobrenatural, e a parte branca estava injetada de sangue preto. *Quem era? Poderia ser Inna?*

– Wicary! – Heitor anunciou aos outros.

Wicary. O espectro de segundo nível que havia matado a mãe de Augusto, avó de Ulrik e Úrsula.

Durante os treinamentos, os professores mencionaram que esses espectros eram muito mais poderosos. Ainda assim, as descrições não tinham preparado Leona para aquela visão. Para a opressão que a magia inanis exalava.

Sua garganta estava seca. As mãos, suadas. O que deveriam fazer?

– Ladrões – Wicary disse. – Devolvam o que é nosso e prometo uma morte rápida.

Os guerreiros seguraram suas armas com mais força. Carian retesou os músculos. Um ódio intenso ardeu nos olhos de Ulrik. Ninguém cederia. Lutariam até a morte – e, dessa vez, o fim parecia inevitável.

– Os guerreiros vão saber o que aconteceu aqui! Mesmo se nós sete cairmos hoje, os outros nunca vão permitir que mantenham essas pessoas presas – Heitor respondeu, em alto e bom som. O suficiente para que Leona ouvisse e entendesse a mensagem nas entrelinhas.

Fuja. Vá até a Cidade Real. Busque reforços. Ela compreendia a lógica e sabia que era uma ordem. Mas não fugiria de novo, não depois de sentir nos ombros o peso do arrependimento.

Wicary riu. Os espectros tiraram o foco dos ex-prisioneiros – sabiam que aquelas pessoas não conseguiriam ir longe. Começaram a cercar e a sobrevoar os guerreiros – predadores brincando com suas presas. Os guerreiros, contudo, não vacilaram; mantiveram a formação em círculo, as armas em punho, sem atacar, aguardando o momento certo para não desperdiçar energia nem munição.

Leona pegou um cantil de água. Desenhou uma runa no próprio braço para deixar a mente clara, os instintos aguçados e sua energia no nível máximo. Então desembainhou uma faca, sua última.

– Matem todos – Wicary ordenou ao bando. – Menos o garoto Ulrik.

Pretendiam capturar Ulrik também? Devia ser por causa da descendência dele, e isso confirmava a teoria de que os ex-prisioneiros eram todos da primeira geração... Mas como o espectro sabia o nome dele? *Caeli e Micaela*... Leona conseguia imaginar os feiticeiros dando detalhes sobre a vidas dos guerreiros, ajudando a planejar a destruição do clã. Daqueles com quem viveram por tantos anos.

Os espectros atacaram de uma vez. Wicary voou em direção a Ulrik.

Leona levou a mão direita para trás e lançou a faca, calculando a distância que o espectro de segundo nível percorreria naqueles poucos segundos.

Wicary olhou na direção da arma quase no momento do impacto e conseguiu desviar. A faca não atingiu a cabeça, mas pegou de raspão no ombro. Ela gritou, chiou, mostrou os dentes em meio à fúria, buscando com aqueles olhos verdes terríveis a origem do ataque. Procurando Leona. A guerreira pegou uma flecha, colocou no arco e atirou. Então correu na ponta dos pés, tentando não fazer ruído, e pegou uma faca do chão no caminho. Dessa vez, Wicary não foi atingida e a arma voou para o ponto onde a garota estava segundos antes.

– Eu normalmente deixo os corações para Inna... mas vou abrir uma exceção hoje – Wicary disse, parando para observar, buscando algum sinal da guerreira.

Leona estava parada como uma estátua, a mão direita firme no cabo da faca, esperando que o espectro desse as costas para ela, pensando que ela não erraria o próximo lance. O monstro, porém, pareceu entender o perigo de um inimigo invisível e se dirigiu ao grupo de ex-prisioneiros. Muitos deles gritaram, e Wicary puxou uma pessoa pelo braço, a posicionando como um escudo.

Otto.

Leona viu quando Ulrik e Carian romperam a formação, mesmo sob os protestos de Heitor. A situação começou a piorar rapidamente; os cinco guerreiros restantes passaram a ter mais dificuldade para se defender em círculo. Carian caiu e foi salvo por sua puma, Ulrik pôs sua espada no fogo e começou a desenhar algo nela enquanto Nox e Lux o defendiam... *O que ele estava fazendo?*

A águia de Otto tentou se aproximar. Wicary bateu nela com a mão, as unhas arrancando penas e ferindo suas asas. Otto entrou em surto, reagindo de verdade pela primeira vez, mas de uma forma que mostrava claramente que não estava bem... O garoto gritava, se sacudia, tentava morder o espectro. Quase como um animal.

Leona tinha que agir rápido. Quando Otto conseguiu cravar os dentes no antebraço de Wicary, a cabeça do espectro ficou exposta. A garota lançou a faca e...

Não...

A arma novamente pegou de raspão, dessa vez na bochecha. Wicary rosnou, jogou Otto no chão e voou com as garras à frente, na direção dela. Se Leona corresse, ele a ouviria. Poderia se abaixar e pedir a Luce que a poupasse. Ao invés disso, sacou uma adaga e a segurou à frente do corpo. Pronta para um sacrifício. Pronta para morrer se isso significasse levar aquele ser horrível consigo. Porém, antes que o espectro a atingisse, uma coisa brilhou no meio do caminho.

Fogo. O choque do encontro com as labaredas foi a distração que Ulrik precisava para deslizar sua espada também em chamas pelo ventre de Wicary, fazendo as entranhas do espectro caírem no chão, enquanto um fogo azul se espalhava pelo corpo ferido. Wicary caiu, agonizando, uma poça de sangue preto se formando ao seu redor. Ulrik aproximou-se conforme o fogo ficava mais alto, mas o calor não parecia incomodá-lo. Levantou a espada mais uma vez.

— Isso é pelo meu irmão.

A espada desceu sobre o pescoço de Wicary, e a cabeça com os olhos verdes arregalados saiu rolando.

Os olhos de Ulrik reluziram em meio às chamas. A runa em seu antebraço parecia em brasa. Por um segundo, Leona sentiu a magia incontrolável que emanava dele junto com o calor e a luz. Algo novo e poderoso, diferente do que circulava nas veias dos outros guerreiros. Algo menos... humano.

Com essa mesma aura, ele foi atrás dos outros espectros. A morte de Wicary acendeu algo nos outros guerreiros também, e o que antes era uma luta equilibrada se tornou um verdadeiro massacre. Em alguns minutos, tudo estava acabado. Ulrik parou, ofegante, os olhos arregalados, a pele vermelha. Leona tirou a pedra da invisibilidade e correu até ele. Encostou a mão no rosto dele, mas a tirou rapidamente. Bolhas se formaram na ponta dos dedos dela, bem onde o havia tocado.

— Você está literalmente fervendo, Ulrik — ela disse, assustada. — Vem comigo até o riacho, você precisa entrar na água.

Ele não obedeceu, apenas a encarou. Novamente seus olhos reluziram em laranja por um segundo. Antes, Leona tinha achado que aquilo era um reflexo da fogueira, agora entendia que vinha de dentro dele... o fogo estava dentro dele. E alguma coisa lhe dizia que Ulrik poderia queimar de dentro para fora se não agisse rápido.

– Ulrik, para água. Agora!

O tom dela era firme. Uma ordem. As feições do garoto se contorceram com raiva, e Leona deu um passo para trás, uma onde fria de medo percorrendo sua espinha. Ulrik piscou e pareceu voltar a si. Suas sobrancelhas mais uma vez se franziram, só que de um jeito diferente. Dor.

Leona foi na frente e entrou na água gelada. Quando Ulrik a imitou, ouviram um chiado, como se tivessem colocado ali uma panela saída da fogueira.

– Mergulhe.

Cerrando os dentes, ele obedeceu. Emergiu mais ofegante ainda. Ela começou a trabalhar. Fez runas, algumas que ia descobrindo conforme entendia melhor do que ele precisava. Dor, cura, febre... Controle da magia. Calma.

O indicador dela percorreu o rosto de Ulrik, os braços, o peitoral. A túnica dele havia se desfeito em cinzas... Ela continuou desenhando. Curando. Trazendo o garoto de volta, impedindo que ele fosse consumido pelo poder daquela magia de fogo.

Aos poucos, a dor pareceu passar. Ainda dentro do riacho, Leona respirou aliviada e exaurida pelo esforço. Segurou o rosto dele com as duas mãos.

– Você foi longe demais – ela falou, em um sussurro.

Não era modo de dizer. Ulrik tinha realmente ido além de suas capacidades, usado mais magia do que seu corpo aguentava.

– Por algumas pessoas, eu iria de novo.

E como se precisasse dele para respirar, Leona enfim o beijou.

CAPÍTULO 26

Sangue derramado

Sair do castelo foi mais fácil do que Tora imaginara. Porém, foi necessário lançar mão de um artifício que o guerreiro evitava ao máximo: uma mentira. Em vez de simplesmente sair e nunca mais voltar, ele disse ao Grande Guru que a conselheira tinha solicitado sua ajuda para levar uma carta até um grupo de visitantes na cidade. Em cada um dos pontos de controle com guardas, explicou que sua saída estava autorizada pelo Grande Guru, suas vestes de aprendiz corroborando a história.

Desceu as escadarias rapidamente e sem dificuldades; a prótese era firme e flexível e o coto não doía mais, muito diferente da subida, meses atrás. Além disso, invocar a energia dos terriuns para melhorar seu equilíbrio era natural e instintivo, e ele se perguntou se isso estava relacionado à prática constante ou aos seus estudos de alguma maneira.

Chegando à parte baixa da cidade, perguntou sobre os visitantes. Encontrou alguns guerreiros produzindo novas armas em uma ferraria, e eles o direcionaram para uma hospedagem, o local onde Bruno e alguns dos outros estavam residindo.

Tora encontrou o lugar. A porta da frente estava aberta, e ele viu o líder sentado em uma das mesas, terminando de almoçar junto a um pequeno grupo de guerreiros com suas túnicas surradas e seus cintos repletos de facas.

— Tora? — Bruno levantou-se assim que o viu se aproximar. — Aconteceu alguma coisa?

Nesse momento, várias pessoas na mesa se viraram. E o garoto percebeu, com surpresa, três rostos novos entre o grupo: Feron, Aquiles e Diana.

– Vocês chegaram! E Ulrik, onde está? – ele perguntou, perscrutando as outras mesas, vendo outras pessoas do grupo de seu melhor amigo.

– Nós nos separamos no caminho – Diana respondeu. – E que roupas ridículas são essas?

– Se separaram por quê? Ele está bem?

– Aqui não – Bruno disse. – Vamos dar uma volta.

O líder deu algumas ordens e então convidou Feron, Aquiles e Tora para uma caminhada pelas ruas de pedra. Primeiro, explicou que Tora havia se infiltrado no castelo e estava fazendo o treinamento de guru. Aquiles ficou contente com a novidade, reforçando que aquilo poderia ser muito útil aos guerreiros. Tora queria perguntar sobre a nova caixa e saber detalhes sobre a separação do grupo, mas precisaria deixar isso para depois. Havia algo mais urgente.

– Caeli esteve no castelo – ele anunciou.

Feron quis sair imediatamente e armar um grupo de busca, contudo, Bruno pediu que ouvissem a história completa antes de tomar qualquer atitude. Depois que o garoto terminou o relato, repetindo várias vezes cada palavra que saíra da boca dos dois feiticeiros, o líder se mostrou mais preocupado.

– Como pode ter certeza de que ele está procurando esse tal *Manuscrito das runas de luz*? – Feron questionou.

– É uma longa história. Eles citaram apenas o *manuscrito*, mas eu sei como Lanyel reagiu quando o mencionei pela primeira vez.

– Por que eles querem esse documento? – Bruno pensou em voz alta.

– A pergunta principal é para quê – Aquiles complementou, contemplativo. – O que essas runas de luz podem fazer que as tornam tão importantes?

– Espectros e feiticeiros usam magia de sangue, eles não precisam de runas – Feron respondeu.

– Não precisam para fazer o tipo de magia que nós fazemos – Tora rebateu. – Criar armas, nos aquecer, ajudar a curar... Algumas das runas que eu vi nos livros requerem muito poder para serem utilizadas. E estômago.

Outra coisa que os atormentou foi o fato de Caeli saber detalhes sobre as movimentações dos guerreiros. Estavam sendo vigiados dentro da cidade e teriam que tomar algumas medidas para proteger melhor o grupo. Bruno decidiu destacar alguns guerreiros para a função de batedores... Caeli poderia muito bem-estar por ali, usando magia para se disfarçar, e precisavam estar atentos.

Bruno também informou Tora sobre seus avanços. Com pequenas vilas sendo destruídas por perto e relatos de seus guardas sobre criaturas terríveis atacando nas estradas, a rainha enfim havia decidido ajudar depois de muitas reuniões e discussões com o seu conselho. Permitiria que os guerreiros controlassem a fabricação de armas, que as transformassem com suas runas e as distribuíssem aos seus guardas. Bruno também poderia falar com o capitão e com alguns de seus defensores mais experientes sobre as criaturas mágicas, e aos poucos informariam o restante da guarda real. A população geral, porém, continuaria no escuro. Então, apesar de apreciar os novos recursos, Bruno ainda não estava satisfeito. Se os espectros atacassem a cidade, muito sangue seria derramado, principalmente o de pessoas indefesas.

Ficou acordado que Tora deveria voltar ao castelo. Já tinha uma ótima abertura com Lanyel e talvez ela falasse mais sobre o mapa e a localização do manuscrito, ou pelo menos sobre o real perigo que as runas de luz ofereciam.

Feron então contou sobre a missão deles, a caixa, a visão do Pântano dos Ossos e a separação do grupo. Tora conhecia Ulrik como ninguém; é claro que ele nunca desistiria de ir atrás do irmão. Enquanto buscavam a caixa das almas antes que ela fosse aberta, os amigos haviam convencido Ulrik a deixar o passado e a família para trás. Lia morrera e essa tragédia pesava em seus ombros. Por isso e por muitas outras razões, Tora entendia e apoiava a decisão do amigo de ir em busca da verdade.

Aquiles pegou um embrulho dentro da bolsa que carregava na mochila e o mostrou aos outros. A nova caixa das almas reluzia com o brilho de estrelas. Era uma visão de tirar o fôlego.

– Só faltam as runas – Aquiles disse. – Talvez o Grande Guru possa ajudar.

– Acho que ele ainda não sabe sobre os espectros e os guerreiros. Quando souber, provavelmente vai tentar tomar as rédeas... – Esse, afinal, era o grande problema dos que se achavam sábios demais: a incapacidade de admitir ignorância e de aprender com os outros. –

Mas acho que Lanyel pode ajudar. Eu tenho algumas teorias, quero mostrar tudo a vocês.

Os quatro se encaminharam para o castelo, Bruno já era conhecido dos guardas. Magnus e Núbila os acompanharam, enquanto o búfalo e o urso ficaram na cidade baixa.

Durante a subida, Tora falou sobre o livro de runas mistas, e como acreditava que talvez não precisassem de vários desenhos para fechar a caixa, apenas de um que usasse todos os elementos e traduzisse a complexidade da intenção mágica. Essa runa poderia ser desenhada por alguns pares de mãos, ao longo de dias, em camadas, assim como frequentemente acontecia com as runas de ar. Tora tinha estudado livros proibidos na biblioteca da conselheira, mas também dedicara muitas horas aos manuscritos das runas de ar, de água, de terra e de fogo, e agora entendia sobre esses elementos e seus traçados o suficiente para ao menos guiar o grupo.

— Já estou achando excelente ter um guru entre os guerreiros — Aquiles disse.

— Meu treinamento ainda não acabou — ele respondeu, sentindo o rosto esquentar.

— Em algumas profissões, não acaba nunca. Ilca, por exemplo, continua estudando e aprendendo. De qualquer forma, ela já é uma curandeira.

— Eu sei, mas por aqui o treinamento leva anos. Os aprendizes só começam a estudar magia no segundo ano.

Os outros guerreiros riram. Tora estava falando sério, porém, logo percebeu a ironia. Magia com certeza era de longe a parte onde ele mais avançara. Talvez fosse melhor com runas do que o próprio Grande Guru, dado o tempo que passara como guerreiro, tendo que usá-la todos os dias. Eles voltaram a ficar sérios.

— Tora, você não vai ter anos aqui — Bruno disse.

— Eu sei.

Quanto tempo teriam antes de ir embora ou a cidade ser atacada? Meses? Semanas? Dias? Tora olhou para o céu azul. Um corvo passou voando, e ele se arrepiou com a ideia de que a qualquer momento tudo pudesse mudar.

Passaram pelo portão principal, adentraram o castelo e atravessaram os corredores. Tudo estava mais calmo e quieto do que o normal.

Tora os guiou até a torre oeste, e nesse momento suspirou aliviado. Quando saíra no fim da manhã, não sabia se poderia voltar. Se teria tempo para continuar se preparando, se veria Nilo de novo. A briga que tiveram mais cedo parecia cada vez mais sem sentido... No final da tarde tirariam tudo a limpo. Tora explicaria o que tinha acontecido, que nunca faria nada para prejudicar o outro, principalmente agora que... que estava apaixonado. Que Nilo ocupava sua mente sempre que ela não estava infestada pelas preocupações com Inna, a caixa das almas e o *Manuscrito das runas de luz*.

Assim que viraram no corredor do último andar, perceberam que havia uma porta escancarada. Magnus mostrou os dentes.

— A porta nunca fica aberta – Tora disse, começando a correr.

Núbila entrou primeiro, voando. O tigre parou na entrada. O garoto parou ao lado do anima e olhou para dentro da biblioteca com o coração acelerado. Havia coisas espalhadas pelo chão. Os sofás e as tapeçarias estavam rasgados. As lombadas dos livros também tinham marcas, mas estavam todos em seus lugares nas estantes.

Os quatro guerreiros entraram, mãos nas armas, quase esperando encontrar Caeli ou algum espectro esperando para dar o bote. Tora puxou um livro com a lombada danificada, tentando entender o que havia acontecido. Bruno também colocou a mão em um exemplar.

— Está preso – Bruno disse, puxando.

Feron tentou em seguida, mas o tomo não se moveu. Com uma suspeita, Tora se aproximou. Segurou o livro e quase sem dificuldade o retirou.

— O que é isso? – Bruno perguntou.

— Uma vez Lanyel me disse que ninguém tirava um livro daqui sem a permissão dela – ele explicou. – Não achei que estivesse sendo literal.

— Estão enfeitiçados – o líder concluiu.

— E pelo jeito os espectros não ficaram nada felizes com isso...

Havia marcas em muitos volumes, e era possível imaginar um ou mais espectros os puxando, suas garras rasgando o couro ou o papel por causa do esforço. Tora testou mais alguns. Nenhum livro resistiu ao ser puxado, e ele colocou todos de volta no lugar com cuidado. Isso significava que a feiticeira confiava o suficiente nele para que pudesse ler o que bem entendesse, e para que tomasse cuidado com a informação ali presente.

– Será que eles achavam que a parte do mapa de Lanyel estava em algum dos livros? – Feron questionou.

– Tora, você pode retirar esse pra mim, por favor? – Aquiles pediu. – Acho melhor não perdemos tempo.

O garoto obedeceu, a mente funcionando rápido, tentando desvendar o que estava acontecendo. Caeli pedira o mapa, e Lanyel se recusara a lhe entregar a sua parte. Espectros entraram ali, procuraram o documento entre os livros e, frustrados, saíram rasgando tudo... Havia objetos pelo chão também. Sinais de luta?

Num dos cantos, viu algo caído. Era uma pena preta. Como a de um corvo.

Abaixou-se para pegar, escorregou e caiu com as mãos no chão.

O chão estava úmido.

– Sangue – Bruno concluiu.

Tora encarou as palmas vermelhas e a pena.

– Nilo.

CAPÍTULO 27

Uma nova gema

Úrsula girou a flecha nos dedos, admirando o corpo de madeira totalmente esculpido com intrincadas runas de ar.

— Se eu não tivesse que acabar com o maior espectro de todos os tempos, ia te pendurar na parede. Claro, se eu não morasse em uma barraca e tivesse uma parede.

Parecia uma obra de arte. Uma obra de arte mortal, que sugaria a energia do ar assim que atingisse seu alvo, causando uma implosão mágica. De certa forma, algo similar ao que acontecia quando uma gema de cíntilans se quebrava. Sua alegria por ter terminado, porém, durou pouco. Se a flecha estava finalizada, chegara o momento de devolver a magia, de fazer a tal cisão e quem sabe morrer no processo.

Foi até Grov avisar que estava pronta. Explicou em detalhes para Olga como tinha feito a runa, e como acreditava que a flecha iria funcionar. Então tirou um tempinho para ficar sozinha com Fofa… Foi até o pico onde gostava de meditar, fez ventar, tentou voar e caiu de cara no chão, abraçou a ursa ao som sussurrante do vento, depois desceu até as estufas, comeu morangos e aproveitou para ajustar a temperatura do ar de lá, tudo usando sua forte magia recém-adquirida. Ainda assim, tentava fingir que não estava se despedindo.

— Vamos? — Grov a chamou algumas horas depois.

— Mas eu nem fiz minha última refeição ainda.

— Tecnicamente, a última coisa que você comeu foi a sua última refeição.

— Era pra ser algo especial!

– O que você comeu?

– Queijo de cabra das montanhas regado com mel, tâmaras secas e truta defumada com laranja.

O vísio cruzou os braços e levantou as sobrancelhas grossas.

– Vamos, Úrsula.

Pela primeira vez desde que havia aceitado fazer a cisão, ela sentiu medo. Suas entranhas pareciam ter congelado, e precisava fazer esforço para que os dentes não batessem uns nos outros. A verdade é que, apesar de todas as desgraças, lágrimas e machucados, Úrsula amava viver. Amava ver o mundo, fazer piadas, irritar os vísios com bolas de neve, e mesmo lutar... Amava seu propósito e a ideia de que poderia ajudar a tornar o mundo melhor. Precisava pensar em outras coisas, tirar da cabeça o fato de que talvez aqueles fossem seus últimos minutos de vida.

– Sabe, Grov, eu até vou deixar vocês roubarem a minha magia...

– Tomar de volta o que é nosso.

– ...mas, quando penso em todas as coisas incríveis que eu poderia fazer com ela, confesso que sinto saudade desse futuro que não vai acontecer – Úrsula disse, enquanto eles se encaminharam para o anfiteatro.

– Eu entendo. Nesse momento, você deve ser a humana com mais magia no sangue no mundo inteiro.

– Pois é! A primeira coisa que eu faria seria esfregar isso na cara do meu primo. *Primeira geração? Você consegue ver a magia por acaso? E fazer ventar? Agora olha aqui, olha como eu sei voar!*

– Você não sabe voar.

– Até a gente se encontrar eu já teria aprendido!

Grov balançou a cabeça, sorrindo. Depois sua expressão ficou séria de novo.

– Nenhum ser humano deve ter tanta magia no sangue, Úrsula. Vocês não foram feitos para isso... É difícil controlar. É difícil enxergar além do poder.

– Raoni recebeu magia diretamente da Deusa da Luz e salvou a humanidade com isso. Acho que ele não teve nenhum problema para controlar a sua magia.

– Acha, mas não sabe.

– Ah, e você sabe? Pois se isso tivesse acontecido, haveria algo nos pergaminhos dos guerreiros.

– Não, porque os humanos têm o péssimo hábito de registrar a história como lhes convém. Nenhum de vocês escreve sobre os próprios erros e defeitos, até porque normalmente nem conseguem enxergá-los.

– Vai pentear uma cabra gigante, Grov.

Com aquela troca de palavras carinhosas, eles adentraram o local onde as assembleias aconteciam. Os assentos estavam tomados; Grov explicara que era importante ter a vila toda durante a cisão. Assim faziam quando os idosos se ofereciam para o ritual, não apenas porque era um ato nobre e bonito de ser assistido, mas também porque usariam seu próprio poder para auxiliar, para puxar a magia para fora do doador. Além disso, poderiam ajudar caso a situação saísse do controle. Úrsula perguntou se os vísios saberiam colar seus pedacinhos se ela explodisse. Grov não fez outra piada, nem achou graça.

Quando chegou no andar inferior, a garota abraçou a ursa.

– Preciso que você se afaste um pouco, Fofa.

Ela rugiu e se recusou a sair dali, mesmo quando Úrsula insistiu mais algumas vezes.

– Eles são mais inteligentes que vocês – Grov disse.

– A hora das ofensas pra aliviar a tensão já passou – a guerreira respondeu.

– Quero dizer que os animae sabem o que fazem. Vejo vocês dando ordens a eles como se achassem que precisam ser guiados, mas esses animais fazem o que acreditam ser o certo. Confiam nos seus humanos, porém, se necessário, desobedecem. – O vísio apertou o ombro dela. – Fofa acha melhor ficar ao seu lado. Confie no seu anima.

– E se as coisas saírem do controle, como você gosta tanto de dizer… e se ela se machucar?

– E se fosse o contrário?

Se Fofa estivesse com medo ou sofrendo, Úrsula tampouco arredaria o pé. Humana e anima se encararam por alguns segundos. Uma fortalecia a outra com seu amor incondicional.

Os vísios trouxeram uma cuia de pedra que emanava uma energia diferente. Tinha sido feita e trabalhada por eles para receber a magia doada, para que todos pudessem vê-la antes que fosse devolvida para a vila, que se dissipasse pelo ar.

– Estou pronta – Úrsula disse, mesmo sem estar.

Gruta e alguns dos líderes já haviam explicado à garota o que precisava ser feito.

Ela fechou os olhos e buscou a magia que fluía por seu corpo. Essa parte ela tinha praticado anteriormente, e a sensação era incrível. Concentrando-se o suficiente, podia sentir a energia que a ligava ao mundo exterior, aos céus, aos ventos que faziam a curva do outro lado do mundo... Podia sentir o cheiro das margaridas-das-nove que cobriam os prados em Lagus.

– Encontrou a magia? – Gruta perguntou. Úrsula assentiu. – Leve tudo para o centro.

Seus pulmões. Úrsula os encheu de ar, o tórax se abrindo, e ao mesmo tempo guiou a força mágica até ali. Conseguiu imaginá-la com sua cor indefinida, que brincava com os olhos, invadindo seu peito, rodopiando em meio ao ar que segurava dentro de si.

– O ar muda, molda, dá voltas e sempre retorna. Úrsula, obrigada por honrar a magia do elemento que é nosso sopro de vida.

Úrsula soltou o ar, com uma intenção clara na mente: soprar a magia para fora de seus pulmões e para dentro do recipiente que Gruta segurava.

Essa parte do ritual ela obviamente nunca havia treinado antes, e ninguém a avisara sobre a dor. Assim que o ar deixou seus pulmões, ela sentiu o puxão dos vísios ao seu redor. Seu peito doeu como se fosse colapsar a qualquer momento, como se o próprio pulmão estivesse sendo extirpado.

– Não resista, Úrsula – Grov orientou. – É pior se você tentar puxar de volta.

Se pudesse falar e não estivesse quase desmaiando de dor, Úrsula responderia que tentaria puxar a língua dele para fora sem que ele resistisse. Buscou formas de relaxar, de permitir que a magia saísse, mas era impossível. Porque a magia queria ficar, estava se agarrando não só ao pulmão, como também a seu coração, seus ossos, seu estômago, tudo que havia de vital dentro dela. Se realmente saísse, levaria junto sua vida.

Eles puxaram mais forte.

Ela caiu de joelhos com aquele cabo de força sobrenatural, deixando de lado qualquer tentativa de relaxar, puxando de volta como todos os seus instintos a pediam para fazer. A magia se estirou ao máximo. Ela não conseguiria resistir por muito tempo.

Então... aquele fio rasgou.

A visão de Úrsula escureceu, e por alguns segundos ela não conseguiu respirar. A pontinha do fio que sobrou dentro dela se recolheu, se escondeu em todos os cantos de seu corpo, uma coisinha assustada que não queria nunca mais se submeter a outra tentativa de ser extraída.

O ar voltou. Ela inspirou profundamente e só então percebeu que seus olhos estavam encharcados. Olga se ajoelhou ao seu lado.

– Você está bem?

Parecia que a sua alma tinha sido rasgada.

– Nunca estive melhor – ela disse, com um sorriso fraco.

Olga se levantou e ajudou Úrsula a erguer-se sobre os próprios pés. As forças voltavam aos poucos.

Então ela olhou para a magia na cuia. Linda, reluzente, girando sobre si como um vapor de água colorido... Uma esfera do tamanho de uma noz. Era sua. Teve que conter o impulso de tentar pegá-la de volta. Aquele era o preço de sua liberdade.

– Então é isso, pessoal... – Úrsula disse, imaginando que o momento da despedida havia enfim chegado.

– Você resistiu – Gruta falou, com um tom sério.

– Uma vez guerreira, sempre guerreira – a garota brincou, tentando amenizar o clima. – E vai dizer que não foi mais divertido assim?

– Ainda ficou um pouco de magia do ar em você. Dá pra ver – Gruta questionou.

A energia dentro dela se moveu. Era verdade, e se eles podiam ver a magia não adiantaria negar. Porém, depois de ter passado por aquela dor, de sentir aquele último pedaço grudado à sua própria essência, Úrsula sabia que não sobreviveria se tentassem de novo.

– Não posso dar o resto. Eu vou morrer – ela disse. – E não é morrer de tristeza, é literalmente morrer. Cair durinha aqui bem na frente de vocês.

– Você precisa devolver tudo.

– Eu não posso, Gruta. Estou sendo honesta com vocês.

– Então não vão poder ir embora.

– Nós precisamos ir – Úrsula insistiu, tentando soar serena, mas as palavras por si só já carregavam rebeldia e ameaça.

Fofa se pôs sobre os dois pés traseiros e rugiu. Os guerreiros desembainharam as armas. A postura dos vísios mudou, apertando as mãos em punhos, músculos dos braços e costas saltando, expressões ferozes e animalescas como nenhum guerreiro ali havia visto. A versão mortal dos habitantes mágicos da montanha, retratada em tantas histórias de terror. Mesmo Grov estava irreconhecível. Era amigo de Úrsula só até o ponto em que seus povos entrassem em guerra. Um banho de sangue estava prestes a começar, e acabaria com todos os humanos estraçalhados no chão…

Então um vento forte soprou e, pela primeira vez, Úrsula ouviu. Os sussurros no vento, a voz dos aeris, palavras que pareciam ecoar dentro do ouvido. *O resto da magia é dela. Um presente.* Por alguns segundos, parecia que tudo estava congelado. Ninguém se moveu, nem mesmo os animae. Gruta enfim assentiu.

– Que assim seja.

Com essas três palavras, destinos foram traçados. Sem nenhum rancor, os vísios voltaram a sua postura normal, imediatamente pacíficos. Os humanos ainda estavam se recuperando, ofegantes, tentando deixar de lado a adrenalina e a raiva que corria pelas veias antes de uma grande batalha.

Grov deu dois tapinhas nas costas de Úrsula e ela relaxou.

– Vamos emprestar a vocês algumas cabras. Elas são fortes e rápidas, os ajudarão a chegar logo.

– E depois?

– Depois elas retornam pra cá, sabem o caminho de volta.

– Não, Grov… e depois? – Úrsula se permitiu ser otimista. Poderia ter morrido na cisão, poderia ter morrido pelas mãos dos gigantes das montanhas. Ao invés disso, os espíritos do ar tinham acabado de intervir e salvar sua vida. Ela e seu grupo estavam prestes a começar a longa jornada até a Cidade Real, e não chegariam de mãos vazias. Havia uma arma capaz de enfraquecer Inna. Havia um resquício de magia do ar em seu sangue. Talvez a sorte dos guerreiros estivesse mudando. – E depois que a guerra acabar?

Grov sorriu.

– Nós continuaremos onde sempre estivemos: aqui. E você, a humana abençoada pelos aeris, será sempre bem-vinda.

CAPÍTULO 28

Almas

— Otto, aquela é a Cidade Real — Ulrik disse, apontando a cidade que se elevava sobre um morro, o topo coroado com o castelo. — Só mais algumas horas… Tora deve estar lá, ele também é como um irmão pra mim. Tenho certeza de que vão se dar muito bem.

Lux lambeu a mão de Otto. Nox atormentava a águia dele, como se tentasse distrair o anima que nem tinha recebido um nome ainda. Ulrik encarou o irmão com um resquício de esperança queimando no peito. Buscando pelo menos aquele reconhecimento do primeiro dia, tentando entender se ele ainda estava lá dentro. Tinha que estar. Mas o olhar opaco e vazio dizia o contrário.

Carian observou a interação, claramente angustiado. Quando Otto nem mesmo moveu a cabeça ou os olhos, pater se levantou, balançando a cabeça e se afastou, com Feline em seu encalço. Provavelmente choraria se ainda tivesse restado alguma lágrima.

Não que as coisas não tivessem melhorado… Leona estava trabalhando em novas runas de água para ajudar na recuperação e fisicamente os ex-prisioneiros estavam muito mais dispostos. Já não se viam todos os seus ossos através da pele, a palidez tinha sido substituída por um brilho saudável, escaras estavam curadas, as pernas mais fortes para cavalgar ou caminhar. E muito disso se devia à habilidade dela em descobrir desenhos que ajudassem a devolver as forças, ou em seus bálsamos e elixires finalizados com magia. Porém, a nova curandeira dos guerreiros ainda não tinha conseguido resolver a questão mental dos guerreiros resgatados.

Assim como Ulrik, Leona desenvolvera uma conexão maior com um dos elementos que lhe conferia um poder especial, mas ele não fazia ideia de como isso tinha acontecido para ela. No caso dele, tudo havia mudado quando forjou na pele a runa que o deixava resistente ao fogo, num ato tão insano quanto corajoso. Porém, ele só entendeu de verdade a grandiosidade dessa conexão quando matou os espectros perto da torre e depois Wicary. Quando fez a lâmina de sua espada queimar com um fogo sobrenatural e se moveu a uma velocidade humanamente impossível... Lembrava-se de tudo como se fosse um sonho. Como se tivesse sido dominado pela coisa nova que corria dentro de suas veias, como se essa nova magia estivesse conduzindo sua mente e seu corpo.

Humanos não foram feitos para se marcarem com fogo. Quando o momento chegar, você será consumido por ele.

O flamen que ainda assombrava seus pesadelos tinha prometido que em algum momento Ulrik queimaria. E isso só não acontecera graças a Leona.

Como se tivesse sido convocada, ela surgiu um pouco à frente, acompanhada de Albin. Aproximou-se dos gêmeos.

– Nada? – ela perguntou, olhando para Otto. Ulrik apenas fez que não com a cabeça e Leona se aproximou de Otto, molhando o dedo indicador, pronta para desenhar ainda mais runas. – Com licença, Otto. Quero tentar algumas coisas novas pra te ajudar.

Albin, sempre sereno, se juntou à brincadeira de Nox e da águia. Ulrik observou os animae por alguns segundos e depois se virou para ver Leona trabalhando. Nessas horas, os olhos escuros dela reluziam com a concentração e suas feições perdiam os traços de tristeza. Ela nunca mais seria a Leona de antes, assim como tudo que ele mesmo vivera deixaria marcas eternas... Mas, quando estava fazendo magia e ajudando as pessoas, a essência dela vinha à tona. Bondosa, justa, e oferecendo amor numa forma que talvez fosse menos óbvia para os outros, e por isso mesmo ainda mais bonita.

Leona continuava usando a pedra da invisibilidade com frequência. No início, Ulrik entendeu que ela precisava de espaço e não queria forçar sua presença. Depois da batalha com Wicary, do beijo dentro do rio, muita coisa mudou... Eles conversavam mais, ela usava menos a pedra, contudo, ainda assim sumia por horas. E voltava muitas vezes com os olhos inchados. Como se precisasse deixar seu sofrimento invisível aos outros, como se as pessoas só pudessem ver a sua versão fria e mortal.

Quando Leona terminou de tratar Otto, Ulrik caminhou com ela em direção às barracas.

– Leona, eu gostaria de… – Ele hesitou, sabia que era o início de uma conversa difícil. – Gostaria de ficar com a pedra da invisibilidade.

Ela parou, o encarou e se afastou dois passos, a mão pronta para colocar a pedra em contato com a pele de novo.

– Eu não acho que seja uma boa ideia outras pessoas usarem a pedra. Não é fácil, Ulrik…

– Eu não vou usar. A não ser que precise.

Ela sorriu, mas estava claramente desconfortável.

– Por que você quer a pedra se não vai usar?

Ele pensou em tentar explicar, em argumentar, dizer que estar visível o tempo todo talvez fizesse bem para Leona. Contudo, não sabia se isso era realmente verdade, afinal, ela sabia cuidar de si mesma. Queria ajudá-la, só que para isso precisava entender se Leona precisava de fato de ajuda.

– Por que você quer ficar com a pedra? – ele perguntou de uma forma genuína. – Acha que está te ajudando a lidar com… tudo que aconteceu?

– Por que todas essas perguntas agora? – Ela cruzou os braços. Parecia irritada.

– Só quero saber se ficar invisível está te fazendo bem. Só isso.

– E por que você se importa?

Ele sorriu de um jeito triste.

– Você sabe o porquê, Leona.

Era como se ela estivesse congelada. Como se não conseguisse decidir entre ficar invisível de vez e nunca mais aparecer, ou mostrar coisas para ele que ainda não tinha mostrado. E então, ela enfim suspirou.

– Eu não sei se consigo ficar sem a pedra.

Ulrik acenou. Devia ser difícil abrir mão do poder de desaparecer.

– E se a gente trocar nossos artefatos mágicos por alguns dias… Você guarda o Olho da Verdade pra mim e, se precisar da pedra, eu troco com você. Promessa de dedinho.

Leona riu de um jeito nervoso. Fechou os olhos como se tomar aquela decisão causasse uma dor quase física. Tirou a fita de couro do pescoço e estendeu a pedra da invisibilidade para ele ainda de olhos fechados. Ulrik fez a troca depressa, com medo que ela desistisse. Quando Leona sentiu o cristal frio sobre a mão, seus olhos se arregalaram com a surpresa.

– Uau, ele é lindo. E é de magia da água... é óbvio, mas eu consigo sentir a energia vibrando.

– Eu podia ter lhe mostrado antes se soubesse que isso ia te deixar tão feliz – Ulrik respondeu, com um sorriso. Então contou novamente como ele e Carian tinham conseguido usar o cristal uma vez, e como desde então nunca mais funcionara. – Não é por falta de tentativa... Já fiz todo tipo de pergunta. Como curar Otto, pra que serve a runa entalhada no peito deles, e todos os dias pergunto sobre as runas para a nova caixa das almas. Só que não enxerguei mais nada.

Leona olhou para ele de um jeito estranho. Misterioso.

– Vamos dar uma volta – ela disse, séria. – Preciso te contar uma coisa.

Eles estavam em um descampado que terminava quilômetros à frente, na própria Cidade Real. Leona seguiu para fora da estrada e o guiou para um pequeno morro. Albin, Lux e Nox foram correndo na frente. Chegaram ao topo e admiraram a vista por alguns segundos. Leona se sentou no gramado de pernas cruzadas e ele a imitou. Ulrik estava curioso, e ao mesmo tempo com medo de que tudo mudasse se dissesse algo errado, se fizesse alguma pergunta que espantasse a vontade dela de se abrir. Então preferiu esperar em silêncio.

– Obrigada por pedir a pedra – ela disse. – Ficar invisível tem um preço. É como... estar presa numa bolha. Por muito tempo, essa bolha foi meu escudo, me permitia estar só, mesmo quando havia pessoas ao meu redor. Mas também era sufocante... No fim, a pedra não estava mais me protegendo, só me distanciando das coisas importantes.

Ulrik estendeu a mão e fez um carinho no rosto dela. Leona fechou os olhos e se apoiou na palma da mão dele.

– Eu não tinha ideia de que usar a pedra era tão ruim.

– Outros guerreiros no acampamento não sentiram a mesma coisa. Talvez seja porque é magia de ar... Que os aeris não me escutem, mas esse nunca foi meu elemento.

– A experiência com o Olho da Verdade vai ser muito melhor então. – Ulrik então decidiu fazer a pergunta que estava na ponta de sua língua há dias. – Sei que a minha habilidade com a magia do fogo veio da runa de lava. Como você… de onde veio o seu novo poder?

Ela ficou séria e suspirou.

– Quando tentei salvar os outros guerreiros do acampamento, eu pulei de um penhasco e me afoguei. Eu morri… e um veros me trouxe de volta. – A declaração foi um baque. Os olhos de Ulrik arderam; ele quase tinha perdido Leona também. Queria fazer um milhão de perguntas, mas entendeu que havia mais por vir. Tantas coisas que ela tinha represado até então… e agora a barreira se rompia. – Quando eu estava na água e não conseguia respirar, tive uma visão do momento em que a primeira caixa das almas foi fechada. Tereza matou Inna, e então sacrificou a si mesma, Ulrik. E acho que essa é a chave.

Ele olhou para Leona e sentiu que se afogava na tristeza dos olhos dela. Essa informação a havia atormentado todo aquele tempo, um fardo que tinha carregado sozinha, e Ulrik entendia seus motivos.

– Talvez exista outra maneira – Ulrik disse, tentando se agarrar a um fio de esperança que estava prestes a se romper. – Há runas pra quase tudo, não é? Deve haver uma que não exija isso… Por quê? Por que alguém precisaria se sacrificar pra trancar a alma de Inna?

A pergunta queimou forte no peito dele e dava para ver que Leona também queria desesperadamente uma resposta. Ulrik estendeu a mão para segurar a dela, mas encontrou ao invés disso a superfície fria do Olho da Verdade.

Tereza chora em sua barraca enquanto desenha runas sobre a superfície metálica brilhante da caixa das almas. Quando termina, olha para alguém com uma dor sem fim. Seu anima. Os olhos azuis do animal refletem uma tristeza profunda, que transpassa a vida e a morte… Então ela está em outro lugar, em um outro dia. No meio de uma batalha. O céu está encoberto, há criaturas voando por todos os lados. Corpos de guerreiros e espectros espalhados pelo chão. Há sangue e gritos por todos os lados. "Agora!", Tereza grita. Um guerreiro pega a gema de cíntilans dos humanos e a atira na direção de Inna. A magia explode, a luz engolfa tudo ao seu redor, e espectros chovem do céu. Inna também cai, e se levanta fraco e atordoado. Tereza saca a espada e a levanta no ar: "Para os imortais, uma prisão eterna!". A mulher corre junto ao anima de pelagem branca e com um golpe preciso arranca a cabeça do espectro mais terrível que já existiu. Os olhos marejados da guerreira se viram para os céus, e ela dá um último abraço em seu anima. "Você vai encontrar alguém, Aura." Põe a caixa das almas no chão. Então Tereza rasga a própria barriga com a espada e cai. A caixa se ilumina, e suga uma sombra de dentro do corpo de Inna. Em seguida, algo brilhante e lindo sai de Tereza e entra na caixa. Um uivo profundo corta o ar e os corações de todos que o ouviram.

Ulrik voltou a si como se tivesse levado um soco no estômago. Estava sem ar. Sem chão. Encarando um vazio ainda pior do que aquele causado por todas as mortes que tinha testemunhado. Leona soluçava.

– Não… isso não…

– Leona – ele disse, fazendo força para que as palavras saíssem pela garganta apertada. – A alma… A alma de Tereza…

– Ela ficou presa – a garota respondeu, curvando-se sobre si mesma. – Ah, Ulrik, Tereza sacrificou a alma dela! Quinhentos anos dentro da caixa junto com a de Inna.

Essa era a peça que faltava sobre a caixa das almas. Para uma alma ser presa, outra alma tinha que ser a chave. Já seria terrível e doloroso por si só pensar que esse era o custo para fechar a nova caixa…

Só que havia algo mais. Talvez essa parte apenas Ulrik entendesse. Uma revelação que fez seus ossos doerem, deixou seu estômago pesado e transformou seu coração em um buraco sem fundo.

Desde o início, suspeitou que havia algo diferente, mas isso… Sozinha por quinhentos anos…

Durante a visão, reconheceu aqueles olhos azuis. Reconheceu aquele uivo.

Lux… Lux era o anima de Tereza.

CAPÍTULO 29

Destino

A revelação de que seria necessária uma alma para fechar a caixa tirou o chão de Leona. Era estranho pensar que há poucas horas ela se lamentava por achar que alguém teria que sacrificar *a vida*. Apenas a vida. Agora, daria tudo para voltar no tempo e acreditar que aquele era seu maior problema. Estava de luto pela morte da ignorância e da inocência.

Ulrik estava ainda pior. Agarrou-se a Lux como se sua existência dependesse disso. Repetia o nome dela e pedia perdão, e a estranheza do ato ajudou Leona a recobrar um pouco o controle.

– Ulrik – ela o chamou, colocando a mão no ombro dele. O garoto se virou. Os olhos cinzas encharcados e embotados, como se ele tivesse se perdido em si mesmo. A chama até então presente em seu olhar parecia se extinguir. – Calma, vamos pensar juntos, talvez tenha uma outra solução, como você disse…

– Lux… o anima… Tereza… sozinha…

As palavras estavam entrecortadas pela dor. Mas ela entendeu.

Não sabia o que dizer, então apenas abraçou os dois. Nox e Albin também se aproximaram, e ali, amontoados, tentando dividir o peso daquela descoberta, encontraram algum conforto.

Foram precisos vários minutos para que Ulrik se acalmasse. Leona tentou se colocar em seu lugar, porém era doloroso demais… E se Albin não fosse a sua metade? E se tivesse vivido em uma solidão profunda durante quinhentos anos? Será que sua alma vagaria perdida onde quer que as almas esperavam para vir ao mundo, ou ele viria mesmo assim na esperança de salvar o espírito que completava o seu?

Se esses exercícios de empatia já a atormentavam, ela só podia imaginar essa realidade destroçando o resto de sanidade que Ulrik tentava manter...

– Lux, sinto muito. Por tudo – ele disse, enfim conseguindo controlar as palavras, ainda abraçado à loba com todas as suas forças. – E me desculpe por não ter entendido antes e por não ter feito mais... Você já sabe disso, mas quero repetir mesmo assim: meu amor por você não tem limites. – Ulrik se afastou para encarar os olhos de Lux. – Eu queria que nada disso tivesse acontecido, mesmo assim, uma parte de mim fica grata por termos sido unidos pelo acaso. Nessa vida, você é minha e eu sou seu. E vou continuar sendo seu, mesmo que nas próximas vidas você esteja com Tereza. E você vai estar... um dia vai estar.

Leona enxugou as próprias lágrimas antes de passar os polegares nas de Ulrik. Os olhos dos animae também estavam marejados. Todos entendiam quão terrível e bela era toda aquela história.

– Ulrik, você fez o melhor que pôde e entendeu tudo no momento certo. Não foi o acaso que uniu vocês, foi o destino. – Ele balançou a cabeça, como se quisesse negar aquilo, como se fosse mais fácil se culpar. – Você abriu a caixa. Entre todas as pessoas desse mundo, você nasceu um guerreiro, escolheu se juntar ao clã e decidiu que abrir a caixa poderia trazer alguma coisa boa. E trouxe. Tereza estava presa, você a libertou. Você não salvou sua mãe naquele dia, mas salvou outras duas almas que precisavam se reencontrar. Lux escolheu você por um motivo...

Lux lambeu o rosto de Ulrik. E, com os olhos vermelhos e inchados, ele sorriu e a afagou.

– E agora? – Ulrik perguntou.

Agora alguém teria que sacrificar a própria alma para salvar o resto da humanidade. Ficar preso durante toda a eternidade junto com uma alma odiosa e deixar seu anima para trás, assim como Tereza fizera. Essa era a parte mais difícil: saber que eles pagariam o pior preço.

– A gente precisa contar tudo aos outros. Não vai ser fácil – Leona falou.

– Vamos chegar na Cidade Real amanhã de manhã... Podemos falar com Bruno antes – Ulrik sugeriu.

Leona assentiu e suspirou. O primeiro passo era dividir o fardo com o líder dos guerreiros, depois com o grupo e, quem sabe, juntos, conseguiriam encontrar outra forma. Ainda assim, era impossível não imaginar que muito em breve novas tragédias assolariam sua vida. Olhou para Ulrik e para o cordão com a pedra da invisibilidade que agora decorava o pescoço dele. Percebeu que se estivesse em posse do artefato, certamente o usaria para fugir da realidade mais uma vez. Ela tinha sido tola em acreditar que a verdade não a enxergava quando estava invisível. Porque a verdade transpassa tudo, mesmo a mais forte das magias.

Um silêncio longo se seguiu, daqueles necessários para encarar uma nova realidade. Leona abraçou as próprias pernas e ficou ali, sentada, observando a vida acontecer lá embaixo. Um coelho correu no descampado, e os animae se levantaram. Lux deu mais uma lambida no rosto de Ulrik antes de saírem todos para caçar.

Leona e Ulrik estavam completamente a sós, lado a lado no alto do morro.

– Eu senti sua falta. Todos os dias. Cada minuto – ele disse, virando-se para encará-la e colocando uma mecha do cabelo dela atrás da orelha. – Eu mudei nesses meses… mas o que eu sinto por você, não. Só não quero que isso fique no caminho da nossa amizade. Eu entendo se você não sentir o mesmo, ou se precisar de mais tempo…

– Eu já perdi tempo demais, Ulrik.

Leona se aproximou e o beijou. Primeiro com leveza, depois com mais intensidade. Ela colou a mão na nuca de Ulrik e o puxou para perto. Ele envolveu a cintura dela. Queriam estar próximos, acabar com a distância que os havia separado por tanto tempo. Ulrik a segurou por baixo dos joelhos e pela cintura e a colocou sobre seu colo, como se ela não pesasse nada. Leona segurou os cabelos dele com força, aprofundando o beijo, querendo que ele sentisse tudo aquilo que ela tinha tanta dificuldade de colocar em palavras. Quando passou a mão pelo pescoço de Ulrik de novo, se assustou.

– Você está queimando.

– Acredite ou não, eu sei – ele respondeu, uma chama maliciosa queimando atrás de seus olhos.

Ela riu.

– É sério, Ulrik. Você precisa aprender a controlar melhor esse novo poder antes que se machuque de verdade. Fazer mais runas, entender outras maneiras de usá-lo, se conectar com o seu elemento e com os espíritos, isso vai te ajudar.

— Hum, não sei se é uma boa ideia. Os flamens não são como os veros, Leona. Eles só estendem a mão se for pra te transformar em churrasquinho.

Ela ignorou a piadinha e colocou a mão sobre a testa dele.

— Parece uma febre bem alta.

— Acontece o tempo todo.

— É ruim?

— Desconfortável. E eu sinto falta do frio.

— Vou pensar em uma runa de água pra isso.

— Foi exatamente por isso que eu te seduzi.

Leona gargalhou.

— Quem disse que você me seduziu?

Os dois ficaram mais algum tempo ali em cima, presos naquele instante, naquele lugar, fingindo que a realidade se resumia à companhia um do outro. Durante aqueles minutos, Leona inspirou fundo, se alimentando do cheiro e do sabor do beijo de Ulrik, se aquecendo com o calor que emanava dele – e de dentro do próprio corpo. Ela se permitiu deixar tudo de lado, derreter nos braços dele, pensar que nada mais importava além do turbilhão que mandava ondas frias e quentes por sua espinha dorsal.

Até a movimentação no acampamento começar.

Os guerreiros estavam prestes a partir e o grupo chegaria em breve à Cidade Real. As coisas mudariam quando Ulrik e Leona revelassem a última peça para fazer a caixa das almas.

Mas, até lá, poderiam aproveitar um pouco mais a ilusão de que tudo ficaria bem. Desceram o morro de mãos dadas. Enfim, juntos.

CAPÍTULO 30

Lúcis

Tora, Feron, Aquiles e Bruno vasculharam o castelo discretamente. Não encontraram Lanyel em lugar algum, e quando o aprendiz perguntava por ela para os funcionários, todos diziam que não a tinham visto. A feiticeira havia desaparecido.

Será que o sangue era dela? Será que os espectros a tinham ferido ou... pior? Se fosse o caso, onde estava o corpo? Por outro lado, como alguém tão poderosa e com tanto conhecimento tinha se deixado capturar? Talvez nunca tivessem aquelas respostas, talvez nunca soubessem o que se passara na biblioteca.

E havia algo mais que o preocupava: aquela pena preta perto do sangue. Depois que os outros guerreiros decidiram voltar para a cidade e se preparar para um possível ataque, Tora foi até seus aposentos. Não sabia o que esperar, estava pronto para sair procurando outra pessoa pelos corredores, e quase chorou de alívio ao vê-lo sentado na cama.

– Nilo... você está bem.

Ele sorriu, encarando Tora com um olhar confuso.

– E por que eu não estaria?

– Eu... – O guerreiro cogitou não dizer nada. Mas sabia o quanto a honestidade era importante para Nilo. Não podia magoá-lo de novo. – Lanyel sumiu. Havia sangue no chão, e uma pena preta e eu pensei que... – Tora perscrutou os arredores. – ... onde está Carbo?

– Acabou de sair pela janela.

– Tem certeza? Porque aconteceu alguma coisa na biblioteca, deu pra sentir. Os livros estavam arranhados, e a pena estava bem ali... Podemos sair para procurá-lo se você quiser.

– Calma, Tora. Carbo está bem, estava comigo agora mesmo. Essa pena deve ter caído na biblioteca em algum outro momento. – Ele se levantou e se aproximou de Tora. – Você acha que aconteceu alguma coisa com a conselheira? Sabe para onde ela pode ter fugido?

Fugido? Tora apreciava o otimismo do outro. Havia muitas coisas que ele não tivera a oportunidade de contar ao colega de quarto desde o último encontro: a visita de Caeli à biblioteca, as conversas com os guerreiros, a caixa das almas que estava ali dentro da cidade, quase pronta para ser usada, precisando apenas das runas certas. Tinha pensado em pedir ajuda à Lanyel para terminá-la, porém, encontrar a feiticeira se tornara ainda mais urgente por outros motivos.

– Acho que os espectros a capturaram... eles estão procurando um mapa.

Os olhos de Nilo se acenderam de curiosidade.

– Que mapa?

Mais uma vez, Tora se viu angustiado entre dizer toda a verdade e honrar a confiança que Lanyel tinha depositado nele. *Apenas nele.* Não precisava dizer tudo para dizer somente a verdade.

– Acho que o manuscrito de luz existe e está escondido em algum lugar – ele explicou, sem mencionar a conversa que tivera com a feiticeira ou o fato de que tinha visto Caeli ali. – E os espectros acham que uma parte desse mapa pode estar com ela.

– E Lanyel te disse que ela tem esse mapa?

– Não exatamente. Só sei que ele existe – Tora respondeu. Não era uma mentira, pois Lanyel nunca confirmara que possuía realmente uma parte do mapa. Apesar de ter dado a entender para Caeli que sim.

– Você tem ideia de onde ele pode estar? Porque, se esse mapa for real, precisamos encontrá-lo antes dos espectros. Eu te ajudo.

Eles se encararam por alguns segundos. Nilo parecia ansioso. Era compreensível; tinha mergulhado no mundo das runas, das criaturas malignas e depois tinha sido completamente excluído por Lanyel. Devia estar com medo de que Tora também parasse de contar com ele. Essa tinha sido a razão da briga, afinal.

– Nilo, está tudo bem? Digo, entre a gente? Não tivemos a oportunidade de conversar, achei que ainda estaria chateado...

Ele respondeu, alguns segundos depois:

— Tem tantas outras coisas acontecendo, e isso me fez perceber que preciso deixar esses sentimentos ruins para trás… Eu te perdoo, Tora. Está tudo bem.

Tora pensou em responder que só é preciso perdoar quando alguém de fato cometeu um erro. Aquele perdão era injusto, e em outros momentos ele teria falado sobre isso com alguma frase profunda. Porém, entendeu que era melhor abraçar a paz ao invés de iniciar uma discussão sobre quem estava certo. E no mais… Tora sentira falta dele.

Aproximou-se e fez um carinho no rosto perfeito de Nilo. O garoto de sardas e olhos castanhos ficou surpreso por um instante, então relaxou. Tora pousou um beijo leve em seus lábios e sentiu que ainda havia uma distância entre eles.

— Por onde começamos?

— Eu vou de novo para a biblioteca da conselheira — Tora sugeriu. Se só ele podia tirar os livros das prateleiras, talvez Lanyel tivesse deixado alguma coisa importante escondida ali. — Você acha que consegue acessar o escritório dela? Dizer que foi uma ordem do Grande Guru?

— Acho que é melhor ficarmos juntos.

— Não, precisamos ser rápidos. E aí nos encontramos em duas horas aqui de novo.

Nilo hesitou. Claramente não estava feliz com aquela proposta, havia um lampejo de ressentimento em seus olhos, mas acabou aceitando.

Era difícil não estranhar aquele lado desconhecido do parceiro. Todo mundo tem um lado luminoso e um lado oculto; e, para conhecer alguém de verdade, é preciso mergulhar também em suas sombras. O rancor de Nilo não era nada comparado ao seu lado carinhoso e bondoso. Tora o aceitava por completo, e aos poucos aprenderia a lidar com as partes mais difíceis.

Tirou isso da mente conforme percorria os corredores. Precisava estar focado.

Uma camareira colocou a cabeça para fora de uma das portas e fez sinal para que ele fosse até ali. Estranho. Como ele estava com as vestes de aprendiz, funcionários às vezes o abordavam com recados de conselheiras ou de outros gurus.

— Sim? — Tora disse quando chegou ao pequeno cômodo, que servia de ateliê.

– Feche a porta, por favor.

O tom... Não conhecia a mulher nem sua voz, mas o tom era familiar.

Tora arregalou os olhos.

– Não diga meu nome – ela ordenou. – Eles estão me procurando. E estão de olho em você, precisamos ser rápidos.

Lanyel.

– O que aconteceu? Por que você sumiu?

– Eu tenho coisas muito importantes pra lhe dizer, coisas que ninguém além de feiticeiros como eu sabem. Preste atenção. – Tora se calou. Lanyel estava magicamente disfarçada, com uma aparência totalmente distinta da sua. Os olhos dourados e intensos, contudo, ainda estavam ali. – Há algumas formas de se ter magia no sangue. A maioria dos seres mágicos desse planeta herda isso de seus ancestrais... Nesse caso, tem que ter existido o primeiro. Sabem o nome do primeiro guerreiro: Raoni. Vocês sabem que a magia dele vem da luz. Só que o restante da história é diferente.

– Diferente como? – Tora perguntou. Os pelos de seus braços se arrepiaram.

– Antes de ser um guerreiro, Raoni era um magicista. Gurus não existiam milhares de anos atrás, Tora, a maioria das pessoas nem acreditava em magia, e muito pouco se sabia sobre as runas e intencionalidade... Mas Raoni acreditava, pesquisou muito e encontrou os textos mais antigos e poderosos sobre o assunto: os manuscritos das runas de cada elemento. – Lanyel fez uma pausa para que Tora absorvesse aquelas informações. O mais surpreendente era pensar que, séculos depois, Tora havia estudado e aprendido pelos mesmos manuscritos que Raoni. Com exceção daquele das runas de luz. – O conhecimento é uma das maneiras de absorver a magia. Depois de estudar com afinco, Raoni se tornou um ser mágico e conseguiu dominar a arte das runas, assim como os gurus. E como você. Eu consigo ver a magia em você agora, Tora.

– O quê? – O choque da revelação fez os sentidos do guerreiro se aguçarem. Ele sabia que era verdade, sentia em suas runas, sentia na conexão com a magia da terra em seus exercícios de equilíbrio... como não havia enxergado antes? No entanto, aquela não era uma conversa sobre as habilidades adquiridas por um guerreiro aprendiz de guru. Era sobre o surgimento dos guerreiros. – Então foi só isso? Os guerreiros surgiram porque Raoni estudou?

– Não, esse foi apenas o primeiro passo. Depois veio a marca da estrela.

– O presente de Luce, a Deusa da Luz.

Lanyel o encarou com uma certa piedade.

– Faz séculos que os gurus existem, que as pessoas acreditam na magia, tendo a consciência de que ela vem dos quatro elementos. *Para unir, a água. Para partir, o fogo. Para crescer, a terra. Para mudar, o ar.* Só que a magia dos animae, a magia intrínseca dos humanos... ela vem da luz. – A feiticeira arrumou a postura e respirou fundo. Como se estivesse prestes a lançar uma faca, a dar um tiro mortal. – A luz é o quinto elemento. Os espíritos da luz são chamados de lúcis. Não existe uma Deusa da Luz, Tora. Luce foi uma invenção, provavelmente do próprio Raoni.

Tora foi atingido no peito. Não estava preparado. Talvez seja impossível estar preparado para a verdade quando se passou a vida toda acreditando em uma mentira. Ele havia falado com Luce tantas vezes. Tinha agradecido a deusa pelas coisas boas de sua vida e rezado por força e mudanças nos momentos difíceis. Como lidaria com eles a partir de agora? Seus olhos ficaram úmidos. Porém, deixaria as lágrimas de luto verterem mais tarde. Se Lanyel estava contando tudo aquilo...

– Raoni usou o *Manuscrito das runas de luz*. Fez uma runa em si mesmo e isso o transformou no primeiro guerreiro – Tora concluiu.

– Exatamente.

– Por que alterar a história? Por que esconder o manuscrito se outras pessoas poderiam adquirir magia assim também? E quem o escondeu?

Lanyel abriu a boca como se fosse responder, e sua expressão se transformou com uma pontada de dor.

– A liga de feiticeiros tenta ajudar a manter o equilíbrio, e há forças que me impedem de responder a essas perguntas. Eu preciso ir, Tora. Antes que Caeli ou Micaela me encontrem.

– Micaela também está aqui? – Por alguma razão, o guerreiro a temia mais. Alguém com aparência tão frágil se mostrar depois tão cruel e mortal era aterrorizante.

– Se ainda não estiver, ela vai chegar.

Lanyel virou-se para ir embora.

– E se eu precisar te encontrar?

A conselheira hesitou por alguns segundos.

– Há uma cidade que quase ninguém conhece, um refúgio para os feiticeiros que preferem viver entre os seus. Não posso dizer exatamente onde é, mas posso deixar o caminho aberto até lá. Vá para o sul. Pegue a estrada que leva até a Forquilha.

Tora assentiu. Muitas dúvidas ainda borbulhavam no peito dele.

– Por que me contou tudo isso? O que eu devo fazer com essas informações?

– Continue tentando entender, Tora. Vai fazer sentido quando chegar ao cerne da verdade... e só quem merece chega até lá. – Ela segurou as mãos dele, um desejo silencioso pelo sucesso. – Última coisa: olhe pra mim e não se esqueça do que os feiticeiros são capazes. Eles podem ter qualquer aparência. Podem possuir quase todas as pessoas que não souberem se proteger. Desconfie sempre.

E então ele entendeu.

Nilo.

CAPÍTULO 31

Possuído

Ulrik passou a viagem toda observando Lux, acariciando seu anima sempre que descia do cavalo, sentindo que sua conexão com ela estava ainda mais forte após as revelações do dia anterior. Lux era, sim, seu anima – mas, antes, era o anima de Tereza e tinha passado meio milênio sem sua metade humana. Toda a solidão que emanava dela, o uivo intenso no momento da abertura da caixa, o fato de que a energia dela era diferente da de Nox... Tudo fazia sentido agora. Saber disso fazia seu coração se inundar de uma mistura complexa de sentimentos. Tristeza. Solidariedade. Alívio. Raiva. Ciúmes. Gratidão. Uma pontada de alegria. Culpa.

Somada a isso, havia a questão de que alguém precisaria sacrificar mais do que a própria vida para fechar a caixa das almas. A caixa que Ulrik tinha aberto... Não seria justo pedir esse sacrifício a qualquer outra pessoa. Doía porque ele tinha acabado de reencontrar Otto. Doía porque ele e Leona tinham enfim se reconectado. Doía pensar em todos que teria que deixar para trás... Porém o pior era saber que Nox sofreria como Lux havia sofrido.

Naquelas horas de viagem, esteve a ponto de explodir. A febre flamen tinha voltado. Mas não teve tempo para endereçar nada daquilo; no fim da manhã, chegaram à Cidade Real. Um dos batedores dos guerreiros os encontrou na estrada, um velho conhecido de Heitor. Contou, em linhas gerais, que estava tudo bem: Bruno e seu grupo estavam lá, Feron e os outros já haviam chegado, a rainha tinha cedido armas e os guardas já estavam sendo preparados para lutar contra espectros. Faltava apenas o consentimento da realeza para informar o restante da população, para treinar as pessoas comuns.

Quando cruzaram os portões, Ulrik sentiu um frio no estômago. Carregava o peso de trazer notícias ruins e seria difícil saber por onde começar quando tivesse que contar tudo. Em outros tempos, conhecer a capital teria sido um evento e tanto. Ulrik teria se impressionado com os prédios de cinco andares, com as ruas largas cobertas por paralelepípedos, com a quantidade de pessoas e animae, com os feirantes e a variedade de frutas, carnes e especiarias. Agora apenas registrava o local e a movimentação, incapaz de sentir qualquer coisa.

Eles foram conduzidos pelo batedor para o lado norte da cidade, mais vazio. Chegaram a um casarão antigo, e o líder logo apareceu à porta.

– Ulrik! – Ele gritou ao vê-lo. Então observou o restante do grupo. – Heitor? Leona?

Os olhos castanhos de Bruno pousaram sobre os ex-prisioneiros. Até encontrar Otto.

– Vocês conseguiram! – Aquiles disse, impressionado. – Vocês encontraram o seu irmão.

– E vários outros, todos com a marca da estrela. Só que não estão bem… É uma longa história.

– Venham – Bruno disse. – Vocês podem contar tudo enquanto comem e bebem.

Os guerreiros que estavam naquela residência se reuniram para escutar os relatos. Muitos se emocionaram com o depoimento de Leona sobre a queda do acampamento. A moral ficou ainda mais baixa quando Heitor falou sobre seu grupo ter se separado e o fato de que ninguém tinha chegado até ali. Ulrik narrou junto com os outros os acontecimentos no pântano e, por mais que tivessem vencido aquela batalha e salvado várias pessoas, não havia como comemorar. Haviam perdido Dário. Os ex-prisioneiros seguiam debilitados, catatônicos, e nada indicava que poderiam voltar a ter uma vida normal. Ainda por cima, havia os mortos-vivos e aquela runa estranha entalhada nas pessoas da torre.

– Posso dar uma olhada? – Aquiles perguntou. Pediu licença para um dos ex-prisioneiros, que nem pareceu registrar que alguém estava falando com ele. Então observou a runa por um ou dois minutos. –

Acho que podemos dizer que essa é uma runa de sangue. A runa dos mortos-vivos também, mas com uma diferença importante. Quando uma runa é entalhada na carne, ela bebe diretamente da fonte de magia... Assim como a runa de lava de Ulrik é muito mais poderosa que uma runa de cinzas, entendem?

Aquilo deixou o garoto nauseado, porque a proteção contra o fogo trazida pela runa que ele marcara na pele tinha sido imensamente maior. Se a mesma lógica valia para a runa no peito de seu irmão...

– Você tem alguma ideia do que ela faz? De qual é a intenção?

– Me parece que tem algo a ver com vida e morte, mas é difícil de ler. Vou copiar o desenho e levar para alguém que entende muito mais de magia proibida do que eu.

– O Grande Guru? – Ulrik perguntou.

– Não. Tora.

Foi a vez de Bruno compartilhar informações. Ulrik se permitiu um pequeno sorriso ao saber que seu melhor amigo estava sendo treinado para se tornar um guru, e que estava estudando coisas que nenhum guerreiro jamais havia estudado, junto com uma conselheira que também era feiticeira. Runas mistas, runas proibidas, magia de vida e morte... Isso fez Ulrik pensar que Tora talvez pudesse ajudá-los a decifrar o problema da caixa das almas. Mas aquele sopro de animação durou pouco: acabou quando o nome de Caeli foi mencionado.

Caeli. O nome o levava de volta ao momento em que o feiticeiro o chamara em sua barraca, dizendo que sua mãe estava ali perto do acampamento, procurando por ele. O fazia ver Lia em seus últimos minutos de vida, presa pelos braços horrendos de um multo. O permitia sentir a dor aguda da lâmina que Ulrik usara para extrair um pouco do próprio sangue para pingar na caixa...

– Eu vou encontrar Caeli. E vou matá-lo – Ulrik sentenciou.

– Precisamos manter a calma para deixar a mente clara – Bruno disse. – Vamos nos dividir. Ulrik, Aquiles e Leona, vocês vão até o castelo ajudar com o desenho da runa dos ex-prisioneiros. Falem com Tora pra ver se há algo nos livros de magia proibida... Talvez esse seja o momento de envolver o Grande Guru.

– Precisamos também falar sobre a caixa das almas – Leona disse. Ulrik se aproximou e apertou a mão dela, um alerta para que não disse nada ainda. O plano inicial era contar tudo primeiro ao líder, mas com as novas habilidades de Tora, Ulrik pensou que seria melhor consultá-lo antes de anunciar para todos a questão do sacrifício.

— Tora e Aquiles estão trabalhando nisso e disseram que falta pouco para chegarem ao desenho final. De qualquer forma, podemos fazer uma reunião mais tarde para que todos possam contribuir, toda ajuda é bem-vinda.

Bruno distribuiu as outras tarefas, aconselhando que descansassem um pouco antes de começar a trabalhar. Heitor, Ana e mais alguns iriam ajudar no treinamento dos guardas. Catharina e Mauro ajudariam a transformar armas comuns em armas mágicas usando a antiga runa de ar; os ferreiros da cidade estavam trabalhando a todo o vapor.

Feron seria destacado para auxiliar Carian a cuidar dos ex-prisioneiros e a treiná-los; mesmo enquanto a questão da runa não estivesse resolvida, precisavam continuar melhorando a condição física e sendo estimulados para voltarem a si.

Agora que não havia mais o embate da liderança entre eles, Carian e Feron pareciam velhos amigos. Leona e Ulrik decidiram ir imediatamente ao castelo e descansar mais tarde. Estavam ansiosos demais para pregar os olhos. Saíram, sendo guiados por Aquiles, e logo estavam subindo as longas escadarias que levavam à parte alta da cidade.

— Você acha que Tora vai saber ler essa runa? — Ulrik perguntou, a ansiedade crescendo em seu peito a cada degrau.

Tora. Seu amigo irmão, que nunca havia largado sua mão nem sequer por um segundo, que o havia orientado nos momentos mais turbulentos, que sabia sempre o que dizer. Parecia adequado que ele trouxesse mais essa resposta, que enxergasse detalhes despercebidos pelos outros. Que usasse sua calma e sabedoria para devolver o equilíbrio.

— Eu não sei — Aquiles respondeu. — Mas se ele não conseguir decifrá-la, vai saber quais manuscritos e livros podemos consultar. Tora se revelou um excelente estudioso da área das runas.

— É porque ele teve um grande professor — Leona disse. E depois, provavelmente se lembrando de que o guerreiro lidava melhor com frases completas, adicionou: — Você, Aquiles. Você foi um professor incrível pra todos nós.

– Você também foi uma excelente aluna, Leona. Sempre atenta e dedicada, principalmente com as runas de cura.

– Eu descobri algumas novas runas de cura. De água.

Aquilo despertou o interesse do antigo professor, e Leona e ele passaram alguns minutos discutindo as características da magia cíntilans da água e a experiência de Leona com os veros.

Porém, outra coisa chamou a atenção de Ulrik. Uma pessoa estava percorrendo as escadas apressadamente, seu traje roxo e suntuoso esvoaçando conforme ele descia. Ulrik o reconheceu e começou a correr ao seu encontro.

– Ulrik! – Leona gritou.

Tora levantou a cabeça quando ouviu aquele nome. Se desequilibrou nos degraus – qualquer um teria caído, contudo de alguma forma ele se manteve em pé. Seus olhares se cruzaram. Havia um desespero agudo na expressão de Tora.

– Ulrik – ele disse, quase sem conseguir acreditar, se jogando sobre o amigo para um abraço.

– Tora – Ulrik respondeu, o apertando forte por um segundo, tentando apagar a distância de todos aqueles meses. Havia sentido tanta falta daquele seu irmão, da pessoa que o conhecia melhor que ele mesmo. Então o afastou e o encarou, prometendo para si mesmo que não deixaria mais essa guerra os separar. – O que aconteceu?

Tora respirou fundo. Leona e Aquiles os alcançaram e, pelo jeito como Tora foi direto ao assunto, dava para ver que era grave.

– Nilo... ele é aprendiz junto comigo. É mais do que isso, na verdade. – Ulrik assentiu. Era alguém importante para seu amigo. – Eu acho que ele está possuído. Nós estávamos procurando o mapa juntos...

– Que mapa? – Leona perguntou.

– Eu dou mais detalhes no caminho. Vocês conhecem alguma runa que possa expulsar um espectro ou um feiticeiro da mente de uma pessoa possuída?

Ulrik fechou os olhos. O fogo era o elemento perfeito para isso. O desenho se formou atrás de suas pálpebras... precisaria de alguns ajustes, mas já tinha uma primeira versão para testar.

– Eu pensei em uma.

– Nesse exato momento? – Tora perguntou, impressionado. – Como?

– Depois eu explico tudo. Vamos ajudar seu amigo primeiro.

– Eu vou voltar para avisar Bruno – Aquiles disse. – Se o garoto está possuído, eles devem estar na cidade. Tomem cuidado.

Leona, Ulrik e Tora subiram as escadas correndo. Chegaram ofegantes ao último portão. Tora então explicou sobre a existência do *Manuscrito das runas de luz*, e contou da conversa que tinha ouvido entre Caeli e Lanyel sobre um mapa dividido em várias partes. Depois falou do sumiço dela, da bagunça na biblioteca, e de como ele e Nilo decidiram procurar o mapa antes que os espectros o encontrassem. Entraram no castelo e foram envolvidos pelo frio que emanava do chão de mármore e pelo odor de coisas antigas e de poder.

– Nilo e eu tivemos uma discussão ontem e quando nos encontramos ele parecia nem se lembrar. Quando perguntei sobre o ocorrido, as respostas dele foram um pouco sem nexo, tudo estava estranho.

– Diferente, distante e desconexo. DDD – Leona disse.

– Exatamente. Eu devia ter percebido na hora.

– E o que te fez se dar conta depois? – Ulrik questionou.

– Eu... acho melhor não falarmos disso no castelo. Não sei quem mais pode estar ouvindo – ele disse, enquanto cruzavam com alguns funcionários.

Fazia sentido. Se o aprendiz estava possuído, qualquer outra pessoa poderia estar também.

– Tora, precisamos de cordas – Leona disse.

– Cordas?

– Sim, e de algo que sirva de mordaça. Se o seu amigo estiver mesmo possuído, quem quer que esteja lá dentro não vai nos deixar fazer as runas por livre e espontânea vontade.

– Não gosto muito dessa ideia.

Ulrik parou e o puxou de leve pelo braço.

– Tora, nós também não. Mas, às vezes, pra salvar alguém que amamos, é preciso fazer coisas que ninguém gosta. Às vezes... ferir faz parte da solução. E não é fácil... – A voz de Ulrik vacilou nas últimas palavras.

Eles se encararam.

– Eu não te culpo, sei que salvaram a minha vida. Vocês dois – Tora estendeu uma mão e apertou a de Leona. Ela estava rígida, tentando a todo custo conter qualquer emoção. – Eu confiaria minha vida a vocês quantas vezes fosse preciso, meus irmãos. E confio a de Nilo também. Vamos pegar as cordas.

Tora os conduziu até uma sala em reforma. Havia vários pedaços de corda que serviriam de contenção se fosse necessário. Ulrik pegou também uma saca de juta e alguns outros pedaços de tecido. Bolaram um plano. Ulrik e Leona ficariam escondidos nos aposentos deles, Tora distrairia Nilo e os avisaria quando o momento ideal se apresentasse. Porém, quando abriram a porta, o garoto de sardas e cabelos castanhos encaracolados já estava lá dentro. Os olhos dele faiscaram de surpresa ao ver os dois guerreiros junto com Tora.

– Oi, Nilo, eu sou o Ulrik. Muito prazer. – Estendeu a mão, inspirando fundo.

– Ulrik? – Nilo perguntou. – Sim, Tora já falou de você…

– E eu sou Leona – ela disse, com muito menos simpatia.

O aprendiz encarou os três guerreiros com curiosidade e confusão.

– O que estão fazendo aqui?

– Eles vieram ajudar – Tora respondeu.

Ulrik e Leona avançaram sobre Nilo sem aviso. Qualquer pessoa comum teria demorado alguns segundos para reagir, e exatamente por isso Ulrik soube que as suspeitas de Tora estavam certas.

Nilo tentou dar um soco em Leona, mas ela conseguiu desviar e passou uma rasteira nele. Nilo saltou. Ulrik se abaixou e jogou o ombro direito no estômago do aprendiz. Nilo foi atingido, contudo, deu uma joelhada no rosto do guerreiro, que caiu para trás. Leona segurou o pulso do garoto, só que ele girou sobre o próprio eixo, puxou uma faca do cinto dela e a arremessou. Tora tentou se aproximar, porém estacou quando viu o aprendiz colocar uma faca sobre o próprio pescoço. Nilo mostrou os dentes. Era mais um esgar do que um sorriso.

– Vocês realmente pensaram que iam conseguir me enganar?

– Calma. Não o machuque, ele não tem nada a ver com isso – Tora pediu, levando as duas mãos à frente. – O que você quer?

– O mapa.

– Nós não sabemos onde ele está – Tora respondeu com calma.

– Então melhor começar a procurar logo – o indivíduo respondeu com a voz de Nilo. – Possuir alguém é interessante. Dá pra ter um acesso superficial às memórias, pequenas peças de um quebra-cabeças muito maior. Incompletas, e ainda assim reveladoras. Sabia que ele ficou com raiva quando você apareceu? E ainda assim cuidou de você quando estava… doente? Não, implorando por resina de papoula! – Nilo riu de um jeito maldoso. – Como esse garoto foi se apaixonar por alguém tão patético como você? Na verdade, essa é a melhor parte, sentir o gostinho dos sentimentos… Agora mesmo ele está se debatendo aqui dentro. Seu namoradinho está com tanto medo, pobrezinho…

Tora ficou pálido. Os olhos de Leona se moviam buscando uma brecha e seus músculos estavam retesados, como um leão pronto para atacar.

Ulrik sentiu a magia flamen sob a pele. Um dragão querendo quebrar a casca, abrir a boca de fogo e devorar aquele ser perverso por inteiro. Precisou se concentrar para lembrar que, se fizesse mal ao corpo na sua frente, só Nilo sofreria. Não podia machucá-lo.

Mas permitiu que o dragão esticasse as asas ao menos; liberou um pouquinho daquela magia e a usou para se mover numa velocidade surpreendente até para ele mesmo. Sua mão bateu na de Nilo, derrubando a faca, e Leona aproveitou para dar uma cotovelada no rosto do aprendiz. Tora jogou o próprio corpo contra o de Nilo, e os dois foram ao chão. Ulrik colocou o saco de juta sobre a cabeça do garoto, Leona puxou os braços dele para trás, Tora os amarrou. Em segundos, Nilo estava dominado. Por via das dúvidas, Ulrik atou também os pés.

Ofegantes, os três guerreiros se entreolharam. Trêmulo, Tora assentiu para que o amigo prosseguisse. Ulrik abriu o saquinho onde sempre carregava um punhado de cinzas. Seu corpo estava fervendo, podia sentir. Tentou se acalmar e então passou o indicador e o polegar direito nas cinzas, friccionando-a entre os dedos, apreciando o poder que emanava dos restos de uma fogueira.

– Meus parabéns, vocês conseguiram amarrar um corpo possuído. Sabe pra que isso serve? Pra nada. Qualquer dor que tentem infligir vai ser sentida só pelo garoto. A única coisa que vou sentir é tédio.

– Então você pode ir sentir tédio no seu próprio corpo – Ulrik anunciou.

Nilo gargalhou.

– Essa eu quero ver. Você pode ser da primeira geração, mas uma gota a mais de magia no seu sangue não faz milagre.

Ulrik se aproximou e expôs o tórax do garoto. Sabia que, se desenhada perto do coração, a runa seria mais eficiente.

O indicador sujo de cinza passeou pelo colo do aprendiz possuído. A intenção estava clara em sua mente: arrancar aquele espírito maligno de dentro de Nilo sem que ele pudesse machucar o garoto. Fez dois triângulos, cada um representando uma das almas. Um risco que unia os dois. Circulou um deles, para que ficasse protegido, e desenhou setas que apontavam para fora no outro. Uma runa de expulsão.

Nilo gritou. Seu corpo se contorceu por alguns segundos, como se uma luta interna estivesse acontecendo. Tora tirou a saca da cabeça dele.

– Nilo, eu estou aqui – ele disse, segurando a cabeça do outro aprendiz. – Você pode ajudar empurrando esse espírito para fora.

Os olhos castanhos de Nilo se arregalaram, a expressão atormentada. Até que o corpo inteiro amoleceu. O garoto de sardas voltou a ter uma expressão de garoto e começou a chorar. Ulrik soltou um suspiro de alívio.

– Deu certo. Você conseguiu, Ulrik – Leona disse, o abraçando.

Tora começou a soltar os pés de Nilo. Então recebeu um chute nas costelas que o jogou longe e o fez gritar de dor. Nilo se sentou, ainda com as mãos amarradas, e olhou para os outros três.

– Confesso que estou impressionada, Ulrik. Você, que até outro dia era apenas um novato idiota chorando por causa da mamãezinha morta, realmente conseguiu me expulsar! – Um arrepio percorreu o corpo de Ulrik. Só uma pessoa poderia ter dito aquela frase. – Mas duvido muito que consiga me impedir de entrar de novo. Podemos passar séculos nesse esconde-esconde... você me expulsa e eu volto. Me expulsa. E eu volto. Me expulsa, eu espero alguns dias, e volto de novo. Talvez eu finja que não voltei. Talvez volte bem no momento em que Tora e Nilo estejam se beijando pra cortar a garganta do seu melhor amigo quando ele menos esperar.

– Micaela – Ulrik disse, ofegante.

Nilo fez uma expressão de inocência e medo que Ulrik tinha visto muitas vezes na garotinha. Depois riu de novo.

– Tire ela de novo, Ulrik – Tora pediu, perdendo o controle. – Tire Micaela da mente de Nilo.

Ulrik desenhou a runa mais uma vez, mesmo sabendo que era inútil. Segundos depois, Nilo recomeçou a chorar. E o desespero em sua expressão era impossível de ser fingido.

– Tora, o que está acontecendo? Me solta por favor...

Tora fez menção de soltar as cordas, mas Leona o segurou. Depois se abaixou e se aproximou de Nilo.

– Nós somos guerreiros, Nilo. Eu sou Leona, esse é Urik. Você está sendo possuído por uma feiticeira poderosa e estamos tentando pensar numa forma de impedir que ela volte para sua mente... Para segurança de todos nós, incluindo a sua, não podemos soltá-lo por enquanto. Ou ela pode possuir você no momento em que você estiver livre e nos machucar. Machucar Tora. Você entende?

Nilo olhou para Tora, que confirmou tudo.

– Ela... ela tem pensamentos terríveis – ele murmurou.

– Você conseguiu ver os pensamentos dela? – Tora perguntou.

Antes que Nilo respondesse, Micaela estava de volta.

Ulrik verificou as amarras. Colocou a mordaça. E pediu que os outros fossem com ele para o lado de fora. No corredor, Leona deixou cair a máscara da neutralidade e mostrou que estava genuinamente preocupada.

– O que fazemos? Não podemos deixar Micaela sozinha aí dentro. Ela vai achar um jeito de se soltar.

– Alguma ideia de como impedir que ela entre de novo? – Tora questionou.

– Não acho que uma runa de fogo seja suficiente... – Ulrik disse. – Estou pensando e me parece... errado. Leona, acha que uma de água funcionaria?

Ela inspirou fundo. Seus olhos ficaram ainda mais escuros conforme ela se concentrava. Então balançou a cabeça em negativa.

– Tem um livro sobre runas mistas – Tora disse. – Tarefas mais complexas às vezes precisam ser realizadas com runas que usam mais de um elemento, acredito que eu conseguiria guiar vocês no processo... Acham que água e fogo funcionariam?

Ulrik e Leona fizeram uma careta quase ao mesmo tempo. Água e fogo eram elementos opostos, um para unir, o outro para separar. *Para mudar, o ar*. Fogo e ar. Isso, sim, poderia funcionar.

– Leona, quão boa você é com runas de ar? – Ulrik perguntou.

– Razoável para uma runa que eu conheça bem. Só que não existe a menor chance de eu descobrir uma runa de ar sozinha... Só consigo fazer isso com a água.

– Eu poderia tentar, mas com certeza demoraria alguns dias – Tora falou.

Os três se encararam.

– Precisamos de ajuda. Posso descer até a cidade para falar com Bruno enquanto vocês ficam de olho em Nilo. Ou em Micaela – Ulrik disse.

Passos ecoaram em algum corredor perto dali.

– Vou dar um jeito de pedir que não nos incomodem aqui – Tora disse, tenso com a perspectiva de que alguém aparecesse. Se ouvissem Micaela gritando, ou se percebessem o corpo de Nilo amarrado ali, com certeza teriam problemas.

Os passos estavam mais próximos. Os três observaram. Então Aquiles virou o corredor.

– Aquiles! – Ulrik disse. – Sabe se existe alguém na cidade muito bom com runas de ar? Bom a ponto de conseguir descobrir uma runa num piscar de olhos?

Aquiles parou. Mas o som de passos continuou.

Outra pessoa virou o corredor.

– Falando assim, parece até que você sabia que eu estava chegando. Úrsula.

CAPÍTULO 32

Runa mista

Úrsula quase foi derrubada no chão com a força do impacto dos três amigos. Tora foi o último a soltá-la.

— Pela Deusa, que cheiro horrível é esse? — Ulrik perguntou, olhando para ela.

— Cabra da montanha. A montaria que eu usei pra vir até aqui, emprestada pelos meus queridos amigos, os vísios.

Seu traseiro estava quadrado e o cheiro provavelmente ficaria impregnado nela para sempre, mas passar a maior parte dos dias e das noites sobre as costas dos animais incansáveis valera a pena. A viagem até a Cidade Real tinha demorado menos de vinte dias.

Assim que atravessaram os portões, foram levados até o grupo de guerreiros e deram as principais notícias. Falaram da morte de Victor. Da perda da gema. Úrsula mostrou sua flecha, aquela que poderia funcionar tão bem quanto a gema se de fato conseguisse acertar Inna, e revelou sobre a nova magia em seu sangue, cedida pelos próprios aeris.

Quando Aquiles chegou e explicou a situação, ela sentiu que precisava ajudar. E ali estavam eles, reunidos depois de tanto tempo. Leona, Ulrik, Tora e ela.

— E então, conseguiram ajudar o seu amigo possuído? — Os outros três se entreolharam, subitamente hesitantes. — Que cara de enterro é essa? Por Luce, ele morreu? Se ele morreu, me desculpem por ter dito cara de enterro...

— Não, ele está vivo — Tora respondeu. — Ulrik conseguiu libertá-lo, mas ela continua voltando.

– Quem?

– Micaela.

O nome a atingiu como um raio. Ainda era difícil separar as coisas... Úrsula e a garotinha que ela acreditara ser sua prima tinham passado tantos momentos bons e carinhosos juntas. Todas as vezes que se lembrava da figura dela durante a Batalha da Caixa das Almas, seu cérebro parava de funcionar direito, tentando a todo custo dissociar Mica em duas pessoas. Tentando se agarrar ao fato de que talvez não tenha sido má o tempo todo, de que talvez tenha sido manipulada ao longo dos anos. Em que momento ela se virou contra os guerreiros? Quantos anos tinha quando decidiu que preferia estar ao lado dos espectros?

– Você estava falando sério? Sobre ser boa com as runas de ar? – Ulrik perguntou, a tirando do transe.

Úrsula engoliu a mágoa e vestiu a carapuça da garota engraçada.

– Aquiles me contou na subida sobre a sua runa de lava, o encontro com o flamen e sobre como está bom com as runas de fogo agora. Se eu for fazer uma comparação dessas habilidades com as minhas... Bom, talvez você chegue ao meu dedinho do pé.

Depois de alguns segundos, Ulrik gargalhou.

– Senti sua falta.

Ela apertou a mão dele.

– Precisam de uma runa para quê?

– Para expulsar Micaela da mente de Nilo e impedir que ela volte – Tora explicou. – Acho que vamos precisar de uma runa mista. Feita de fogo e de ar.

Tora contou um pouco da teoria sobre as runas mistas. Podia ser feita em camadas alternadas ou ao mesmo tempo, sendo unidas no final. Ulrik e Úrsula discutiram algumas ideias e opções, ajudados por Aquiles. Ulrik faria a parte da expulsão, com um pequeno ajuste em relação à versão anterior. Úrsula olhou para a segunda parte como uma espécie de escudo, e disse que colocaria algo específico contra Micaela e também algo mais geral, contra qualquer tentativa de possuírem o garoto de novo. Fariam a runa ao mesmo tempo, cada um de um lado do peito, e uniriam os traços bem no centro.

– Está pronta? – Tora perguntou.

Úrsula sentiu o ar se remexer na barriga. Mas assentiu. Os cinco guerreiros adentraram o quarto. E assim que a cabeça de Nilo se virou na direção deles, Úrsula soube que ela estava lá dentro.

Pensou em coisas ácidas e engraçadas para dizer. Porém, mudou de ideia. Micaela não merecia nem mesmo uma gota de seu humor. Caminhou até o corpo do garoto amarrado no chão e retirou a mordaça.

— Você não vai machucar mais ninguém, Mica.

— E quem vai me impedir? Você? Seus amiguinhos? – Nilo olhou para Úrsula com desdém. – Ninguém nunca vai te levar a sério, Úrsula. Você sempre vai ser só a filha do líder. Do ex-líder. Foi tão fácil matar seu pai, você vai morrer com um estalar dos meus dedos.

— Para minha sorte, a sua ruína vai vir da sua arrogância, prima.

Úrsula e Ulrik começaram a desenhar.

— Estão brincando de quê agora? – Micaela perguntou. Olhou para baixo. – Essa runa é nova... Onde aprendeu esse truque, Úrsula? Ou eu deveria dizer Nat...

— Meu nome é Úrsula.

A guerreira só percebeu a força da onda de raiva que a percorreu quando um vento forte soprou ali no quarto, a magia escorrendo por seus poros. Micaela arregalou os olhos.

— Como você fez isso?

— Você ainda não viu nada, feiticeira.

Úrsula continuou o desenho. Adicionou uma pequena curva, que faria a saída de Micaela daquele corpo ser dolorosa; quem sabe assim ela pensasse duas vezes antes de tentar possuir a próxima pessoa.

Micaela gritou. A voz de Nilo se alterou, ficando grossa primeiro e depois cada vez mais fina, cada vez mais parecida com a voz verdadeira de Micaela. Os olhos castanhos do garoto por um momento ficaram mais claros, com o mesmo dourado que Úrsula vira tantas vezes ao olhar para aquela garotinha.

— Curvem-se ao poder de Inna, curvem-se à imortalidade e à grandeza! – Ulrik terminou sua parte junto com a prima, e a runa mista brilhou no peito claro de Nilo. O corpo dele começou a flutuar, na horizontal, e, quando já estava a dois metros do chão, ficou na vertical. A expressão de Nilo se alternava entre a dor e o sorriso debochado de Micaela. O pescoço curvou-se para o lado. O corpo começou a tremer. Era como se Micaela estivesse fazendo um esforço enorme para resistir, para deixar uma última mensagem: – Uma nova era está prestes a começar. Aqueles que se curvarem receberão a dádiva inanis, os que resistirem sofrerão. A RAÇA HUMANA ACABA AGORA! INNA ESTÁ A CAMINHO!

O corpo de Nilo caiu, desacordado, e Tora tentou segurá-lo da melhor forma possível.

No silêncio que se seguiu, Úrsula conseguiu ouvir seus próprios dentes batendo. Seu corpo inteiro estava tremendo.

– Nilo – Tora o chamou, com a voz embargada. – Nilo, acorde.

Leona se aproximou. Abriu uma garrafinha e fez duas runas de água no garoto. Runas que Úrsula não conhecia.

Nilo se mexeu e grunhiu. Quando retomou a consciência, começou a se debater.

– Podemos soltá-lo? – Leona perguntou, olhando diretamente para Úrsula. – Você tem certeza de que Micaela não vai conseguir entrar?

– Tenho.

Eles desataram as cordas com cuidado. Nilo estava agitado. Tora sussurrava que agora estava tudo bem, que seu corpo e sua mente estavam protegidos. Mas, naquele momento, Úrsula estava menos preocupada com pessoas sendo possuídas.

A raça humana acaba agora! Inna está a caminho!

– A nova caixa das almas está pronta? – ela perguntou, suas mãos geladas com a perspectiva de uma nova grande batalha.

– Ainda faltam as runas – Aquiles disse. – Tora e eu acreditamos que vai ser necessária uma runa mista complexa, talvez feita de todos os elementos. Só que ainda não conseguimos desvendá-las.

Leona se levantou. Ela e Ulrik trocaram um olhar estranho. Mais estranho que o habitual.

– Talvez a gente possa ajudar. Nós tivemos uma visão…

Úrsula estava no alto da torre mais alta do castelo. Uma brisa acariciou seu rosto conforme admirava a cidade e as vastas planícies que a rodeavam, mas aquilo não era nada comparado com o vento poderoso da montanha. Sentia falta de lá, do local onde a presença dos espíritos do ar era tão forte que sua magia ficava visível no céu. Tinha se acostumado à sensação, ao gosto da energia, aos estalos na pele… E agora a sua ausência era um grande buraco.

A humanidade estava em perigo. Os guerreiros estavam totalmente ferrados. E o coração daquela guerreira em particular estava dilacerado.

Quando Ulrik e Leona disseram que alguém teria que sacrificar a própria alma e que Lux era o anima de Tereza, uma tempestade começou a se formar no peito dela. Lembrava-se de ter perdido o controle no dia em que Tora teve a perna amputada, e a vontade de berrar e liberar a ventania foi grande. Dessa vez, contudo, ela sabia que não adiantaria de nada. Não havia contra quem lutar, não havia um alvo para sua revolta.

Úrsula inspirou fundo, tentando buscar algum consolo no ar que enchia seus pulmões.

— Oi — Ulrik disse, atrás dela. — Posso te fazer companhia?

— E eu tenho escolha?

— Claro que não. — Ela sorriu. Ulrik se aproximou da mureta e olhou lá para baixo. — E então, como é que você se tornou a rainha das runas de ar?

— A gema de cíntilans dos vísios explodiu na minha cara. Os vísios exigiram que eu devolvesse a magia, mas uma parte não quis sair e os aeris apareceram e disseram que era um presente pra mim.

Ulrik estava boquiaberto.

— Eu tenho tantas perguntas que nem sei por onde começar.

— Sim, a gema explodiu, só que eu fiz uma flecha capaz de puxar a magia cíntilans do ar e matar Inna. Sim, os aeris realmente apareceram. — Ela olhou para baixo. — E Victor... morreu. Uma avalanche.

Ulrik fechou os olhos.

— É inesperado o quanto essa notícia dói.

— Eu sei — ela respondeu. O luto pelas pessoas que se ama era fácil de compreender, fácil de abraçar. Mas a tristeza por perder alguém que por tantas vezes tinha sido um antagonista era amarga, vinha cheia de culpa, de uma sensação de estar sendo hipócrita. — Apesar de todas as brigas e diferenças, a gente estava do mesmo lado na grande guerra.

— E agora?

— Agora a gente desenha a maldita runa que vai prender a alma de alguém na caixa das almas, Ulrik.

— Talvez exista outra maneira.

— Talvez... E talvez a gente tenha tempo de encontrar essa nova solução. — *Inna está a caminho!* — Mas se amanhã Inna bater nos portões da Cidade Real com sua mão feiosa cheia de garras, precisamos estar preparados. A caixa precisa estar pronta. – Ulrik suspirou e passou a mão pelos cabelos escuros e compridos, que já passavam dos ombros dele. O primo tinha mudado tanto! Ganhara alguns centímetros, agora estava mais alto que ela... Ainda assim, com aquela expressão perdida e desolada, Ulrik parecia o novato inocente que chegara quase dois anos antes no clã. – Ei, a gente faz as runas e depois trabalhamos juntos em uma alternativa. Nós quatro, como nos velhos tempos.

Ele sorriu de leve. Ela segurou uma mão de Ulrik e a apertou. Tinha feito sentido eles se separarem na época, contudo, eram mais fortes juntos. Ainda mais agora, com as novas habilidades adquiridas.

– Antes de começarmos a caixa, eu tenho um pedido.

– Claro, qualquer coisa – ela respondeu. – Desde que eu queira fazer essa coisa.

– Preciso da sua ajuda com mais uma runa mista.

– Quem é que eu tenho que salvar dessa vez?

Ulrik a encarou de um jeito diferente. Como alguém pendurado em um penhasco, prestes a desabar, estendendo uma mão desesperada.

– Seu outro primo. E mais vinte e uma pessoas.

CAPÍTULO 33

Os últimos serão os primeiros

Ficar no castelo não parecia seguro. Micaela estava por perto e, agora que sabia o quanto Nilo significava para Tora, ele também se tornara um alvo. Decidiram voltar para a cidade baixa, e o aprendiz não se opôs – estava assustado demais para isso. As runas de água impressionantes de Leona tinham ajudado um pouco, mas Úrsula podia muito bem imaginar que ter alguém tão maligno dentro da própria cabeça deixaria marcas profundas.

– Tora – Úrsula o chamou, enquanto desciam as escadas. O guerreiro soltou o braço de Nilo, que foi logo amparado por Aquiles. Então esperou que a amiga o alcançasse. – Você está bem?

– Não – ele disse com sinceridade. – Eles sempre nos atacaram usando as pessoas que amamos. Mesmo sabendo disso, eu não estava preparado. Nunca me senti tão impotente, e continuo pensando em tudo que eu poderia ter feito diferente.

– Não foi sua culpa.

– Minha cabeça sabe disso, só que meu coração escolhe ignorar a razão.

– Eu devia ter suspeitado de que as suas frases iam ficar ainda mais profundas com esse treinamento de guru.

Tora ensaiou um sorriso.

– Sabe, eu comecei o livro – ele revelou. Úrsula o encarou, tentando entender sobre o que o amigo estava falando. – O livro com as minhas melhores frases. Na verdade, não são só minhas, fiz junto com

Nilo... Todos os dias de manhã, um de nós tinha que adicionar uma nova pílula de sabedoria.

Úrsula poderia ter pulado de alegria, feito várias brincadeiras, dito que tinha anotado algumas frases para contribuir. Contudo, a lembrança parecia ter deixado Tora ainda mais abalado.

— Ei, ele vai ficar bem. Micaela nunca mais vai chegar perto do seu namorado. Já reparou que agora eu sou a única solteira de nós quatro? Logo eu, a mais bonita, legal e inteligente. O mundo é mesmo muito injusto.

O guerreiro nem pareceu notar a piada. A situação era mesmo grave. Antes que Úrsula pudesse tentar animá-lo de novo, ele se pronunciou:

— Lanyel, a feiticeira do castelo, apareceu pra mim. Foi ela quem me fez perceber que Nilo poderia estar possuído. — Ulrik e Leona se aproximaram. — Mas ela disse outras coisas. Tenho a impressão de que eu não deveria revelar essas informações para todos... Por outro lado, também não posso ser o único a saber.

Caso ele morresse. Tora não precisava acrescentar essa parte, todos sabiam muito bem a consequência de levar segredos para o túmulo.

— Nós podemos ser os guardiões junto com você — Ulrik sugeriu.

Tora observou Nilo e Aquiles mais à frente. Estavam distantes o suficiente para não ouvir.

— No início do treinamento, achei um livro que tinha uma frase a mais sobre o poder dos elementos: *para criar, a luz*. Depois, vi uma citação sobre o *Manuscrito das runas de luz*... e hoje Lanyel me disse que o manuscrito é real e está bem escondido. A luz é um elemento, assim como os outros quatro. Tem magia cíntilans e os espíritos da luz se chamam lúcis.

— Lúcis? Tão parecido com... — Leona começou.

— Luce — Tora completou. — Ela disse que a Deusa da Luz não existe.

Úrsula abaixou a cabeça. Toda sua vida tinha acreditado naquilo... Xingou Grov mentalmente ao se lembrar da conversa que tiveram sobre o assunto; o vísio estava certo. Será que ele sabia que os humanos viviam agarrados a uma mentira?

— Se ela não existe, quem deu a magia a Raoni então? — Ulrik perguntou.

— Ele mesmo. Com uma runa de luz marcada na própria pele.

Úrsula olhou para a runa de fogo no dorso da mão esquerda do primo. Ulrik tinha feito exatamente isso, tomado magia flamen para si.

– Parece possível. Mas pra que inventar uma outra história? – Úrsula perguntou.

– Lanyel me disse que não podia contar essa parte… Algum tipo de acordo mágico a impede de revelar.

– Talvez Raoni não quisesse que outras pessoas usassem o mesmo método – Leona sugeriu.

– Por quê? Seria ótimo ter mais guerreiros lutando contra espectros – Úrsula rebateu.

– Talvez seja perigoso – Ulrik disse, meio sem jeito. – Às vezes, quando eu tento dominar a magia, eu sinto que…

– Ela pode dominar você – Úrsula completou.

O garoto assentiu.

– Bom, deve existir um bom motivo para tudo isso ter sido mantido em segredo por mais de um milênio – Tora concluiu.

– Se as pessoas souberem… – Leona disse, com um ar triste. – Era reconfortante pensar que havia uma força maior do nosso lado, que para um grande mal, existia um grande bem. Confesso que eu muitas vezes me senti abandonada pela Deusa, e agora…

– Vamos manter o segredo pelo menos até o fim da batalha. Há outras coisas com as quais nos ocuparmos por enquanto – Úrsula disse, conforme desciam os últimos degraus e se aproximavam da cidade quando a noite caía.

Foram direto ao casarão dos guerreiros e encontraram todos reunidos na grande sala. A lareira estava acesa. As mesas e cadeiras tinham sido empurradas para o canto, alguns estavam sentados no chão, outros conversavam em pé. Mesmo com vinho e cerveja, o clima não era de celebração.

– E então? – Bruno perguntou quando os viu chegar.

– Nilo estava possuído – Tora anunciou. – Por Micaela.

O caos se instaurou, e apenas quando Bruno conseguiu que todos se calassem, os quatro amigos e Aquiles contaram como tudo aconteceu.

– Ela deve estar perto – Bruno concluiu. – Talvez dentro do castelo.

Heitor pegou seu machado. Catharina já estava com duas facas nas mãos. Os lábios de Celer ficaram pálidos, Arthur arregalou os olhos azuis. Feron, Ana, Petrus e alguns dos outros mais velhos já discutiam quem iria vasculhar cada parte da cidade.

– Micaela só vai ser achada se quiser – Tora disse, e todos enfim se calaram. – Podemos revirar cada pedra dessa cidade, mas do que adiantaria se ela pode ter qualquer aparência? Até mesmo a de um de nós?

Mais caos. Guerreiros olhando desconfiados uns para os outros. Bruno organizou uma rápida verificação, onde grupos de quatro guerreiros que se conhecessem bem deveriam se avaliar entre si. Ficou acordado que fariam isso toda manhã e toda noite, por garantia.

Olga e Arthur haviam contado sobre a estadia do grupo nas montanhas, o que poupou Úrsula de ter que dar muitos detalhes. De qualquer forma, todos quiseram ouvir mais sobre a cisão, um processo até então totalmente desconhecido para os guerreiros, algo que apenas a garota havia vivido.

Os relatos compartilhados, a lareira, as vozes alteradas, o caos... tudo a fazia pensar na praça dos acampamentos. Em como costumavam se reunir ao redor de uma fogueira para ouvir contos e mitos. Essa era a maior diferença naquele momento: não eram mais lendas sobre guerreiros antigos. Eles estavam escrevendo a História, vivendo coisas que seriam recontadas por séculos. Era uma pena Augusto não estar ali pra ver e liderar tudo aquilo.

Depois que todos estavam informados, chegou o momento mais difícil: falar da caixa das almas. Ao contrário das anteriores, a revelação sobre a necessidade de alguém sacrificar a alma deixou a sala num silêncio sepulcral.

– Bom, foi Ulrik quem abriu a caixa... – Ana disse.

– Se a gente não precisasse de você pra batalha, eu quebrava essa sua cara de lesma com sede agora mesmo, Ana – Úrsula respondeu.

– Calma. Eu não acho que precisamos decidir agora quem vai fazer isso – Heitor falou, tentando colocar panos quentes.

– Precisamos, sim – Bruno se pronunciou, levantando-se. – Vamos fazer uma lista dos voluntários e sortear uma ordem de prioridade. Caso o primeiro não esteja em condições de se sacrificar, o segundo o fará, e assim por diante. Voluntários, levantem as mãos.

Quando Augusto distribuía missões, ele falava sobre as habilidades necessárias, e todos os que se encaixavam sempre levantavam as mãos. Sempre. Será que ele teria sentido vergonha de ver os guerreiros hesitando agora?

Ulrik e Úrsula levantaram as mãos quase ao mesmo tempo. Depois vieram Heitor, o pai de Ulrik, Tora. Leona balançou a cabeça, como se não acreditasse no que estava prestes a fazer... Ulrik balançou a cabeça, pedindo silenciosamente que ela não se voluntariasse, mas ela também ergueu o braço. Petrus, Catharina e mais alguns. Menos da metade da sala.

– É sério isso? – Úrsula perguntou, sem se aguentar. – A alma de vocês vale mais do que a desses outros guerreiros? Vale mais do que a sobrevivência da humanidade?

– Úrsula, chega – Bruno disse, com rispidez. – Ninguém é obrigado a se voluntariar e cada um tem seus motivos pra decidir. Além disso, quando o momento chegar, vai ser preciso uma força de vontade absoluta e nenhuma hesitação. – O líder os encarou com seriedade, mas quem o conhecia bem conseguia ver a dor e a tristeza por trás daquela máscara. – Voluntários, venham à frente.

Os guerreiros se organizaram. Bruno pegou uma folha de papel, escreveu os números e os rasgou para fazer o sorteio. Dobrou os papeizinhos e os colocou em um saquinho de juta, com exceção do número um.

– Não, Bruno – Ulrik disse. – Se alguém pode escolher ficar com o número um, deveria ser eu.

– Podem parar com isso. Se é um sorteio, todos os números têm que ser sorteados – Úrsula complementou.

– Eu sou o líder.

– E eu sou uma pedra no seu sapato. Me dá isso – a garota continuou, arrancando o número um da mão dele e o colocando junto com os outros.

Úrsula chacoalhou o saquinho e então o abriu, passando na frente de cada voluntário para que retirassem um papel. Ela foi a última a pegar.

Ulrik mostrou o seu. Número três. Leona era o cinco. Tora, número seis. Bruno, quatro. Petrus, dois.

Úrsula olhou o próprio e se manteve em silêncio por alguns segundos.

– E então? – Ulrik perguntou.

– Os últimos serão os primeiros.

Úrsula colocou na mesa o papel que sorteara. Número um.

CAPÍTULO 34

Larvas

Mesmo com as revelações sobre Luce, Leona tinha feito uma pequena prece para que Ulrik não tirasse o número um. E foi inundada por alívio quando viu que o seu próprio papel era o número cinco. Depois de tantas tragédias, os dois tinham sido poupados... Por mais que amasse Tora e Úrsula, não tinha passado por sua mente que o azar poderia escolher um deles. Por isso mesmo, demorou alguns segundos para assimilar que sua melhor amiga provavelmente seria aquela a se sacrificar.

— Eu troco com você — Leona disse num impulso.

Sabia que Úrsula jamais aceitaria, mas desejou com todas as forças estar errada.

— Para de bobeira, está tudo tranquilo... — Úrsula respondeu, dispensando a oferta com a mão. Era quase como se estivessem falando sobre comer o último prato de sopa do jantar. — Além do mais, pode cuidar de Fofa depois. Assim você e Ulrik ficarão marcados na história como o casal com mais animae no mundo.

— Não tem graça, Úrsula — Leona respondeu, ríspida. — E não tem nada de tranquilo, é a sua alma! A gente precisa achar outro jeito. Vamos terminar a caixa e depois pensar em uma alternativa.

— Sim, senhora — Úrsula respondeu. Ela podia até estar se forçando a fazer aquela cara de deboche, mas Leona era especialista em esconder sentimentos. Enxergava o abismo atrás dos olhos da amiga.

Só então Leona reparou que Ulrik não dissera nada. Ele tinha abaixado a cabeça e, quando a ergueu, seu olhar estava resoluto e o maxilar cerrado.

Ele pretendia se sacrificar antes. Esse não era o combinado, porém, conversaria com ele depois sobre isso. Agora precisava deixar a mente clara como a de um veros. Tinha que olhar os fatos, traçar um plano objetivo. Descobrir as runas da caixa. Desenhá-las junto com seus amigos. Obrigar o cérebro a trabalhar até encontrar uma solução que não condenasse a alma de ninguém ali.

— Vamos começar a trabalhar na caixa agora — Leona sugeriu.

— Tenho uma coisa mais importante pra fazer primeiro — Úrsula respondeu. Antes que Leona pudesse protestar, a outra a pegou pela mão e baixou a voz para um sussurro. — Quero ver as pessoas da torre. Preciso saber tudo que já tentaram. Ulrik, Tora, vocês vêm também.

Bruno os liberou. Alguns guerreiros estavam acordados há mais de dois dias e foram obrigados a ir descansar, incluindo Carian. Outros foram fazer uma ronda na cidade ou algo do tipo. O líder obviamente precisava analisar as tarefas de uma perspectiva mais ampla, pensar na guerra e não nas pequenas batalhas. Leona não conseguia fazer isso agora. Queria olhar apenas para a sua missão, para as ações que estavam em suas mãos, e ignorar o resto do caos no mundo. Ou poderia acabar sentindo falta de se esconder atrás da pedra da invisibilidade.

A pedra da invisibilidade, aquela que a garota trocara por outro artefato mágico...

— Podemos usar o Olho da Verdade — Leona disse, parando subitamente. — Foi ele que mostrou a torre do Pântano dos Ossos para Ulrik e o sacrifício de Tereza. Talvez ajude a curar os ex-prisioneiros.

— Boa ideia. Você está com ele aí? — Úrsula perguntou e Leona o tirou do bolso.

Úrsula o pegou, fechou os olhos e sussurrou algumas perguntas.

— Não é tão simples — Ulrik disse. — Fiquei meses tentando descobrir algo sobre as runas da caixa e não vi nada. Quando pater e eu vimos a torre, foi quase sem querer. Nós estávamos falando sobre Otto, sobre onde ele poderia estar, não houve uma pergunta formal. Foi mais um desejo pela verdade...

— No caso da alma de Tereza, aconteceu a mesma coisa — Leona complementou, pensativa. Aquele era um objeto mágico feito com magia da água. Os veros estavam em todo lugar, sabiam de tudo que acontecia ou era dito perto da água, mesmo que fosse só uma gota dela. Enxergavam o passado, o presente e, de alguma forma, às vezes olhavam mais para a frente, onde o rio do destino ainda ia passar. Acima de tudo, gostavam de verdades como forma de pagamento pelas informações que forneciam.

— Bom, não funcionou — Úrsula disse, devolvendo o objeto a Leona. — Vamos tentar algo sem usar isso.

— Espera — Leona disse, recusando-se a desistir tão rápido. — Talvez a gente tenha que definir melhor de que precisamos. O que queremos saber exatamente?

— Como ajudar meu irmão. Como ajudar a todos eles... Precisamos saber se existe alguma runa ou alguma outra coisa que possa fazer essas pessoas voltarem a ser quem eram — Ulrik sintetizou.

— Os veros não entregam soluções. Entregam informações, fatos — Leona falou.

— Fatos... — Tora repetiu. — Que fato nos ajudaria a traçar uma estratégia?

Reflexivos, os quatro voltaram a caminhar pelos corredores decorados com quadros nas paredes e passadeiras floridas no chão. Subiram uma escada de madeira ornamentada. Então chegaram à porta do quarto onde alguns ex-prisioneiros estavam. As camas tinham sido retiradas para aumentar o espaço, e havia colchões e colchonetes espalhados pelo chão. Já era noite e as pessoas estavam deitadas, porém, não dormiam. Seus olhos abertos e perdidos encaravam o nada. *Será que ainda estão aí dentro?*

— O que aconteceu naquela torre? — Úrsula perguntou, claramente chocada com a condição em que estavam. — O que os espectros fizeram com eles?

Leona tinha pensado sobre aquilo. Muitas vezes. Desde o momento em que os encontrara, essas perguntas a assombravam.

— Não sei se tenho estômago pra descobrir — Ulrik respondeu, cruzando os braços e baixando os olhos. — Depois que meu irmão desapareceu na floresta, passei anos tentando me conformar, dizendo pra mim mesmo que ele provavelmente estava... morto. E então descubro que, enquanto eu vivia a minha vida, Otto estava preso num lugar escuro e horrível, sem seu anima... — Ele se aproximou do colchonete onde Otto estava. O olhou com tanta culpa que Leona desejou poder compartilhar sua dor, tirar um pouco do peso. – Essa e outras perguntas me passam pela cabeça a todo momento... Como foi viver na torre? Como sobreviveram? Eu sei do que os espectros são capazes e tentei imaginar... Mas é doloroso demais. Então acho que prefiro não saber.

Leona o admirou por admitir aquela verdade em voz alta.

– Não saber deixa espaço para todos os terrores – Tora disse. – Seu medo é justificado, não tenho dúvidas de que viveram algo terrível. Só que esse sentimento vai te acompanhar até ser enfrentado, meu amigo. Mesmo que você passe dias sem notá-lo, ele vai voltar cada vez que olhar para o seu irmão, cada vez que ouvir a palavra pântano, o termo "primeira geração", ou vir uma águia voando no céu.

– Além disso, talvez a chave esteja aí – Úrsula complementou. – E se os espectros fizeram algo com o objetivo de deixá-los desse jeito?

– Mesmo se isso for devido ao trauma, saber exatamente o que aconteceu vai nos ajudar a direcionar a runa – Leona disse.

Ulrik ainda não parecia seguro. Os amigos se aproximaram, Úrsula e Tora seguraram suas mãos.

– E se ainda assim for tudo em vão?

– Então pelo menos você vai saber que fez tudo que podia – Tora respondeu.

Ulrik suspirou, resignado, e por fim concordou.

Agora faltava fazer o Olho da Verdade funcionar. Se a pedra podia ter acesso às mentes deles a ponto de mostrar uma imagem, era quase como se um espírito da água estivesse ali. Ela e Ulrik tinham mentalizado a mesma vontade por uma resposta, e no processo, provavelmente mostrado alguma verdade sobre si mesmos. Um pedido, um pagamento. Era isso.

– Preciso que vocês mentalizem com força o que querem ver e o motivo real por trás dessa vontade, sem se podar. Uma verdade profunda sobre vocês.

– Calma... acha que os veros vão ver a resposta na nossa cabeça? – Úrsula perguntou. – Porque, se for isso mesmo, esse cristal é mais perigoso do que parece. Toda informação que os veros têm pode ser passada adiante, pode ser usada como moeda de troca em algum momento.

– Eu sei – Leona respondeu. – É por isso que as trocas com os espíritos da água devem ser muito bem pensadas e necessárias. Como agora.

Os quatro se entreolharam. Estavam prontos. Leona estendeu o cristal no meio e eles colocaram as mãos. Nenhuma imagem apareceu instantaneamente. Ela se concentrou mais. Mentalizou a vontade de saber o que tinha acontecido com eles. Na verdade, queria mesmo saber o que tinha acontecido com Otto. Queria muito. Para ajudá-lo, obviamente, mas principalmente para ajudar Ulrik. Sentia falta da leveza que ele tinha antes. Ulrik ficara mais sério depois da morte da mãe, tinha perdido uma parte do brilho, parado de acreditar que o destino os reservaria coisas boas... Era por ele, e também por si mesma. Para recuperar o garoto por quem ela tinha se apaixonado.

Chegar a essa verdade a deixou um pouco triste. Será que toda boa ação vinha da vontade de se sentir melhor? Existia altruísmo real? Talvez não. Porque, mesmo quando quis trocar de lugar com Úrsula, isso veio da culpa, de querer se afirmar como uma pessoa boa.

Dois garotos estão andando por uma floresta. Eles são iguais, e devem ter onze ou doze anos. Ulrik e Otto. Ulrik dá um tiro em um cervo e erra. Eles conversam e decidem se separar. Otto se depara com um espectro e grita. É o espectro que Ulrik matou na Pedra do Sol, Welick. Logo depois outros aparecem... Um deles ainda mais aterrorizante. É um espectro de segundo nível. Os olhos inteiramente pretos, incluindo a parte que deveria ser branca... O cabelo comprido e preto flutua ao seu redor. O corpo impossivelmente magro está coberto por um vestido longo e esfarrapado. Os dentes são pontiagudos e compridos, saltando para fora da boca. Otto chora conforme a pior das criaturas se aproxima... Uma garra amarelada corta o rosto dele subitamente, com uma dor lancinante.

A torre. Lá dentro, ele grita por socorro no centro oco da construção. Quer sair, mas a porta de seu andar é como uma barreira sobrenatural invisível. Há uma mancha de sangue no chão, na frente do batente. Um desenho. Uma runa de sangue. Otto chama por pater, mater, depois Theo. A voz dele está quase sumindo quando alguém aparece. Uma pessoa subindo as escadas, não uma daquelas criaturas. Ele fica aliviado, acreditando que será resgatado, mas o homem faz algo com as mãos, algum tipo de mágica, e Otto fica colado à parede, o corpo em cruz, os pés descolados do chão. O homem se aproxima, saca uma faca e faz um corte em seu braço. O garoto grita. Molha as calças. O homem recolhe o seu sangue em um pote de vidro.

– Por favor... eu não quero morrer...

— *Você é valioso demais para morrer.*

— *Me ajude. Não quero ficar aqui. Eu quero… eu quero minha mãe.*

— *Eu vou te ajudar, estou aqui pra isso — o homem diz, e seus olhos dourados reluzem quando um sorriso brinca em seus lábios. — Você vai se esquecer dela, de sua casa, de tudo… até do próprio nome.*

— *Não. Não quero esquecer!*

O homem molha o dedo no sangue. Aproxima-se de novo de Otto, que agora está com o rosto encharcado de lágrimas. Começa a desenhar na testa dele.

— *Você vai se esquecer de todos que conhece e de quem é. Do que gosta e do que detesta. Vai apenas sobreviver, como um inseto. Como uma larva, que come e bebe o que estiver disponível. Que não se importa com o cheiro da podridão, com o sabor azedo, com a falta de luz do sol ou de companhia. Não vai sentir a energia que o ligaria ao seu anima quando a hora chegar. Você apenas sobrevive, ignorante ao resto do mundo, e a tudo que sua vida poderia ser. Uma larva que rasteja, incapaz de ter qualquer vontade própria ou de querer se libertar. E então, quem sabe um dia sua vida insignificante ganhará importância na prosperidade das raças superiores.*

O feiticeiro termina a runa de sangue na testa de Otto. A expressão do garoto muda imediatamente. Oca, como o centro da torre do Pântano dos Ossos.

Otto está maior. Anos se passaram. Ele está se alimentando de uma carne crua repleta de larvas. Um outro homem surge. O avalia e rasga sua túnica, expondo seu peito magro.

— *Esse está pronto — o homem fala. Caeli.*

Micaela entra, faz um movimento com as mãos e o deixa levitando no ar. Então o observa com cuidado.

— *É o irmão de Ulrik — ela constata, sorrindo maliciosamente. Saca uma faca e começa a entalhar a runa no peito do garoto. Otto abre a boca, num grito silencioso. A dor de um inseto é muda. — Minha mãe liderou o grupo de espectros que o capturou.*

— *Gwinary? Bom, então foi ela quem deixou Ulrik escapar também.*

— *Cuidado, Caeli. Muito cuidado.*

Ele se cala. Ao terminar a runa, Micaela pega um frasco da bolsa, joga um líquido claro sobre a ferida e a assopra, formando um vapor vermelho-escuro. Quando tudo se dissipa, vê-se que o ferimento está cicatrizado. A runa marcada na pele.

A feiticeira segura o queixo de Otto com uma das mãos.

– Agora você está ligado a Inna para sempre. Agora sua existência enfim tem um sentido, larva.

Leona recobrou a consciência do presente com o estômago revirado, esforçando-se para não colocar a comida para fora. Úrsula não foi tão resistente: puxou um balde que estava ali perto e vomitou. Tora estava calado, o olhar triste de quem entende a profundidade das marcas que os traumas deixam. E Ulrik...

Ulrik estava queimando. O pescoço e o rosto dele estavam vermelhos, como se fosse explodir a qualquer momento. Leona havia pensado que muitas coisas terríveis podiam ter acontecido na torre: torturas físicas e psicológicas, fome, solidão... Suas ponderações, porém, tinham passado longe da verdade. Otto e os outros tiveram suas memórias e essência decepadas, subsistindo como seres sem consciência de si e do mundo ao redor. Era uma violação além do imaginável, porque qualquer sentimento era melhor do que o vazio completo. A respiração de Ulrik se acelerou. Seu queixo tremeu num esforço hercúleo para não derramar lágrimas.

– Ulrik... – Leona sussurrou, aproximando-se. – Sinto muito.

Ele a encarou. Por um momento, seus olhos cinzas ficaram escuros como carvão. Havia algo mágico acontecendo ali, alguma coisa intensa e que poderia sair do controle. Ela sentiu um arrepio.

Úrsula pôs uma mão no braço dele com a intenção de reconfortá-lo.

– Ai! – ela exclamou, recuando. – Ulrik, você está pelando.

Havia uma lareira acesa no quarto. O fogo ardeu mais alto. Úrsula olhou para Leona com preocupação, como quem pergunta o que elas deveriam fazer.

Desviar o foco. Mostrar que algo bom pode sair daquela visão terrível.

– Agora que sabemos o que aconteceu, podemos buscar a solução – Leona disse. – E algum tipo de cura, mas preciso da ajudar de todos vocês pra pensar. Ulrik, alguma ideia?

Depois de alguns segundos de silêncio, os olhos de Ulrik voltaram à cor normal. A respiração se acalmou um pouco, o fogo da lareira diminuiu. E a raiva foi substituída pela dor.

– Ele...Otto... – Ulrik começou com a voz rouca. – Como puderam fazer isso?

Úrsula se aproximou mais uma vez. Estendeu os dedos com cuidado, sentindo a temperatura, e então segurou o rosto dele com as duas mãos.

– A minha vontade de acabar com Caeli e Micaela mal cabe em mim... Mas o primeiro passo é desfazer o que eles fizeram, primo. Otto e todas essas pessoas precisam que a gente se concentre e descubra a melhor runa possível pra ajudá-los. – Ela o encarou, segurando firme. Ulrik enfim assentiu. – Feito isso, conte comigo pra encher a cara sobrenatural deles de porrada.

Leona sentia-se no meio das corredeiras de novo, perdida no turbilhão de acontecimentos e más notícias. Horas antes, descobrira que Luce não existia, que a luz é o quinto elemento, e ajudara a tirar a mente de Micaela de dentro de Nilo. Na sequência, vira sua melhor amiga ser selecionada para sacrificar a própria alma, sendo que elas mal tinham tido tempo de conversar após um ano separadas. E agora isso. *Larvas*...

– Eles tiraram toda a humanidade dos prisioneiros. Precisamos devolvê-la – Leona disse, um respiro em meio à correnteza.

– Como? – Ulrik questionou.

– Com aquilo que nos faz verdadeiramente humanos. O amor... – Ela nunca tinha dito a Ulrik ou aos amigos que os amavam. Mas aquele sentimento a tinha feito seguir em frente quando poderia ter parado, desistido, se acomodado na segurança de ser invisível. – O amor pela família, pelos amigos, por seu anima e por si mesmo. Pela comida, pelo sol, pelas risadas e pelo calor do fogo.

– Você acha possível? Descobrir uma runa de amor? – Tora perguntou.

– Já descobri. E a água é perfeita pra isso – ela respondeu, um pouco mais esperançosa. – É uma runa de amplificação do sentido de amor, na verdade. Não vai fazer ninguém amar algo de que não gosta, e nem sentir mais amor, apenas evidenciar o sentimento.

– Interessante. Mas, pra que possam sentir, é preciso que se lembrem de tudo. Reverter a retirada das memórias – Tora falou.

– Eu não acho que as lembranças foram retiradas... acho que foram isoladas lá dentro, num cantinho da mente. Precisamos desobstruir o caminho até elas – Úrsula disse. Então se virou para os outros. – Vamos deixar que descansem essa noite e fazer tudo amanhã, quando o sol nascer. Uma runa de ar pra liberar as memórias, uma de amor entrelaçada a ela pra ajudar na cura...

– Vamos aproveitar as próximas horas pra treinar o desenho – Tora disse. – Posso ajudar vocês a aperfeiçoar as runas, trouxe alguns livros.

– E precisamos pensar no processo todo. Talvez limpá-los e alimentá-los antes, escolher um quarto confortável, pessoas que possam acolhê-los depois. Acho que vou adicionar algumas runas antes de começar também, pra enjoo,outra pra dar um pouco mais de energia... Vou acertar tudo isso com Bruno.

Eles começaram a sair do quarto, mas Ulrik ficou para trás, olhando para o irmão. Por um momento, Leona teve medo de que a magia do fogo voltasse a dominar, porém, logo viu que a situação estava sob controle. Pelo menos por enquanto.

– Úrsula, você acha que eles vão se lembrar também dos anos na torre? – ele perguntou, mas o tremor na voz mostrava que já sabia a resposta.

Todos sabiam.

Úrsula engoliu em seco.

– Sim.

PARTE 4

CAPÍTULO 35

Reencontros

Os primeiros raios de sol invadiram o quarto no terceiro andar, iluminando os grãos de poeira no ar. As cortinas brancas estavam abertas; havia ali um sofá verde-esmeralda, uma penteadeira decorada com flores, tapetes macios espalhados pelo chão e, no centro, uma cama grande com dossel.

Sobre a cama, estava Otto.

Ulrik segurava uma de suas mãos, do outro lado, Carian fazia o mesmo. Úrsula e Leona começaram a se preparar e Tora trouxe água numa bacia própria para rituais dos gurus. O mesmo tipo de bacia de pedra que havia sido utilizada no ritual de união de Ulrik com seus lobos.

— Acho que vocês podem começar — Bruno disse.

Tinham combinado que era melhor não haver gente demais ali, para não assustá-lo. Mesmo os animae ficaram do lado de fora, com exceção da águia de Otto, aninhada perto de seu braço. Se tudo desse certo, ele precisaria do apoio dela.

— Carian, Ulrik, precisamos de um pouco de espaço — Leona disse com delicadeza.

— Tragam ele de volta, por favor — Carian pediu, angustiado.

— Pater, elas vão fazer todo o possível. E se eu precisasse confiar minha vida a elas, faria isso de olhos fechados.

As garotas sorriram para Ulrik. Mas não era o suficiente para dissipar a tensão no ar. Eles haviam discutido aquelas runas e a teoria a noite toda, porém, a resposta final sempre vinha no momento em que tudo era colocado em prática. Estavam lidando com uma magia poderosa, feita por um feiticeiro a partir de uma runa de sangue – do sangue de Otto, um descendente de Raoni. Será que a magia dada pelos aeris e pelos veros para as duas guerreiras seria suficiente para vencer o poder de um feiticeiro?

– Vamos lá – Úrsula disse, esfregando as mãos.

Leona molhou os dedos na bacia demoradamente, como se estivesse se conectando com os espíritos. Úrsula inspirou profundamente de olhos fechados e, quando os abriu, seus olhos verdes estavam claros e afiados.

Assistir às garotas trabalhando era hipnotizante. Tinham decidido fazer a runa na testa e na cabeça. O indicador de Leona passeava pela pele alva de Otto, deixando um rastro úmido e levemente luminoso. Já os dedos de Úrsula não o tocavam, passando a milímetros do topo de sua cabeça, deixando o ar fluir no espaço entre eles. Os movimentos dela eram complexos, intrincados, impossíveis de serem acompanhados mesmo tendo visto o desenho antes. Nas últimas curvas, Úrsula estava ofegante. Minutos depois, elas terminaram. Os olhos de Otto se arregalaram. Ulrik preparou-se para o reencontro que tanto esperara, mas as costas do irmão arquearam para cima e ele abriu a boca num grito sem som.

– O que está acontecendo? – Carian perguntou.

– Ele está com dor – Ulrik disse, seu tom ligeiramente histérico.

Leona fez uma runa de dor. Não adiantou. Otto começou a convulsionar.

– Façam alguma coisa! – Carian gritou.

Tora e Leona seguraram o garoto na cama para que ele não caísse. Os amigos se entreolharam.

– Acho que a mente dele está resistindo – Leona disse.

– E se... e se tiver um tipo de barreira? – Úrsula perguntou. – E se o feiticeiro colocou alguma coisa pra impedir que alguém o curasse?

– Vocês deviam ter pensado nisso antes! – Carian respondeu, irritado. – É melhor pararem! Tirem as runas!

– Não é assim que funciona, Carian – Bruno respondeu. – Precisamos pensar rápido. Precisamos de uma runa pra destruir a barreira se ela realmente existir.

Para partir, o fogo.

Ulrik olhou para a lareira acesa. Quebrar uma proteção mágica feita com runas de sangue, com magia proibida e mal-intencionada. Uma barreira de cura, um muro que repele outras magias. Fechou os olhos, e as chamas ainda pareciam brilhar atrás das pálpebras. Viu também uma runa. Uma runa que permitia abrir um buraco nesse muro para que outras intenções mágicas pudessem fluir e assim se manifestar.

As convulsões de Otto pioraram. Bruno e Carian se aproximaram para segurar o corpo que se contorcia.

– Já sei.

Ulrik sujou o dedo nas cinzas com pressa, suas mãos trêmulas. Sentiu o corpo esquentando com a tensão e o nervosismo. Sentiu o dragão que havia por baixo de sua pele se mexer, querendo consumi-lo. Querendo queimar tudo. Viu o fogo da lareira aumentar de repente.

– Ulrik, você precisa se concentrar. Pra não machucar ninguém – Leona avisou.

Ele desacelerou a respiração e balançou a cabeça. Ela tinha razão. Como sempre.

– Coloquem Otto de lado – ele ordenou, e os outros obedeceram, com um movimento fluido.

Ulrik afastou os cabelos de Otto e desenhou a runa na nuca do irmão. Assim que terminou, Otto se contorceu uma última vez e então seu corpo ficou mole. A cabeça, os braços, tudo perdeu sustentação. Como se... Como se... Ulrik começou a tremer.

– Não.

– Otto... – Carian chamou, dando tapinhas leves no rosto do filho. – Otto...

Os outros viraram o garoto de barriga para cima novamente. Tora apoiou o ouvido no peito dele, provavelmente tentando ouvir se havia algum batimento. O quarto ficou num silêncio sepulcral. E então Otto tossiu.

Ulrik sentiu os joelhos cederem e só não caiu porque se apoiou na cama.

Otto se virou para fora da cama e começou a vomitar. Úrsula pegou um balde e o ajudou a se sentar. Leona passou a desenhar runas nas pernas dele. Assustado, ele se debateu de um lado para o outro, tentando se soltar, se libertar, balbuciando coisas ininteligíveis.

– Otto, filho, sou eu.

– Otto – Ulrik repetiu.

Ele os fitou com atenção, como se apenas com o som de suas vozes pudesse realmente vê-los.

As sobrancelhas erguidas se franziram, a boca aberta se fechou, os olhos arregalados encheram-se de lágrimas. A expressão de medo desmoronou rápido, e toda a tristeza acumulada veio à tona de uma vez. Soluços presos por anos encontraram o caminho para sair, um lamento tão profundo que esmagava o coração dos que ouviam. Com o rosto encharcado e a voz entrecortada, Otto conseguiu enfim falar:

– Pater... Theo... Eu tive tanto medo... Eu tive tanto medo...

Carian o puxou e o levantou. Os três se abraçaram. Soluçaram juntos, um choro de alívio, mas muito mais de luto. Porque, sim, eles tinham recuperado Otto, mas sabiam também o que haviam perdido. Estavam conscientes do que Otto tinha passado na torre, a forma como tinha sido tratado, as condições subumanas...

E havia também o sofrimento daqueles que tinham ficado sem saber o que acontecera com o garoto. As noites em claro quando Otto desaparecera, a culpa constante, a ideia de que não deveriam nem mesmo dar um sorriso porque não era certo, não era justo... Se abraçaram ainda mais forte, e aquilo fez Ulrik se lembrar de um outro abraço, o que ele, Carian e Lia deram no dia em que Otto sumira, depois das buscas frustradas na floresta. Lia... ela não teve a oportunidade de descobrir que o filho estava vivo, de abraçá-lo, de consolá-lo e dizer que tudo ia ficar bem agora.

– Otto – Carian disse, afastando-se para olhar o filho. – Me perdoe. Eu devia ter te achado antes, eu devia ter feito mais. Todos esses anos... me desculpe.

– Eu te chamei...

– E no meu coração eu ouvi. Nunca parei de te procurar, não sobrou nenhum cantinho na Floresta Sombria que eu não tenha revirado. Mas eu estou aqui agora, e nada nem ninguém vai tirar você de mim de novo.

Quando Ulrik se soltou do irmão, os olhos deles se cruzaram. Eram do mesmo cinza dos restos de uma fogueira, da mesma cor dos seus. Ainda assim, tão diferentes, sem a luz que costumavam ter...

Era como olhar em um espelho, mas enxergar um reflexo que havia sofrido além do que deveria ser permitido. Mal reparou que todos os outros tinham saído do quarto e deixado os três a sós.

– Eu pensei em você todos os dias. Cada vez que eu olhava no espelho, eu... – a voz de Ulrik ficou engasgada. – Queria que tivesse sido eu. Se soubesse como eu me arrependo de ter me separado de você... Fico voltando para aquele dia, pensando em como uma decisão mudou tudo... – Então ele disse em voz alta a promessa que já tinha feito a si mesmo: – Eles vão se arrepender também, Otto. Eu vou matar as criaturas que fizeram isso com você, todas elas.

Otto voltou para aquela postura de presa encurralada.

– Não, Theo. A gente precisa se esconder, você não sabe como eles são...

Havia tanto para contar, mas primeiro precisava ajudar o irmão com a nova realidade. Até os doze anos, Otto havia sido o guia de Theo na vida, havia feito tudo antes para ensinar o irmão. Era hora de Ulrik retribuir, de segurar a mão dele para dar um passo de cada vez.

– Seu anima... Ele é lindo – Ulrik disse.

– Parece o de mater. Onde ela está?

Carian e Ulrik se olharam. Não queriam feri-lo, tampouco podiam mentir.

– Ela foi capturada também, anos depois – Ulrik explicou. – Sinto muito, Otto... eles... eles...

– Mater se foi, Otto – Carian finalizou.

O garoto se sentou na cama, colocou as mãos no rosto e chorou. Eram lutos demais para serem vividos de uma só vez. Ulrik procurou alguma palavra de consolo, contudo, sabia que nenhuma bastaria. Então sentou-se também e apenas abraçou o irmão. Apesar de tudo, mesmo com todos tão dilacerados, a sensação de ter o seu eterno companheiro de volta era morna e reconfortante.

Otto aos poucos foi se acalmando. Talvez também encontrasse conforto naquele reencontro com o qual todos sonharam a cada segundo em que ficaram separados. O garoto se virou para seu anima e encarou a ave por vários segundos. A águia sustentou o olhar, depois bateu as asas e tentou pousar em seu braço nu.

– Ai!

– Você vai precisar de um bracelete – Carian disse, e tirou uma faixa de couro do bolso.

– Não acredito que você pensou nisso, pater – Ulrik comentou com um sorriso.

Então reconheceu as laterais bordadas. Era um dos braceletes de Lia.

Otto pareceu notar a mesma coisa conforme Carian o amarrava em seu antebraço.

– Já sabe como vai chamá-lo?

Otto hesitou por um instante, fitando o bracelete com uma saudade profunda.

– Áquila – ele disse enfim. Os olhos de Carian ficaram marejados com a resposta. – Você acha que ela se importaria?

– Acho que Lia adoraria essa homenagem, meu filho.

O momento emocionante foi interrompido por uma batida na porta. A cabeça de Leona apareceu no batente.

– Ulrik, desculpe, mas nós precisamos da sua ajuda – ela disse. – Com os outros ex-prisioneiros, pra tirar a barreira mágica antes de começarmos.

– Vocês não conseguem fazer isso sem mim?

– A nova runa de fogo é complexa… Acho melhor não arriscar.

Ele assentiu e Leona saiu.

– Ulrik? Runa de fogo? – Otto perguntou, confuso.

– Tenho muita coisa pra te contar. Eu volto assim que terminar de ajudar os outros ex-prisioneiros da torre, tudo bem?

– Eu não quero ficar sozinho – Otto respondeu.

– Eu não vou sair daqui nem arrastado – Carian disse, com um sorriso discreto. – Posso ir contando parte da história.

Os irmãos se abraçaram uma última vez e Ulrik se levantou com pesar por ter que se separar dele tão cedo. Quando já estava quase de saída, Otto chamou:

– Theo… Afinal, que tipo de animal você encontrou?

Ulrik se virou e deu um sorriso sincero e divertido. Uma sensação morna derreteu aquele pedaço do seu coração que tinha congelado no dia do sumiço de Otto e endurecido ainda mais depois de vê-lo catatônico… Porque aquela era exatamente a pergunta que Otto faria se nada tivesse mudado, se os espectros nunca o tivessem capturado. Esse era o reencontro pelo qual Ulrik ansiara todos os anos longe do gêmeo.

– Só te digo uma coisa: não foi uma barata – ele respondeu e Otto sorriu também. – Pater, não conte essa parte, quero que ele veja com os próprios olhos. Vou pedir pra eles virem te fazer uma visitinha.

– Eles?!

Carian riu também.

Um raro momento de alegria. O peito de Ulrik inflou e ficou leve com um sentimento igualmente bom e perigoso.

Esperança.

CAPÍTULO 36

A nova caixa das almas

Com corpo e mente exauridos, Tora caminhou até uma quarta casa, não muito longe das outras onde havia trabalhado o dia todo. Ele, Úrsula, Leona e Ulrik conseguiram trazer de volta as lembranças de todos os ex-prisioneiros, aprimorando a técnica a cada ritual, com Tora dando sugestões e no fim contribuindo com runas de terra para estabilizar quem fazia e quem recebia a magia.

Por mais que ajudar tivesse trazido uma enorme satisfação, o custo tinha sido alto.

Tora não chorava com frequência, suas emoções normalmente se manifestavam de outras maneiras. Agora, as lágrimas escorriam livres pelo rosto, lavando o suor e as angústias acumuladas. Havia testemunhado sofrimento demais e, quando a dor do outro é intensa, ela rasteja e se enrosca nos corações dos que estão por perto. Ele viu crianças e idosos chorarem seus anos sem humanidade, chamarem desesperados pelas pessoas que amavam, ou ficarem aterrorizados com a perspectiva de verem um espectro de perto mais uma vez. A magia proibida tinha sido derrubada, mas eles estavam muito longe de estar curados.

Tora abriu a porta. Era uma casinha muito menor do que a usada pelos guerreiros, e talvez por isso mesmo mais aconchegante. Seu tempo ali seria curto; os amigos haviam combinado de começar a trabalhar na nova caixa em seguida, porém, aceitaram que necessitavam de pelo menos uma hora de recuperação. Descobriram da pior maneira que fazer magia drenava a energia vital, e cada um teria que encontrar uma forma de se recarregar.

– Nilo? – ele chamou.

A porta de um quarto no térreo se abriu. Nilo correu até ele e se jogou em seus braços.

– Eu estava preocupado com você.

– E eu com você.

Nilo o beijou. Tora tinha planejado conversar, contar tudo que havia acontecido, saber como o outro estava, mas talvez fosse disso que precisava. Um momento para viver outras coisas, esquecer que a raça humana estava em guerra, ser apenas um garoto apaixonado por outro garoto.

Tora entrelaçou os dedos nos cachos castanhos de Nilo. Inspirou fundo e o beijo ficou mais intenso. Nilo o apertou contra si com uma urgência diferente. Então se afastou subitamente e o encarou.

– Vamos embora daqui, Tora. Vamos pra algum lugar seguro, sem feiticeiros, sem espectros, sem guerreiros… Por favor. A gente pode terminar o treinamento de guru depois, quando tudo isso acabar.

– Nilo… – Tora sabia que o outro não tinha tido tempo de processar o que acontecera com ele, e que ser jogado no mundo das criaturas malignas desse jeito deixaria qualquer um assustado. Doía ter que falar a verdade e o aterrorizar ainda mais. – Não existem mais lugares seguros, não existe para onde fugir. Nosso inimigo é mais poderoso, e nossa única chance de vencer está na estratégia preferida dos guerreiros: a união.

– Mas eu não sou como vocês… Quis que você me contasse a verdade, e em alguns momentos até imaginei que poderia ajudar, ou mesmo me juntar aos guerreiros. Só que eu não tenho a mesma coragem, nem sei lutar.

Tora gostaria de poder dizer que ele não precisaria fazer isso, que estaria a salvo no castelo. Porém, mesmo o fortalecendo com runas, seria impossível tornar o local impenetrável. Nem a sala do trono com suas grandes portas metálicas era segura o suficiente. Se os espectros e feiticeiros decidissem entrar, encontrariam uma forma de burlar as defesas.

– Eu posso te ensinar a lutar. – Tora tirou uma faca de seu cinto. – Sempre tenha em mãos uma arma com essa runa. Só elas podem ferir os espectros. Deixe as pernas ligeiramente separadas e…

— Quando Micaela estava na minha mente — Nilo disse, olhando fixamente para a faca em sua mão, mal prestando atenção às explicações de Tora —, eu o vi.

— Quem?

— Inna. — O corpo de Tora gelou. O queixo de Nilo tremeu. — Vislumbres apenas... Havia outros espectros. Estavam arrancando o coração de pessoas vivas e oferecendo a ele. Sacrificando seus animae. Era um ritual, e Micaela estava lá. Aos poucos ele foi tomando forma, como se dependesse dessas coisas horríveis para se fortalecer... — Nilo engoliu em seco. — E, logo antes de expulsarem Micaela, eu vi mais uma coisa.

— O quê? — Tora perguntou, mesmo sem ter certeza de que queria saber a resposta.

— Ele está a caminho. Já há espectros ao redor da Cidade Real tentando derrubar a barreira protetora que Lanyel ajudou a fazer. Eles vão atacar a qualquer momento.

Tora respirou e invocou a magia dos terriuns para conseguir se manter em pé. Sentiu o corpo todo formigar com a iminência da batalha. Eles tinham menos tempo do que imaginavam. Tora precisava avisar os outros.

— Temos que terminar as runas da caixa então — ele disse, o cansaço ainda vencendo a adrenalina. — Passei horas trabalhando, preciso de uma xícara de café. Você conhece alguma coisa que possa ajudar a renovar as energias mágicas?

Aquilo pareceu tirar Nilo do transe de terror.

— Por que não usa a magia de Magnus?

— Isso é possível?

— Sim, é algo que os gurus costumam fazer nos rituais mais difíceis... Basta seu anima estar por perto, você pedir ajuda e se concentrar na energia dele enquanto desenha as runas.

— Não vai feri-lo?

Nilo colocou a mão no rosto de Tora.

— Não, te garanto que não. Eles têm muito mais magia do que qualquer guerreiro.

Tora pôs a própria mão sobre a de Nilo.

— Talvez depois de terminar a caixa eu possa vir aqui de novo. E então podemos pensar juntos no que fazer, e treinar.

– Eu não vou estar aqui, Tora. Eu vou embora. – Talvez ele tivesse entendido errado. Ou interpretado mal. Porque certamente Nilo não poderia estar dizendo que ia embora da cidade. – Não sou um guerreiro, e isso aqui não vai me proteger, porque dificilmente eu conseguiria usá-la – Nilo pôs a faca em cima da mesa.

– Você mesmo disse que os espectros estão do lado de fora, esperando para entrar. Não é seguro deixar os portões, deixar a proteção das runas...

– Acho que eles não vão se preocupar tanto com pessoas comuns deixando a cidade. Se todos os viajantes fossem mortos, isso deixaria evidente a presença deles aqui. Quero aproveitar essa última chance de sair. Porque, quando a batalha começar, eu vou ser um estorvo. Principalmente pra você.

– Os túneis secretos do castelo! Você pode se esconder lá... Não é totalmente seguro, mas pouca gente conhece as entradas...

– Vem comigo. Um guerreiro a menos não vai fazer falta.

– Eu não posso, Nilo.

Ele assentiu.

– Eu entendo. E também não posso ficar.

Aceitar que as pessoas são diferentes é mais difícil do que se pensa. Tora sabia que Nilo não tinha nascido para ser um guerreiro, que as suas habilidades e a sua coragem se manifestavam de outras formas. Arriscar a vida parece bonito no papel, mas a maioria das pessoas não era capaz de reagir quando o momento chegava. Nilo estava sendo sincero, e é preciso força para honrar nossas próprias fraquezas.

– Quando tudo acabar, se conseguirmos derrotar Inna de vez, vou te esperar aqui – Tora disse, com um nó na garganta.

– Eu tenho certeza de que ainda vamos viver a história que merecemos.

Tora não tinha certeza de nada. Ainda assim, se permitiu acreditar.

– Nilo... eu queria... Tudo que aconteceu... Te conhecer foi... Sempre vou ser grato por isso.

O garoto de sardas e cachos castanhos sorriu.

– *E quando mais precisamos delas, as palavras nos faltam.* Pode anotar no nosso livro. – Nilo o beijou uma última vez. – Eu também te amo, Tora.

Magnus se juntou a Tora conforme ele corria pelas ruas de paralelepípedos.

Nilo estava indo embora. Inna estava chegando. Ao invés de se deixar engolir por essa avalanche de dificuldades, ele precisava pensar na caixa das almas.

Entrou no casarão que os guerreiros usavam para fazer suas reuniões. Subiu as escadas e encontrou Ulrik exatamente onde imaginava: com Otto. Por sorte, Úrsula também estava ali.

– O que foi? – Ulrik perguntou vendo a expressão aflita no rosto dele.

– A gente precisa começar a caixa – disse sério, mas sem alarme. Otto parecia um pouco melhor agora, e a última coisa de que precisavam era um pânico generalizado.

Ulrik e Úrsula saíram do quarto. Carian permaneceu com o filho, mas seu semblante estava preocupado.

– Aconteceu alguma coisa? – Úrsula perguntou.

Tora contou sobre as revelações de Nilo enquanto desciam as escadas e procuravam por Leona. A encontraram um pouco depois, junto com Albin, voltando da visita aos outros ex-prisioneiros em recuperação.

– Precisamos avisar Bruno – Ulrik disse. – E os outros.

Então as louças tilintaram dentro do armário. Uma vez. Depois mais uma.

– O que foi isso?

Talvez por não ser descendente dos guerreiros, Tora nunca havia sentido antes aquele arrepio gelado, os pelos dos braços se arrepiando, o estômago pesado… Contudo, Lanyel dissera que ele havia adquirido magia através do estudo e do conhecimento. Se ele tinha alguma dúvida de que isso era realmente possível, ela acabara de se dissipar. Porque aquele tipo de sensação ruim só podia significar uma coisa.

– Eles chegaram – Úrsula disse, quase sem ar. – Muitos deles.

O chão chacoalhou forte sob seus pés. Uma cristaleira veio ao chão. Todos perderam o equilíbrio e caíram, com exceção de Tora. E gritos soaram do lado de fora.

– A gente precisa descobrir o que está acontecendo – Leona disse.

– Não, a gente precisa terminar a caixa antes que seja tarde demais. E precisamos dos nossos animae para isso – avisou, vendo que ainda faltavam os lobos e a ursa.

– Meu irmão… – Ulrik começou.

– Seu pai está com ele, a casa tem runas de proteção nas paredes. – Tora se manteve firme, puxando os amigos pelo braço. – Pode ser que isso segure um pouco os espectros, mas sem a caixa não temos nenhuma chance.

Talvez fosse a energia dos terriuns que mantinha sua mente presa ao momento. Talvez fosse o treinamento de guru. O fato é que seus próximos passos estavam mais claros que nunca, e ele guiaria os outros para garantir que a maior missão de suas vidas fosse cumprida. Terminar uma nova caixa das almas.

– Por aqui!

A caixa estava guardada num cofre no escritório da casa. No corredor, cruzaram com Heitor.

– O que aconteceu? – o guerreiro de cabelos avermelhados perguntou.

– Acho que Inna está aqui – Tora disse. – Nós vamos terminar a caixa. Vocês precisam resistir até conseguirmos.

Heitor assentiu, seus olhos claros adquirindo uma sombra de seriedade e resignação.

– Parece que a vida toda eu treinei pra esse momento… Esses malditos vão pagar, meninos. Vou organizar todo mundo e deixar alguns guerreiros pra reforçar a proteção da casa enquanto vocês trabalham. – Ele então os encarou de uma forma estranha. Um misto de orgulho, tristeza e outras coisas indecifráveis. Puxou todos eles para um abraço e, quando se separaram, tinha lágrimas nos olhos. Lágrimas de quem sabia que aquela podia muito bem ser a última vez que se viam. – Que a deusa ilumine as mentes de vocês.

Luce. A deusa que nunca havia existido.

Heitor correu e logo o ouviram gritando ordens na sala e do lado de fora da casa. Outros guerreiros passaram correndo por eles pelo corredor, contudo, não havia mais tempo para explicar nada. Tampouco para despedidas.

Chegaram ao escritório e abriram a porta. Tora pegou a chave escondida e dirigiu-se ao cofre. Lux e Nox chegaram em seguida.

– Fofa? – Tora perguntou.

– Está a caminho – Úrsula respondeu. – Mas o que os animae têm a ver com isso?

– Vão nos ajudar a concentrar a magia, emprestar a deles.

Tora destravou a porta pesada do cofre e segurou a caixa nas mãos. Todas as vezes que a via se encantava com o metal e com a forma como a luz se refletia e se partia em muitas cores a partir da superfície reluzente.

– Nós não discutimos as runas ainda... – Úrsula disse. – Pra ser sincera, não sei nem por onde começar.

– Já tenho alguns rascunhos. Aquiles e eu passamos muitos dias estudando as possibilidades e traçando esboços. Aqui – ele disse, guiando todos até a grande mesa de madeira que havia no centro. O último desenho que havia feito parecia uma verdadeira obra de arte. Por mais que Tora não fosse um especialista nos outros elementos como seus amigos, sentia que conseguira capturar a essência. – É uma runa mista, de todos os elementos. Ainda faltam alguns detalhes, principalmente inserir a questão do sacrifício.

– Isso deveria ficar bem no centro, unindo tudo – Leona disse. – Talvez assim.

Leona adicionou uma espiral no meio. Representava a morte, o ciclo que terminava abruptamente.

Úrsula se aproximou e desenhou a caixa por cima, além de dois círculos que representavam as almas a serem presas ali. Ulrik fez um risco de ponta a ponta, para mostrar como esse sacrifício seria a chave que fecha a caixa, e também a abre...

Então Tora teve uma revelação. Lembrou-se de que o sangue de Adélia, mesmo dado com a intenção de abrir a caixa, não havia funcionado. Só o de Ulrik tinha permitido que as almas de Inna e Tereza fossem libertadas.

Ulrik estava colocando algo na runa de forma disfarçada, associando o sacrifício especificamente a si. Provavelmente seu plano era contar sobre isso apenas quando a caixa estivesse pronta, para que nenhum dos amigos pudesse fazer nada a respeito.

Por um lado, foi o que fez Tora perceber que havia algo importante que ainda não tinham levado em conta: era preciso determinar quem seria sacrificado. A runa tinha que ser precisa para funcionar. Um deles. Alguém que participasse na construção da caixa, que derramasse nela sua própria magia e a intenção de se tornar a chave.

Para crescer, a terra. Expandir, abarcar, intensificar o efeito...

Tora adicionou uma runa por cima das outras, que trazia essa especificação. Quem quer que construísse a caixa das almas, que colocasse sua magia ali, poderia usar sua energia vital para fechá-la, com a intenção de levar consigo alguma outra alma.

Ulrik deu um soco na mesa. Leona e Úrsula analisaram a última runa por alguns segundos. Os olhos de Leona se estreitaram e ela apontou um dedo na cara de Ulrik.

— Eu sabia que você ia tentar passar Úrsula pra trás.

— Salvar a alma dela, você quer dizer — ele respondeu, ainda irritado. Úrsula o empurrou.

— Eu não preciso ser salva por ninguém. Quem você pensa que é, Ulrik? O salvador da raça humana? O homem másculo e valente que vai resolver o problema de todas as garotas frágeis e imbecis que cruzam seu caminho? Você só está sendo um grande babaca, isso sim.

As narinas dele se dilataram.

— Eu abri a caixa. Eu fecho a caixa.

Tora se colocou entre eles.

— Nós não temos tempo pra isso — ele disse. Olhou para Ulrik. — Seria arriscado demais deixar que apenas uma pessoa seja a chave, Ulrik. Você pode morrer antes e levar a humanidade toda com você. Sei que você carrega muito remorso nos ombros, mas a vontade de consertar seus próprios erros não pode ser maior do que a vontade de resolver o problema. Precisamos prender Inna na caixa, e as chances são maiores se qualquer um de nós quatro for capaz de fazê-lo.

Ulrik balançou a cabeça. Lux esfregou a cabeça nele, como se tentasse acalmá-lo. Se havia algum ser vivo no mundo que não o condenava por ter aberto a caixa, era Lux. Afinal, ele libertara Tereza também.

— Sim, vamos fazer do jeito que Tora sugeriu. E todos precisam se lembrar de que eu sorteei o número um.

— E eu não acho que um sorteio tenha que decidir quem se sacrifica — Ulrik respondeu. — Não é justo.

Antes que outra discussão pudesse começar, Tora interveio.

— Talvez na hora não exista uma escolha... Vamos terminar a caixa. Vamos para a batalha. Vamos tentar matar Inna. Quando ele cair, quem de nós estiver apto a fazê-lo, se sacrificará.

Eles acertaram a ordem em que desenhariam a runa e Tora explicou como poderiam usar a magia de seus próprios animae para fortalecer o processo.

Leona foi a primeira. Tirou a tampa de um vidrinho que carregava no bolso e molhou o indicador. Albin estava ao seu lado. Assim que começou a desenhar, algo mudou no ambiente. Uma sensação que aquecia o peito e logo Tora entendeu de onde vinha. A magia cíntilans se tornou visível, fluindo de Albin para Leona, e da guerreira para a caixa.

Fofa chegou bem na hora, e ajudou Úrsula. Depois foi a vez de Ulrik, e a intensidade da magia foi dobrada, saindo dos lobos e iluminando o cômodo. Quando Tora pegou a caixa nas mãos, seus olhos se encheram de lágrimas. De admiração, de tristeza, de emoções que fluíam por todos os seus poros.

Ele se concentrou e, quando invocou a magia de Magnus, seu amor pelo anima quase o fez flutuar. A sensação de ter tanta energia no corpo era inebriante. Conforme desenhava a última parte da runa, com o dedo sujo de terra, pensou enxergar além de todos os mistérios do universo. Compreendeu como tudo estava ligado naquela rede intrincada de energia, inclusive os espectros, com sua magia invertida, um buraco negro que sugava tudo que podia...

Assim que terminou, a caixa se aqueceu. A runa mista brilhou na superfície, e um tipo de zumbido tomou seus ouvidos.

Do lado de fora, a batalha começava a se intensificar. Um estrondo balançou a casa, vidros se quebraram. Gritos estridentes cortaram o ar. Ainda assim, os amigos se olharam, sentindo-se vitoriosos pela primeira vez em muitos meses repletos de provações.

Ela estava pronta.

A nova caixa das almas.

CAPÍTULO 37

A Batalha da Cidade Real

Do lado de fora, o mundo parecia estar acabando.

As pessoas gritavam e corriam por todos os lados. Rezavam. Choravam. Pisoteavam umas às outras na tentativa de escapar. Era compreensível, já que a maioria sequer imaginava que criaturas como aquelas poderiam existir. O céu estava tomado por espectros, que rodeavam a cidade como um bando de abutres esperando para se refestelar na carne dos mortos. E já havia muitos espalhados pelo chão.

Úrsula acreditava que havia presenciado horror o suficiente para uma vida inteira na Batalha da Caixa das Almas, mas um cenário de guerra no meio da Cidade Real era ainda pior. Porque, numa clareira ou na beira de um rio, o confronto era entre espectros com suas garras estendidas e guerreiros com suas lâminas mágicas. Já as pessoas comuns estavam totalmente indefesas, e o pânico generalizado ecoando pelas paredes de pedra atordoaram Úrsula por alguns segundos.

– Saiam das ruas! – ela gritou. – Para dentro das casas!

Ela tinha que se concentrar na missão: precisava sobreviver até o momento em que Inna aparecesse. Então lançaria sua flecha especial, causando a implosão de magia cíntilans diretamente no coração do grande espectro. Depois que ele caísse, Úrsula sacaria a adaga de seu cinto e abriria o próprio ventre, assim como Tereza havia feito. Inimigos diriam que aquilo era plágio ou no mínimo falta de criatividade; ela, porém, gostava de pensar mais em uma homenagem… Uma ode à guerreira que lhes dera meio milênio de paz ao custo da própria alma.

A missão. A missão. Matar Inna. Sacrificar-se.

Ela repetia isso mentalmente, buscando ignorar o caos ao redor. Os gritos. Os pedidos de ajuda.

– Vamos para um lugar alto – Ulrik disse. – Precisamos enxergar o que está acontecendo.

– As escadarias – Tora respondeu. – Por aqui.

Eles correram, esforçando-se para vencer o fluxo de pessoas tentando fugir. Tantas pessoas, e todas ignorantes ao fato de que não havia para onde ir!

– Mamãe... mamãe... – uma criança choramingava.

Merda.

– Podem ir na frente – Úrsula disse, virando na rua de onde vinha a voz. – Eu alcanço vocês.

Úrsula saltou sobre os corpos, virou mais uma esquina e se viu ladeando a muralha. Ali, sem cobertura nenhuma, estava uma criança de quatro ou cinco anos chorando enquanto chacoalhava um corpo totalmente dilacerado no chão.

A visão estilhaçou seu coração. A garotinha seria uma presa fácil sozinha.

– Vem cá, lindinha.

– Mamãe! Não, mamãe! – ela gritou, debatendo-se quando Úrsula a agarrou e começou a correr, segurando-a nos braços.

Aquela criança merecia colo. Merecia que alguém dissesse com calma que sua mãe se fora, que ela tinha direito de viver o luto, e que um dia tudo ficaria bem. A saudade não iria embora, a tristeza permaneceria sempre ali, latente, mas era possível aprender a conviver com esses sentimentos. Alguém tinha que consolá-la e dizer-lhe que a vida certamente iria presenteá-la com amigos que se transformariam em sua nova família, e assim ela teria forças para continuar lutando. Que o amor por esses amigos seria forte a ponto de fazê-la dar a vida por eles. Talvez até mais que isso.

Úrsula parou em frente a uma porta e a escancarou com um chute. As pessoas lá dentro gritaram. Havia uma mulher, uma senhora idosa e dois meninos mais velhos.

– A mãe dela foi... pega. – A guerreira limpou os olhos da garota e colocou algumas facas sobre a mesa da pequena sala. – Essas armas matam os espectros. Fiquem quietos e escondidos, mas, se eles entrarem, vocês precisam lutar! Tá bom?

A mulher mais nova assentiu e pegou a faca. Era o melhor que Úrsula podia fazer para ajudar. Além de matar o maior número possível daqueles malditos. Ela saiu, fez uma runa de afastamento na parede, por desencargo de consciência, e voltou a correr. Contudo, uma sombra surgiu em seu caminho e a desequilibrou. Algo voador... Úrsula pôs uma flecha no arco em um piscar de olhos. O que tinha sido, um espectro?

A criatura mergulhou novamente. Tinha asas enormes e semi-transparentes, como as de um morcego. Seu corpo era todo coberto por uma pele que parecia de couro. Tinha os pés similares aos de uma águia e nas mãos, com três dedos, garras compridas. Os dentes... eram dentes feitos para rasgar carne.

Úrsula rolou para o lado quando o ghoul tentou pegá-la com os pés. Levantou-se com um punhado de terra na mão e o jogou para cima. Invocou uma pequena brisa, e a sujeira foi parar direto nos olhos da criatura, que já tinha dado a volta para atacar outra vez. O ghoul fez um som estridente. Fofa não precisava de aviso para começar a agir; colocou-se sobre as patas traseiras e, com a dianteira, deu um golpe forte, arranhando a cara monstruosa.

Úrsula atirou a flecha numa das asas, e a criatura caiu, deslizando no chão. Fofa se lançou, cravando os dentes em uma das pernas para impedir que ela alçasse voo novamente. O ghoul se contorceu e Úrsula usou a machadinha, atingindo o tórax e o ventre dele uma, duas, três, quatro vezes. Em poucos segundos, a criatura tinha se transformado em um amontoado de membros e vísceras no meio da rua.

– Vamos.

Ela correu, tentando sem sucesso ignorar as tripas grudadas em suas roupas. Fofa partiu em disparada na frente, e chegaram à rua principal. Todos tentavam sair da cidade enquanto elas lutavam para subir em direção ao castelo. Úrsula montou nas costas de seu anima, e Fofa rugiu, abrindo caminho.

Não havia guardas controlando a entrada da escadaria. Nenhum vivo. Ao lado dos corpos uniformizados havia armas com as runas dos guerreiros... Bruno tinha tentado prepará-los, havia produzido espadas, facas e flechas, mas o tempo de treinamento não tinha sido suficiente. Porque se preparar para lutar contra outros seres humanos não era a mesma coisa. Nem de longe.

O massacre se intensificava e Úrsula lamentava cada um dos mortos em seu caminho. Lamentava os vivos que corriam em direção ao fim. Lamentava que a existência da magia e das criaturas do mal fora mantida em segredo, condenando todas aquelas pessoas...

Continuou, entretanto, subindo os degraus a toda a velocidade e viu de longe os outros mais acima nas escadas. Alguns espectros que sobrevoavam seus amigos mergulharam de uma vez; ela pensou em gritar para avisar, mas Leona, Ulrik, Tora e os animae tinham sentidos tão apurados quanto os seus... Leona lançou uma faca, Ulrik balançou a espada, Tora a sua catana... Magnus pulou, Albin arrancou a cabeça de um, Nox e Lux cuidaram do ponto cego deles. Se toda a situação não fosse trágica, Úrsula vibraria, emocionada, vendo os amigos lutarem com tanta destreza a ponto de parecer uma dança. Havia mais guerreiros nas escadarias também. Heitor, Petrus, Ana e Arthur.

Mãe e filho não deviam estar lutando juntos, era sempre uma receita para o desastre, contudo, Úrsula os compreendia. Ela mesma queria lutar ao lado daqueles que mais amava, sabendo que podiam muito bem ser os últimos momentos da vida de todos eles.

Os guerreiros se juntaram em um gramado ao lado das escadas. Um terreno alto, aberto, estável. Não tinham a cobertura das casas e dos prédios, mas também não seriam pegos por aproximações surpresas. Úrsula os alcançou logo depois.

– Olhem – Leona disse, apontando para o muro que rodeava a cidade.

Vários multos passavam por cima dele. Dezenas. Avançando sobre as pessoas que tentavam se defender, agarrando os animae menores e os lançando contra as paredes como se fossem insetos...

– A gente tem que ir lá pra baixo ajudar – Tora falou. – Ou mandar nossos animae.

– Não – Heitor retrucou, aproximando-se. – Precisamos manter a posição. Há outros guerreiros lá embaixo.

Como se convocados, Bruno e alguns outros apareceram perto da muralha, e o som das lâminas e dos urros dos multos dominou o ambiente.

– Cuidado! – Ulrik disse.

Úrsula já tinha visto e sentido o espectro. Sacou uma flecha e a atirou. Quando a criatura desviou, a garota invocou uma brisa e a flecha fez uma curva antinatural, pegando o monstro totalmente desprevenido.

Ela mentiria se dissesse que não gostou de ver a cara de espanto dos amigos.

– Você nem sempre manda bem, Úrsula, mas isso... Caramba, isso foi legal! – Leona disse, e as duas trocaram um sorriso.

Outros espectros começaram a se aproximar, tendo avistado os guerreiros ali.

– A caixa está pronta? – Heitor perguntou.

– Sim! – Ulrik disse, tirando-a do bolso por um instante. – Mas uma coisa mudou... Só vai funcionar se um de nós quatro se sacrificar. Não adianta se forem os outros.

Petrus montou em Titan.

– Vou avisar Bruno. E acho melhor concentrar todo mundo aqui, teremos mais chances se lutarmos juntos.

O rinoceronte partiu galopando pelos jardins em direção à parte baixa.

– Heitor, eu tenho uma flecha especial pra Inna, ela deve funcionar de uma forma similar à gema de cíntilans... – Úrsula a mostrou. Não arriscava carregá-la com as outras na aljava, tinha feito um suporte especial no cinto para ela. – Só preciso ficar viva até ele chegar.

– Há um jeito de garantir que isso aconteça, que você não seja alvo de nenhum espectro. – Heitor virou-se para Ulrik. – Acho que é hora de a pedra da invisibilidade mudar de mãos.

A pedra da invisibilidade. A menção ao artefato a fez formigar de expectativa... Seria o toque perfeito para todas as etapas de seu plano. Ulrik abriu a boca como se fosse se opor, olhou para Leona, que assentiu. Úrsula sabia de onde vinha a preocupação dele: se o primo não a visse, não poderia impedir que ela se sacrificasse primeiro.

A tensão pesou por alguns instantes entre os dois, como se uma nova disputa estivesse prestes a começar. Então ele tirou um embrulho do outro bolso e o estendeu para ela. Havia uma certa tristeza em seu olhar.

– Úrsula... às vezes eu sou um idiota.

Ela pôs a mão no rosto dele. Seu primo. Seu irmão. Uma das poucas pessoas no mundo que se sacrificaria por ela sem nem pensar duas vezes.

– Se é hora da sinceridade, às vezes eu também sou. Com muito menos frequência que você, é verdade, mas ainda assim... – Eles se abraçaram. – Eu amo você, e isso não vai mudar nunca. Nem nos seus piores momentos.

– Use a pedra com inteligência.

– A pedra é um acessório, isso aqui eu carrego comigo o tempo todo – ela respondeu, apontando para a própria cabeça.

Úrsula abriu o pano e encarou a runa esculpida na pedra. Linda. Impossivelmente complicada. Poderosa. Um tipo de magia de tirar o fôlego. Sentia a energia emanando dali, chamando seu nome num sussurro, implorando para ser usada, dizendo que ficaria perfeita em seu pescoço. Leona se aproximou.

– Úrsula, eu usei a pedra por semanas e a sensação é desconfortável, como a de caminhar com uma bota apertada.

– Talvez porque o seu elemento seja a água – Úrsula respondeu. – Porque eu estou sentindo que essa bota é exatamente o meu número.

Ela passou o cordão de couro pela cabeça e quando a pedra entrou em contato com sua pele, tudo mudou. Seus sentidos ficaram mais aguçados. O ar mais denso, mas de uma forma boa. Como se pudesse senti-lo, apreciá-lo, estar mais próxima dos aeris. E então viu os contornos deles por ali. Centenas de espíritos circulando em meio às correntes de ar, e por um segundo teve a impressão de que a olharam de volta. Úrsula não estava apenas invisível, tinha se misturado e se fundido com o seu elemento. Era uma sensação maravilhosa.

Mais maravilhoso ainda foi se afastar do círculo dos guerreiros sem se sentir exposta, sabendo que os espectros não a enxergariam. Ela, ao contrário, os via muito bem. Quando um se aproximou, Úrsula pegou uma flecha e atirou.

O espectro caiu sem nem mesmo ter visto o disparo. Irados, os outros do bando desceram de uma só vez. Os guerreiros em formação teriam acabado com aquele número de espectros sem grandes problemas, porém, com a ajuda de Úrsula, a luta durou poucos segundos. Não havia tempo para descansar ou respirar. O duelo tinha chamado a atenção de outros espectros, e mais um bando chegou.

– Úrsula, se movimente para eles não saberem onde você está! – Leona gritou, olhando diretamente para ela, mesmo sem vê-la.

– Ou faça o seu truque e mude a rota das flechas para confundi-los. Não se esqueça de reabastecer a aljava.

Úrsula tirou alguns segundos para avaliar a situação lá embaixo. Petrus tinha encontrado Bruno, contudo, também estavam lutando freneticamente, derrubando espectros, muitos, tentando tirar as pessoas comuns do meio da batalha. Se Petrus tinha mesmo sugerido ao líder que os guerreiros se reunissem no gramado, ainda demorariam para chegar ali. Precisavam de um respiro, de um momento sem ataques para conseguir percorrer as ruas e as escadas, e isso não parecia perto de acontecer. Por enquanto, Úrsula e os outros teriam que se virar sozinhos e torcer para não serem encurralados por um bando maior do que conseguiriam derrotar.

Derrubaram mais alguns. Havia muitos espectros jovens, nível cinco, que serviam apenas para cansar os guerreiros e gastar munição. Úrsula os reconhecia por conta do porte mais mirrado e das garras menores, e por algo também em suas feições... eram tão feios quanto seus primos mais poderosos, mas tinham menos ódio no olhar e menos escuridão ao redor.

Outro grupo de espectros fajutos começou a circular lá em cima, bem no alto, sem tomar nenhuma atitude. Quase como se estivessem esperando por algo.

Úrsula sentiu um frio no estômago e um arrepio gélido. Olhou para cima: um pequeno ponto aumentava à medida que se aproximava do solo, e voava de uma forma diferente dos outros, mais imprevisível, menos fluida. Mais maligna.

O espectro aterrissou de uma vez, como um raio, fazendo o chão tremer. Úrsula a reconheceu da visão que tiveram ao usar o Olho da Verdade. As garras enormes e amarelas, o cabelo escuro e comprido, o corpo esquelético, os olhos totalmente pretos... Os dentes era o que mais chamava a atenção. Grandes e pontudos, cobrindo seus lábios inferiores. Um espectro de segundo nível, aquele que havia capturado Otto. A mãe de Micaela. Leona atirou uma flecha. O espectro desviou com um movimento rápido demais para ser acompanhado por olhos humanos. Os outros guerreiros também atiraram, só que nenhum atingiu seu alvo. Alae, a águia de Arthur, tentou se aproximar e foi esbofeteada.

– Não! – Arthur gritou, mas Ana o segurou na formação.

Úrsula colocou uma flecha no arco, entretanto, algum instinto primitivo a disse para esperar. Tinha que atirar apenas quando tivesse certeza.

— Eu sei quem é você — Ulrik disse, o ódio escorrendo de seu tom.

O espectro sorriu, e sua aparência ficou ainda mais aterrorizante.

— Também sei quem é você. Ulrik. — Ela disse o nome dele como se o saboreasse. Depois encarou os outros. — Heitor. Tora. Leona. Arthur. Ana... — Então se virou e inspirou fundo pelas fendas que tinha no lugar das narinas. — Úrsula, estou sentindo seu cheiro. Apareça, ou vou matar seu anima. Eu não queria ter que fazer isso, pelo menos não agora.

Úrsula cogitou atirar. Contudo, tinha visto a maneira como o espectro desviara de todos os outros ataques e não queria arriscar a segurança de Fofa. Retirou a pedra, colocando-a sobre a túnica.

— Dá pra ver que Micaela puxou a cara feia da mãe. Aliás, como ela está? Quando chutei a bunda dela pra fora da mente daquele garoto, fiz questão de que ela sofresse bastante no processo... No momento em que desenhei a runa, quase cheguei a sentir pena... Quase.

Os olhos pretos do espectro reluziram. Úrsula sentiu um puxão de energia, como se algo a ligasse àquele ser monstruoso.

— Úrsula, eu gosto do seu senso de humor e da sua crueldade requintada. Há tanto ódio entre você e Micaela... talvez porque tenham mais em comum do que imaginam.

Úrsula riu. Depois ficou séria de novo.

— Não era uma piada?

— Essa pedra, esse poder... — O espectro apontou para o artefato. — Eu conheço a sede por magia, todos os guerreiros a sentem e sempre vão sentir. Porque a magia nunca é suficiente... Eu posso lhe dar mais, Úrsula, se você aceitar minha proposta.

— Olha, eu não tenho preconceito nenhum, acho que relacionamentos entre povos mágicos não deveriam mais ser tabu, desde que haja consentimento, obviamente. Mas, sendo honesta, espectros estão fora do meu limite. Esses dentes... Não dá pra beijar ninguém com isso aí. Além do mais, vocês fedem. Já pensou em tomar um banho, usar umas gotas de lavanda?

Úrsula se movimentou de leve. Pelo canto dos olhos, ainda conseguia sentir os aeris. Precisaria da ajuda deles para vencer aquela criatura.

Enquanto as baboseiras fluíam de sua boca, seu cérebro trabalhava, buscando um ataque que fosse eficaz o suficiente.

— Ainda há tempo de se juntar a nós. Aceitar a dádiva inanis.

— Dádiva inanis? É de comer?

Úrsula olhou para Tora. Viu que todos os seus músculos estavam tensos, prontos para começar a lutar. Os olhos de Ulrik quase incandescentes, esperando o sinal da prima. *Bom garoto*. O mais aflito de todos era Arthur, que tremia e alternava o olhar entre seu anima caído no chão e a dança estranha de Úrsula.

— É sua última chance antes de conhecer minha ira.

— E os meus amigos? A proposta também vale pra eles?

O espectro se virou para o grupo e o observou rapidamente.

— Não.

A surpresa quase a desconcentrou. Por que aquela criatura feiosa estava oferecendo uma saída a ela e não aos outros?

— O que me torna tão especial, posso saber?

Mais uma vez, Úrsula sentiu aquele puxão sobrenatural, uma espécie de magnetismo.

— Você é minha.

Você é minha... A frase ecoou dentro de Úrsula, ressoando em seus ossos. Não conseguia encontrar um sentido para aquilo. Como assim, *dela*?

— Fico lisonjeada, mas... Ué, quem vem vindo ali? Inna?

O espectro olhou para trás. Úrsula colocou a pedra de volta dentro da túnica e foi engolida pelo ar ao seu redor.

— Agora!

Os guerreiros atacaram. O espectro desviou dos tiros, mostrou os dentes e começou a avançar na direção do grupo. Na direção de Fofa.

Úrsula atirou algumas flechas e, invocando a força dos aeris, conseguiu virá-las no ar, numa curva fechada. Ela viu os espíritos inflarem as bochechas e soprarem as brisas da maneira que imaginava. Esperava, assim, chamar a atenção do espectro.

Mas ele apenas desviou.

Arthur atirava flechas sem parar e, quando a aljava ficou vazia, ele sacou uma espada, que tremia em suas mãos. Então correu em direção à mãe de Micaela, com o olhar aterrorizado e ainda assim determinado.

Não, Arthur.

– Não, Arthur! – Ana gritou, e caiu ao tentar segurá-lo.

O espectro sorriu, como se tivesse acabado de decidir por onde começar a matança.

Heitor foi mais rápido e se colocou no meio deles com uma velocidade que parecia não condizer com seu tamanho. Um guerreiro enorme, da altura de uma muralha, com músculos que pareciam de ferro. Seu coração era ainda maior. Heitor ergueu seu machado e deu um golpe que deveria partir em dois qualquer espectro.

Mas não partiu aquele. A criatura se moveu novamente daquele jeito antinatural, numa velocidade irregular, como se desaparecesse em um lugar e aparecesse em outro. E não suas garras rasgaram o tórax de Heitor. Os olhos verdes se arregalaram com surpresa e dor antes do corpo massivo do guerreiro vir ao chão.

Não!

O grito ficou entalado na garganta de Úrsula. As lágrimas não podiam cair ainda.

A missão. Matar esse espectro para poder matar Inna depois.

Úrsula lançou mais algumas flechas e as fez voar em várias direções, como pássaros furiosos, defendendo os seus companheiros com bicos de ferro.

Isso, sim, desviou a atenção do espectro por tempo suficiente. Agora vinha a parte mais complicada. Úrsula tinha que se aproximar por trás, rápido, mas sem fazer ruído. Buscou aquele pedacinho de magia cíntilans dentro de si, que tinha agarrado com unhas e dentes durante a cisão. Saltou e começou a correr...

Correu no ar, flutuando pelos poucos metros que a separavam daquele espectro que acabara de matar alguém que ela amava. Deu oito passos sobre o nada e viu as mãos dos espíritos do ar apoiarem seus pés, impulsionando-a para cobrir aquela pequena distância que poderia colocar tudo a perder. Que poderia condenar toda a raça humana.

Porque se ela, Leona, Ulrik e Tora morressem ali, ninguém poderia fechar a caixa. Ninguém poderia parar Inna e seus discípulos. E esse seria o começo do fim.

Úrsula estendeu a adaga à frente e retesou os músculos, preparando-se para o impacto. Sentiu a pressão da pele e, em seguida, o atrito da lâmina contra os ossos da espinha conforme empalava o espectro pelas costas. Com um movimento rápido do pulso, girou a lâmina.

A criatura emitiu um som meio grito, meio gorgolejo. Algo úmido e dolorido. Ela estaria mentindo se dissesse que não sentiu uma pequena pontada de prazer ao infligir tanta dor...

Leona atirou uma faca, que se cravou na testa do ser maligno, e o corpo dele imediatamente ficou mole, sustentado apenas pela adaga na coluna. Úrsula tirou a pedra da invisibilidade, apoiou o pé nas costas da criatura e puxou sua própria lâmina, fazendo a mãe de Micaela cair de cara no chão.

Contudo, não havia tempo de comemorar aquela morte. Precisava antes lamentar a outra. O grito e as lágrimas enfim se libertaram.

– Heitor, Heitor... Você também, não. Você, não!

CAPÍTULO 38

Acerto de contas

Heitor.

Ulrik se lembrava do dia em que ele pulara a janela de seu quarto, quase dois anos antes, e de como aquele homem enorme com uma cicatriz no rosto tinha parecido aterrorizante. Ele poderia, sim, fazer o papel do guerreiro mortal, mas também era o mentor com a gargalhada mais escandalosa, o pai aos prantos que carregara o filho morto nos braços, o amigo entre muitos inimigos que acreditara na inocência de Ulrik quando todo o clá preferiu condená-lo...

Heitor estava morto. E isso fazia o garoto arder e ter vontade de explodir. De liberar o monstro incandescente que tinha se enroscado em seu coração, de queimar a cidade até transformar tudo em cinzas. No entanto, a missão ainda não tinha terminado. Todos ali estavam com os olhos encharcados, porém, era preciso enxugar as lágrimas e continuar lutando até o fim. Ou a morte de Heitor teria sido em vão.

O céu escureceu, como se a noite se aproximasse, mesmo que ainda fosse cedo. O frio líquido percorrendo seus ossos era o sinal de que algo estava se aproximando. Algo com um poder muito maior do que já havia enfrentado.

Inna. Procurou entre as nuvens. Ainda não havia sinal do grande espectro. Então foi até a prima e se esforçou para levantá-la.

– Úrsula. Úrsula – chamou-a, puxando a guerreira. – A missão. Acho que ele está chegando.

A garota limpou o rosto e se levantou. Respirou fundo e em segundos já tinha conseguido se recompor. O luto teria que ficar para depois da vitória – ou, se perdessem, seria enterrado com eles.

– Olhem – Leona disse, apontando para a cidade lá embaixo.

A luta nas ruas da Cidade Real parecia ter dado uma trégua. Alguns guerreiros começaram a ajudar as pessoas que ainda estavam vivas, e pareciam orientar que elas se escondessem. Outros já subiam as escadas, vindo se juntar a eles no gramado.

Quando Bruno chegou, Ulrik sentiu um certo alívio. Com a morte de Heitor, não queria ter que liderar o grupo. Não quando sentia que podia perder o controle a qualquer momento.

O chão começou a tremer. Outra horda de multos pulou a muralha. Junto com eles, criaturas magras e aladas, com a pele que parecia couro de morcego...

– Ghouls! – Bruno gritou. – Formação em múltiplos círculos! Armas de distância em punho! Animae atacam os multos!

Como um verdadeiro exército, os guerreiros se organizaram. Ulrik atingiu alguns ghouls com suas flechas, mas, ao começarem a se aproximar demais, ele preferiu usar a espada. Nox e Lux destroçaram um multo. Depois mais um com a ajuda de Magnus.

O mundo pareceu desacelerar até parar quando Ulrik reconheceu um deles... Era o monstro que deixara escapar uma vez. E que mais tarde voltara com Lia nos braços para fazê-lo abrir a caixa das almas.

No fundo, Ulrik sabia que os espectros, Caeli e Micaela eram os grandes responsáveis pela tragédia, no entanto, a raiva que sentia daquele multo era diferente. O garoto o havia poupado, havia cumprido sua palavra... Quando mater morreu, morreu com ela a vontade do filho de ser honrado. Morreu a inocência. Morreu qualquer vestígio de misericórdia. E, por mais que isso fosse necessário para vencer aquela guerra, Ulrik sentia falta de ser quem era antes: uma pessoa melhor.

Os animae poderiam acabar com o multo sozinhos, mas Ulrik precisava usar as próprias mãos nesse caso – e quem sabe assim extinguir parte do remorso.

– Aonde você vai? – Úrsula perguntou.

– Pode me dar cobertura?

A prima olhou para o monstro e entendeu.

Ulrik tirou um pedaço de carvão que levava no bolso. O apertou com a mão esquerda e ele se acendeu com o calor que emanava de sua pele. Passou a brasa por sua espada, concentrando-se na magia, e a lâmina logo estava em chamas. As armas convencionais dos guerreiros talvez não fossem eficazes contra multos, porém, poucas criaturas resistiam ao fogo.

Ulrik correu com a espada empunhada. Quando o multo o viu, ele sorriu. Também reconhecera o garoto. Da última vez que tinham se visto, Ulrik estava fragilizado, obediente, tentando fazer o que era certo... Mas esse garoto se fora com o estalar dos ossos de Lia.

O multo tentou agarrá-lo com uma de suas seis mãos. Ulrik mergulhou no chão, girando, e cortou o pé esquerdo do monstro. A criatura cambaleou e caiu com um urro que quase o deixou surdo. O garoto balançou novamente sua espada e cortou um dos braços do multo, que reagiu e lhe deu um soco no estômago. Ulrik caiu, rolando, e recuperou o fôlego ao se levantar.

Mesmo ferido, o monstro colocou-se em pé, apoiando a parte decepada do tornozelo no chão. Virou-se para Ulrik e mostrou os dentes podres. Como se acreditasse ser invencível.

Ulrik deixou a raiva percorrer seus braços, e a chama da espada passou de laranja para azul. Ele correu em direção ao multo, que estava pronto para receber o ataque. Nox e Lux apareceram por trás e o morderam. O monstro urrou de dor e caiu no chão. Tinha imaginado que Ulrik travaria aquela luta sozinho, mas precisava jogar o mesmo jogo que as criaturas do mal.

— Eu ir embora — o multo disse, olhando para ele de baixo. — Não voltar nunca mais.

Ulrik sorriu.

— Toda a minha piedade foi esmagada naquele dia.

Fincou a espada no ventre do monstro e o corpo todo dele se incendiou. Os urros de dor da criatura encheram seu peito de satisfação.

Alguém começou a bater palmas. Ulrik se virou devagar, com uma sensação ruim.

Era Caeli. Uma flecha voou em sua direção e bateu na barreira invisível do feiticeiro. Um sinal enviado por Úrsula, dizendo que estava de olho neles — mesmo que ninguém pudesse vê-la.

— Quem diria que o menino bobão se tornaria um guerreiro minimamente decente?

Ao redor deles, a luta estava intensa. Gritos, sons de lâminas. Ghouls e espectros sobrevoando os guerreiros. Ulrik olhava para o feiticeiro, mas estava atento ao entorno. Nox e Lux, atrás dele, o defenderiam se as criaturas tentassem qualquer coisa.

— As pessoas do clã gostavam de você, Caeli, te admiravam. Você poderia ter vivido de outra forma, ter sido feliz entre os guerreiros, porque eu sei que Augusto e os outros te aceitariam. Seu sangue de espectro não é o que te torna mal, e sim a vontade de destruir tudo aquilo que é bom. — Aquelas palavras estavam engasgadas por meses em sua garganta. — Ao invés disso, você preferiu passar anos fingindo ser alguém que não era. Se escondendo, da mesma forma que se esconde agora atrás desse escudo. Que tal uma vez na vida deixar de ser covarde? Que tal uma luta corpo a corpo, você e eu, sem magia?

Caeli riu.

— Sem magia? Ulrik, eu vi que você já aprendeu que só os idiotas acreditam que a honra e a coragem têm algum valor. Além disso, me parece uma grande hipocrisia, já que usou magia proibida para aumentar seus poderes.

Magia proibida? Ele havia tentado apenas se proteger do dragão flamen, isso com certeza não se igualava às coisas que os espectros faziam.

— Nós matamos o espectro que capturou meu irmão — Ulrik disse, tentando ganhar tempo e pensar numa estratégia. Saboreou a surpresa nos olhos dourados dele. — Quando Micaela vai se juntar a nós, pra que eu possa dar a notícia?

— Tenho certeza de que ela adoraria estar aqui pra acabar com vocês pessoalmente… Mas Mica tem coisas mais importantes pra fazer do que pisotear um bando de insetos. Talvez eu guarde alguns, só para ela poder se divertir depois.

Mais uma flecha atingiu a barreira de Caeli e caiu no chão. Ulrik não via a fonte; Úrsula estava invisível de novo, testando o escudo. Talvez tentando derrubá-lo. O garoto sacou uma faca e se aproximou, como se desafiasse o feiticeiro a tentar atingi-lo.

— Coisas mais importantes? O que pode ser mais importante do que essa batalha? — Ulrik perguntou, ao mesmo tempo que refletia sobre isso. Lembrou-se da história contada por Tora, de como Caeli tinha invadido a biblioteca de Lanyel. — Ah, ela foi atrás do *Manuscrito das runas de luz.*

O feiticeiro tentou se manter impassível, mas Ulrik viu o ódio faiscar na sua expressão.

– É uma pena que vai morrer hoje, Ulrik, e não estará aqui pra ver. Quando acharmos o manuscrito, toda magia cíntilans se curvará à vontade dele e à daqueles que tiverem a dádiva. Inna vai reinar sobre os elementos, sobre a vida e sobre a morte. – Caeli olhou para cima e abriu os braços. – Inna... ele está chegando.

Uma flecha o atingiu na perna. O escudo mágico tinha sido derrubado.

Caeli gritou, surpreso, tentando tirar a arma da pele. A última coisa que ouviu foi o assobio da espada de Ulrik, logo antes de sua cabeça com olhos arregalados sair rolando pelos jardins do castelo.

A sensação era diferente do que o garoto imaginara. Tirar alguém como Caeli do mundo era parte do dever de qualquer guerreiro, era justiça por todo o mal que havia causado. Ainda assim, a dor não diminuiu. O vazio da morte de Lia, o vazio da morte de todos os que padeceram na Batalha da Caixa das Almas persistiu. Junto com a culpa.

Úrsula apareceu ao seu lado.

– Você me deve uma, eu mesma podia ter acertado a cabeça – a garota disse.

– Eu deixo Micaela pra você.

– Isso pra mim nunca esteve em discussão!

Aquela pequena demonstração de satisfação durou pouco.

Cinco espectros imponentes desceram dos céus. Corpos de diferentes portes, cabelos e olhos de várias cores. Mais humanoides do que os espectros que os guerreiros normalmente enfrentavam. Todas as facas e as flechas atiradas na direção deles pareciam apenas moscas incômodas, nenhuma chegava ao seu destino.

O estômago de Ulrik se revirou. Durante os treinamentos no acampamento, nunca havia uma simulação com mais de um espectro de segundo nível no mesmo lugar. Já era raro que um deles aparecesse, mas cinco de uma vez... parecia uma batalha impossível.

– Sabe, Ulrik, às vezes, quando você faz magia com fogo, me dá medo... Mas isso aí é ainda mais assustador. Acho que chegou a hora de usar toda a potência dos nossos poderes. Só tente não queimar todo mundo junto – Úrsula falou.

Ele concordou, as chamas esquentando sob sua pele. Usar toda a potência? Não sabia o que isso significava; um lado seu estava ansioso para descobrir, o outro sussurrava que era melhor não. Porém, Úrsula estava certa, se queriam ter alguma chance de vencer, precisariam de armas e técnicas surpresas. Uma ideia lhe veio à mente.

– Você consegue controlar as minhas flechas também? Me ajudar a atingir os alvos?

– Posso tentar. Me avise quando.

Úrsula levou a mão ao cordão no pescoço, colocou a pedra dentro da túnica e desapareceu de novo.

O garoto engoliu em seco, torcendo para que não perdesse o controle quando liberasse o poder que desde o início pedia para ser usado. Tirou da aljava algumas de suas flechas explosivas.

E logo antes de soltar a primeira, gritou:

– Agora!

CAPÍTULO 39

Inna

A primeira flecha explosiva de Ulrik acertou um dos espectros de segundo nível. O primo obviamente merecia o crédito pela arma que fizera a criatura voar em mil pedacinhos, mas conseguir o movimento exato do ar e impedir que o alvo desviasse era mérito apenas de Úrsula.

Talvez tenha sido sorte, ou a arrogância inicial das criaturas. O fato é que, depois de ter perdido um, os outros ficaram muito mais atentos e agressivos. Para controlar cada espectro superior, eram necessários vários guerreiros e animae, e uma formação totalmente diferente de tudo o que haviam aprendido surgiu de modo natural. Um espectro no meio, vários guerreiros ao seu redor, atacando de forma sincronizada, tentando achar uma brecha nas defesas que pareciam impenetráveis.

Outros guerreiros lutavam no corpo a corpo com espectros de níveis inferiores, animae lidavam com multos, ghouls davam rasantes com suas asas de morcegos, por vezes acertando os alvos com seus pés de gavião e outras sendo derrubados.

Úrsula, no meio de todo o caos, era a única que ninguém via e, portanto, a única que podia ver tudo com clareza e se movimentar ao seu bel-prazer. Matava muitos dos espectros menores, reabastecia sua própria aljava e as de seus companheiros, usava sua machadinha contra ghouls desprevenidos... e tentava ao máximo aumentar as chances de ferir os espectros mais terríveis.

Ulrik usava seu poder com o fogo, mas dava para ver que ainda estava... Como dizer? Se segurando. Úrsula sabia que havia muito mais potência, que ele poderia incendiar tudo se quisesse. Ela enxergava a aura de magia ao redor dele, maior do que a de todos os guerreiros ali. Era como o poder que ela mesmo tinha experimentado na montanha dos vísios, antes de fazer a cisão. Lembrou-se de Grov dizendo que nenhum humano deveria possuir tanta magia, que poderia haver consequências... E talvez o primo estivesse receoso exatamente por conta disso.

Tora sempre tivera um equilíbrio excepcional, e estava lutando de uma forma ainda mais impressionante do que antes de perder a perna. A prótese dos vísios com certeza ajudava, contudo, também era possível ver vislumbres de magia fluindo da terra diretamente para o corpo dele quando executava algum movimento particularmente difícil. A conexão com os terriuns se fortalecia... Enquanto Úrsula observava, Tora deu um salto à frente com sua catana, abrindo o ventre de um ghoul que vinha atacá-lo, e depois apoiou as mãos no chão e fez uma pirueta. Ele sorriu a o final e aquilo arrancou um sorriso da garota invisível também. *Exibido.*

Úrsula ajustou a rota de uma flecha de Arthur e de uma faca atirada por Petrus. Depois usou uma espada fina para decapitar um espectro que estava voando baixo. Atirou uma faca na cabeça de um multo que vinha atacar Albin por trás. Desviou as rotas de mais algumas flechas dos guerreiros que lutavam contra os espectros de segundo nível, tentando atingi-los, e ajudou Ulrik com mais uma de suas explosivas.

Como tudo que está ruim sempre pode piorar, um mal-estar a acometeu de súbito. Diferentemente daquele gerado pelos outros espectros, esse era mais profundo, um frio que chegava aos ossos... Reina tinha um clima ameno, e não nevava ali. Mas flocos grossos de neve começaram a cair, e todos olharam para cima, a luta congelada pelo choque e pela queda abrupta de temperatura.

As nuvens formaram um redemoinho, e Úrsula se preparou para uma repetição da cena que ainda a atormentava em pesadelos: Inna, no seu formato etéreo entre as nuvens, fazendo novos espectros nascerem... Ao invés disso, o tornado se abriu e uma figura única surgiu do centro. E desceu mais rápido que uma bala de canhão.

O chão tremeu e alguns gritaram em surpresa. Poeira, terra, grama e gelo voaram para todos os lados, formando uma cortina que demorou para se dissipar. A energia que aquilo emanava era... como um grande vazio que sugava qualquer sentimento bom. Quando os detritos enfim se assentaram, Úrsula o viu.

Inna. Sua garganta secou, os pelos de seu braço se arrepiaram. Ela sempre imaginara que ele seria o mais monstruoso de todos, com as maiores garras, os dentes mais podres, a pele com mais pus e fístulas... Não poderia ter se enganado mais.

Inna era o espectro com aspecto mais humano. Sua pele era perfeita, de um branco fantasmagórico. Os contornos do seu rosto eram acentuados, queixo largo, sobrancelhas grossas. As garras de sua mão, curtas e afiadas, eram como lâminas de tom cinza metálico. Os dentes pontiagudos perfeitamente alinhados. Os olhos... eram os mesmos que havia visto naquele corpo etéreo feito de fumaça. Escuros. Não como se fossem da cor preta, e sim como se fossem a ausência de tudo.

Ao seu redor, uma aura de magia inanis, sugando a luz e partículas de cíntilans do ar. Não ser tão monstruoso o tornava ainda mais medonho.

— Uma nova era começa agora. Ajoelhem-se diante do seu novo mestre! — ele gritou, e a ordem ressoou em todas as células do corpo de Úrsula.

As criaturas malignas obedeceram, porém, os guerreiros permaneceram em pé.

Algumas flechas e facas voaram em sua direção. Inna se moveu sem que os olhos humanos pudessem acompanhar. Apareceu de repente na frente de Ana, que estava com o arco nas mãos, envolvendo o pescoço da guerreira e a suspendendo como se fosse uma boneca de pano.

— Você acha que essa gota insignificante de magia cíntilans no seu sangue é páreo para o oceano inteiro que corre em mim?

Arthur correu e tentou atacar. Com a outra mão, Inna acertou o rosto do garoto, jogando-o para longe e deixando quatro marcas sangrentas, uma delas atravessando seu olho esquerdo. Leona abaixou-se com cuidado para tratá-lo, enquanto ele se contorcia de dor no chão.

Inna voltou os olhos para Ana, que se debatia com as pernas no ar. Seus lábios começaram a ficar arroxeados.

— No meu novo mundo, haverá espaço para vocês como meus escravos. Aqueles que aceitarem sairão daqui vivos. O que me diz, humana?

Ana cuspiu no rosto dele. Ela não aceitaria. Nenhum guerreiro se curvaria a isso. Ainda assim, por um segundo, Úrsula desejou que Ana pudesse deixar o orgulho de lado e mentir, fingir que aceitava para ganhar tempo, pois o que viria a seguir era claro.

A forma como aconteceu, porém, foi pior que o esperado.

Inna enfiou as garras no peito de Anna. Devagar. Ela tentou gritar, mas não havia mais ar em seus pulmões. O grande espectro pareceu apreciar cada longo segundo de sofrimento enquanto sua mão se enterrava na pele, nos músculos e cortava os ossos... então girou o punho de uma vez. O corpo de Ana cedeu, inerte. Inna retirou a mão, segurando o coração que ainda pulsava.

Não...

Levou a mão ensanguentada em direção à boca e, com os dentes afiados, mordeu o coração, sujando o rosto com o sangue ainda quente da mulher que acabara de assassinar usando apenas suas mãos. O corpo inteiro de Úrsula começou a tremer. Ela via o terror nos olhos dos outros também. Contudo, os guerreiros eram treinados para agir mesmo nos piores momentos: lutar ou fugir, mas nunca se paralisar.

Olga atacou. Depois Feron. Os lobos. E de repente a luta recomeçou a todo vapor.

Úrsula permaneceu imóvel por mais alguns instantes. Inspirou fundo, apreciando o ar nos pulmões, conectando-se com os aeris de forma profunda... Invocou também a magia de Fofa, que abandonou a luta para ficar ao seu lado e participar daquela parte da batalha que era silenciosa.

Úrsula tinha feito uma flecha especial, apenas uma... e ela precisava atingir seu alvo. Se falhasse, tudo estaria perdido.

– Preciso de ajuda – ela sussurrou, tentando transmitir no tom suplicante o amor que sentia por seu elemento. Colocaria a própria vida nas mãos deles. – Por favor.

Um aeris ganhou contornos mais definidos e a encarou com intensidade. Úrsula entendeu que, dessa vez, não precisaria manipular as brisas, planejar rotas, desviar caminhos. Teria que demonstrar confiança plena, deixando tudo nas mãos deles.

Então pegou a flecha, a beijou e disparou.

O aeris ao seu lado envolveu a flecha com uma das mãos. A lançou para outro espírito do ar. Que passou para mais um. E, assim, a arma foi sendo jogada no ar, com uma velocidade impressionante e em direções imprevisíveis. Era quase impossível seguir aquela dança com os olhos. Alguns guerreiros notaram. Espectros também. E Inna.

Pela primeira vez, o grande espectro pareceu surpreso. Úrsula queria que ele soubesse de tudo antes de ser morto, queria poder olhar para aquele ser terrível antes que eles passassem a eternidade juntos dentro da nova caixa das almas.

Então ela tirou a pedra e o chamou.

– Inna!

Ele olhou para ela, e Úrsula sorriu.

Foi a distração de que os aeris precisavam. O último deles, próximo ao grande espectro, recebeu a flecha e a fincou naquele coração maligno.

A gema de cíntilans tinha explodido ao ser arremessada em Inna, jogando todos para trás. O efeito da implosão foi o contrário; o ar foi sugado pela flecha no momento do impacto, fazendo as pessoas caírem naquela direção, para a frente. As partículas de cíntilans concentraram-se naquele pequeno ponto, emitindo uma luz ainda mais intensa. E depois...

Bum!

Inna urrou e caiu. Imóvel. Morto.

Nos segundos de silêncio que se seguiram, os olhos de Úrsula se encheram de lágrimas. Eram de felicidade, por saber que tinha dado certo, mas também de pesar... Aqueles eram os últimos batimentos de seu coração. A última vez que sua alma caminhava livre por aquele mundo. Abraçou Fofa e sacou a adaga.

Do outro lado do jardim, viu uma faca na mão de Ulrik também. Tinha que começar antes dele, ou então o primo se sacrificaria em seu lugar.

– Úrsula, espere! – Leona gritou. – Olhe!

A garota olhou para o corpo do grande espectro. Ele se mexeu e se levantou da morte, como se nada tivesse acontecido.

– Não... impossível...

Foi a vez de Inna a encarar com um sorriso raivoso de dentes pontiagudos.

– Esse truque não funciona mais comigo. – Inna estendeu o braço e Úrsula percebeu que sua pele estava repleta de runas entalhadas.

Uma delas brilhava. Provavelmente uma runa que o protegia de uma descarga forte de magia cíntilans. Se ele estava preparado para isso… No que mais tinha pensado? Será que tinham alguma chance?

– Na verdade, preciso até agradecer pelo poder extra que me concedeu. Vamos ver como você o recebe de volta.

Uma bola escura se formou na mão dele. Como uma gema, porém, de magia inanis.

Úrsula mal teve tempo de processar que ele a havia arremessado antes de sentir o impacto. E então não sentiu mais nada.

CAPÍTULO 40

Fogo

Quando Inna se levantou, algo se apagou dentro de Ulrik. A esperança.

Tinham preparado tudo para aquele momento, tinham executado o plano perfeitamente até ali. E para fechar com chave de ouro, a forma como a flecha de Úrsula voara fora um espetáculo à parte. Ulrik estava pronto para se sacrificar, para terminar o caos que ele mesmo tinha imposto sobre o mundo...

E então, o espectro ressuscitou e se levantou. Um balde de água fria se derramou sobre o garoto, transformando a iminência da vitória em puro desolamento. Por alguns segundos, Ulrik pensou em desistir, em aceitar que a guerra estava perdida.

Mas Inna jogou sua fúria contra Úrsula, e a visão do corpo dela sendo arremessado por aquela bomba inanis foi como uma faísca. Agora não era mais a esperança que aquecia seu peito. Era a raiva que o fazia querer explodir.

Leona correu em direção a Úrsula para ajudar. Tora se posicionou na frente, junto com os animae, para proteger as duas guerreiras. Ver que seus amigos estavam tomando conta uns dos outros foi o suficiente para fazê-lo tomar a decisão. Se até aquele instante tentara controlar o poder que fazia seu corpo inteiro arder, agora iria libertá-lo completamente e se deixar ser controlado por ele.

Tirou um pedaço de carvão do bolso e o inflamou na mão. Sentiu a fúria do flamen contida naquela pequena chama e a alimentou com a própria. Concentrou sua magia e, pelo canto dos olhos, viu os outros guerreiros se afastarem por causa do calor que ele emanava.

A chama tomou a forma de um dragão. A cada batida de asas, ele aumentava. Quando o espírito se virou para encarar o garoto, Ulrik o reconheceu.

– Você disse que um dia eu seria consumido pelo fogo. – O dragão rugiu em resposta, como se estivesse esperando por isso desde o dia do vulcão. – Esse dia chegou. Mas preciso levar alguém comigo.

Ulrik olhou para Inna.

O flamen alçou voo, agora um dragão de quase dez metros, e abriu a boca enorme, lançando chamas. Os guerreiros correram. Pessoas gritaram. Ulrik estava tão consumido pela própria vontade do flamen de transformar tudo em cinzas que mal passou pela sua cabeça que poderia machucar outros no caminho.

Inna enviou outra daquelas esferas escuras na direção do dragão, que a rebateu com mais fogo, gerando uma nova explosão. Ulrik gritou, sentindo o próprio corpo ferver, impulsionando as chamas na direção de Inna. Elas foram consumindo plantas, flores, corpos e tudo mais que houvesse no caminho. Desviou um pouco do fogo para os espectros, multos e ghouls que ainda estavam por perto, queimando e se deleitando com os urros e o cheiro de carne queimada...

Quando as labaredas chegaram a Inna, envolveram seus arredores, um círculo de fogo. O espectro alçou voo, como se estivesse tentando escapar, mas o espírito flamen já esperava por isso e o abocanhou. O corpo queimado do espectro caiu, inerte, e agora Ulrik sabia que tinha dado certo. Que Inna estava definitiva e inquestionavelmente morto.

Seus três amigos estavam ocupados demais para sequer pensar no sacrifício. Virou-se para os lobos. Não seria capaz de se despedir, porque não queria hesitar. E se confortou com o pensamento de que, assim como Lux havia encontrado alguém além de Tereza, Nox também encontraria.

Ulrik tirou a caixa das almas do bolso e caminhou em direção ao fogo e ao dragão. Estava pronto para o sacrifício. Mentalizou a intenção de que sua alma fosse usada para trancar a de Inna lá dentro.

Quando cruzou o círculo de fogo, sentiu as roupas queimarem e o metal de suas lâminas derreter. A única coisa que permanecia intacta era a caixa feita de metal flamen e ele, protegido pela runa que um dia marcara com lava no dorso de sua mão esquerda.

O espírito o encarou com o mesmo ódio que tinha visto no vulcão.

– Estou pronto – Ulrik disse.

O dragão abriu a boca e o fundo de sua garganta brilhou, ainda mais intenso que o restante do corpo feito de fogo. Era a visão de seus pesadelos, uma premonição tornada real. Ulrik sentia o calor insuportável que emanava dali. No entanto, ao invés de liberar o seu poder, o dragão balançou a cabeça, como se a tentativa o tivesse ferido.

– A runa… – o flamen rugiu.

A runa. Aquele dragão o havia ferido no vulcão, mas não o havia matado. Como não pensara nisso antes?

Ulrik viu uma coisa escura e amorfa se descolar do corpo incinerado de Inna. A alma dele estava indo embora. Se não fizesse o sacrifício naquele momento, ela escaparia e o espectro ressuscitaria em sabe-se lá quantos anos. Segundos… Tinha apenas segundos para resolver o problema. O tempo pareceu ficar mais lento conforme as possibilidades cruzavam rápido sua mente. Procurou alguma faca pelo chão, qualquer coisa, só que estava num círculo de cinzas onde nada havia resistido. Tentou pensar em runas de cinzas que pudessem anular o poder da outra, mas sabia que a runa de lava era muito mais poderosa.

– Me mate! – ele ordenou ao flamen, desesperado. Além da magia cíntilans do fogo correndo em suas veias, a fúria os unia. O dragão desejava, sim, matar o garoto que invadira seu vulcão e roubara parte de sua magia. Entretanto, não podia ser domado e não aceitaria ordens. – Por favor… eu imploro.

Essa abordagem poderia ter funcionado se houvesse tempo, se houvesse uma forma fácil de retirar de Ulrik a proteção que ele mesmo marcara na pele. Porém, naquele momento, não tinham nenhuma das duas coisas e cada batida de seu coração era um segundo precioso perdido.

Garoto e dragão pareceram sentir a presença dela no mesmo instante. A presença de um ser que não estava protegido por uma runa de lava e corria para lá, com certeza com a intenção de se sacrificar antes que fosse tarde. Antes que a alma de Inna estivesse fora do alcance.

Não. Não vai funcionar! Ele pensou. Só quem tinha desenhado a runa podia fechar a caixa… Contudo, será que, de certa forma, não havia feito exatamente isso? Porque ela estava lá, sua energia também fora usada no processo, e então o garoto compreendeu que sim, que aquela alma também estava ligada ao artefato mágico.

Uma brecha que Ulrik não enxergara antes. Algo mais que trágico, inaceitável.

– Não... – ele disse, e saiu rapidamente do círculo de fogo. – Não, você não vai fazer isso, eu te proíbo!

A loba vinha correndo a toda velocidade, seu pelo branco sujo de cinzas e de sangue, seus olhos azuis determinados. O anima de Tereza, que também era de Ulrik. Mas não mais do que ele próprio era de Lux.

Lembrou-se da primeira vez que a vira, tímida, como se tentasse reaprender a ser de alguém depois de tantos séculos de solidão. Lembrou-se das caçadas em conjunto, das lutas, de como tinha sido feroz contra os multos. Do uivo sofrido que ela havia dado quinhentos anos antes, no dia em que Tereza se sacrificara, e daquele mesmo uivo no dia em que a caixa fora reaberta por ele.

Será que Ulrik tinha libertado Tereza apenas para permitir que seu anima ficasse preso em seu lugar? Não, a história não podia acabar assim.

Ulrik se atirou contra Lux, rolando com ela, determinado a impedi-la. Se a alma de Inna fosse embora, eles teriam tempo para se preparar, para bolar um novo plano. Nem tudo estava perdido, não ainda... Haveria alguma outra solução, Ulrik a encontraria para salvar seu anima. Porque Lux não podia morrer, não podia ter sua alma presa, principalmente porque, se aquilo acontecesse, seria culpa dele. O garoto podia ter se mantido distante do fogo, se sacrificado com uma lâmina antes que elas derretessem, havia tantas opções...

Lux e Ulrik tinham muitas coisas em comum: a coragem, a determinação, a vontade de salvar aqueles que amavam.

Por alguns segundos, a loba ficou presa no abraço de seu humano. Mas, quando conseguiu, se contorceu e o mordeu. Por puro reflexo, Ulrik a soltou.

Virou-se a tempo de vê-la entrando no círculo de fogo. Levantou-se depressa, acreditando que ainda havia tempo.

– LUX, NÃO! – Então o dragão flamen alçou voo e liberou as chamas engasgadas na garganta bem no centro do círculo. – NÃO! NÃÁÁÁOOO!

Uma coisa se partiu dentro de Ulrik. Um rasgo em sua essência que doía muito mais do que qualquer queimadura ou corte, e ele caiu de joelhos. Nox uivou, um lamento que por si só já partiria o coração de qualquer um a quilômetros de distância, e outros lobos ao longe pareceram responder.

Uma névoa de magia cíntilans se ergueu, misturando-se à nevoa escura que já estava alta no céu, quase perdida... Então as almas de Lux e Inna rodopiaram e foram sugadas para dentro da caixa das almas, que estava jogada no chão, alguns metros à frente de Ulrik.

As runas no metal brilharam forte, e o garoto fechou os olhos. O silêncio que se seguiu foi curto. Pois, mesmo com tantas perdas, os guerreiros começaram a vibrar. Alguém veio, colocou Ulrik em pé, e o ajudou a vestir um casaco longo sobre o corpo nu e coberto de cinzas.

— Ela fez isso por nós — Bruno disse, o abraçando, o impedindo de desabar por completo. — Nós vencemos, Lux salvou a raça humana. Vamos honrá-la para sempre, Ulrik.

Ele ouvia as palavras, porém, nada servia de conforto. Não. Não. Lux, não! Ele não aceitaria, não permitiria. Existem runas para quase tudo... Talvez houvesse um jeito... Precisavam tentar, e Ulrik precisava fazer o líder entender que era um erro, um erro que tinham que consertar imediatamente.

— Ela... — a voz do garoto estava rouca, engasgada. — Ela vai ficar presa lá pra sempre! Não é justo! Tinha que ser eu, Bruno! EU! Me ajude... me ajude a tirar Lux de lá de dentro.

Naquele momento, por mais egoísta que isso fosse, Ulrik desejou que não tivessem conseguido. Que Inna tivesse fugido ou que ele não tivesse ajudado a fabricar a maldita caixa. Porque qualquer coisa parecia melhor do que aquele destino.

Como se fosse uma resposta, o som de uma explosão fez todos se abaixarem.

O garoto olhou incrédulo para o local onde a caixa das almas estava até segundos antes. Agora havia apenas estilhaços de metal espalhados.

A caixa das almas explodira.

A névoa de cíntilans — a alma de Lux — subiu e rodopiou, dissolvendo-se no ar... Ela estava livre. *Como? Ulrik tinha feito aquilo apenas com o poder da mente?* A névoa escura de inanis girou sobre o próprio eixo e, ao invés de ir embora, concentrou-se e desceu para o meio do círculo de fogo.

Todos ainda estavam em choque tentando entender o que aquilo significava.

Então Inna surgiu entre a cortina de chamas.

Vivo e mais irado do que nunca.

CAPÍTULO 41

Runa de morte

O rosto de Leona ainda estava encharcado pelas lágrimas que derramara ao ver o sacrifício de Lux, ao ouvir os gritos de Ulrik e os uivos de Nox.

Mas o terror seguinte deixou seu corpo todo gelado e fez o choro cessar. Não tinha acabado. Inna voltara. A caixa das almas não existia mais. Haviam usado todas as armas que tinham na manga e não restava nada.

Úrsula enfim respondeu aos tratamentos da amiga, remexeu-se no chão e grunhiu. Apesar de tudo, aquele foi um pequeno alento e mesmo Tora deu um suspiro aliviado; pelo menos aq uela vida ainda não estava perdida. Pelo menos a melhor amiga deles estava respirando depois de receber uma carga do poder do grande espectro.

Ulrik e Inna se encaravam. As chamas ali perto arderam mais forte e Bruno se afastou, gritando alguma coisa para Ulrik. Leona queria pensar em uma forma de ajudar, mas ainda estava processando o que acabara de acontecer.

– Como? – ela perguntou, incrédula, levantando-se, preparando-se para recomeçar a batalha. Mesmo sabendo que não havia mais chances de vencer. – Eu tenho certeza de que a gente fez tudo certo...

– Existem runas pra quase tudo. Pelo jeito até mesmo pra ressuscitar. – O olhar de Tora estava desfocado, como se voltado para dentro, refletindo sobre aquela suposição. – Só que isso exigiria uma quantidade enorme de magia. De onde Inna a tirou? Qual foi a fonte?

De longe, Leona viu uma luz no peito de Inna, emanando através da túnica escura.

Ulrik estava em frente ao espectro, e sua expressão era irreconhecível, feita de um fogo frio e implacável. O dragão flamen deu uma volta no ar e foi em direção a eles...

Inna foi banhado por chamas novamente. Outra vez, seu corpo incinerado foi ao chão e ficou inerte por longos segundos. Apenas para recomeçar a se mover e, quando se levantou, só bateu as cinzas que o cobriam.

Ulrik e o espírito de fogo repetiram o processo. *Quantas vidas Inna possuía? Quantas vezes poderia ser morto até não ressuscitar mais? Haveria um limite? Quem cairia antes?*

Uma movimentação começou na cidade baixa e então Leona viu Carian, Catharina, Otto e vários dos outros ex-prisioneiros da torre subindo as escadarias, tentando chegar até o local onde a batalha acontecia. Carian estava gritando algo, acenando com os braços. *O quê?*

Ulrik incinerou Inna de novo. Segundos depois, uma das pessoas resgatadas que estava subindo os degraus caiu. Carian se abaixou para ajudar e gritou de novo. Dessa vez, Leona conseguiu discernir as palavras.

– Os ex-prisioneiros! Os ex-prisioneiros estão morrendo do nada!

No gramado, Inna ressuscitou pela quarta ou quinta vez. Ela já havia perdido as contas. O corpo de Leona foi percorrido por um choque quando ela compreendeu o que aquilo significava. *Claro, como não haviam pensado nisso antes?* Ela se virou para Tora.

– A runa!

– Que runa?

– No peito dos ex-prisioneiros da torre... Descendentes da primeira geração, eles são a fonte. Tora, Inna está usando a vida dessas pessoas pra ressuscitar.

O amigo pareceu desnorteado por alguns segundos. Úrsula estava abrindo os olhos e gemendo, e ele a segurava nos braços, claramente dividido entre protegê-la ou correr para ajudar.

– Leona, se Otto morrer por causa dele...

Ulrik não se levantará mais.

Leona assentiu e correu em direção ao centro do caos. Chegou ofegante perto de Ulrik, contudo, estava quente demais para se aproximar.

– Ulrik! – ela gritou, mas ele pareceu não escutar. – ULRIK!

O garoto parecia hipnotizado, como se não conseguisse ver nem ouvir mais nada além do fogo e da vontade de matar Inna de novo e de novo. Tentou chegar mais perto, porém, o dragão rugiu em sua direção.

Ulrik está controlando o flamen... ou é o contrário?

Leona não tinha uma runa para protegê-la de queimaduras. Mesmo assim, precisava tentar.

– Ulrik, você precisa parar! Precisa acabar com o fogo!

O dragão queimou Inna mais uma vez. Não satisfeito, queimou mais alguns espectros e colocou fogo ao redor do gramado. Se aquilo continuasse, logo todos morreriam queimados. Quando Ulrik mudou de posição, ela pôde ver seus olhos brilhando, alaranjados, transformados em algo totalmente diferente do cinza calmo que ela conhecia.

Palavras não estavam sendo suficientes. Portanto, usaria outra coisa.

Leona tirou um potinho de água do bolso. Desenhou algumas runas em seu próprio corpo, e depois no chão. Era um chamado à água. Um pedido de ajuda aos veros. Fechou os olhos, virou-se para o céu e logo sentiu uma gota. Depois outra. E mais uma. Até a chuva começar a cair torrencialmente e ela enxergar contornos dos espíritos da água na cortina molhada.

O dragão flamen gritou, resistindo, porém, diminuindo de tamanho aos poucos. Ele era forte e poderoso, mas é tolo quem não enxerga a força que há nas águas. Ela aproveitou a deixa para aproximar-se de Ulrik.

Segurou-o pelos ombros e não soltou mesmo quando suas mãos começaram a arder.

– Ulrik! Olha pra mim! – Ela o chacoalhou de novo. O brilho laranja se extinguiu devagar. Ele piscou algumas vezes, confuso, triste, a água lavando o ódio e deixando a realidade se assentar de novo. Leona segurou o rosto dele com firmeza, pois ele precisava compreender todas as palavras que estava prestes a dizer. – Cada vez que Inna morre, ele usa a vida de um dos ex-prisioneiros para ressuscitar. É isso que aquela maldita runa faz. Você precisa parar, ou vai matar todos eles. Vai matar Otto.

Ulrik olhou ao redor. Viu o pai e o irmão o encarando à distância, encharcados e assustados. Isso pareceu trazê-lo de volta.

– Lux... a caixa... O que eu faço, Leona? – ele perguntou.

Ela balançou a cabeça, sem resposta.

– Não sei, Ulrik, sinceramente, não sei... Não podemos matá-lo. Não sem matar outras pessoas também. Talvez o melhor agora seria ele ir embora.

– Não podemos matar Inna... Mas eu posso fazer com que ele sofra. – Ulrik ergueu o rosto, sentindo a chuva, deixando algumas gotas escorrerem pela face. Pela primeira vez, demonstrava como estava debilitado e esgotado. Leona só podia imaginar quanta energia ele havia dispensado para matar o grande espectro sucessivas vezes. Quando se virou para ela novamente, seu rosto estava duro como pedra. Contudo, no controle da situação. – Leona, a chuva precisa parar.

Ela pensou em dizer que precisavam de outra solução que não fosse o fogo. Porém, a verdade era que não existia mais nada.

– Cuidado, Ulrik.

Apagou as runas que tinha desenhado em si mesma e a chuva diminuiu até parar. Um vapor quente começou a subir de todas as superfícies. Poucos espectros tinham sobrado, mas os corpos no chão pertenciam em boa parte aos guerreiros. Tudo estava tão queimado e destruído que só descobririam quem havia morrido quando juntassem os sobreviventes numa sala e listassem os que estavam faltando.

Inna novamente ressurgiu das cinzas. Ulrik e o grande espectro caminharam em círculos, como predadores tentando estabelecer seu domínio. O dragão flamen tinha sido extinguido pelos veros, e Ulrik ainda não estava manipulando o fogo. Parecia estar esperando. Dessa vez, Leona ficou por perto, uma adaga em cada mão, pronta para ajudar se fosse preciso.

Ver Inna tão próximo era ainda mais impactante. A magia que emanava daquele ser fazia seu estômago revirar.

– Confesso que vocês me surpreenderam – Inna disse. – Eu esperava as armas, esperava a caixa... mas não esperava o fogo. Nem a chuva. – O espectro apontou para a runa de lava na mão de Ulrik e encarou Leona pela primeira vez com atenção, como se visse o novo poder que corria nas veias dela. – Isso me lembra da história de uma outra pessoa em busca de poderes mágicos.

– Raoni – Leona respondeu.

Agora que sabia a história verdadeira, talvez admirasse ainda mais o primeiro guerreiro. Luce não existia, não tinha aparecido para conceder poderes mágicos a ele como uma grande salvadora… Assim como ela e Ulrik, Raoni tinha adquirido a magia para sobreviver num momento em que a raça humana estava em risco.

— Aposto que foi uma surpresa e tanto — Ulrik disse, sem tirar os olhos de Inna — começar a carnificina e descobrir que aquele garoto tinha se tornado um guerreiro, e feito uma arma capaz de te matar.

O espectro deu uma gargalhada sombria e seus olhos escuros se estreitaram, divertidos.

— É essa a história que contam agora? Que Raoni era um assassino de espectros?

Leona foi tomada por uma sensação ruim. *Será que até mesmo essa parte da história era mentira? Raoni não tinha sido o primeiro guerreiro? Ou o espectro estava tentando desestabilizá-los ainda mais?*

Inna atacou. Ulrik usou uma brasa remanescente perto dos pés dele para lançar uma labareda alta e ferir a perna dele. O espectro mostrou os dentes, claramente sentindo dor, mas satisfeito.

— Ah… Entendeu enfim que eu não posso morrer?

— Não, entendi que você pode morrer, só que está tomando vidas inocentes pra ressuscitar… Essas pessoas não têm nada a ver com essa guerra — Ulrik respondeu, os olhos brilhando em laranja por um instante. Leona se aproximou e encostou seu braço no dele, desejando que Ulrik não se deixasse levar por seu poder mais uma vez.

— Vidas inocentes. Será que você se importa com *todas* elas? Me diga, Ulrik, se o seu irmão não tivesse a minha runa no peito, será que você teria parado?

Leona se odiava por saber que aquela pergunta também tinha cruzado sua mente. Será que as outras vidas tinham o mesmo peso para Ulrik? Para ele que havia aberto a caixa das almas, ameaçando o mundo inteiro, na tentativa de salvar sua mãe?

— Será que essa runa maldita no seu peito também te protege da dor? — Ulrik perguntou, e mais uma chama surgiu do chão, dessa vez tomando o espectro por inteiro antes de se apagar.

Inna gritou e chiou como uma serpente raivosa. Avançou mais um pouco, e Ulrik repetiu o processo. Leona atirou uma flecha na perna dele e Inna caiu. Dava para ver que o espectro estava fraco. Isoladamente, os ataques não eram mortais, mas, se continuassem, em algum momento ele pereceria. Além disso, Ulrik também estava no limite, com olheiras fundas e as mãos trêmulas. Quanto tempo mais conseguiria continuar antes que o fogo tomasse sua vida de dentro para fora?

Precisavam de outra estratégia. O que poderia fazer com que Inna batesse em retirada? O que era importante para o espectro agora? Leona olhou em volta rapidamente e viu que alguns dos espectros de segundo nível seguiam lutando.

– Ulrik, aquele – Leona disse, apontando para um deles.

O garoto trincou os dentes e, com o que parecia ser um esforço colossal, fez o fogo perto do espectro de segundo nível arder. A criatura rolou no chão e alçou voo antes que Ulrik conseguisse matá-la.

Inna encarou Leona. Poderia matá-la se quisesse, a guerreira sabia disso. Ulrik voltou à posição defensiva, provavelmente pensando a mesma coisa. O grande espectro pareceu medir as chances, pesar se era vantagem matar a garota e ter seu exército dizimado. Eles renasceriam um dia, mas será que Inna estava disposto a esperar anos para ter de volta seus melhores soldados?

Inna deu um passo calculado em direção a Ulrik e Leona.

– Isso é só o começo. No fim, nenhum de vocês estará em pé.

Ferido, queimado e humilhado, ele se ergueu da melhor forma que conseguiu e voou, sumindo nos céus.

Os outros espectros o imitaram e se foram. Ghouls tentaram voar para longe, porém, alguns caíram pelas flechas remanescentes dos guerreiros. Os multos que cogitaram escapar por terra foram abatidos pelos animae. Pessoas feridas começaram a pedir ajuda.

A Batalha da Cidade Real chegara ao fim, mas não da forma que os guerreiros tinham esperado. Leona olhou para a destruição, para os mortos, para um corpo de lobo queimado a alguns metros dali... E, com um baque, Ulrik caiu no chão.

CAPÍTULO 42

Era Inanis

Quando é impossível contar os corpos no chão, não há vencedores.

Tora pensava nisso enquanto corria saltando os mortos, indo ao encontro dos amigos. Ulrik estava imóvel, e Leona desenhava runas em seu corpo.

Tora chegou junto com Carian e Otto.

– Theo! Theo, a gente está aqui!

Theo... era estranho ouvir o nome anterior do seu melhor amigo, saber que também tivera anos de uma vida diferente, focada na família, nos amigos, na perspectiva de seguir os passos do pai. Uma vida que girava em torno de coisas mais simples – e nem por isso menos importantes.

– Ulrik! – Leona gritou também, enquanto desenhava as runas. – Ulrik, fique com a gente!

Ulrik e Theo. Duas vidas enfim unidas numa só. Numa vida que parecia estar por um fio.

– Ele não está respirando – Leona disse, angustiada.

Carian se ajoelhou ao lado do filho.

– Eu não vou perder meu filho. Não quando acabei de encontrar o outro.

O homem apoiou as duas mãos sobre o peito de Ulrik e começou a fazer pressão de forma ritmada. Depois curvou-se e soprou dentro da boca dele, tampando seu nariz. Era cura tradicional, sem magia. Tora já tinha visto curandeiros de sua província usarem aquela técnica.

– Ele deve ter consumido a própria energia vital na magia... – Tora disse, lembrando-se de ter lido algo sobre isso na biblioteca. – Leona, consegue pensar numa runa que ajude?

Leona também parecia exausta... todos estavam. Tora tentou buscar alguma estabilidade do próprio solo, conectar-se com os terriuns, mas seu corpo estava drenado a ponto de parecer bloqueado.

Então Nox aproximou-se e lambeu o rosto de Ulrik. A águia de Otto pousou ao seu lado, e a puma de Carian também chegou. Magnus, Albin e animae de outros guerreiros, alguns agora sem seus pares... Tora começou a sentir o cansaço melhorar.

– Os animae... eles estão ajudando – Úrsula disse, mancando em direção ao grupo, apoiada em Fofa. – Consigo ver a magia cíntilans passando deles para Ulrik. Pra vocês também.

– Vai ser o suficiente? – Carian perguntou, ainda fazendo massagem cardíaca e depois parando e colocando o ouvido no peito do filho. – Está batendo! Muito fraco, mas o coração dele está batendo.

Essas palavras, junto com a energia dos animae, pareceram clarear as mentes.

– Vamos levá-lo para o casarão! Tenho bálsamos e algumas outras ervas que podem ajudar – Leona sugeriu, e Carian o pegou nos braços. – Você também, Úrsula, ainda está ferida.

– E você, Tora? – Úrsula perguntou, com a mão no próprio tórax e uma expressão de bastante dor. – Você vem?

Ele encarou os amigos: Ulrik desacordado no colo do pai, Leona coberta de queimaduras e ainda assim pronta para tratar os ferimentos alheios, Úrsula curvada, provavelmente com algumas costelas fraturadas... Queria estar com eles. Porém, ali no campo de batalha, ainda havia muito a ser feito, e ele estava fisicamente íntegro.

– Encontro vocês assim que terminar por aqui.

Seus amigos desceram as escadarias em direção à parte baixa da cidade. Tora avistou Bruno e alguns dos outros e caminhou até eles, prestando atenção nos corpos no chão. Tentando reconhecê-los, e também verificar se alguém ainda estava vivo, mesmo com lacerações profundas e queimaduras extensas.

Magnus caminhou ao seu lado, e Tora afagou o tigre, agradecendo pela magia concedida e pela própria vida de seu anima.

Quando Ulrik acordasse – se acordasse –, teria que enfrentar mais um luto difícil.

– Bruno... como eu ajudo?

O líder, sempre uma rocha, agora parecia prestes a desabar por completo.

– Estamos primeiro procurando feridos. Depois vamos juntar os mortos e fazer a pira aqui mesmo.

– Leona foi para o casarão. Acho que podemos levar todos os feridos pra lá.

– Não vai caber todo mundo – o líder respondeu, com um tom que parecia cada vez mais desolado.

Tora entendia. Na viagem até a Cidade Real, os dois tinham se aproximado, e o garoto agora sabia que Bruno era o tipo de guerreiro movido pelo otimismo, pela visão de um futuro melhor, capaz de plantar a própria esperança nos outros. No entanto, para pessoas como ele, a queda era sempre mais alta.

– Bruno, nós vamos encontrar outro caminho. É fácil cair na tentação de acreditar que para todo problema só existe uma solução, mas isso raramente é verdade. A caixa foi um caminho novo quando Tereza a usou, um caminho que ela teve que abrir sozinha, meio século atrás... Hoje nós sabemos mais. Temos os livros, temos guerreiros com novas habilidades e, quando recomeçarmos a jornada, vamos descobrir outras possibilidades, um passo de cada vez.

– Você tem razão, Tora, como sempre. – O líder sorriu de leve para ele, mesmo com o luto e a tristeza marcando rugas profundas entre suas sobrancelhas. – Acho que eu gostaria pelo menos de ter uma ideia do primeiro passo, saber por onde começar.

– O *Manuscrito das runas de luz* – Tora disse. – Se os espectros o estão procurando, precisamos ir atrás dele.

Bruno assentiu. Respirou fundo e pareceu revigorado. Começou a dar ordens com uma segurança que alimentou também os guerreiros ali.

– Vou ajudar a levar os corpos.

– Não. Você e eu vamos para o castelo.

Eles subiram o restante das escadarias. Havia mais corpos pelo caminho, tanto de guerreiros quanto de guardas e pessoas comuns. E de animae.

Quando passaram pela porta principal, Tora se lembrou da primeira vez que entrara ali, já como aprendiz. De como o Grande Guru o tinha levado até Nilo e avisado a ele que os dois passariam pelo treinamento juntos. A onda de nostalgia foi arrebatadora, e foi impossível não pensar na despedida.

Havia corpos naquela área também, os espectros não tinham poupado o castelo. Tora seguiu pelos corredores e, sem ter encontrado ninguém nos aposentos do primeiro andar, parou e pensou onde as pessoas teriam se escondido... Pensou nos corredores subterrâneos utilizados pela criadagem, que ligavam as cozinhas às acomodações mais simples, nos fundos e longe dos olhos dos nobres. As portas eram disfarçadas, e Tora sabia de uma que parecia uma tapeçaria próxima ao jardim. Entraram, e depois de percorrerem alguns metros, escutaram os lamentos. Algumas curvas adiante, encontraram centenas de pessoas amontoadas.

Tora e Bruno explicaram que a batalha havia acabado, e que era seguro sair, mas as pessoas ainda estavam assustadas demais para se mexer. Então alguém o reconheceu no meio da multidão. Era o Grande Guru.

– Tora? Esse é meu aprendiz!

O homem enorme começou a se mover, e isso foi suficiente para que os outros o imitassem.

– E a rainha? – Bruno perguntou.

– Disse que ficaria com as conselheiras, as aprendizes e os guardas na sala do trono.

Depois que todos conseguiram sair e foram orientados a ajudar na limpeza da cidade e a procurar os feridos, Bruno, Tora, o Grande Guru e seus animae foram até a sala do trono.

A porta estava fechada. Magnus emitiu um som gutural ao se aproximar e Tora sentiu um odor ocre e metálico. Ouviram por um instante e então Bruno a abriu.

O guru gritou com a visão. Havia muitos corpos no chão, dilacerados, guardas e aprendizes. E, pendendo das vigas no teto, os corpos da rainha e das conselheiras. Todos com um buraco no peito, indicando que seus corações haviam sido arrancados.

Uma mensagem estava escrita com sangue na parede.

A Era Inanis chegou.

CAPÍTULO 43
Ritual

Bruno teve que voltar para a cidade, enquanto Tora ficou encarregado de explicar ao Grande Guru tudo o que prometera para Lanyel manter em segredo durante seu treinamento. As pessoas comuns normalmente levavam dias para se recompor do choque, porém, o Grande Guru era quem era por uma razão.

– Quando segredos vêm à tona, eles trazem junto o pior das profundezas – o homem disse. – Eu já sabia da existência dos espectros, só que meu conhecimento é teórico, e testemunhar a realidade é muito diferente do que ler a respeito. Esse período não vai ser terrível apenas pelas ações dessas criaturas, mas também pela forma como as pessoas comuns vão reagir à verdade.

Eles debateram sobre aquilo. Não tinham mais a rainha, as conselheiras, nem mesmo as aprendizes. Não havia perspectiva de uma sucessora, nenhuma mulher treinada conforme o sistema real. Quem ocuparia o trono? Será que uma guerra humana começaria agora que as bases de governo haviam caído? Quem iria garantir a ordem, cuidar da segurança, comandar os exércitos?

Além disso, o terror que Inna estava prestes a instaurar certamente levaria muitos a cometerem atos impensados. A Era Inanis... era impossível saber quanto tempo duraria, apenas tinham a certeza de quando havia começado: no momento em que a caixa fora aberta.

Após uma longa conversa, decidiram tirar eles mesmos os corpos pendurados e os cobrir com lençóis, deixando apenas os rostos para fora. Poderiam ter chamado os criados, contudo, sabiam que quem visse aquela cena ficaria com ela marcada na mente para sempre. Depois que fizeram a pior parte, o Grande Guru disse que se encarregaria de pedir ajuda na limpeza da sala e de organizar um funeral público. A população precisava ser informada da tragédia.

Ao final, estavam os dois banhados de sangue e Tora se deu ao luxo de tomar um banho frio e colocar roupas limpas, que ainda tinha em seus antigos aposentos. Despedia-se do quarto quando ouviu uma batida na porta. Por um momento, achou que poderia ser Nilo. Mas era o seu mestre mais uma vez.

– Será que você tem alguns minutos antes de voltar para os seus companheiros guerreiros?

– Claro.

O Grande Guru o levou até uma sala e, chegando lá, Tora viu que havia mais pessoas. Em uma mesa ao centro, tinha uma bacia de pedra com água, uma com cinzas, uma com terra e uma vazia. Era um ritual.

– O que é isso?

– Seu rito de passagem. Sua consagração como guru.

O corpo de Tora arrepiou-se.

– Mas... eu não terminei o treinamento.

– Ele nunca termina de verdade. O que você já sabe e, principalmente, o que já viveu, pra mim são mais do que suficientes. Você está pronto, Tora.

Por alguns meses, o garoto tinha sonhado com aquele dia. Imaginava que seus amigos e outros guerreiros estariam ali, que Nilo estaria ao seu lado sendo consagrado também, que Inna estaria preso na caixa novamente, que seria um momento de pura felicidade e celebração.

O sabor de uma cerimônia às pressas, tendo como testemunhas apenas desconhecidos assustados, era totalmente diferente. Ainda assim, emocionante.

Tora encaminhou-se para perto da mesa. O Grande Guru o acompanhou.

O mestre tocou cada um dos elementos e começou a desenhar as runas.

– Para unir, a água. Unifico sua mente e seu coração, para que todos os conselhos sejam dados com clareza e boas intenções. Para partir, o fogo. Quebro o egoísmo e a inveja, para que possa sempre servir com altruísmo. Para crescer, a terra. Alimento a coragem de dizer a verdade, mesmo quando escondê-la parecer a melhor solução. Para mudar, o ar. Transformo sua visão, para que enxergue vislumbres do futuro e caminhos que outros não podem ver.

Conforme o seu novo destino era selado, Tora sentia a magia fluindo de uma forma diferente. Seus sentidos estavam sendo amplificados, sua mente estava afiada, e um turbilhão de acontecimentos e conversas vieram à tona, como peças de um grande quebra-cabeças tentando se unir.

— O que é isso?

— Magia — o Grande Guru respondeu, sorrindo. — A magia dos gurus é especial e única. Você já tinha um dom para os detalhes e para as coisas importantes da vida, e o ritual de consagração afia essa habilidade ainda mais. Vai precisar dessa visão para guiar os outros e a si mesmo, agora mais do que nunca.

Tora levaria um tempo para se acostumar, para conseguir processar a nova forma de pensar. Era empolgante e ao mesmo tempo dolorido, sentia-se honrado e ao mesmo tempo esmagado pela imensidão de possibilidades. Escolher o próprio caminho já seria difícil o suficiente, ter adicionado a isso a missão de aconselhar e ajudar os outros a tomarem decisões... Não sabia dizer se amava ou odiava aquela responsabilidade.

Bruno chegou e, mesmo estando atrasado, seus olhos brilharam de emoção.

— Vim o mais rápido que pude.

— Eu sei — Tora respondeu. E ele realmente sabia. Enxergava em Bruno um líder que amava seu clã, e que tinha um afeto especial por ele. Como uma relação de pai e filho, e ao mesmo tempo de discípulo e mestre.

Bruno o abraçou.

— Já não era sem tempo!

Tora poderia dizer que, na verdade, tudo acontece no tempo que tem que acontecer, mas não queria virar um livro ambulante de frases de efeito.

— Tudo tem seu tempo — o Grande Guru disse, trocando um olhar cúmplice com o garoto.

— Precisamos de você lá embaixo — Bruno disse, sério.

O tom não era bom e uma pontada de preocupação incomodou seu coração. Tora estava pronto para voltar e ajudar seu líder na difícil missão de decidir o que fazer agora que a caixa das almas tinha deixado de ser uma opção viável. Sua mente clareou ainda mais, e a ideia de ir atrás do *Manuscrito das runas de luz* se solidificou. Porém, havia uma outra coisa. O conceito que se fixara em sua mente no caminho até a Cidade Real. A origem dos espectros. Se soubessem como haviam surgido, talvez descobrissem outras maneiras de combatê-los.

— Grande Guru, você disse que sabia da existência dos espectros *na teoria* — Tora disse, enfatizando a última parte. — Então, imagino que existam materiais sobre isso, mas nunca os encontrei na biblioteca.

— São do meu acervo particular.

— Posso pegá-los emprestados? Apenas por alguns dias…

— Claro. Vou pedir que alguém os leve pra você o quanto antes.

O Grande Guru e Tora apertaram as mãos. O garoto pensou em seu treinamento, em como o guru tinha sido por muitas vezes distante, nas tarefas aparentemente fáceis que havia pedido, em como precisou servi-lo, arrumar a biblioteca e coisas do tipo. Enxergava, agora, o valor de ter estado presente em diferentes ambientes, com vários tipos de pessoas, alternando isso com momentos de estudos. Talvez não fosse a melhor maneira de se transformar em um guru, mas tinha sido a maneira para Tora.

— Obrigado.

— Estamos contando com você.

Bruno e Tora deixaram o castelo. Enquanto desciam rápido e encaravam toda a destruição, ele conseguia sentir a tensão emanando do líder.

— O que está acontecendo?

— É o Ulrik. Ele está ardendo.

— De febre?

— Não. — Bruno o encarou. Seus cabelos castanhos estavam presos em um coque bagunçado, a barba estava por fazer, e as sobrancelhas grossas franzidas em uma expressão séria e angustiada. — Ele está… literalmente em chamas.

CAPÍTULO 44
Cinzas

Ulrik estava sendo forjado, moldado em algo novo.

Era isso o que sentia conforme as chamas o envolviam e consumiam parte de sua essência. Sua vida não estava em risco por conta do fogo, a runa de lava garantia esse tipo de proteção. Porém, uma transformação estava em andamento.

Por meses, ele segurou aquilo sob a pele. Porque havia um objetivo claro, havia motivos pelos quais valia a pena resistir à tentação de liberar toda a magia, de se deixar dominar por ela. Agora, não. No contexto atual, só havia dor e culpa – e nenhum resquício de esperança.

Os ex-prisioneiros da torre que morreram cada vez que ele pensou estar matando Inna. E Lux. *Ah, Lux...* Pensar na loba fez as chamas arderem mais alto e as pessoas ali na praça gritaram, assustadas. Ulrik retomara a consciência no caminho para o casarão e, assim que se lembrou de tudo que ocorrera, o fogo começou. Primeiro dentro de seu peito, depois no corpo inteiro, obrigando todos a se afastarem para não serem queimados também.

Um resquício de sanidade dizia que ainda era possível apagá-lo, voltar a guardar as chamas dentro de si, numa espécie de invólucro mantido por uma grande quantidade de força de vontade... Mas a verdade é que ele desejava a transformação, ainda que não tivesse certeza do que restaria de si mesmo ao final. Porque, a cada minuto que passava no fogo, as lembranças que o atormentavam ficavam mais fracas, e a dor pouco a pouco se tornava suportável.

O sumiço de Otto, a morte de Rufus, a morte de Augusto, o roubo da caixa, sua condenação pelo clã, a briga com Úrsula, a perna de Tora, a traição de Caeli e Micaela, a morte de Lia, as dezenas de perdas na Batalha da Caixa das Almas, a separação de Leona, o encontro com o flamen, a runa de lava, a torre do Pântano dos Ossos, Dário se jogando no vazio, a verdade sobre o que acontecera com os ex-prisioneiros, os espectros de segundo nível, a morte de Heitor, a chegada de Inna, o coração arrancado de Ana, Úrsula sendo arremessada, o dragão consumindo o grande espectro, Lux entrando nas chamas, a nova caixa explodindo, Inna ressuscitando de novo, e de novo...

Era demais. Tudo aquilo precisava ser queimado, precisava virar cinzas antes que o destruísse de outra maneira. Ele gritou quando o fogo chegou ao fundo de seu âmago.

– Ulrik, olhe pra mim! – Era Leona. Os dois se encararam por alguns segundos, porém, a imagem dela estava borrada pelas chamas. – Eu sei o quanto é difícil perder alguém. Também pensei em desistir algumas vezes. Mas olhe em volta... Olhe quantas pessoas você ainda tem! Seus amigos, seu pai, seu irmão... Lux se foi, mas Nox está aqui!

Nox. Uma faísca de culpa ressurgiu naquele local que ele estava tentando incinerar.

– Ulrik, a guerra não acabou. Nós precisamos de você! – Úrsula berrou. – Não me faça entrar no fogo pra te buscar, porque o meu cabelo demorou anos pra crescer e nunca vou te perdoar se ele queimar!

Os apelos sinceros de Leona e as piadas fora de hora da prima não foram suficientes. Ele estava atingindo um ponto em que não seria mais possível voltar atrás. Sua pele estava endurecendo. O fogo estava tomando seus pulmões. Seus olhos já não viam rostos e contornos humanos, e sim tons de laranja, vermelho e azul. Os sons em volta começavam a ser substituídos por um rugido...

– Theo. Theo. Theo, por favor.

Era a voz de seu irmão, a única que ainda conseguia discernir no meio do caos. Esse não era mais seu nome, agora ele era Ulrik. A mudança tinha ajudado a deixar tudo para trás, a amortecer a dor da perda de Otto. Como se um novo nome fosse o mesmo que uma nova vida. Mas, meses depois, a sua própria história tinha voltado para persegui-lo e o conduzido ao resgate do seu gêmeo, sua metade.

Desde que vira os lábios de Otto desenharem seu antigo nome, sentia-se um pouco Theo de novo.

Trincando os dentes, esforçou-se para responder:

— Otto, eu não posso parar!

— Eu te ajudo.

Ulrik sentiu um calor diferente no peito. Aquela era uma frase que tinha ouvido durante toda sua infância. Quando a vulnerabilidade quis voltar, o dragão nas chamas rugiu e fez a raiva queimar forte de novo nele.

— Eu não quero!

— Não me importa. Eu vou te ajudar mesmo assim, porque você me encontrou, você me salvou. No fundo eu sabia que esse dia ia chegar — Otto disse, de um jeito firme e doce ao mesmo tempo. — Agora é a minha vez. Como nos velhos tempos... Lembra como a gente se revezava pra atirar? Ou pra decidir quem ia ser o caçador nas brincadeiras? Lembra quando a gente quebrou a janela, e mater perguntou quem tinha sido, e nós dois falamos "eu" ao mesmo tempo?

Lia rira da vontade deles de proteger um ao outro e, no fim, nem acabaram castigados. Os olhos de Ulrik ficaram marejados por um instante, mas as lágrimas logo foram levadas pelo calor.

— Eu não posso, Otto.

— Por mim. Se não consegue parar por você mesmo, pare por mim! Depois de ter ficado tantos anos longe, eu mereço ter mais tempo com você. Depois de tudo que eu passei, você me deve isso. Pare, Theo!

Ulrik hesitou. Pensou em liberar a magia toda de uma vez, em explodir e terminar aquele processo, de tomar a forma que o fogo queria impor. Mas aquele pedido era uma das poucas coisas que não poderia negar.

Ulrik se decidiu e gritou. Fez um esforço colossal para reduzir as chamas, para domá-las até que se apagassem e enfim paralisar a transformação. Quando toda aquela magia voltou para dentro de si, voltaram também as memórias e os sentimentos ruins, uma erupção de dor que o fez perder o ar.

Ele caiu de joelhos. Otto aproximou-se devagar, como se testasse o calor, e colocou uma mão em seu ombro.

— Eu vou cuidar de você, Theo. Eu vou cuidar de você...

Ulrik balançou a cabeça e escondeu o rosto entre as mãos. Nox chegou e se encostou no garoto. Só então ele se permitiu considerar as emoções do lobo, e sentia-se estúpido por ter demorado tanto para reconhecer que seu anima estava tão triste quanto ele. Ulrik não era o único a ter perdido Lux. Abraçou Nox, afundando o rosto em seu pelo macio e escuro, apreciando a forma como os sentimentos fluíram entre os dois.

– Sinto muito, garoto – Ulrik disse, olhando nos olhos amarelos do lobo. – Eu devia ter feito alguma coisa. Lux... ela morreu em vão...

Tora chegou perto também. Algo nos olhos sábios do amigo estava diferente.

– Ulrik, não subestime o poder do destino. Lux veio a esse mundo justamente ligada a você, que abriu a caixa e libertou a alma de Tereza. Sacrificou-se no momento em que você estava disposto a fazer isso. Não foi em vão, ela te salvou. Tudo aconteceu como deveria. E agora ela está com Tereza, lá onde quer que as almas se encontrem.

Esse pensamento o confortou. A saudade ainda se enroscava em seu peito, ainda o deixava sem ar e sem chão, porém, o amigo tinha razão. Úrsula colocou uma capa ao redor dele e o ajudou a se levantar.

– Eu não estou com frio.

– Eu sei. Você podia fazer umas roupas à prova de fogo, eu não aguento mais te ver pelado.

Os lábios de Ulrik se curvaram de leve. Não era propriamente um sorriso, mas tudo começava assim, por um esboço.

– O que foi isso? – Leona perguntou, encostando nele, o examinando e começando algumas runas de água que de imediato o ajudaram a se acalmar e fizeram os tremores passarem. – Era o espírito do fogo de novo?

– Não. Era algo diferente – ele respondeu, grato pelo alívio. Quando as dores musculares diminuíram, ele percebeu o quão fraco estava. – Uma espécie de... mudança, não sei explicar.

Úrsula ficou séria.

– Ulrik, toda essa magia em você... Isso é perigoso. Não podemos deixar que aconteça de novo. Vamos fazer uma cisão, eu posso ajudar.

– Não. – Ele entendia o que a prima queria dizer. Ao mesmo tempo, não estava disposto a abrir mão do que havia conquistado sozinho. – A gente pode precisar dela de novo.

Úrsula estava prestes a protestar, mas Tora interveio:

— Vocês dois estão certos. Essa magia pode ser perigosa em muitos sentidos, alguns talvez ainda desconhecidos para nós. Porém, enquanto estivermos em guerra, essa pode ser a única arma capaz de nos dar uma chance contra Inna.

A garota o observou com os olhos semicerrados, analisando-o de cima a baixo.

— Você está... diferente. Cortou o cabelo? Tomou banho?

— Agora eu sou oficialmente um guru — Tora respondeu.

— Metade de mim quer te dar parabéns, a outra metade está com medo de que você fique insuportável e comece a falar apenas com frases de efeito e charadas.

Ulrik queria ter forças para celebrar aquela conquista do amigo. Tora era enfim um guerreiro guru. Os dois se entreolharam e Tora assentiu, como se soubesse que o momento de comemorarem juntos chegaria.

Agora havia outras coisas a fazer. Ulrik se levantou, ajudado pelos amigos, o irmão o encarando como se não soubesse exatamente como agir.

— Vamos para o casarão — Leona sugeriu. — Quero avaliar você e garantir que não há nenhum ferimento grave.

— Daqui a pouco, agora preciso de um momento de privacidade. — Deu alguns passos fracos em direção ao seu gêmeo. — Otto... podemos conversar?

Os dois garotos caminharam pela Cidade Real em silêncio, e isso fez Ulrik pensar na última vez que haviam estado sozinhos, caminhando pela Floresta Sombria, tentando não fazer nenhum ruído. Naquela época, os passos de Otto eram naturalmente firmes e precisos, porque ele avaliava o terreno com cuidado antes de decidir onde pisar. Theo vinha atrás com passos ansiosos e desastrados, pisando em gravetos e folhas secas pelo percurso

Era estranho ver como tudo tinha mudado desde então. Como *eles* haviam mudado.

— Como você está? — Otto perguntou, segurando a mão do irmão sem parar de andar.

– Já estive melhor. E você?

Otto suspirou. Encarou os arredores destruídos antes de responder.

– Com medo. Sinto os ossos gelarem toda vez que penso na torre, toda vez que me lembro de que essas criaturas estão por aí. – Eles pararam em frente a um banco, numa parte da cidade onde não havia corpos pelo chão. Sentaram-se.

– Otto, tem tanta coisa que eu queria te dizer. Naquele dia… Eu devia ter feito algo, eu devia…

– Theo, a gente tinha doze anos. Eu não culpo você, e já me perdoei também por termos nos separado, por estarmos na floresta naquele dia. Porque agora compreendi que, se não tivessem me levado naquele momento, teria sido em outro. – Otto entrelaçou os próprios dedos e os apertou, aparentemente afetado pelas lembranças. – Pater me contou sobre o que somos… Sobre Raoni, as gerações… Os espectros teriam vindo atrás de nós. E a melhor coisa que aconteceu foi terem me encontrado sozinho, sem imaginar que você também estava por lá.

– Não gosto que você pense assim. Eu preferia que tivesse sido eu.

– Não. Se tivesse sido você, eu teria sofrido muito, mas me tornaria um caçador como pater. Eu nunca teria considerado ser outra coisa… E nós nunca teríamos ouvido falar de guerreiros e de espectros, e nunca teríamos te encontrado. Você e todas essas outras pessoas capturadas teriam permanecido escondidos na torre, e ninguém saberia da arma secreta de Inna. – Ulrik deixou aquelas verdades se assentarem. – Seu amigo tem razão, Theo. As coisas aconteceram como precisavam, por mais terríveis que tenham sido… E agora eu estou aqui. Estamos juntos. Tudo isso porque você nunca desistiu de mim.

Os irmãos se abraçaram. Sem saber que isso ainda era possível, o amor de Ulrik por Otto aumentou naquele momento de conexão.

– Você também pode ser um guerreiro – Ulrik disse.

Otto balançou a cabeça, o rosto atormentado.

– Não sei se consigo.

– Eu te ajudo. – Ulrik chacoalhou o irmão. – Olha só, o jogo virou.

Otto deu um soco no ombro do gêmeo, mas depois pareceu tenso outra vez.

– Vou precisar de um tempo pra processar tudo. Principalmente esse medo que me paralisa. Quando vi os espectros aqui na cidade, eu... desejei que já tivessem me matado na torre. Só pra não sentir todo aquele terror de novo.

Um nó se formou na garganta de Ulrik. Seu irmão, sempre tão destemido, fora estilhaçado por aqueles malditos. Sua respiração se acelerou conforme a raiva começou a borbulhar.

– Ai... – Otto disse, afastando-se por causa do calor emanado pelo irmão. – Você vai precisar aprender a controlar isso ou, como a sua amiga disse, vai acabar com todo o guarda-roupas dos guerreiros.

– Prima. Ela é nossa prima.

– Eu sei, só é difícil me habituar. E aceitar que mater nunca nos contou a verdade.

Ulrik havia sentido o mesmo em alguns momentos. Agora sabia que Lia tinha mantido o segredo para proteger o clã. Um dia Otto compreenderia também. Ele se levantou e estendeu a mão para o gêmeo.

– Vem, vamos ficar um pouco com eles. Tenho certeza de que logo, logo os meus amigos vão te conhecer melhor e preferir você a mim, como sempre aconteceu.

Otto não pegou a mão dele de imediato.

– Você vai ter que partir de novo, não vai? Eu vi quando falaram sobre você ser a melhor arma que os guerreiros têm...

Ulrik baixou a cabeça e assentiu, já sentindo quão difícil seria se separar do irmão e de Carian. Porque Otto claramente não estava pronto para aquele tipo de jornada... talvez nunca estivesse.

– Nós vamos combinar onde nos encontrar depois que tudo tiver acabado.

O gêmeo se levantou e ficou muito próximo de Ulrik, encarando-o com uma intensidade que ele reconhecia bem. Um espelho do seu amor e determinação.

– Eu fiquei vivo por você. Espero que você faça o mesmo por mim.

CAPÍTULO 45

O grupo

A descarga de magia inanis tinha deixado sequelas. Úrsula dormira por horas a fio, mas o sono tinha sido agitado, repleto de pesadelos e da visão de um vazio profundo. Mesmo depois de acordar, ela por vezes sentia um arrepio repentino, ou um mal-estar que nascia no estômago e se espalhava como um formigamento até seus dedos dos pés e das mãos.

Era estranho pensar como tinha sido arremessada por descargas de magia duas vezes... quem sabe na próxima ficaria atenta para desviar! Porém, as experiências tinham sido bastante diferentes. No impacto da gema de cíntilans, parte da magia tinha ficado com ela, fortalecendo seus poderes e a transformando numa guerreira melhor. No caso da magia inanis era exatamente o contrário: restara apenas um parasita, algo como uma doença que corroía suas forças, sua capacidade de pensar com clareza e seus poderes mágicos.

Ela já havia conversado com Leona sobre aquilo, mas pediu que ela não revelasse o problema a mais ninguém. Precisava de ajuda para resolver a questão, só não queria dar motivos para que duvidassem das suas habilidades de lutar.

Depois de queimar os corpos das criaturas malignas, os guerreiros organizaram um funeral e uma pira coletiva para todas as pessoas que pereceram na batalha. Úrsula estava fraca demais para comparecer, e até agora não sabia exatamente quem tinha sobrevivido. Cada vez que via um novo rosto, era inundada por um alívio que fazia seus olhos se encherem de lágrimas. Aquiles. Catharina. Diana. Olga. Arthur.

Petrus. Feron e muitos outros… Então ouvia alguém citando nomes que estavam entre os mortos e seu coração caía num poço profundo, onde não havia luz nem calor.

Duas noites após a batalha, Bruno pediu que todos se reunissem na sala do casarão. Apenas nesse momento Úrsula viu todos os sobreviventes. Tão poucos… Cerca de quarenta guerreiros, com expressões cansadas e derrotadas. O grupo de Amanda nunca retornara da expedição às florestas de Reina, o de Heitor fora massacrado na missão no pântano. O de Ulrik e Feron perdera poucas pessoas, mas já era pequeno desde o início. O de Victor e Úrsula perdera o líder e mais alguns, tanto nas montanhas quanto na cidade. Dos inúmeros guerreiros que vieram com Bruno para a Cidade Real, muitos morreram na batalha. E daqueles que ficaram com Ilca no acampamento, a única sobrevivente era Leona.

Bruno arranhou a garganta.

— Eu sei que dói perceber que agora cabemos todos numa sala e sinto muito por termos perdido tantos irmãos e irmãs. — Os guerreiros assentiram. Olga limpava lágrimas dos olhos discretamente, Catharina chorava copiosamente e Petrus estava com o rosto escondido entre as mãos. Era uma visão de partir o coração. — Vamos usar alguns dias para planejar os próximos passos e chorar pelos que se foram. Depois disso, precisamos continuar.

— Como? — Arthur perguntou, logo ao lado de Úrsula, com os olhos vermelhos. Ele parecia um passarinho assustado. Alae tinha ficado cego com o golpe de Inna, e a mãe do garoto tivera o coração arrancado e devorado pelo grande espectro. — Aquele maldito não pode ser morto. A caixa não existe mais. Então, continuar como?

Úrsula se aproximou mais e o envolveu com o braço. Viu o queixo de Arthur tremer enquanto ele se esforçava para parecer forte.

— Sempre há novos caminhos a serem explorados, por mais que seja difícil encontrar o primeiro passo — Tora disse, com um tom sério e ao mesmo tempo confortante. — Nós temos uma ideia, achamos uma pista que parece ser importante… Antes disso, precisamos compartilhar algumas descobertas.

O novo guru dos guerreiros contou tudo que sabia sobre a existência dos manuscritos poderosos de cada elemento, incluindo o

Manuscrito das runas de luz. Falou sobre o quinto elemento, sobre Luce não ser uma deusa e sobre os lúcis, os espíritos da luz. Quando alguém perguntou sobre Raoni e a origem dos guerreiros, compartilhou também as teorias que tinha ouvido, sobre o homem ter estudado magia e desenhado a runa na pele – de uma forma similar à que Ulrik fizera.

– Então, em resumo, não há ninguém olhando por nós – Diana disse, claramente ressentida. – Ninguém para quem rezar, ninguém para nos salvar quando mais precisamos.

– Essa é uma perspectiva. Mas há outra: não precisamos que alguém nos salve, não precisamos depender da fé, podemos agir – Bruno disse, com convicção. – Existe um elemento poderoso que pode ser usado como fonte, existe uma runa que nos criou. E se conseguirmos usá-la para criar novos guerreiros tão poderosos quanto Raoni foi um dia? Imaginem só, uma legião de guerreiros de uma nova primeira geração! Os espectros e os feiticeiros estão atrás do manuscrito, provavelmente porque sabem que podemos vencer se o encontrarmos antes.

O clima da sala melhorou um pouco. Bruno tinha o dom de inspirar e de reavivar a esperança mesmo nos momentos mais difíceis. Úrsula entendia ser uma boa estratégia, só que havia muitas coisas ali que a incomodavam. Por que aquele manuscrito tinha sido escondido e apagado da história? Protegido por um mapa dividido e cujas partes estavam distribuídas entre vários feiticeiros? Sentiu novamente aquele calafrio estranho.

– Onde está esse manuscrito? – Catharina perguntou.

– Não sabemos. Mas Tora tem uma pista, sabe por onde começar a procurar.

– E quando partimos? – Celer questionou.

– Vamos antes entender quais guerreiros vão nessa missão – Bruno disse.

Uma confusão explodiu.

– Bruno, eles começaram a procurar primeiro, já estão em vantagem – Mauro falou. – Temos que partir o quanto antes e colocar todos os recursos nessa busca. Essa é uma missão para o clã inteiro!

– Seria para o clã inteiro se soubéssemos exatamente onde esse manuscrito está e estivéssemos indo pra uma batalha contra os espectros pra ver quem fica com ele – Úrsula disse. – Um grupo menor vai ter mais velocidade e discrição. Eles também não sabem o paradeiro do manuscrito, e temos que tomar cuidado para não os guiarmos até lá.

– Além disso, algumas pessoas não estão prontas para a estrada de novo – Olga complementou. – Tanto guerreiros feridos quanto os resgatados da torre.

– Sim, vocês estão certas. Precisamos também escolher alguns locais para fortificar, dividir o clã para continuar treinando pessoas em diferentes cidades. Porque uma nova era está começando. E ela não será nada fácil.

As explicações acalmaram os ânimos.

– Entendido. Vamos começar a divisão dos grupos então? – Catharina perguntou, ansiosa como a maioria ali. Úrsula conhecia bem a outra garota, e sem dúvida nenhuma ela estava tentando garantir uma vaga no grupo da missão principal.

Bruno trocou um olhar com Tora e hesitou. Essa sempre fora a maneira como as missões eram distribuídas. O líder explicava o que precisava ser feito, falava das habilidades necessárias, e depois escolhia os participantes de acordo com os voluntários.

– Dessa vez vai ser diferente, Catharina – o líder respondeu. – Tora e eu vamos fazer a divisão.

– Por quê? – Catharina perguntou.

Segredos. Úrsula logo compreendeu que havia coisas que o líder e Tora manteriam entre eles. Lembrou-se de Augusto e de como ele mesmo havia dito para o seu conselho que os líderes do clã às vezes são incumbidos de manter objetos e informações longe dos ouvidos dos outros. Ela compreendia. Só não aceitaria não saber. Mas isso seria resolvido depois com o amigo.

– Porque já sei que todos vocês querem ir atrás do manuscrito – Bruno respondeu, tentando desviar a atenção. Os guerreiros riram, porque aquilo era verdade. – O jantar está servido, contudo, preciso que algumas pessoas permaneçam na sala: Ulrik, Tora, Leona, Úrsula, Catharina, Diana e Petrus.

Os guerreiros obedeceram e os que ficaram para trás fitaram o líder com expectativa.

– Bom, já entendemos que esse é o grupo que vai atrás do manuscrito – Úrsula disse, se antecipando.

Bruno pôs as mãos na cintura, e fez suspense por alguns segundos.

– Eu tinha preparado um discurso pra anunciar isso, Úrsula.

– Eu imaginei, só que estou com fome.

– Na verdade, esse é o grupo inicial. Vamos usar alguns dias para discutir o plano, avaliar os riscos e, se for necessário, vou alocar mais alguns guerreiros com vocês.

– Para esse tipo de missão, menos é mais – Tora complementou. – E nem todos vão necessariamente atrás do manuscrito. Vamos para o sul, procurar uma cidade que Lanyel mencionou. Acho que ela tem uma parte do mapa, mas não sei quem tem as outras. Pode ser que a gente tenha que se dividir em algum momento.

– Quem vai liderar? – Diana quis saber.

– Petrus e Tora – Bruno respondeu.

Úrsula olhou para Ulrik, pensando que o primo talvez se ofendesse por não ter sido escolhido dessa vez, porém, ele parecia aliviado. Na verdade, ela também estava.

Ulrik estava de luto, estava com raiva, e precisava aprender a lidar com a nova magia, pois já havia perdido o controle algumas vezes. Por mais que a garota entendesse o argumento de Tora – de que poderiam precisar daquele poder –, achava uma escolha arriscada, tanto para Ulrik quanto para o grupo. Por causa da magia do ar em seu sangue, Úrsula enxergava coisas que os outros não podiam ver... Quando o primo estava em chamas, viu formas estranhas, manchas, deformações que pareciam perigosas. Ela não sabia o que aquilo significava, mas estava determinada a descobrir.

– Iniciamos o planejamento e os preparativos amanhã mesmo. Espero todos assim que o sol nascer – Petrus anunciou, e eles começaram a se dispersar.

Úrsula se dirigiu à saída e no caminho esbarrou em Catharina. De propósito.

– Quer dizer que você está no grupo da pirralha mimada que nunca vai ser uma guerreira decente?

Catharina riu.

– Não acredito que você ainda se lembra disso, Úrsula!

Ela se lembrava muito bem. Quando eram crianças, Úrsula e Catharina costumavam brincar juntas, mesmo tendo dois anos de diferença. Depois de encontrar seu anima e começar o treinamento, Catharina se afastou. Úrsula fez o que qualquer menina de quatorze anos ignorada faria: decidiu se vingar. Passou a atormentar Catharina constantemente; amarrou os cadarços de suas botas, colocou cocô do búfalo de Feron na barraca dela, mas o estopim da briga foram as minhocas na sopa. Em resposta, Catharina exigiu que Úrsula fosse executada ou no mínimo expulsa... Porém, ao final do relato, o clã todo estava rindo, se divertindo com as estripulias da filha do líder. Quando a reunião acabou, Catharina se aproximou de Úrsula e disse que ela não passava de uma pirralha mimada, e que nunca seria uma guerreira decente. Depois disso, Úrsula viveu dois anos completamente apaixonada pela outra garota, mesmo que só recebesse olhares raivosos dela. Talvez *por conta* dos olhares raivosos.

— Como eu poderia esquecer? Você exigiu que o clã me executasse!

Catharina riu, jogando a cabeça para trás. Seus cachos castanhos estavam compridos, passando do meio das costas.

— A gente era muito jovem.

Era. No passado.

— Então você não me acha mais uma pirralha?

Catharina a olhou de cima a baixo de uma forma que fez Úrsula ficar desconcertada. Um sentimento totalmente inédito, já que no geral ela é quem deixava todo mundo assim.

— De jeito nenhum... Você cresceu, Úrsula. Dois anos faziam muita diferença lá atrás. Agora é diferente. — Catharina então retomou a caminhada, mas se virou quando chegou na porta. — Vai ser legal viajar com você. De repente a gente divide a mesma barraca.

— Não, eu vou dividir com a Leona — Úrsula disse, sem saber ao certo porque parecia estar entrando em pânico.

— Hum, acho que não vai, não — Catharina disse, apontando a cabeça da direção de Ulrik e Leona, que andavam com os braços praticamente encostados.

— Então... então eu acho que o Tora vai querer ficar comigo.

— Eu sou o líder, quero uma barraca só pra mim — Tora respondeu, passando pelas duas e, por mais que estivesse sério, Úrsula conseguia ver que ele estava segurando um sorriso.

– Eu não mordo, Úrsula – Catharina reclamou, fingindo estar ofendida. Depois sorriu de um jeito felino. – Só se me pedirem.

– Hahaha – ela respondeu, tentando fingir que a piadinha não a afetara.

Leona riu. Ulrik também. E Tora a encarou com aquela expressão irritante de guru que entende mais sobre a vida do que deveria ser permitido.

CAPÍTULO 46
Mergulho

Leona deu um mergulho no riacho calmo. Meses antes, tinha se afogado. Agora, a água era o lugar onde se sentia mais forte e serena. Sempre que as lembranças difíceis vinham à tona, ela escolhia afundar e, no silêncio profundo, se restaurava, se reconectava consigo mesma e com seu propósito.

Tinha passado semanas sozinha e invisível. A solidão por si só não era algo que a incomodava, pelo contrário, precisava desses momentos e os apreciava. Mesmo a invisibilidade fora útil quando usada contra o inimigo... o problema era ter recorrido à pedra para se esconder da verdade.

Verdade.

Ilca tinha morrido. Todos no acampamento tinham morrido e Leona escapara por um triz, mais de uma vez. Até quando não conseguiu se esquivar da morte, alguém escolheu lhe dar uma nova chance. Por mais que lutasse para sobreviver, ver seus companheiros caindo pelo caminho não era fácil e colocava um fardo sobre seus ombros. A culpa dos que ficam.

Deu mais um mergulho e depois ficou boiando, observando o céu azul, os ouvidos preenchidos apenas pelos sons de dentro.

Após a Batalha da Cidade Real, conseguiu tirar esse peso e parar de se culpar, mesmo que as feridas ainda sangrassem. Porque, ao testemunhar o poder de Inna e de seu exército, entendeu que seria impossível ter vencido sozinha, salvado seus companheiros no acampamento enquanto lidava com todos aqueles espectros e criaturas malignas.

Ilca tinha lhe presenteado com uma chance de continuar. Os veros tinham soprado a vida de volta em seus pulmões e lhe concedido uma gota extra de magia. Agora, conseguia ver tudo que acontecera de uma perspectiva ampliada, e entendia que estar resistindo já era uma vitória... Precisava desse sentimento para seguir em frente, para guiar o novo grupo através da sua província de origem.

Sur. A Terra do Sol. Seu peito se apertou com uma nostalgia quente. O pôr do sol nas dunas. O céu estrelado do deserto. As cerejas amarelas dos oásis. A brisa fresca do fim de tarde. A sensação de lavar o rosto numa lagoa escondida quando a pele estava coberta pela camada fina de areia e suor. Mas havia também os perigos, muito diferentes daqueles com os quais os guerreiros estavam acostumados a lidar... A febre da sede, as ilusões do deserto, os piratas da areia e, principalmente, os vermes gigantes. Cair num túnel cavado por eles era morte certa, porque um resgate era impossível. Às vezes, as paredes ruíam e enterravam vivos os que estavam lá dentro. E tinha também a outra opção... ficar ali até um verme passar. Ao contrário do que muitos diziam, eles não engoliam pessoas, só as esmagavam, porque não havia para onde fugir.

Leona começou a nadar, tentando afastar aqueles pensamentos. Talvez não precisassem atravessar as dunas. Tora acreditava que a cidade dos feiticeiros ficava na savana, perto do local que chamavam de Forquilha, onde o Rio Vermelho se dividia em dois. Quem sabe o próprio manuscrito estivesse lá, e aquela missão fosse mais fácil do que se esperava...

Ouviu barulhos na água atrás de si e se virou rápido, já com a mão na faca que deixara no cinto. Mesmo no riacho, não poderia ser pega desprevenida.

Mas relaxou assim que o viu caminhando na parte rasa.

– Você demorou – ela disse.

Ulrik nadou até onde Leona estava.

– Estava observando você da margem. Tentando adivinhar no que estava pensando...

Ele se aproximou e acariciou o rosto da garota de uma forma hesitante. A pele dele estava quente, e o toque foi agradável depois de tantos minutos ali na água gelada.

Ulrik parecia apreensivo e ela o conhecia bem o suficiente para entender o porquê. Eles tiveram pouco tempo a sós desde a chegada à cidade, e agora estavam prestes a partir em uma nova missão – dessa vez, juntos. Leona tinha se perguntado como deveriam se portar nessa próxima fase. Será que era melhor se afastarem, para que os sentimentos que nutriam um pelo outro não tirassem a atenção do objetivo principal?

Leona ficou em pé, sentindo as pedrinhas do leito cobertas de limo deslizarem sob seus pés. Quase escorregou. Ulrik a ajudou a se equilibrar e ela se aproximou, acabando com a distância entre seus corpos encharcados.

A respiração de Ulrik se acelerou de leve. Leona passou os braços pelo pescoço dele e o beijou. O garoto imediatamente mergulhou no beijo, puxando-a pela cintura contra si, depois afundando os dedos nos cabelos molhados dela. Ela suspirou e o segurou pela nuca.

A boca dele estava quente. O tórax também. Leona deslizou as mãos pelos ombros de Ulrik e pelas costas.

Interrompendo o beijo, Ulrik se afastou.

– Não quero que isso seja uma despedida – ele disse, com a voz angustiada, acariciando os cabelos cor de areia dela mais uma vez. – Sei que a gente vai estar na mesma missão e que achar o manuscrito é a prioridade, mas o que sinto por você não vai mudar se decidir que é melhor a gente não fazer mais… isso.

Os olhos cinzas de tempestade estavam prestes a chover. Leona colocou a mão sobre o rosto dele, absorvendo cada detalhe, admirando aquela expressão tão determinada e frágil ao mesmo tempo. Esse, sim, era o Ulrik que ela conhecia… Intenso na dor e na felicidade, transparente como água.

Eles todos tinham sofrido tanto desde a abertura da caixa, será que não mereciam ao menos breves momentos de felicidade?

– Ulrik…

– Leona, por favor. Por… – *Por Luce*. Ele estava prestes a mencionar uma deusa que não existia. Com certeza levariam um tempo para se acostumar àquele novo tipo de solidão. – Por nós. Por todo o sangue e todas as lágrimas que a gente já derramou. Quero estar com você. Eu quero poder te beijar e sentir o seu cheiro, eu quero ouvir você suspirar de novo, mesmo quando tudo estiver difícil. Porque talvez isso seja a única coisa que deixe essa jornada suportável.

Ulrik a abraçou, acomodou o rosto entre o pescoço e os ombros dela e inspirou profundamente. Leona se arrepiou involuntariamente, mordeu o lábio e cravou as unhas nas costas dele. O garoto deslizou o próprio rosto até o dela, e eles se beijaram de novo, dessa vez com mais urgência.

Leona grudou o corpo ao de Ulrik. Passou as pernas em volta dele. Ele a segurou e colou a testa na dela.

– Eu preciso de uma resposta.

Ela o encarou, primeiro de um jeito sério, uma expressão que escondia suas reais intenções.

– A missão tem que vir sempre em primeiro lugar, e os nossos sentimentos não podem interferir na nossa habilidade de tomar decisões, Ulrik. – Ele abriu a boca para protestar e ela colocou um dedo delicadamente nos lábios deles. Depois aproveitou para passear o indicador por ali. – Mas... eu ia te dizer a mesma coisa. Não quero mais perder tempo. Quero ficar com você.

Ulrik deu um grito de felicidade. Era a primeira vez que ela o via assim desde a batalha, desde a perda de Lux, e a visão fez seu coração se aquecer. O guerreiro a pegou nos braços e a girou, jogando água para todos os lados. Leona riu também. Eles estavam de luto, com medo. Apesar disso, aquilo entre os dois... aquilo os faria continuar.

Depois de mais um beijo demorado, Leona começou a rir.

– O que foi?

– Nada, só foi engraçado ver você todo dramático falando das nossas lágrimas e do nosso sangue sendo que na minha cabeça a resposta já era sim.

Ulrik esboçou uma expressão indignada. Depois a encarou com uma admiração que fez o ventre dela gelar.

– Tão linda, e tão insensível... – Ela sorriu. E jogou um pouco de água nele. – Eu te amo, Leona. Te amei desde o momento que te vi.

Ela queria retribuir. Tinha prometido dizer aquelas palavras se ele voltasse da missão, se os dois se reencontrassem. Contudo, elas não queriam sair. Por que era tão difícil?

Ulrik não pareceu se importar. A beijou mais uma vez, como se a presença dela valesse mais do que as palavras. Mas ela queria que o garoto soubesse como se sentia. Como ele a fazia se sentir, como seu corpo inteiro parecia derreter quando estavam juntos.

– Quero testar uma coisa – ela disse, o encarando de um jeito malicioso.

– Hum… uma coisa boa?

– Uma coisa que talvez nenhum guerreiro tenha feito antes.

Ele riu.

– Estou começando a ficar com medo.

– Feche os olhos – Leona ordenou.

– Não sei se confio em você o suficiente pra isso.

– Vai logo – ela insistiu, jogando mais água nele.

Ulrik obedeceu. Leona o observou por alguns segundos, seu corpo formigando com a expectativa do que estava prestes a fazer.

Para unir, a água.

Os guerreiros gostavam de pensar que existiam runas para quase tudo. Uma nova tinha vindo à sua mente. Algo temporário, obviamente, e ainda assim poderoso. Queria unir as emoções dos dois. Fazer com que conseguissem experimentar o que o outro estava sentindo. Talvez fosse loucura. Talvez fosse maravilhoso. Mas, depois de tanto tempo tentando estar invisível, queria se abrir por completo. Mostrar a Ulrik algo que seria visível somente para ele.

Leona desenhou primeiro a runa em si mesma. Depois molhou o dedo e passou o indicador pelo peito do garoto, nervosa, até terminar. Por um segundo, perguntou-se se funcionaria. Em seguida identificou sensações que não lhe pertenciam.

Ulrik abriu os olhos.

– O que é isso?

Leona sorriu, pensando em tudo que poderiam fazer durante aquela hora, antes que o efeito se dissipasse. Não queria contar o segredo, queria que ele adivinhasse a intenção daquela magia.

Ela o beijou mais uma vez, a respiração acelerada, ouvindo os próprios batimentos conforme os lábios dele se pressionavam com mais força contra os seus. Então ela se afastou.

– Gostou?

Ulrik abriu os olhos. Eles refletiam de novo aquele tom alaranjado. Se não soubesse o que ele estava sentindo, talvez ela tivesse ficado com medo.

– Você não devia ter feito isso, Leona.

Então ele sorriu e a puxou para perto de si novamente.

CAPÍTULO 47

A origem

Nos últimos dias, Tora havia passado muitas horas junto com Petrus, tentando planejar da melhor maneira os detalhes da missão. Tinham desenhado o trajeto da viagem no mapa, buscando evitar locais onde ficariam expostos demais. A viagem duraria cerca de duas semanas, dependendo das condições das trilhas e do clima. Fizeram uma lista de mantimentos, e conseguiram também os cavalos necessários.

A situação na Cidade Real começava a se deteriorar. Sem a rainha e as conselheiras, o Grande Guru tentava administrar a crise enquanto alguns outros gurus buscavam nos livros respostas para o que deveria ser feito naquela situação. Contudo, a população estava com medo. E o medo leva as pessoas a serem irracionais e irresponsáveis.

Saques, brigas e outros atos ainda piores começavam a se alastrar pelas ruas. *A Era Inanis chegou*. A frase pintada de sangue na sala do trono estava marcada em sua mente, e cada ato terrível parecia vir para confirmá-la. Precisavam partir o quanto antes.

Seu grupo era maior do que ele achava necessário. Bruno acreditava que ainda precisavam de mais gente. Para Tora, o ideal era que apenas ele, Ulrik, Leona e Úrsula saíssem em busca do manuscrito. Cada um deles havia dominado um dos elementos, e algum instinto primitivo o indicava que isso seria útil se precisassem dominar também a magia feita da luz. Mas o líder insistira que precisavam de proteção, pelo menos até o primeiro destino.

A cidade secreta dos feiticeiros.

– Você chamou? – Ulrik perguntou, entrando no escritório junto com Leona, Albin e Nox.

Não ver Lux sempre trazia uma dor aguda ao peito, e Tora tinha que se forçar a pensar nas palavras de conforto que dissera ao amigo. A alma dela agora estava junto com a de Tereza. As coisas tinham acontecido como precisavam acontecer.

Fofa entrou e Úrsula chegou logo depois, fazendo uma reverência ridícula, quase encostando a cabeça no chão.

– Me apresentando ao primeiro de seu destino, portador da prótese dos sílfios, rei das artes do equilíbrio, senhor da catana e protegido dos terriuns… ó, grande guru guerreiro, o que desejas?

Tora balançou a cabeça.

– Totalmente infantil.

– Acho que você só deveria se apresentar assim a partir de agora – Ulrik sugeriu.

Úrsula se jogou numa poltrona macia, rindo da própria piada, enquanto mordia uma maçã.

– Aconteceu alguma coisa? – Leona perguntou.

– Sim e não.

– Lá vem o guru… – Úrsula disse, revirando os olhos. – Dá pra devolver nosso amigo? Aquele que achava que falar "pau que nasce torto nunca se endireita" era uma frase filosófica e profunda?

– Eu nunca falei isso! – O tom de Tora era exasperado, mas, se fosse sincero, tinha sentido muita falta das provocações constantes de Úrsula. Eram uma lufada de ar fresco em meio às tragédias, ajudavam no equilíbrio entre levar a situação a sério e se lembrar de que ainda assim era possível sorrir. – Bom, fazia tempo que não nos reuníamos e achei que seria importante ter um tempo pra discutir os planos.

– Como nos velhos tempos – Ulrik disse, sentando-se no sofazinho ao lado de Leona.

– Além disso, o Grande Guru me mandou alguns livros que eu tinha pedido, e fui buscar alguns outros materiais que achei que vocês gostariam de ler.

– Essa é a sua ideia de como passar um tempo divertido com os amigos? – Úrsula perguntou. – Estudando?

Leona arregalou os olhos e se levantou.

– Não me diga que... São os manuscritos dos elementos?

Tora sorriu. Pelo menos uma pessoa ali sabia apreciar a grandeza de seu ato.

– O Grande Guru permitiu que nós os levássemos. E cada um vai ser o guardião do seu elemento. A não ser que ache uma leitura chata demais, Úrsula.

– Me dá o meu agora! – Úrsula disse, indo até a mesa junto com os outros.

Tora entregou um manuscrito para cada um, e por alguns minutos observou os amigos folheando os materiais, totalmente fascinados. Ele entendia o deslumbramento. Quando chegara no castelo, passara muitas horas debruçado sobre o conteúdo, principalmente sobre o das runas de terra.

– Sei que estão se divertindo – Tora disse, com uma pontada de sarcasmo –, mas preciso de ajuda para estudar os outros livros, porque vou precisar devolvê-los para o Grande Guru antes de partirmos.

Eles soltaram os materiais com pesar. Havia quatro livros sobre a mesa.

– O que exatamente precisamos procurar? – Leona disse, escolhendo um cujo título era *História do magicismo*.

– Pistas sobre os espectros. O Grande Guru me disse que sabia da existência deles na *teoria* – Tora respondeu, reforçando a última palavra. – Quero saber o que essa teoria diz, e se há algo sobre a origem deles.

– Hum... Se a gente souber como surgiram, talvez a gente consiga descobrir como fazê-los desaparecer – Leona disse.

– Isso.

– Odeio quando você é inteligente demais, faz com que eu me sinta burra.

– Melhor se acostumar – Ulrik respondeu para a prima, pegando um dos livros e levando uma "livrada" de Úrsula.

Tora ficou com o tomo chamado *Uma viagem pela magia*. Conforme o folheou, percebeu que parecia uma coleção de contos e crônicas, histórias contadas por um viajante que perguntava sobre a prática da magia e seres mágicos por onde passava.

Havia coisas sobre pessoas que se denominavam magicistas – Lanyel tinha dito que Raoni começara assim, estudando magia numa época em que poucas pessoas acreditavam que ela existisse. Havia também histórias sobre seres que viviam nas florestas, sobre bosques floridos mesmo no inverno, e ele logo entendeu que se referiam aos sílfios. Algumas histórias de bruxarias, de poções com efeitos mágicos, de sacrifícios de animais e outras coisas do tipo, que pareciam ser apenas coisas de charlatões.

Ulrik leu um trecho em voz alta do livro em suas mãos que mencionava os espectros, mas sem usar esse nome, e também falava sobre um grupo que usava armas mágicas. Mas a informação era vaga e superficial. Úrsula encontrou outra referência aos guerreiros, que descrevia uma versão antiga do acampamento, além de trazer uma classificação de acordo com as gerações e o poder de cada um. Aparentemente, séculos atrás, o clã não aceitava estranhos e os cargos de poder eram ocupados apenas pelos descendentes de Raoni.

Passaram horas lendo e procurando, então Tora achou um trecho que fez os pelos de seu braço se arrepiarem.

– Encontrei algo – Tora disse, e começou a ler em voz alta: – *Nessa pequena cidade ao sul de Lagus, me indicaram uma casinha, onde vivia uma forasteira. A mulher idosa tentou primeiramente enxotar-me a vassouradas, porém, quando lhe expliquei minha árdua pesquisa, abriu a porta e me ofereceu um chá quente de ervas de seu quintal. Contou-me então uma história igualmente interessante e perturbadora.*

– O quê? – Úrsula interrompeu.

– Úrsula… – Leona disse, a repreendendo pela interrupção.

Tora agradeceu com um aceno de cabeça.

– *A vila onde nasceu, ao norte da província, sempre fora pacata. Um belo dia, a senhora, que à época era apenas uma criança, estava brincando no meio da plantação e viu sete forasteiros chegarem. De longe, pareciam pessoas com vestes estranhas, mas, quando se aproximaram, a menininha percebeu que não eram humanos. Tinham algo terrível e sobrenatural: garras como as de um gavião, dentes afiados e olhos de cores antinaturais. Ela se deitou na plantação enquanto ouvia as vozes amplificadas das criaturas e os gritos daqueles que ela conhecia e amava, incluindo os membros de sua amada família. Depois de alguns minutos, tudo ficou em silêncio. Os seres caminharam pela vila, e a garotinha permaneceu imóvel, desejando com todas as suas forças que fossem embora logo. Ela pôde escutá-los conversando por mais algum tempo, até que enfim se foram. Com medo de que voltassem, permaneceu estendida na plantação por quase um dia inteiro. Só quando sentiu que poderia desmaiar de sede, tomou coragem para se levantar. Viu então que todas as pessoas da vila estavam mortas, e que havia um buraco aberto no peito de cada corpo. Lembrou-se de ouvi-los falar sobre os corações, e entendeu que os órgãos tinham sido devorados.*

Tora fez uma pausa, precisando de um pequeno respiro antes de continuar.

— Sete... Inna e seus espectros de segundo nível talvez? – Leona disse, balançando a cabeça. – Nenhuma criança deveria passar por isso.

— Tem mais alguma coisa? – Ulrik perguntou.

Tora assentiu e retomou a leitura:

— *Depois de oferecer àquela pobre senhora meus mais sinceros sentimentos, perguntei-lhe se tinha ouvido mais alguma conversa. Ela explicou-me que as estranhas criaturas tinham disputado algumas pessoas, como lobos de uma matilha brigando pelas presas. Tinham levado os animae vivos. E havia um que parecia o líder, e a voz dele ressoar a nos ossos da garotinha e fizera seu sangue gelar.*

— Só pode ser Inna – Ulrik disse.

— Ulrik! – Leona repreendeu de novo. – Vamos deixar Tora terminar e aí discutimos no final.

Tora engoliu em seco.

— *Perguntei-lhe como ela sabia quem era o líder, então ela explicou que havia compreendido a dinâmica por dois fatores. Tudo o que ele dizia soava como uma ordem e, quando ele falava, os outros ficavam em silêncio. Além disso, às vezes o chamavam pelo nome, fosse para resolver um problema ou para oferecer-lhe um coração particularmente atrativo. Como todo amante de boas histórias, não me acanho frente à curiosidade e fui logo questionando se a senhora ainda se recordava de tal nome. E ela me disse, com os olhinhos enrugados e assustados, que nunca se esqueceria. Inoar.*

— Inoar? – Úrsula perguntou. – Quem é esse?

— Talvez ela tenha entendido errado – Ulrik disse. – Inna, Inoar, dependendo do sotaque, pode soar parecido.

— Ou esse era realmente o seu nome e, ao longo dos séculos, ele foi sofrendo alterações. Isso acontece com muitas palavras – Leona complementou.

– Aposto que é o nome para Inna na língua dos espectros – Úrsula disse, depois seu corpo se contorceu com um arrepio. – Inoar… Soa ainda mais assustador.

Só Tora permanecia mudo. Tinha sentido o sangue se drenar de sua face com o choque. As peças se encaixaram: as conversas com Lanyel, coisas que Inna dissera durante a batalha, até mesmo o fato de o *Manuscrito das runas de luz* estar escondido. A verdade era muito pior do que poderia ter imaginado.

Os amigos pareceram enfim perceber o seu incômodo. Tora teve vontade que aquele momento se alongasse, que ele pudesse manter a verdade trancada apenas em sua mente por mais tempo antes que ela ganhasse o mundo. Seus companheiros não mereciam receber mais aquele golpe.

– Que foi, Tora?

Ele pegou um pedaço de papel e escreveu o nome para que todos pudessem ver.

INOAR.

Virou o papel de ponta-cabeça e, mesmo com as letras ao contrário, logo ficou claro para todos.

RAONI.

Agradecimentos

Leitores, muito obrigada por terem me acompanhado nessa longa jornada por dois livros. Espero ver vocês no fim do terceiro e último para agradecer mais uma vez!

Pamila, você foi minha principal companheira durante a escrita desse livro... muito obrigada por estar sempre disponível, por ler conforme eu escrevia e por compartilhar suas opiniões e lágrimas. Se alguns personagens morreram nessa história... bom, você sabia e não fez nada a respeito! Te amo. Obrigada por ser uma irmã tão incrível.

Mãe, Pai e Lipe, amo vocês e tenho muita sorte de ter crescido numa família de pessoas boas, carinhosas, engraçadas, sonhadoras – obrigada por serem meu alicerce. E ainda encontrei uma família estendida maravilhosa: Gui, Erica, Eliane, Michel e Camila, obrigada pelo apoio sempre.

Bia Crespo e Giu Domingues, nossa amizade é um triângulo perfeito, me torna uma pessoa e escritora melhor e ainda me tira gargalhadas todos os dias. Obrigada pela companhia constante, pelos áudios de cinco minutos, pelo ombro pra chorar e pelas fofocas literárias. Prometo fazer de tudo para manter vocês nos meus agradecimentos até o quinquagésimo livro (os que vierem depois a gente vê).

Fer Castro, obrigada por ser uma amiga tão generosa, pelas conversas que expandem meu horizonte, por me acolher como uma lagarta de brócolis na sua casa e me presentear com um blurb lindo. Jana Bianchi, minha eterna gemis, o seu lugar aqui e no meu coração é cativo! Lee, só é Netinhes se tiver você também, obrigada pelo apoio e pelos memes.

Um obrigada geral aos amigos escritores. Não é um mercado fácil, e ver tanta gente admirável ajudando a literatura nacional a ganhar cada vez mais força é uma grande inspiração para mim. Agradeço também aos amigos que estão sempre torcendo, lendo meus livros e assim me motivando a continuar escrevendo!

Flavia, é sempre maravilhoso ser editada por você! Obrigada por ter acreditado nessa história e por ajudar a extrair o melhor dela! Camila, minha agente querida, obrigada por me acompanhar e abrir caminhos para os meus sonhos. Vito e Diogo, não havia capa melhor para esse livro, mais um presente para as estantes mundo afora. Estendo o agradecimento a todo o time da Gutenberg e aos colaboradores que ajudaram o livro a nascer.

Henrique (ou Gatão), obrigada pelo seu amor, seu carinho, por sempre acreditar junto comigo e por me apoiar de todas as maneiras possíveis. Te amo muito! Larinha e Maya, sei que vocês muitas vezes tiveram que ouvir *"a mamãe agora está escrevendo"*. Obrigada pela paciência (ou não) e principalmente por serem a melhor coisa da minha vida. Não vejo a hora de vocês poderem ler esse livro e ver o nome de vocês aqui. Amo vocês até o infinito!

Este livro foi composto com tipografia Adobe Garamond Pro e impresso em papel Off-White 70 g/m² na Formato Artes Gráficas.